英語 *Make Me High* 系列

108課綱、全民英檢初級適用

三版

基礎 英文字彙力
2000

丁雍嫻 邢雯桂
盧思嘉 應惠蕙 編著

音檔　習題本　APP

丁雍嫻
學歷／國立臺灣師範大學英語學系學士
　　　國立臺灣師範大學英語學系研究所暑期班
經歷／國立新竹女子高級中學

邢雯桂
學歷／國立中央大學英美語文學系學士
　　　美國新罕布夏大學英語教學碩士
經歷／國立新竹女子高級中學

盧思嘉
學歷／國立彰化師範大學英語學系學士
　　　英國伯明罕大學英語教學碩士
經歷／國立新竹女子高級中學

應惠蕙
學歷／國立臺灣師範大學英語學系學士
　　　國立臺灣師範大學英語學系碩士
經歷／國立新竹女子高級中學、華東臺商子女學校

三民書局

序

英語 Make Me High 系列的理想在於超越，在於創新。
這是時代的精神，也是我們出版的動力；
這是教育的目的，也是我們進步的執著。

針對英語的全球化與未來的升學趨勢，
我們設計了一系列適合普高、技高學生的英語學習書籍。

面對英語，不會徬徨不再迷惘，學習的心徹底沸騰，
心情好 High！
實戰模擬，掌握先機知己知彼，百戰不殆決勝未來，
分數更 High！

選擇優質的英語學習書籍，才能激發學習的強烈動機；
興趣盎然便不會畏懼艱難，自信心要自己大聲說出來。
本書如良師指引循循善誘，如益友相互鼓勵攜手成長。
展書輕閱，你將發現……
學習英語原來也可以這麼 High！

使用說明 ▶ ▶ ▶

符號表

符號	意義
[同]	同義詞
[反]	反義詞
～	代替整個主單字
-	代替部分主單字
< >	該字義的相關搭配詞
( )	單字的相關補充資訊
▲	符合 108 課綱的情境例句
💡	更多相關補充用法
__ / __	不同語意的替換用法
__ / __	相同語意的替換用法

略語表

1. adj. 形容詞
2. adv. 副詞
3. art. 冠詞
4. aux. 助動詞
5. conj. 連接詞
6. n. 名詞
   [C] 可數
   [U] 不可數
   [pl.] 複數形
   [sing.] 單數形
7. prep. 介系詞
8. pron. 代名詞
9. v. 動詞
10. usu. pl. 常用複數
11. usu. sing. 常用單數
12. abbr. 縮寫

習題本附冊

3
1. 一回一卷，每卷共 15 題。
2. 每讀完一回單字，就用習題本附冊檢測實力。
3. 解答可裁切，核對答案好方便。

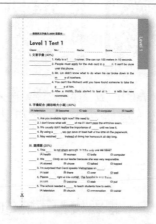

電子朗讀音檔下載方式

請先輸入網址或掃描 QR code 進入「三民‧東大音檔網」。
https://elearning.sanmin.com.tw/Voice/

③

①

②

三民東大 外文組- 英文	若有音檔相關問題，歡迎**聯絡我們** 服務時間：週一-週五，08:00-17:30 臉書粉絲專頁：**Sanmin English - 三民英語編輯小組**

④
⑤

① 輸入本書書名即可找到音檔。請再依提示下載音檔。
② 也可點擊「英文」進入英文專區查找音檔後下載。
③ 若無法順利下載音檔，可至「常見問題」查看相關問題。
④ 若有音檔相關問題，請點擊「聯絡我們」，將盡快為你處理。
⑤ 更多英文新知都在臉書粉絲專頁。

英文三民誌 2.0 APP

掃描下方 QR code，即可下載 APP。

開啟 APP 後，請點擊進入「英文學習叢書」，尋找《基礎英文字彙力 2000》。

使用祕訣

① 利用「我的最愛」功能，輕鬆複習不熟的單字。

② 開啟 APP 後，請點擊進入「三民 / 東大單字測驗」用「單機測驗」功能，讓你自行檢測單字熟練度。

目次

Level 1　(Unit 1－Unit 40)

嗨！你今天學習了嗎？

閱讀完一個回次後，

你可以在該回次的◯打勾並在 12/31 填寫完成的日期。

一起培養基礎英文字彙力吧！

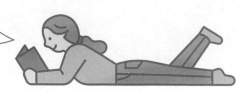

Level 2　(Unit 1—Unit 40)

Unit 1

1 **a**　　　art. 一 (個)
[ə]　　　▲Judy is **a** hard-working student. Judy 是一位勤奮的學生。
an　　　art. 一 (個) (用於母音開頭的名詞前)
[æn]　　　▲There is **an** orange on the table. 桌上有一顆柳丁。

2 **become**　　　v. 成為 (became｜become｜becoming)
[bɪ`kʌm]　　　▲Mary wants to **become** a teacher after graduating from college.
　　　　Mary 大學畢業後想當老師。
　　　💡become of... …情況如何

3 **choose**　　　v. 選擇 <from>；選舉 <for, as> (chose｜chosen｜choosing)
[tʃuz]　　　▲The guests can **choose** what they like **from** the menu.
　　　　客人可以從菜單中任選他們喜歡的。
　　　▲We **chose** Mike **as** the chairman. 我們選 Mike 為主席。

4 **church**　　　n. [C] 教堂
[tʃɝtʃ]　　　▲I go to a Catholic **church** every Sunday morning.
　　　　我每個週日早上都會去天主教堂。

5 **computer**　　　n. [C] 電腦
[kəm`pjutɚ]　　　▲My **computer** has an Internet connection. 我的電腦有網路連結。

6 **fast**　　　adv. 快速地
[fæst]　　　▲A dog ran **fast** toward the mail carrier. 有一隻狗快速地衝向郵差。
fast　　　adj. 快速的
[fæst]　　　▲Kevin is the **fastest** runner in his school.
　　　　Kevin 是他們學校跑得最快的人。

7 **health**　　　n. [U] 健康
[hɛlθ]　　　▲My eighty-year-old grandfather is still **in good health**.
　　　　我八十歲的祖父身體仍然很硬朗。

8 home   `n.` [C][U] 家
[hom]

▲There's no place like **home**. 【諺】金窩銀窩不如自家窩。

💡be/feel at home 感覺自在

home   `adv.` 回家；在家
[hom]

▲Leo ran into an old friend on his way **home** from work.

Leo 在下班回家的路上碰見一位老朋友。

home   `v.` 集中注意力於… <in on>
[hom]

▲The news report **homes in on** the problems of climate change.

這篇新聞報導主要在論述氣候變遷的問題。

home   `adj.` 家庭的，家裡的；國內的
[hom]

▲Oliver wrote his **home address** on the envelope.

Oliver 在信封上寫下他家的地址。

▲The car model sells very well in the **home market**.

這個車款在國內市場很暢銷。

---

9 knife   `n.` [C] 刀 (pl. knives)
[naɪf]

▲The **knife** is too blunt to cut meat. 這把刀太鈍了不能切肉。

knife   `v.` 用刀砍或刺 [同] stab
[naɪf]

▲It was reported that a woman was attacked and **knifed** when she was walking along a dark street.

根據報導，一個女人在黑暗街道上走的時候受到攻擊並被砍殺。

---

10 later   `adv.` 待會兒，稍後
[`letɚ]

▲I think we can deal with the issue **later**. 我覺得我們稍後再處理這個議題。

---

11 middle   `adj.` 中間的；中等的
[`mɪdl̩]

▲The **middle** desk is empty, so you can sit there.

中間的位子是空的，所以你可以坐那裡。

▲The robber was of **middle** height and was about forty.

搶匪是中等身材，年約四十。

middle   `n.` [sing.] 中間
[`mɪdl̩]

▲Don't park the car in the **middle** of the road. 不要把車停在路中間。

💡in the middle of nowhere 杳無人煙之處

---

12 not

[nɑt]

adv. 不是；沒有

▲ You are **not** young anymore. 你不再年輕了。

▲ Lily loves most fruit, but **not** durians.

Lily 喜愛大多數的水果，但是沒有包括榴槤。

13 over

[ˋovɚ]

prep. 在⋯上方；超過 [反] under

▲ There is a helicopter flying **over** the city.

有一架直升機正飛過城市上方。

▲ Although Ms. Wilson looks young, she is actually **over** fifty.

雖然 Wilson 小姐看起來很年輕，她實際上年逾五十。

over

[ˋovɚ]

adv. 結束；從一地 (邊) 到另一地 (邊)

▲ What do you usually do when school is **over** for the day?

學校放學後你通常做些什麼事呢？

▲ When are you going to come **over** for dinner?

你什麼時候要過來吃晚餐？

14 person

[ˋpɝsn̩]

n. [C] 人 (pl. people)

▲ Bill is a nice **person**, and we all like him.

Bill 是個和善的人，我們都喜歡他。

💡 in person 親自，直接

15 place

[ples]

n. [C] 地方；名次

▲ It was awful that the taxi driver took me to the wrong **place**.

計程車司機把我帶到錯誤的地點，真是糟糕。

▲ Joe **took second place** in the speech contest.

Joe 在演講比賽中得到了第二名。

💡 take the place of... 取代⋯

place

[ples]

v. 放置 [同] put

▲ My mom **placed** a large vase on the table.

我媽媽把一個大花瓶放在桌子上。

16 slow

[slo]

adj. 緩慢的 [反] quick, fast

▲ **Slow** and steady wins the race. 穩扎穩打事必成。

slow

[slo]

| v. | 變慢 <down> |

▲ Please **slow down**; I can't keep up with you.

請慢一點，我跟不上你的腳步。

slow

[slo]

| adv. | 緩慢地 [同] slowly |

▲ You should drive **slower** through the small town.

在這小鎮開車時，你應該要減速慢行。

---

17 **talk**

[tɔk]

| v. | 說話 <to>；談論 <about> |

▲ Andy has **talked to** his girlfriend on the phone for an hour.

Andy 已經跟他女友講電話講了一個小時了。

▲ This is a matter of importance, so we have to **talk about** it right now. 這是件重要的事，所以我們現在必須要談談。

talk

[tɔk]

| n. | [C] 交談 <with> [同] conversation |

▲ Ida **had a** long **talk with** her teacher about her schoolwork.

Ida 與老師長談關於學業的事。

---

18 **television**

[ˋtɛlə‚vɪʒən]

| n. | [C][U] 電視 (機) <on> (abbr. TV) |

▲ The author has appeared several times **on television**.

這位作家在電視上出現過幾次。

---

19 **the**

[ðə]

| art. | 這 (個)，那 (個)；這些，那些 |

▲ Could you pass me **the** magazine? 你可以將那本雜誌遞給我嗎？

▲ **The** kids in Mr. Barry's class are very naughty.

Barry 老師班上的孩子很頑皮。

---

20 **there**

[ðɛr]

| adv. | 在那裡，往那裡；有 (表示存在) (∼ is, are, was, were 等) |

▲ How long will it take us to get **there**? 到那要花我們多久時間？

▲ **There is** a bed, a table, and a couple of chairs in the room.

房裡有一張床、一張桌子和幾張椅子。

---

21 **top**

[tɑp]

| n. | [C] 頂端；上衣 |

▲ There is a flag at the **top** of the mountain. 這座山的頂端有一面旗子。

▲ Helen is looking for a **top** to go with her skirt.

Helen 在尋找一件上衣來搭配她的裙子。

💡 on top of 除…之外還 (尤指令人不快的事)

top

[tɑp] | adj. 頂端的；最重要的，最成功的

▲The swimming pool is on the **top** floor of the hotel.

游泳池位於飯店的頂樓。

▲Jamie studied so hard that she was admitted to the **top** school.

Jamie 如此用功念書而獲准進入這所頂尖的學校。

top

[tɑp] | v. 放在…的上面 <with>；超過

▲The cake was **topped with** some strawberries and cherries.

這個蛋糕的上面放了一些草莓和櫻桃。

▲We can't **top** that company's offer. 我們無法勝過那間公司所出的價。

---

22 **train**

[tren] | n. [C] 火車

▲Joseph goes to work by **train** every day.

Joseph 每天都搭火車去上班。

train

[tren] | v. 訓練

▲All the new employees have to be **trained** before doing their jobs.

所有的新員工在進行工作前都必須要先受訓。

trainer

[`trenɚ] | n. [C] 教練

▲Phoebe hired a **trainer** to help her work out at the gym.

Phoebe 在健身房僱用教練來幫她健身。

---

23 **turn**

[tɝn] | v. 轉彎；轉變 <into>

▲Please **turn** left at the next crossing. 請在下一個十字路口左轉。

▲The caterpillar eventually **turned into** a butterfly.

這隻毛毛蟲終於蛻變成蝴蝶。

turn

[tɝn] | n. [C] 轉彎；順序

▲The path took a sharp **turn** to the right. 那條小路往右急彎。

▲I am waiting for my **turn** to see the dentist. 我正等著輪到我看牙醫。

💡take turns 輪流

---

24 **well**

[wɛl] | adv. 很好地

▲I'm surprised that Jack speaks Japanese so **well**.

我很驚訝 Jack 日語說得這麼好。

well

[wɛl]　　adj. 健康的 (better | best)

▲I hope you can get **well** soon. 我希望你能早日康復。

well

[wɛl]　　n. [C] 井

▲There is a **well** in Mr. White's backyard. White 先生的後院有一口井。

25 **woman**

[ˋwʊmən]　　n. [C] 女人 (pl. women)

▲Today, many **women** use skincare products to have fair skin.

現今許多女性會使用保養品以擁有白皙的皮膚。

Unit 2

1 **angry**

[ˋæŋgrɪ]　　adj. 生氣的 <at/with sb, at/about sth> (angrier | angriest)

▲Oliver was **angry with** me for forgetting his birthday.

Oliver 對於我忘記他生日這件事對我感到生氣。

2 **baby**

[ˋbebɪ]　　n. [C] 嬰兒

▲Mandy is expecting a **baby** in June. Mandy 六月要生產。

3 **back**

[bæk]　　adv. 向後地；回到原處

▲Jimmy kept looking **back** to see if anyone was following him.

Jimmy 一直向後看，想知道是不是有人在跟蹤他。

▲Joe put the knife **back** after using it. Joe 用完刀子後把它放回原處。

back

[bæk]　　n. [C] 背部；後面 [反] front

▲I've got a pain in my **back**. 我背痛。

▲Karen **sat at the back of** the classroom. Karen 坐在教室後面。

💡turn sb's back on... …背棄…

back

[bæk]　　v. 使後退；支持 <up>

▲My father tried to **back** his car into the garage.

我爸爸試著倒車進入車庫。

▲Nobody **backed up** my proposal. 沒有人支持我的提議。

back

[bæk]　　adj. 後面的 [反] front

▲Children should sit in the **back** seats. 小孩應該坐在後座。

4 **bug**

[bʌg]

n. [C] 小蟲子；(電腦應用程式中的) 缺陷

▲My goodness! There is a **bug** on your arm.

天啊！有隻小蟲在你的手臂上。

▲The engineer found a **bug** in the app.

工程師在此應用程式上發現一個缺陷。

bug

[bʌg]

v. 煩擾 (bugged | bugged | bugging)

▲The noise from next door is **bugging** me.

鄰居家傳來的噪音正煩擾著我。

5 **class**

[klæs]

n. [C] 班級；階級

▲Zack is the tallest student in my **class**. Zack 是我們班最高的學生。

▲The artist is from an **upper-class** family.

這位藝術家來自上流階級的家庭。

class

[klæs]

v. 把…分類 <as>

▲Irish coffee is **classed as** an alcoholic drink.

愛爾蘭咖啡被分類為酒精類的飲品。

6 **clear**

[klɪr]

adj. 清楚的；清澈的

▲Please make your point of view **clearer**.

請將你的觀點說得更清楚一點。

▲We saw lots of stars in the **clear** sky. 我們在清澈的天空看到許多星星。

clear

[klɪr]

v. 清理，清掃

▲Joe mopped the floor, and his sister **cleared** the table.

Joe 拖地，而他妹妹清理桌子。

clear

[klɪr]

adv. 不靠近地

▲Please stand **clear of** the stove. 請不要站在火爐旁邊。

7 **dark**

[dɑrk]

adj. 黑暗的 [反] light；(顏色) 深的 [反] light, pale

▲After the sunset, it started getting **dark**. 夕陽西下後，天色漸漸變暗了。

▲The little girl has **dark** blue eyes. 這個小女孩有深藍色的眼珠。

dark

[dɑrk]

n. [U] 黑暗

▲The child is afraid of the **dark**. 那個小孩怕黑。

💡 in the dark 蒙在鼓裡，渾然不知

8 **first**

[f₃st]

n. [C] 第一個人或事

▲Ken was the **first** to reach the finish line.

Ken 是第一個抵達終點線的人。

first

[f₃st]

adv. 第一，首先

▲My family comes **first**, and my work second.

我的家庭第一，而工作第二。

first

[f₃st]

adj. 第一的，初步的

▲This was Lily's **first** visit to Paris. 這是 Lily 第一次來巴黎觀光。

💡in the first place 首先 | for the first time 第一次

9 **help**

[hɛlp]

v. 幫忙

▲Please **help** me do the dishes. 請幫我洗碗。

💡cannot help + V-ing = cannot help but + V 不得不⋯

help

[hɛlp]

n. [U] 幫忙；[sing.] 幫手

▲Ted finally finished the job with the **help** of his friends.

Ted 最後在朋友的幫忙下完成這個工作。

▲You are a great **help** to me. 你真是個好幫手。

10 **house**

[haʊs]

n. [C] 房子

▲Mr. Wang decided to buy the **house** because it was in a good location. 王先生決定要買這房子是因為它的地點很好。

house

[haʊz]

v. 收容，為⋯提供空間

▲The museum **houses** some of Vincent van Gogh's paintings.

這博物館收藏了一些梵谷的畫作。

11 **job**

[dʒɑb]

n. [C] 工作

▲Besides his **full-time job**, Lucas does some **odd jobs** in the evening for some extra money.

除了全職工作之外，Lucas 晚上還打一些零工賺外快。

12 **light**

[laɪt]

n. [C] 燈；[U] 光

▲Gary turned off the **lights** before leaving the office.

Gary 離開辦公室前關掉電燈。

▲The lake sparkled under the **light** of the setting sun.

湖泊在太陽的餘暉下閃閃發光。

light   adj. 明亮的 [反] dark；輕的 [反] heavy

[laɪt]   ▲The big window makes the living room **light**.

這個大窗戶讓客廳很明亮。

▲Emily likes to wear **light**, comfortable sneakers.

Emily 喜歡穿輕又舒服的球鞋。

light   v. 點燃 (lighted, lit | lighted, lit | lighting)

[laɪt]   ▲Jake **lit** a cigarette and started to read a newspaper.

Jake 點燃一根菸，然後開始看報紙。

light   adv. 輕裝地

[laɪt]   ▲Nowadays, more and more people like to travel **light**.

現今有越來越多人喜歡輕裝旅行。

---

13 **lot**   n. [C] 許多；一塊地

[lɑt]   ▲It costs **a lot of** money to build the bridge. 造這座橋要花很多錢。

▲They are going to build a **parking lot** here.

他們將要在這裡建一座停車場。

---

14 **mind**   n. [C][U] 頭腦，心思

[maɪnd]   ▲My grandfather still has a clear **mind** even in his nineties.

我的祖父九十幾歲仍然頭腦清楚。

💡 keep/bear sb/sth in mind 記住⋯

mind   v. 介意；注意

[maɪnd]   ▲Do you **mind** if I sit here? 你會介意我坐在這裡嗎？

▲**Mind** your manners in public places. 在公共場所要注意你的舉止。

---

15 **near**   prep. 在⋯附近

[nɪr]   ▲The White family lives **near** an MRT station.

White 一家人住在捷運站附近。

near   adj. 接近的

[nɪr]   ▲Leo and Maria will get married in the **near** future.

Leo 和 Maria 在不久的將來會結婚。

near   adv. 接近

[nɪr]   ▲The ship came **near** to the shore. 船駛近了岸邊。

near

[nɪr]

| v. | 接近 |

▲The train is **nearing** the station. 火車正駛近車站。

---

16 right

[raɪt]

| adv. | 向右地；正好，恰好 |

▲Turn **right** and you'll see the post office on your left.

向右轉你就會看到郵局在你的左手邊。

▲We found a parking space **right in front of** the restaurant.

我們正好在餐廳前面找到一個停車位。

right

[raɪt]

| adj. | 右邊的；正確的 [同] correct [反] wrong |

▲Lauren had a tattoo on her **right** arm. Lauren 的右手臂有一個刺青。

right

[raɪt]

| n. | [U] 右邊；正義 |

▲Chinese is written from **right** to left. 中文是從右到左書寫的。

▲Children should be taught how to tell **right from wrong**.

孩童應該要被教導如何分辨是非。

---

17 sea

[si]

| n. | [C][U] 海，海洋 [同] ocean |

▲It is dangerous to go swimming in the **sea**. 在海裡游泳很危險。

---

18 see

[si]

| v. | 看見；理解 (saw | seen | seeing) |

▲I **saw** my mom talking to a stranger in the doorway.

我看見我媽媽在門口和一位陌生人說話。

▲I can **see** why Judy is so angry. 我理解 Judy 為何如此生氣。

💡see sb off 為…送行

---

19 subject

[`sʌbdʒɪkt]

| n. | [C] 主題；科目 |

▲The **subject** for discussion today is climate change.

今天要討論的主題是氣候變遷。

▲Ryan's favorite **subject** at school was math.

Ryan 念書時最喜歡的科目是數學。

---

20 tell

[tɛl]

| v. | 告訴；分辨 (told | told | telling) |

▲Excuse me, could you **tell** me the way to the museum?

不好意思，你能告訴我去博物館的路嗎？

▲I can **tell** from the experience that it will take two months to finish this work. 根據經驗，我知道這工作要花兩個月的時間完成。

💡tell sb/sth apart 分辨

---

21 **this**

[ðɪs]

pron. 這，這個

▲Please make sure **this** won't happen again.

請務必確保這不會再發生了。

this

[ðɪs]

adj. 這，這個

▲Do you know how much **this** ring cost?

你知道這個戒指要花多少錢嗎？

this

[ðɪs]

adv. 這麼，如此

▲No kidding. The apple was **this** big!

沒開玩笑。那顆蘋果有這麼大！

22 **tree**

[tri]

n. [C] 樹

▲Louis used to climb the **tree** when he was a child.

Louis 孩提時常爬這棵樹。

23 **trip**

[trɪp]

n. [C] (短程的) 旅行

▲Charles hopes to **take a trip** around the world one day.

Charles 希望有一天能環遊世界。

trip

[trɪp]

v. 絆倒 <on, over>

▲Don't **trip over** that wire. 別讓那條電線絆倒了。

24 **use**

[juz]

v. 使用，利用

▲Hebe **used** her old jeans to make a fashionable handbag.

Hebe 用她的舊牛仔褲做了一個時髦的手提包。

💡used to 過去常做

use

[jus]

n. [U] 使用 <in, out of>；[C] 用途

▲Keep your children away from the machine when it is **in use**.

當機器在運轉時，讓你的孩子遠離它。

▲Baking soda has various **uses** in our daily lives.

小蘇打粉在我們的日常生活中有多種用途。

25 **weather**

[ˋwɛðɚ]

n. [U] 天氣

▲What's the **weather** like in Sydney? = How's the **weather** in Sydney? 雪梨的天氣如何？

💡weather forecast 氣象預報 | be/feel under the weather 身體不適的

weather

[`wɛðɚ`]

v. 平安度過 (困境)；受到風雨侵蝕

▲ The small business **weathered** the depression.

這小型企業平安度過經濟蕭條期。

▲ The rock that was **weathered** by water became very smooth.

這塊受到水侵蝕的岩石變得很光滑。

Unit 3

1 **above**

[ə`bʌv]

prep. 在…之上 [同] over [反] below

▲ The helicopter was flying **above** the city. 這架直升機在城市上空飛行。

💡 above all 最重要的是

above

[ə`bʌv]

adv. 在上方 [反] below

▲ Far **above** I saw an airplane flying east.

我看見在極高處有一架飛機往東飛去。

above

[ə`bʌv]

adj. 上述的

▲ For the definition of the term, please refer to the **above** paragraph.

關於這個詞語的解釋，請參考上一段。

2 **along**

[ə`lɔŋ]

prep. 沿著

▲ Mr. Smith took a walk **along** the lake. Smith 先生沿著湖邊散步。

along

[ə`lɔŋ]

adv. 向前；帶著…一起

▲ The children walked **along** and chatted happily.

這些孩童邊走邊開心聊天。

▲ Whenever Willy goes to the park, he takes his brother **along**.

每次 Willy 去公園都會帶著弟弟一起去。

💡 all along 一直，始終

3 **appear**

[ə`pɪr]

v. 出現，露面 [反] disappear；似乎

▲ Shelly stopped **appearing** in public after her accident.

Shelly 在意外後不再公開露面。

▲ It **appears** that the old and homeless man was once a famous singer. 這位年老、無家可歸的男子似乎曾經是一位名歌手。

4 both

[boθ] | pron. | 兩者 \<of\>

▲**Both of** the sisters are smart and beautiful. 這兩姊妹都很聰明、漂亮。

both

[boθ] | adv. | 兩者

▲You and Allen are **both** from Canada, aren't you?

你和 Allen 都是來自加拿大，不是嗎？

both

[boθ] | adj. | 兩者的

▲The kid had some candies in **both** hands. 這小孩兩手都拿著糖果。

---

5 call

[kɔl] | v. | 打電話給；給⋯取名

▲**Call** me when you hit the road. 你出發時打個電話給我。

▲Helena has **called** her pet cat Snowball.

Helena 給她的寵物貓取名為雪球。

💡 call for sth 需要⋯ | call sth off 取消⋯

call

[kɔl] | n. | [C] 打電話；叫喊

▲Give your grandmother a **call** before you visit her.

在你拜訪祖母前先打電話給她。

▲We heard **calls for** help in the distance. 我們聽到遠處傳來求救聲。

---

6 cost

[kɔst] | n. | [C] 費用，價格；成本 (usu. pl.)

▲The house was built **at a cost of** three million dollars.

這棟房子的造價是三百萬美元。

▲Our **costs** have increased as a result of rising oil prices.

我們的成本因為上升的油價而增加。

💡 at all costs 不惜任何代價

cost

[kɔst] | v. | 花費；使付出代價 (cost | cost | costing)

▲The orange juice **cost** NT$100. 這杯柳橙汁要一百元新臺幣。

▲Busy work **cost** Nathan his marriage.

忙碌的工作讓 Nathan 葬送了他的婚姻。

---

7 drive

[draɪv] | v. | 開車；迫使 (drove | driven | driving)

▲Jude **drives** to work every day.

Jude 每天都開車去上班。

▲Despair **drove** Lydia to commit suicide.

絕望迫使 Lydia 自殺了。

drive　n. [C] 駕車的路程；[U] 決心，魄力

[draɪv]　▲Would you like to **go for a drive** today? 你今天想要去開車兜風嗎？

　▲Noah is a man of ambition and **drive**. Noah 是個有抱負、決心的人。

8　**eat**　v. 吃 (ate | eaten | eating)

[it]　▲My father is not used to **eating out**. 我父親不習慣外食。

9　**he**　pron. 他 (用於代替男人、男孩或雄性動物)

[hi]　▲Mr. Jones is an English teacher, and **he**'s very popular with his students. Jones 先生是位英文老師，而且他很受學生歡迎。

　him　pron. 他 (用於代替男人、男孩或雄性動物)

[hɪm]　▲Mr. Williams is very intelligent, and we often turn to **him** for advice. Williams 先生很有智慧，我們常常向他尋求建議。

　his　pron. 他的 (用於代替男人、男孩或雄性動物)

[hɪz]　▲Ken's colleagues threw him a farewell party on **his** last working day. Ken 的同事在他工作的最後一天幫他辦一個歡送會。

　himself　pron. 他自己，他本人

[hɪm`sɛlf]　▲It seems that Caleb is very confident in **himself**. Caleb 似乎對自己很有自信。

10　**nature**　n. [C][U] 大自然 (also Nature)；天性 <by, in>

[`netʃɚ]　▲The theme of the poem is to praise the beauties of **nature**. 這首詩的主旨是在讚嘆大自然之美。

　▲The rabbit is **by nature** a very tame animal. 兔子本質上是很溫馴的動物。

11　**north**　n. [U] 北方 (also North) (abbr. N) (the ～)

[nɔrθ]　▲Keelung is in **the north** of Taiwan. 基隆位在臺灣北部。

　north　adj. 北方的，北部的 (also North) (abbr. N)

[nɔrθ]　▲We decided to visit the **north** coast. 我們決定造訪北海岸。

　north　adv. 向北 (also North) (abbr. N)

[nɔrθ]　▲This train is heading **north**. 這是北上列車。

12　**now**　adv. 此刻，現在

[naʊ]　▲Tina is cleaning the bathroom upstairs **now**. Tina 現在正在樓上打掃廁所。

💡 every now and then/again 偶爾

now
[naʊ]
n. [U] 此刻，目前
▲**Now** is the time to sell the house. 現在該是把房子賣掉的時候了。

13 **only**
['onlɪ]
adv. 僅，只
▲We took part in the activity **only** for fun.
我們參加這個活動只是為了好玩而已。

💡 not only...but (also)... 不但…而且…

only
['onlɪ]
adj. 唯一的，僅有的 (the ～)
▲Seth is **the only** child in his family. Seth 是家中獨子。

only
['onlɪ]
conj. 不過，只是 [同] except (that)
▲I would like to help, **only** I have something urgent to do.
我想要幫忙，只是我有緊急的事要做。

14 **park**
[pɑrk]
n. [C] 公園
▲Most of Taiwan's dog **parks** are in northern Taiwan.
臺灣大多數的狗狗公園位於北部。

park
[pɑrk]
v. 停車
▲It is illegal to **park** in the red zone. 在紅線區域停車是違法的。

15 **small**
[smɔl]
adj. 小的，矮小的 [反] big；不重要的
▲This white sweater is too **small** for Kyle.
這件白色毛衣對 Kyle 來說太小了。
▲Don't worry. It's just a **small** problem that you can easily handle.
別擔心。這只是個小問題，你可以輕易處理的。

small
[smɔl]
n. [U] 後腰部
▲Lena had a scar on the **small** of her back. Lena 在後腰部有一個傷疤。

small
[smɔl]
adv. 小，不大
▲The label on the wine is printed very **small**.
這瓶酒上面的標籤字體印刷得非常小。

16 **smell**
[smɛl]
n. [C] 氣味；[U] 嗅覺
▲These organic apples have a distinctive **smell**.
這些有機蘋果有一種獨特的氣味。
▲Dogs have a keen sense of **smell**. 狗的嗅覺靈敏。

smell

[smɛl]

v. 發出⋯氣味；嗅，聞

▲I think the stinky tofu **smells** awful. 我覺得臭豆腐的味道很可怕。

▲Some people cannot **smell** certain odors.

有些人聞不到某些特定的氣味。

---

17 **team**

[tim]

n. [C] 隊，組

▲A basketball **team** can send five players to play on the court each time. 一支籃球隊一次可以派五位球員在場上比賽。

team

[tim]

v. 組成一隊，合作 <up>

▲The two scientists **teamed up** to carry out the experiment.

這兩位科學家合作進行實驗。

---

18 **thing**

[θɪŋ]

n. [C] 東西；事情

▲What is that black **thing** on your face? 你臉上那黑色的東西是什麼？

▲Mark always takes **things** very seriously. Mark 總是把事情看得很嚴重。

💡 for one thing 一方面

---

19 **through**

[θru]

prep. 通過；整個⋯之中

▲The train is going **through** a tunnel. 火車正在通過隧道。

▲Joan talked about her boyfriend all **through** dinner.

Joan 整個晚餐時間都在談論她的男友。

through

[θru]

adv. 完成；完全地

▲I read **through** the entire newspaper in one morning.

我一個早上就把報紙全看完了。

▲Donald got wet all **through** to the skin because of the heavy rain.

Donald 因為大雨全身都溼透了。

---

20 **to**

[tu]

prep. (方向) 朝，向；(時間) 距，到

▲It will take about 15 minutes to walk from here **to** the museum.

從這走到博物館大約要花十五分鐘。

▲The Japanese restaurant is open from 11:00 a.m. **to** 10:30 p.m. every day. 這間日式餐廳每天的營業時間是從上午十一點到晚上十點半。

---

21 **type**

[taɪp]

n. [C] 類型 <of>；[U] 印刷字體

▲There are various **types of** hats to choose from in the store.

這間店裡有各式各樣的帽子可供選擇。

▲This is a book in large **type**.

這是一本用大字體印刷的書。

type
[taɪp]

| v. | 打字 |

▲Please **type** this letter by noon.

請在中午以前把這封信打好。

---

22 **want**
[wɑnt]

| v. | 想要 |

▲Brian desperately **wanted** a new smartphone as his birthday gift.

Brian 非常想要一支新的智慧型手機作為生日禮物。

want
[wɑnt]

| n. | [U] 缺少，不足 |

▲Some refugees in the country died **for want of** food.

這個國家的一些難民因缺乏食物而死亡。

---

23 **warm**
[wɔrm]

| adj. | 暖和的；熱情的 |

▲The climber kept rubbing his hands to keep them **warm**.

登山客不斷摩擦他的手以讓它們暖和。

▲The guests were given a **warm** welcome by the host of the party.

客人們受到派對主人熱烈的歡迎。

warm
[wɔrm]

| v. | 使變暖和 <up> |

▲Patricia **warmed** the room **up** by turning on the electric heater.

Patricia 開電暖爐讓房間暖和起來。

💡warm up 熱身；熱鬧起來

---

24 **wear**
[wɛr]

| v. | 穿戴著；磨損 <away> (wore｜worn｜wearing) |

▲Margaret **wore** a pink dress and a diamond necklace to her friend's wedding. Margaret 穿著粉色洋裝、戴著一條鑽石項鍊去參加朋友的婚禮。

▲Constant dropping **wears away** the stone. 【諺】滴水穿石。

💡wear sth out 用壞…，磨損…｜wear off 逐漸消失

---

25 **will**
[wɪl]

| aux. | 將要，將會 |

▲The weather forecast says that the storm **will** come tomorrow.

氣象預報說暴風雨明天會來。

will
[wɪl]

| n. | [C][U] 意志；意願 |

▲Those who have **strong wills** don't give up easily.

那些有堅強意志力的人不會輕易放棄。

▲ The woman was forced to make a donation **against her will**.

這位婦女被迫違背自己的意願進行捐款。

Unit 4

1 beautiful

[ˋbjutəfəl]

adj. 美麗的

▲ The girl is so **beautiful** that many boys adore her.

這位女孩如此美麗，以致於很多男孩愛慕她。

2 behind

[bɪˋhaɪnd]

prep. 在後面

▲ The child was hiding **behind** a big tree.

那孩子躲在一棵大樹後面。

behind

[bɪˋhaɪnd]

adv. (遺留) 在後面

▲ Mr. Anderson left a large fortune **behind** after he died.

Anderson 先生死後留下一大筆財產。

3 buy

[baɪ]

v. 買，購買 [反] sell (bought｜bought｜buying)

▲ I **bought** a used car from Tom at a low price.

我用低價跟 Tom 買二手車。

💡 buy sb off 買通…｜buy into sth 完全相信…

buy

[baɪ]

n. [sing.] (划算或不划算的) 買賣

▲ The dictionary is **a good buy** at $3. 這本字典真划算，才三美元。

4 center

[ˋsɛntɚ]

n. [C] 中央，中心點；(某一活動的) 中心

▲ The actress was **the center of attention** at the party.

那女演員是宴會上眾所矚目的焦點。

▲ The new **community center** is scheduled to open next month.

這座新的社區中心預計下個月開幕。

💡 in the center of sth 在…的中心

5 change

[tʃendʒ]

n. [C][U] 改變；零錢

▲ The manager made some **changes** to the proposal in the meeting. 經理在會議中對提案做些改變。

▲The vending machine will give you your **change** back.

這部販賣機可以找零。

💡for a change 為了轉換氣氛

change

[tʃendʒ]

v. 改變；變成 <into, to>

▲The small town has **changed** a lot over the past ten years.

這小鎮在過去十年間改變很大。

▲The marriage **changed** Bella **into** another woman.

婚姻使 Bella 變了一個人。

💡change sb's mind 改變主意

changeable

[`tʃendʒəbl̩]

adj. 善變的 [反] reliable

▲The weather in the United Kingdom is very **changeable**.

英國的天氣反覆無常。

---

6 **clean**

[klin]

adj. 乾淨的；公正的，光明正大的 [反] dirty

▲Mrs. Collins always keeps her house **clean and tidy**.

Collins 太太總是把家裡保持得很整潔。

▲The government promised this would be a **clean** contest.

政府承諾這會是一場公正的競賽。

clean

[klin]

v. 清理，打掃

▲My roommate and I take turns **cleaning** the bathroom.

我室友和我會輪流打掃廁所。

💡clean sth out 把…完全掃除

clean

[klin]

adv. 完全地，徹底地

▲I'm terribly sorry that I **clean forgot** our meeting.

很抱歉我完全忘記我們會面的事了。

clean

[klin]

n. [sing.] 打掃，清掃

▲The basement is very dirty and needs a good **clean**.

這地下室很髒，需要好好打掃了。

---

7 **deal**

[dil]

n. [C] 交易

▲I know where to **get a good deal on** new cars.

我知道哪裡可以買到便宜的新車。

💡no big deal 沒什麼了不起

deal
[dil]

| v. | 處理 <with> [同] handle (dealt｜dealt｜dealing)

▲ You should **deal with** the problem as soon as possible.

你應該要盡快處理這個問題。

---

8 **deep**
[dip]

| adj. | 深的 [反] shallow；深切的，強烈的

▲ There are a variety of creatures in the **deep** sea.

在這深海裡有各式各樣的生物。

▲ Victor felt a **deep** sense of shame when thinking about his rude behavior. Victor 想到他魯莽的行為而深感羞愧。

deep
[dip]

| adv. | 深地，向下延伸地

▲ To look for her car key, Pamela thrust her hand **deep** into her handbag. 為了找車鑰匙，Pamela 將手深入到包包底部。

---

9 **dry**
[draɪ]

| adj. | 乾的，乾燥的 [反] wet；枯燥的 (drier｜driest)

▲ These tea leaves should be kept in a cool, **dry** place.

這些茶葉必須保存於涼爽、乾燥的地方。

▲ Mr. Bailey's lectures are very **dry**. Bailey 老師的課很無聊。

dry
[draɪ]

| v. | (使) 變乾

▲ Debra likes to hang her laundry outside to **dry** in the sun instead of using a dryer.

Debra 喜歡將衣服晾在外面讓太陽曬乾，而不是使用烘乾機。

---

10 **fish**
[fɪʃ]

| n. | [C][U] 魚；魚肉 (pl. fish, fishes)

▲ The **fish** in the lake are of many varieties. 這湖裡的魚種類很多。

▲ Jeffrey prefers chicken to **fish**. Jeffrey 偏好雞肉勝過魚肉。

💡 be like a fish out of water 不知所措

fish
[fɪʃ]

| v. | 釣魚，捕魚 <for>；間接探聽 <for>

▲ The fishermen are **fishing for** trout in the river.

這些漁民正在這條河裡捕鱒魚。

▲ The reporter tried to **fish for** a good news story.

這記者試著刺探出一篇好的新聞故事。

---

11 **good**
[gʊd]

| adj. | 好的，有益的 [反] bad, poor；令人滿意的 (better｜best)

▲ Taking more exercise is **good for** your health.

多做運動對你的健康有好處。

▲We **had a good time** at the amusement park today.

我們今天在遊樂園裡玩得很開心。

good

[gʊd]

adv. 很好地

▲The job applicant did pretty **good** in the interview.

這位求職者在面試中表現良好。

good

[gʊd]

n. [U] 好處，益處；正直的行為

▲Frank should quit drinking **for his own good**.

Frank 應該要為自身健康而戒酒。

▲Parents should teach children to tell **good** from evil.

父母必須教小孩分辨善惡。

💡it's no good + V-ing …是沒有用的

12 hard

[hɑrd]

adj. 硬的 [反] soft；困難的 [同] difficult [反] easy

▲The meat is still **hard** because it is frozen.

這肉因為是結凍的還很硬。

▲The country's economy has gone through a lot of **hard** times.

這個國家的經濟經歷過很多艱難的時期。

💡be hard on sb 對…苛刻的

hard

[hɑrd]

adv. 努力地；猛烈地

▲Angela failed the exam because she didn't study **hard**.

Angela 因為沒有努力念書而考試不及格。

▲It has been snowing **hard** since yesterday.

自從昨天開始就一直在下大雪。

13 however

[haʊˋɛvɚ]

adv. 然而，可是 [同] nevertheless；無論如何 [同] no matter how

▲I intended to visit you last Saturday. **However**, a friend of mine called on me. 我原本打算上週六去看你。然而，我有個朋友來訪。

▲**However** hard the work is, Eric will go through with it.

無論這工作多棘手，Eric 都會做到底。

14 little

[ˋlɪtl]

adj. 年幼的；很少的 (less, littler | least, littlest)

▲The **little** girl was crying loudly on the street. 這小女孩在街上大哭。

▲There is **little** hope of our winning the basketball game.

我們贏得這場籃球賽的希望很渺茫。

little

[ˋlɪtḷ]

adv. 稍微地

▲Rosa is **a little** worried about the exam results.

Rosa 有點擔心考試的結果。

💡 little by little 逐漸地

little

[ˋlɪtḷ]

n. [sing.] 少量，少許

▲Mr. Cole left **little** of his wealth to his children.

Cole 先生將很少的財富留給他的孩子。

---

15 **of**

[ɑv]

prep. …的；離…

▲You can find the meanings **of** words in a dictionary.

你可以在字典裡找到字的定義。

▲Hsinchu is about fifty miles south **of** Taipei.

新竹在臺北南方約五十英里處。

---

16 **paper**

[ˋpepɚ]

n. [U] 紙；[C] 報紙 [同] newspaper

▲The boy made a plane with recycled **paper**.

這男孩用回收紙做飛機。

▲On the front page of the **paper** was the mayor's scandal.

這報紙的頭條是市長的醜聞。

paper

[ˋpepɚ]

v. 用壁紙貼 [同] wallpaper

▲Maggie and her husband are busy **papering** the living room.

Maggie 和她丈夫正忙於在客廳貼壁紙。

---

17 **people**

[ˋpipḷ]

n. [pl.] 人；[C] 民族

▲Thousands of **people** came to the open-air concert.

好幾千人來聽這戶外音樂會。

▲The Chinese are a hard-working **people**. 中國人是勤奮的民族。

people

[ˋpipḷ]

v. 居住於 <by, with> [同] inhabit

▲The island is **peopled by** two aboriginal tribes.

兩個原住民部落居住在這島嶼上。

---

18 **poor**

[pʊr]

adj. 貧窮的 [反] rich；粗劣的，不好的 [反] good

▲The goal of the organization is to help many **poor** people around the country. 這個組織的目標是要幫助這國家許多貧窮的人。

▲Jean wanted to return the coat owing to its **poor** quality.

Jean 因為這外套的粗劣品質而要退貨。

---

19 run

[rʌn]

| v. | 跑步；(機器等) 運轉 (ran | run | running)

▲Cindy **ran** up to me, saying hello. Cindy 跑過來跟我打招呼。

▲I can't make this machine **run** properly; there must be something wrong. 我無法讓這臺機器正常運轉，一定有哪裡出了問題。

💡run across sb 偶然遇到⋯

---

20 study

[`stʌdɪ]

| n. | [U] 學習；[C] 研究，調查 <on, into> (pl. studies)

▲The following are some tips on improving **study** skills.

以下是一些可以增進學習技巧的訣竅。

▲The researchers conducted a detailed **study into** the cause of the rare disease. 研究人員針對這罕見疾病的成因進行詳細的研究。

study

[`stʌdɪ]

| v. | 學習；研究 (studied | studied | studying)

▲Stacey has been **studying** Russian for two years but has learned very little. Stacey 學了兩年俄文但懂得很少。

▲We had better **study** the map before we set out.

我們出發前最好先研究一下地圖。

---

21 way

[we]

| n. | [C] 路，路線；方法

▲Jim saw a car accident on his **way** home.

Jim 回家的途中目睹了一場車禍。

▲Reading English newspapers is a good **way** to learn English.

讀英文報紙是學英文的好方法。

💡by the way 順便一提 | give way 屈服，讓步

---

22 week

[wik]

| n. | [C] 週

▲Mrs. Carter goes grocery shopping about twice a **week**.

Carter 太太一週約採買雜貨兩次。

---

23 wide

[waɪd]

| adj. | 寬大的 [同] broad [反] narrow；(範圍、知識等) 廣大的

▲Mary stared at Jerry with **wide** eyes. Mary 睜大眼瞪 Jerry。

▲The store sells a **wide** range of dairy products.

這間店販售多種乳製品。

wide　　adv. 大大地
[waɪd]

▲The dentist asked Ruby to open her mouth **wide**.
牙醫要 Ruby 把嘴巴張大。

---

24 world　　n. [sing.] 世界，地球 (the ～)
[wɝld]

▲Tourists from **all over the world** came to the town to attend the jazz festival. 來自世界各地的旅客來到這個城鎮參加爵士樂慶典。

---

25 writer　　n. [C] 作者，作家 <of, on> [同] author
[ˋraɪtɚ]

▲Agatha Christie is a well-known **writer of** detective fiction.
阿嘉莎克莉絲蒂是偵探小說的名作家。

Unit 5

1 ability　　n. [C][U] 能力，才能 (pl. abilities)
[əˋbɪlətɪ]

▲It is said that cats have the **ability** to see in the dark.
據說貓能在黑暗中看見物體。

---

2 airport　　n. [C] 機場
[ˋɛr‚port]

▲Jack saw his uncle off at the **airport**. Jack 到機場為他叔叔送行。

---

3 art　　n. [U] 藝術 (作品)；美術
[ɑrt]

▲Carl enjoys going to the museum to look at **art**.
Carl 喜歡到博物館去欣賞藝術品。

▲Ms. Harris is an **art** teacher in the elementary school.
Harris 小姐是這間小學的美術老師。

---

4 at　　prep. 在⋯地點；在⋯時刻
[æt]

▲There was a long line **at** the bank counter in the morning.
早上銀行的櫃檯前大排長龍。

▲Dr. Lewis will give a speech **at** 3:30 p.m. today.
Lewis 博士會在今天下午三點半發表演說。

---

5 blue　　adj. 藍色的；憂鬱的 [同] depressed
[blu]

▲The day is bright and sunny with not even a cloud in the **blue** sky.

陽光燦爛，藍天裡一片雲都沒有。

▲Josh has been feeling a bit **blue** since he broke up with his girlfriend. Josh 自從和女友分手後就覺得悶悶不樂。

blue

[blu]

n. [C][U] 藍色

▲Aaron often dresses in **blue** because it is his favorite color.

Aaron 常穿藍色衣服，因為那是他最喜歡的顏色。

---

6 **build**

[bɪld]

v. 蓋，建造 <of> (built | built | building)

▲Many houses in Japan are **built of** wood. 日本許多房屋是木造的。

💡 build on sth 以⋯為基礎

---

7 **child**

[tʃaɪld]

n. [C] 兒童，小孩 (pl. children) [同] kid

▲I liked playing hide-and-seek when I was a **child**.

我小時候喜歡玩捉迷藏遊戲。

---

8 **close**

[klos]

adj. 接近的 <to>；親密的，親近的 (closer | closest)

▲Please give me a table **close to** the window. 麻煩給我靠窗的座位。

▲Diane and Joyce have been **close** friends since childhood.

Diane 和 Joyce 自孩提時代就是密友。

close

[klos]

adv. 靠近地 <to> [同] near

▲I feel uneasy when people stand too **close to** me.

當其他人站得太靠近我時會讓我感到不自在。

close

[kloz]

v. 關上；不營業，關門 [同] shut [反] open

▲Please **close** the door when you leave. 你離開時請把門關上。

▲The science museum **closes** at 5 p.m. on weekdays.

科博館平日是下午五點關門。

close

[kloz]

n. [sing.] 結尾，結束

▲The concert came to a **close** with an encore.

演唱會是以安可曲作為結束。

---

9 **country**

[ˋkʌntrɪ]

n. [C] 國家；[U] 鄉下 (the ∼) [同] countryside

▲Canada and Mexico are the **countries** that border the United States. 加拿大和墨西哥是與美國交界的國家。

▲Blake loved to take a walk **in the country** around London.

Blake 喜歡到倫敦四周的郊外散步。

10 doctor

[`dɑktɚ]

n. [C] 醫生 [同] doc；博士

▲If you feel sick, you should **see a doctor**.

如果你覺得不舒服就該看醫生。

▲**Doctor** Scott Martin is an expert on marine biology.

Scott Martin 博士是海洋生物學專家。

11 door

[dor]

n. [C] 門

▲Anita ran to **answer the door** as soon as she heard someone ringing the doorbell. Anita 一聽到有人按門鈴就跑去開門。

💡shut the door on sth 使⋯成為不可能

12 excellent

[`ɛksḷənt]

adj. 優秀的，傑出的

▲Ethan's **excellent** skills in basketball attracted the coach's attention. Ethan 傑出的籃球技巧引起教練的注意。

13 explain

[ɪk`splen]

v. 解釋，說明 <to>

▲Megan **explained to** the host that she had been delayed by a traffic jam. Megan 向主人說明她是因交通阻塞才延誤的。

14 heart

[hɑrt]

n. [C] 心臟；內心

▲Joe's **heart** beat very fast when he was asking Ann out.

Joe 在邀 Ann 外出時心跳得非常快。

▲Frances felt thankful **from the bottom of her heart** for her friends' timely help. Frances 發自內心感激朋友們即時相助。

💡break sb's heart 令⋯心碎

15 in

[ɪn]

prep. 在⋯之中，在⋯之內；在⋯期間

▲Gina looked at herself **in** the mirror. Gina 看著鏡中的自己。

▲The leaves will turn yellow **in** autumn. 這些葉子在秋天時會變黃。

in

[ɪn]

adv. 朝裡面 [反] out；在家裡 [反] out

▲Roger saw a recycle bin and threw his bottle **in**.

Roger 看到資源回收桶就把他的瓶子朝裡面丟進去。

▲I feel a little tired, so I will stay **in** today.

我覺得有點累，所以今天會待在家。

in

[ɪn]

adj. 流行的

▲Torn jeans are **in** now. 破損的牛仔褲現在正流行。

16 make
[mek]

| v. | 製作；造成，引起 (made｜made｜making) |

▲Melody can **make** delicious chocolate brownies.

Melody 會做美味的巧克力布朗尼。

▲The sight of the injured puppy **made** me sad.

看到這受傷的小狗令我難過。

💡make it 成功｜make sth up 編造…

17 need
[nid]

| v. | 需要 [同] require |

▲Everyone **needs** air and water to survive.

每個人都需要空氣和水才能生存。

need
[nid]

| n. | [U][sing.] 需要，需求；[pl.] 需要物 (~s) |

▲The severely injured man is **in need of** medical treatment.

這位受重傷的男子需要醫治。

▲The company always responds to their customers' **needs** promptly. 這間公司總是快速地回覆顧客的需求。

💡meet/satisfy a need 滿足需求

need
[nid]

| aux. | 必須 |

▲You **needn't** worry; Gloria will deal with the problem.

你不必擔心，Gloria 會處理這個問題。

needless
[`nidlɪs]

| adj. | 不必要的 |

▲Nora didn't prepare for the math test. **Needless to say**, she failed it. Nora 沒有為數學考試做準備。不用說，她考不及格。

18 out
[aʊt]

| adv. | 向外，外出 [反] in |

▲Mr. Moore went **out** for a drink after dinner.

Moore 先生晚餐後外出喝酒。

💡out of control 失去控制｜out of date 過時

out
[aʊt]

| prep. | 向外 |

▲The cat jumped **out** the window.

貓從窗戶跳出去。

out
[aʊt]

| adj. | 偏遠的；(產品) 上市的 |

▲It is too late to travel to the **out** islands now.

現在去偏遠的離島太晚了。

▲The singer's new album will come **out** next week.

這歌手的新專輯下週要上市。

out
[aʊt]

n.	[sing.] 藉口

▲The knee injury gave Albert an **out** to take a day off.

膝傷讓 Albert 有請一天假的藉口。

out
[aʊt]

v.	公開 (名人) 同性戀身分

▲The Hollywood star has been **outed** recently.

那位好萊塢明星最近被揭露是同性戀者。

---

19 **real**
[`riəl]

adj.	現實的，真實存在的；真的 [反] fake

▲Magic doesn't exist in **the real world**. 魔法在真實世界中是不存在的。

▲The long coat made of **real fur** cost $12,000.

那件真毛皮的長大衣要價一萬兩千美元。

---

20 **road**
[rod]

n.	[C] 道路，馬路

▲Tim helped an old lady cross the **road**.

Tim 協助一位老婦人過馬路。

---

21 **show**
[ʃo]

v.	出示；顯示 (showed | shown | showing)

▲**Show** your driver's license, please. 請出示駕照。

▲The results of the research **show** a high rate of cancer in that area.

這項調查結果顯示那地區的癌症罹患率很高。

💡show off 賣弄，炫耀 | show up 出現

show
[ʃo]

n.	[C] 戲劇，表演；展覽

▲The magician disappeared from the stage at the end of the **show**.

魔術師在表演的最後從舞臺上消失。

▲People can see the latest trends for next season in the **fashion show**. 人們在時裝秀中可以看到下一季的最新潮流時尚。

💡on show 在展出 | show business = show biz 演藝圈

---

22 **soon**
[sun]

adv.	不久，很快

▲I didn't expect you to get here so **soon**. 我沒想到你這麼快就到這裡。

💡as soon as... 一⋯就⋯ | as soon as possible 盡快 | sooner or later 遲早

23 **tea**

[ti]

n. [C][U] 茶

▲The hostess poured **tea** for everyone in the room.

女主人為房間裡的每個人倒茶。

24 **very**

[ˋvɛrɪ]

adv. 非常，很

▲Joey likes to play soccer **very much**. Joey 非常喜歡踢足球。

25 **white**

[hwaɪt]

adj. 白色的；(面色) 蒼白的

▲The bride looked stunning in the **white** wedding gown.

穿著白紗的新娘看起來很漂亮。

▲Pauline's face turned **white** with fear. Pauline 嚇得臉色發白。

white

[hwaɪt]

n. [U] 白色；[C] 白人 (also White)

▲The color **white** symbolizes innocence and purity.

白色象徵天真和純潔。

▲The murder suspect is a middle-aged **white**.

這起謀殺案的嫌疑犯是個中年的白人。

Unit 6

1 **already**

[ɔlˋrɛdɪ]

adv. 已經

▲I have **already** seen the movie before.

我之前已經看過這部電影了。

2 **and**

[ænd]

conj. 和；然後，接著

▲Joan **and** Amy are good friends. Joan 和 Amy 是好朋友。

▲Gary put on his jacket **and** went out. Gary 穿上夾克後就出門了。

3 **attack**

[əˋtæk]

n. [C] 攻擊 <on>；(疾病等) 突然發作

▲The soldiers **made** a sudden **attack on** the enemy.

這些軍人對敵軍發動突襲。

▲Lauren's grandfather had a **heart attack** yesterday.

Lauren 的祖父昨天心臟病發作。

💡come under attack 遭受攻擊

attack

[əˋtæk]

| v. | 攻擊；抨擊，批評 |

▲Our army **attacked** the enemy during the night. 我軍夜襲敵軍。

▲The news article **attacked** the new educational policies.
這篇新聞文章抨擊新的教育政策。

---

4 **away**

[əˋwe]

| adv. | 去別處；離⋯多遠 <from> |

▲My father is **away on** a business trip. 我父親出差去了。

▲The lake is three miles **away from** here. 湖離這裡三英里遠。

💡 right away 立刻

---

5 **between**

[bəˋtwin]

| prep. | 在⋯之間 |

▲There are some differences **between** British English and American English. 英式英語與美式英語間有若干差異。

between

[bəˋtwin]

| adv. | 在⋯中間 |

▲The workshop includes two speeches with a lunch break **in between**. 這個研討會包含兩場演講，中間有一個午餐休息時間。

---

6 **bread**

[brɛd]

| n. | [U] 麵包 |

▲My mom bought some freshly baked **bread** at the bakery.
我媽媽在麵包店裡買了一些新鮮出爐的麵包。

---

7 **case**

[kes]

| n. | [C] 實例，案例；盒子 |

▲The police are looking into the robbery **case**.
警方正在調查這起搶案。

▲Maggie keeps her pens and pencils in a pencil **case**.
Maggie 把筆和鉛筆放在鉛筆盒裡。

💡 (just) in case 以防萬一 | in any case 無論如何

case

[kes]

| v. | (為做壞事等) 探勘，探路 |

▲The burglar had **cased** the store before he committed the theft.
這名竊賊在行竊前先探勘這間店。

---

8 **cut**

[kʌt]

| v. | 切，割；減少 (cut | cut | cutting) |

▲The cook **cut** the onion and carrot into small pieces.
廚師將洋蔥和胡蘿蔔切成小塊。

▲The boss laid off some workers to **cut costs**.
這老闆解僱一些員工以節省成本。

💡cut sth down 縮減… | cut sth off 切斷…；停止…

cut

[kʌt]

n. [C] 傷口；削減

▲Billy came home with many **cuts** on his arms.

Billy 手臂傷痕累累地回家。

▲The company announced that all of the employees would have a **pay cut** of 10%. 公司宣布所有的員工會減薪 10%。

---

9 **different**

[ˋdɪfərənt]

adj. 不同的 <from, to> [反] similar

▲Zack is very **different from** his twin brother.

Zack 跟他的雙胞胎弟弟差異很大。

---

10 **dream**

[drim]

n. [C] 夢 <about>；夢想 <of>

▲Abby had a **dream about** her Prince Charming last night.

Abby 昨晚做了關於白馬王子的夢。

▲Bobby **fulfilled** his **dream of** becoming a teacher.

Bobby 實現了當老師的夢想。

dream

[drim]

v. 夢見 <about>；夢想 <of, about> (dreamed, dreamt | dreamed, dreamt | dreaming)

▲Tina sometimes **dreams about** being attacked by a bear.

Tina 有時會夢見被熊攻擊。

▲Ivy **dreamed of** becoming an actress. Ivy 夢想成為演員。

---

11 **every**

[ˋɛvrɪ]

adj. 每個

▲Cindy goes to school by bus **every** day.

Cindy 每天都搭公車去上學。

💡every now and then/again 偶爾

---

12 **exercise**

[ˋɛksə͵saɪz]

n. [U] 運動；[C] 習題，練習

▲The doctor advised that Tom **do exercise** regularly.

醫生建議 Tom 要規律做運動。

▲The student is doing some English **exercises** to practice his vocabulary. 這學生正在做一些英文習題來練習他的字彙。

exercise

[ˋɛksə͵saɪz]

v. 運動；運用

▲My aunt **exercises** for one hour each day to remain healthy.

我嬸嬸每天運動一個小時以保持健康。

▲Willy was encouraged to **exercise** his **right** to vote.

Willy 被鼓勵要去行使投票的權利。

---

13 experience

[ɪk`spɪrɪəns]

n. [C][U] 體驗，經驗 [反] inexperience

▲The job didn't need any previous **work experience**.

這份工作不需要任何工作經驗。

experience

[ɪk`spɪrɪəns]

v. 體驗，經驗

▲The Jacksons **experienced** some difficulties when they first moved to the United States.

Jackson 一家人剛搬到美國時經歷了一些困難。

experienced

[ɪk`spɪrɪənst]

adj. 有經驗的 <in>

▲The researcher is very **experienced in** financial analysis.

這位研究人員對於財務分析很有經驗。

---

14 follow

[`fɑlo]

v. 跟著，跟隨；跟隨而來

▲While Joanna was walking in the dark alley, she noticed a man **following** her. 當 Joanna 走在暗巷時，她注意到有個男人在跟蹤她。

▲The car crash was **followed by** a fire. 車禍之後便發生了火災。

💡as follows 如下

---

15 give

[gɪv]

v. 給與，交給 <to> (gave | given | giving)

▲The gentleman **gave** some money **to** the poor man.

這位紳士把一些錢給這窮人。

💡give up 放棄 | give in 讓步

---

16 group

[grup]

n. [C] 群體

▲The volunteers are from different racial **groups**.

這些義工來自不同的種族團體。

group

[grup]

v. (使) 分類 <together, round>

▲The roses on exhibition are **grouped together** by colors.

展覽中的玫瑰按顏色分類。

---

17 hide

[haɪd]

v. 把…藏起來；隱瞞 (消息) <from> (hid | hidden | hiding)

▲Mrs. Benson **hid** her son's present to give him a surprise on his birthday.

Benson 太太把她兒子的禮物藏起來，為了在他生日當天給他驚喜。

▲ I promise I won't **hide** anything **from** you.

我保證我對你不會隱瞞任何事情。

---

18 **history**　　n. [U] 歷史；歷史學

[`hɪstərɪ]　　▲ Our city has a rich **history**. 我們的城市歷史悠久。

▲ Roy took a course in **medieval history**.

Roy 修了一門中古史的課程。

---

19 **mean**　　v. 意思是；有意，打算 (meant | meant | meaning)

[min]　　▲ The phrase "to have a green thumb" **means** "to be good at making plants grow."

「有綠手指」這個詞語是指「擅長讓植物生長」的意思。

▲ I'm sorry. I didn't **mean** to hurt you. 很抱歉。我不是有意傷害你。

mean　　adj. 卑鄙的；吝嗇的 [同] stingy

[min]　　▲ It's **mean** of you to speak ill of your friend.

你說朋友的壞話很卑鄙。

▲ Mr. Roberts is too **mean** to even leave a tip after he eats in a restaurant. Roberts 先生吝嗇到連在餐廳吃完飯後小費都不肯給。

---

20 **more**　　adj. 更多的 [反] less

[mor]　　▲ Would you like some **more** tea? 你還要一些茶嗎？

more　　pron. 更多的事 [反] less, fewer

[mor]　　▲ I'm curious about your date last night; please tell me **more**.

我對你昨晚的約會很好奇，拜託多跟我說一點。

more　　adv. 更多

[mor]　　▲ Can you walk **more** quickly? We're going to be late.

你能走快一點嗎？我們要遲到了。

💡 the more...the more... 越…就越…

---

21 **mother**　　n. [C] 母親

[`mʌðɚ]　　▲ Every **mother** loves her children. 每個母親都愛她的孩子。

---

22 **red**　　adj. 紅色的；(臉等) 變紅的 (redder | reddest)

[rɛd]　　▲ Jim painted the window frame **red**. Jim 將窗框漆成紅色。

▲Judy's face **turned red** with embarrassment.

Judy 尷尬得滿臉通紅。

red　　`n.` [C][U] 紅色

[rɛd]

▲Traditionally, Chinese brides often dressed in **red**.

傳統上，中國新娘通常穿紅色禮服。

---

23 **salt**　　`n.` [U] 鹽

[sɔlt]

▲The chef added some **salt** to the soup after tasting it.

主廚嚐過湯頭後在裡面加了一些鹽。

salt　　`v.` 給…加鹽

[sɔlt]

▲Remember to **salt** the fish before you roast it.

記得在烤魚之前先抹鹽巴。

salt　　`adj.` 含鹽的

[sɔlt]

▲Sam ordered some **salt** peanuts to go with his beer.

Sam 點了一些鹽花生配啤酒。

---

24 **student**　　`n.` [C] 學生

[`stjudn̩t]

▲My sister is a medical **student**. 我姊姊是醫學院學生。

---

25 **who**　　`pron.` 誰

[hu]

▲**Who** is the red-haired girl standing by the door?

站在門邊那個紅髮女孩是誰？

Unit 7

1 **bank**　　`n.` [C] 銀行；河岸

[bæŋk]

▲Tammy opened an account with the **bank**.

Tammy 在這家銀行開戶。

▲I like to take a walk along the **bank** of the river. 我喜歡沿河岸散步。

bank　　`v.` 把錢存入銀行 <with, at>

[bæŋk]

▲Mr. Jones always **banks with** Hope Bank.

Jones 先生總是把錢存入 Hope 銀行。

💡 bank on sb/sth 依賴…，指望…

---

2 **break**
[brek]

n. [C] 中斷；中間休息

▲There has been no **break** in the rain for days.

　已經連續不停下了好幾天的雨。

▲Let's **take a break** for lunch.

　讓我們休息一下，吃個午餐。

break
[brek]

v. 破碎，弄斷；打破 (broke｜broken｜breaking)

▲Nelson **broke** his leg in the baseball game.

　Nelson 在棒球比賽中摔斷了腿。

▲The athlete **broke** the record for the long jump.

　那名運動員打破跳遠的紀錄。

💡 break down (車輛等) 故障｜break up with sb 與…分手

3 **check**
[tʃɛk]

v. 檢查 <for>；核實，得到資訊

▲After you finish the test, be sure to **check** the answers **for** mistakes. 你做完試卷後一定要檢查答案有沒有錯誤。

▲Rosalie emailed the store to **check** when her order would arrive.

　Rosalie 寫電子郵件給商店以確認她訂購的東西何時會到。

💡 check in/into sth (在飯店等) 辦理入住手續｜check out (在飯店等) 辦理退房手續

check
[tʃɛk]

n. [C] 檢查；帳單 [同] bill

▲The worker gave the machine a thorough **check**.

　這工人把機器徹底檢查一遍。

▲Could I have the **check**, please? 請把帳單給我好嗎？

4 **choice**
[tʃɔɪs]

n. [C][U] 選擇；[sing.][U] 選擇範圍

▲It's difficult for Andy to **make a choice** between the two cars.

　Andy 要在這兩輛車上做選擇是很困難的。

▲That store offers a **wide choice** of the latest fashions.

　那間商店有許多最新流行的商品可供選擇。

💡 have no choice but to V 別無選擇只好…

choice
[tʃɔɪs]

adj. 上等的，優質的

▲The **choice** rib-eye steak is very tender and juicy.

　這塊上等的肋眼牛排非常鮮嫩多汁。

5 death

[dɛθ]

n. [C][U] 死亡

▲Louisa miraculously escaped **death** in the plane crash.

在墜機事件中，Louisa 奇蹟似地死裡逃生。

💡 put sb to death 把…處死

6 drop

[drɑp]

v. 滴落 <from, off>；(使) 落下 (dropped｜dropped｜dropping)

▲Sweat **dropped from** the farmer's forehead.

汗從農夫的額頭流下來。

▲Noah **dropped** the cup, and it broke into pieces on the floor.

Noah 讓杯子掉下來，它在地板上摔成碎片。

💡 drop out 中斷，退出｜drop by sb 拜訪…

drop

[drɑp]

n. [C] 滴 <of>

▲Some **drops of** rain fell on the leaves. 一些雨滴落在樹葉上。

7 eye

[aɪ]

n. [C] 眼睛

▲The baby fell asleep soon after he closed his **eyes**.

嬰兒閉上眼睛後很快就睡著了。

💡 catch sb's eye 引起…的注意｜keep an eye on... 注意…

8 family

[ˋfæməlɪ]

n. [C][U] 家人，家庭 (pl. families)；(動植物的) 科

▲Wendy's **family** often gets together during holidays.

Wendy 的家人通常在假日時會聚在一起。

▲Penguins are part of the bird **family**. 企鵝是鳥類的一種。

9 for

[fɔr]

prep. 給；為了 (目的、用途等)

▲Someone left a message **for** you at the front desk.

有人在櫃檯留了訊息給你。

▲Robin plays golf **for** recreation. Robin 打高爾夫球是為了消遣。

for

[fɔr]

conj. 因為，由於 [同] because

▲Ashley couldn't go swimming with us, **for** she had something important to do.

Ashley 無法跟我們一起去游泳，因為她有重要的事要做。

10 friendly

[ˋfrɛndlɪ]

adj. 友善的，親切的 <to, towards> [反] unfriendly

(friendlier｜friendliest)

▲Ruby is very **friendly to** all the people around her.

Ruby 對身邊的人都很親切。

💡 be friendly with sb 和…交好

---

11 **fruit**

[frut]

n. [C][U] 水果 (pl. fruit, fruits)

▲Which **fruit** would you prefer? Apples or oranges?

你比較喜愛哪種水果？蘋果還是柳丁？

💡 the fruit(s) of sth …的成果

---

12 **hope**

[hop]

v. 希望

▲I **hope** that I can do well on the test. 我希望我考試能考得不錯。

hope

[hop]

n. [C][U] 希望 <of, for>

▲Charles had **hopes of** studying abroad after graduation.

Charles 希望畢業後能出國念書。

💡 in the hope of... 希望…

---

13 **important**

[ɪm`pɔrtn̩t]

adj. 重要的 <to>

▲My family is very **important to** me 我的家人對我來說很重要。

---

14 **keep**

[kip]

v. 保持；保留，保存 (kept | kept | keeping)

▲Roy drank three cups of coffee to **keep** awake during the all-day meeting. Roy 喝了三杯咖啡以在這整天的會議中保持清醒。

▲Rebecca **kept** some old pictures in the small box.

Rebecca 將一些舊照片存放在這小盒子裡。

💡 keep on V-ing 繼續做… | keep up with sb 跟上… | keep sb from V-ing 使…不能做…

keep

[kip]

n. [U] 生計，生活費用

▲Mrs. Mitchell asked her grown-up son to get a job and **earn his keep**. Mitchell 太太要她成年的兒子找個工作自謀生計。

---

15 **know**

[no]

v. 知道，了解；認識 (knew | known | knowing)

▲Do you **know** when Uncle Ben will arrive?

你知道 Ben 叔叔什麼時候會到嗎？

▲We've **known** the Coopers for more than 20 years.

我們認識 Cooper 一家人已經超過二十年了。

known

[nɔn]

adj. 聞名的 <for, as>

▲ Taipei 101 is **known as** the tallest building in Taiwan.

臺北 101 以臺灣最高的建築物聞名。

---

16 **life**

[laɪf]

n. [C][U] 生命；生活 (pl. lives)

▲ Hundreds of **lives** were lost in the terrible accident.

數百人在這場恐怖的意外中喪生。

▲ Mr. Cruz leads a peaceful **life** in the country.

Cruz 先生在鄉下過著平靜的生活。

💡 bring sth to life 使…鮮活起來 | come to life 有生機 | for life 終生

---

17 **must**

[mʌst]

aux. 必須；一定 (表推測)

▲ Everyone **must** obey the law. 每個人必須遵守法律。

▲ Nancy dozed off in class this morning; she **must** have stayed up late last night. Nancy 今早上課打瞌睡，她昨晚一定是熬夜到很晚。

must

[mʌst]

n. [C] 必須要做的事，必不可少的事物

▲ Visiting the Statue of Liberty is a **must** when you go to New York City. 你去紐約市一定要去參觀自由女神像。

---

18 **next**

[nɛkst]

adj. 下一個的

▲ The rock band will give a concert tour in Europe **next** month.

這搖滾樂團下個月會在歐洲進行巡迴演出。

next

[nɛkst]

adv. 接下來

▲ First, melt butter and chocolate in the pan. **Next**, add two eggs to the mixture.

首先，在鍋中融化奶油和巧克力。接下來，加入兩個蛋到混合物中。

💡 next to 在…的隔壁；幾乎…；僅次於…

---

19 **night**

[naɪt]

n. [C][U] 夜晚 [反] day

▲ We have to find a place to stay for the **night**. 我們必須找地方過夜。

💡 night after night 每晚 | night owl 夜貓子

---

20 **school**

[skul]

n. [C][U] 學校；上學期間

▲ Mr. Hill drives his children to **school** every day.

Hill 先生每天都開車送孩子去學校。

▲Emily often goes to the library **after school**.

Emily 放學後通常會去圖書館。

school

[skul]

v. 訓練，培養；教育

▲The workers **were schooled in** communication skills.

這些員工被培訓溝通技巧。

▲Gregory was **schooled** at home. Gregory 是在家裡受教育的。

schooling

[ˋskulɪŋ]

n. [U] 學校教育

▲It was surprising that the learned man didn't receive much **schooling**. 這位學識淵博的人沒有接受太多學校教育，真是令人驚訝。

21 **start**

[stɑrt]

v. 開始 [同] begin；創辦

▲More and more people today **start** to bring their own shopping bags with them. 現今有越來越多人開始攜帶自己的購物袋。

▲Mr. Green **started** his own company at the age of 30.

Green 先生在三十歲時創辦了自己的公司。

💡to start with 首先｜start on sth 開始進行｜start over 重做

start

[stɑrt]

n. [sing.] 開頭，開端

▲Eric didn't get along with Scott **from the start**.

Eric 從一開始就跟 Scott 不合。

22 **successful**

[səkˋsɛsfəl]

adj. 成功的 <in>

▲Joe was **successful in** persuading his mother to change her mind. Joe 成功地說服他媽媽改變心意。

23 **sun**

[sʌn]

n. [sing.] 太陽 (the ～)；陽光 <in>

▲There is nothing new under **the sun**. 【諺】太陽底下沒有新鮮事。

▲Let's go out and have a picnic **in the sun**.

我們出去在陽光下野餐吧。

sun

[sʌn]

v. 曬太陽，做日光浴 (sunned｜sunned｜sunning)

▲Brenda **sunned herself** on the beach. Brenda 在沙灘上曬太陽。

24 **up**

[ʌp]

adv. 向上；(價值等) 增高地 [反] down

▲The birds flew **up** into the air. 小鳥群飛上了天空。

▲The interest rate was **up** by 0.03%. 利率上升了 0.03%。

💡up and down 上上下下地；來回地

up	prep. 在…上面 [反] down；沿著，順著 [反] down
[ʌp]	▲There is an attic **up** the stairs. 這樓梯上面有一個閣樓。
	▲You'll find a convenience store **up** the road.
	你會看到這條路的前方有一間便利商店。
up	adj. 向上的 [反] down
[ʌp]	▲Lisa took the **up** escalator to the Men's Department.
	Lisa 搭著往上的電扶梯到男裝部。
up	v. 提高，增加 (upped | upped | upping)
[ʌp]	▲The store **upped** the sale prices to make more profits.
	這間店提高售價以獲取更多利潤。
up	n. [C] 興盛，繁榮
[ʌp]	▲Mr. Morgan's business has had its **ups and downs** over the years. Morgan 先生的事業這幾年經歷了盛衰起伏。

25 **what**	pron. 什麼
[hwɑt]	▲**What** had happened before we arrived at your place?
	我們到達你家之前發生了什麼事？
	💡What about...? …如何？(提供建議) | What if...? 要是…會怎麼樣？
what	adj. 多麼
[hwɑt]	▲**What** a beautiful place! 多麼漂亮的地方啊！

Unit 8

1 **act**	n. [C] 行為 <of>；(戲劇或歌劇的) 幕
[ækt]	▲John was awarded a medal for his **act of** courage.
	John 因為他英勇的行為而獲頒獎牌。
	▲The play has a total of three **acts**. 這齣劇有三幕。
act	v. 行為，舉止 <like>；採取行動
[ækt]	▲Even though Mark is 18 years old, he still **acts like** a child.
	雖然 Mark 十八歲了，他行為舉止像個孩子一樣。
	▲Think before you **act**. 深思而後行。

2 **after**

[`æftɚ]

| prep. | 在…之後 [反] before |

▲Mr. Reed went to work **after** breakfast.

Reed 先生吃完早餐後就去上班了。

💡after all 畢竟 | one after another 陸續地

after

[`æftɚ]

| conj. | 在…之後 [反] before |

▲David went to bed soon **after** he brushed his teeth.

David 刷了牙不久後就上床睡覺了。

after

[`æftɚ]

| adv. | 之後，後來 [反] before |

▲Thomas will visit his grandparents tomorrow or the day **after**.

Thomas 明天或後天會去看望祖父母。

3 **animal**

[`ænəml]

| n. | [C] 動物 |

▲The charitable organization aims to help **stray animals**.

這個慈善機構目標是幫助流浪動物。

4 **black**

[blæk]

| adj. | 黑色的；黑人的 |

▲Ida looked slim in the **black** dress.

Ida 穿這件黑色的洋裝看起來很苗條。

▲Michael Jackson was a well-known **black** singer.

麥可傑克森是知名的黑人歌手。

black

[blæk]

| n. | [U] 黑色；[C] 黑人 (also Black) |

▲People often dress in **black** when attending funerals.

人們去參加喪禮時通常會穿黑色衣服。

▲Two **blacks** were charged with murder. 兩名黑人因為謀殺罪被起訴。

5 **born**

[bɔrn]

| adj. | 天生的 |

▲Michael Jordan is a **born** sportsman.

麥可喬登是天生的運動員。

6 **cold**

[kold]

| adj. | 寒冷的 [反] hot；冷淡的 <toward> [反] warm |

▲Put on your coat; it's freezing **cold** outside.

穿上你的外套，外面非常冷。

▲Lillian is always **cold toward** her husband.

Lillian 對她丈夫總是很冷淡。

cold

[kold]

n. [U] 寒冷；[C] 感冒

▲There was a poor beggar standing outside **in the cold**.

有個可憐的乞丐站在寒冷的戶外。

▲Hannah can't go to school, for she's **caught a** bad **cold**.

Hannah 無法去上學，因為她得了重感冒。

7 **cookie**

[`kukɪ]

n. [C] 餅乾 [同] biscuit

▲My mom bakes **cookies** for us every weekend.

我媽媽每個週末都烤餅乾給我們吃。

8 **course**

[kors]

n. [C] 課程 <on, in>；[sing.] 過程，進展

▲Patty **took** a **course in** American literature this semester.

Patty 這個學期修了美國文學課程。

▲I can't follow the **course** of your argument. 我不了解你論點中的脈絡。

course

[kors]

v. 奔流，奔湧 <down>

▲Tears **coursed down** Mina's cheeks as she read the touching story. Mina 在讀這感人故事時，淚水從她臉頰滾落。

9 **east**

[ist]

n. [U] 東方 (also East) (abbr. E) (the ～)

▲Hualien is in **the east** of Taiwan.

花蓮位在臺灣東方。

east

[ist]

adj. 東方的，東部的 (also East) (abbr. E)

▲We'll travel around the **east** coast of Australia during summer vacation. 我們暑假期間會去澳洲東海岸旅遊。

east

[ist]

adv. 朝向東方 (also East) (abbr. E)

▲According to the map, you should drive **east** for three miles and turn north. 根據地圖，你應該往東開三英里後轉彎向北。

10 **example**

[ɪg`zæmpl]

n. [C] 例子；典範 <of>

▲This is a classic **example of** where most students make their mistakes. 這是一個學生會犯錯的經典例子。

▲Oliver's parents asked him to behave himself and **set a** good **example for** his younger brother.

Oliver 的父母要他規範自己的行為，給弟弟樹立好榜樣。

💡 for example 例如 ｜ follow sb's example 仿效…

11 fat

[fæt] | n. | [U] 脂肪，肥肉

▲Barbara cut some **fat** from the meat before cooking it.

Barbara 在烹煮前先將這塊肉的一些肥肉去除。

fat

[fæt] | adj. | 肥胖的 [反] thin (fatter｜fattest)

▲Having too many sweets makes people **get fat** easily.

吃太多甜食容易讓人發胖。

12 full

[fʊl] | adj. | 充滿的 <of>；完整的

▲The tank is **full of** water. 水箱裝滿了水。

▲Please fill in your **full** name and address in the form.

請在這表格中填寫你的完整姓名和地址。

13 interested

[ˋɪntrɪstɪd] | adj. | 感興趣的 <in> [反] uninterested, bored

▲George is **interested in** studying marine creatures.

George 對於研究海洋生物有興趣。

14 just

[dʒʌst] | adv. | 正好；只是 [同] only

▲The flat is **just** right for a family of four. 這間公寓正好適合一家四口。

▲Don't get mad at Josh; he is **just** a four-year-old child.

不要對 Josh 生氣，他只是個四歲的孩子。

💡 just now 剛才｜just in case 以防萬一

just

[dʒʌst] | adj. | 公正的，正義的

▲It is a **just** decision made by the **just** man.

這是這個正義的人所做出的公正決定。

15 leave

[liv] | v. | 離開；留下 (left｜left｜leaving)

▲Sylvia **left** without saying goodbye to the host.

Sylvia 沒向主人道別就走了。

▲Tim is not in right now. Do you want to **leave** a message?

Tim 現在不在。你要留話嗎？

💡 leave sth behind 留下⋯

leave

[liv] | n. | [U] 休假

▲Anna had two weeks' **paid leave**. Anna 有兩個禮拜的帶薪假。

💡 annual/unpaid/sick/parental/maternity leave 年／無薪／病／育嬰／產假

16 look

[lʊk]

v. 看 <at>；看起來

▲The kids are **looking at** the flying clouds in the sky.

孩子們正看著天空中的浮雲。

▲Linda **looks** beautiful in the new dress.

Linda 穿新洋裝看起來很漂亮。

💡look like 看起來像 ｜ look after 照顧 ｜ look forward to V-ing 盼望…

look

[lʊk]

n. [C] 看，注視 <at>

▲Do you want to **have/take a look at** my paintings?

你想看看我的畫嗎？

17 main

[men]

adj. 主要的

▲Dora wrote down the **main** points of the speech in her notebook.

Dora 在筆記本上寫下演講的要點。

main

[men]

n. [C] (輸送水、煤氣等的) 主要管線

▲The earthquake caused the **gas main** to burst.

地震造成這條煤氣管線破裂。

mainly

[`menlɪ]

adv. 主要地 [同] primarily

▲The film festival was **mainly** funded by the government.

電影節主要是由政府資助。

18 man

[mæn]

n. [C] 男人；[U] 人類 (pl. men)

▲The **man** in a black suit is my brother.

那個穿黑色西裝的男人是我哥哥。

▲This is one of the greatest hurricanes known to **man**.

這是人類已知最嚴重的颶風之一。

man

[mæn]

v. 為…配備人手 (manned ｜ manned ｜ manning)

▲Fire stations are usually **manned** around the clock.

消防局通常全天候都有配備人手。

19 money

[`mʌnɪ]

n. [U] 錢，金錢

▲Jane spent a lot of **money** on clothes.

Jane 花了很多錢在衣服上。

💡make/earn money 賺錢

20 open   adj. 開著的；開放的，可用的 [反] closed, shut

[ˋopən]

▲It was strange that my neighbor left the front door **open**.

我鄰居的前門大開很奇怪。

▲The swimming pool is **open** from Monday to Saturday.

這游泳池週一到六都有開放。

open   v. (使) 開始；打開

[ˋopən]

▲The new shopping mall is due to **open** this Friday.

那間新的購物中心預計本週五開幕。

▲It's hot here; please **open** the window. 這裡好熱，麻煩請開窗。

💡open sb's eyes (to sth) 使…認清 | open the door to sth 使…成為可能

21 serious   adj. 嚴重的；認真的 <about>

[ˋsɪrɪəs]

▲Bullying has become a very **serious** problem in high schools.

霸凌在中學已經變成很嚴重的問題。

▲Are you **serious about** moving to Taitung?

你想搬去臺東是認真的嗎？

seriously   adv. 嚴重地；嚴肅地，認真地

[ˋsɪrɪəslɪ]

▲The man was **seriously** injured in the car crash.

那名男子在車禍中受重傷。

▲The government should **take** the environmental issue **seriously**.

政府應該認真看待環境議題。

22 story   n. [C] 故事；新聞報導

[ˋstorɪ]

▲Mr. Brooks reads a bedtime **story** to his daughter every night.

Brooks 先生每晚都讀床邊故事給他女兒聽。

▲The front-page **story** in the newspaper was the presidential election. 這報紙的頭版新聞是關於總統選舉。

💡end of story 就是這樣，沒什麼好說了

23 that   conj. (用以引導子句，常可省略)

[ðæt]

▲Gina said (**that**) she would give you a call today.

Gina 說她今天會打電話給你。

that pron. (用來當關係代名詞)；那，那個

[ðæt] ▲George Bernard Shaw is one of the greatest dramatists **that** have ever lived. 蕭伯納是歷史上最偉大的劇作家之一。

▲Do you see the pretty girl over there? **That**'s my new girlfriend. 你有沒有看到那邊那個漂亮的女孩？那是我的新女朋友。

that adv. 那麼

[ðæt] ▲Sorry, I can't wait **that** long. 不好意思，我等不了那麼久。

that adj. 那個 (pl. those)

[ðæt] ▲Who is **that** girl in a pink dress? 那個穿粉色洋裝的女孩是誰？

---

24 **when** adv. 何時

[hwɛn] ▲**When** did Edward quit his job? Edward 是何時離職的？

when conj. 做…的時候，當…時

[hwɛn] ▲Wilson danced with joy **when** he heard the good news. Wilson 聽到這個好消息時整個人手舞足蹈起來。

when pron. 何時

[hwɛn] ▲Since **when** did you begin to study French? 你何時開始學法語的？

---

25 **where** conj. 在…的地方

[hwɛr] ▲Mrs. Foster put the medicine **where** her children couldn't reach. Foster 太太把藥放在孩子拿不到的地方。

where adv. 哪裡

[hwɛr] ▲**Where** will you spend your winter vacation? 你要去哪裡過寒假？

where pron. 哪裡

[hwɛr] ▲**Where** are you from? 你是哪裡人？

where n. 哪裡 (指來源)

[hwɛr]

Unit 9

1 **able** adj. 能夠的 [反] unable；聰明能幹的

[ˈebl̩] ▲Ms. Ross **is able to** speak five languages. Ross 小姐會說五種語言。

▲The **able** student can solve difficult math problems.

這個聰明的學生可以解開困難的數學題。

2	**about**	prep.	有關，在⋯方面；在⋯四周 [同] round, around
	[ə`baʊt]		▲The book is **about** child development. 這本書是關於孩童發展。
			▲The dog ran wildly **about** the room. 狗在房間裡瘋狂地跑來跑去。
	about	adv.	大約，差不多 [同] roughly, approximately；四處 [同] around
	[ə`baʊt]		▲Paul broke up with his girlfriend **about** one month ago.
			Paul 大約是一個月前跟他女友分手。
			▲My son's toys were scattered **about**. 我兒子的玩具散落四處。

3	**across**	prep.	穿過，橫越；在⋯的另一邊
	[ə`krɔs]		▲The local people built a bridge **across** the river.
			當地人在河上造了一座橋。
			▲The Woods live **across** the street. Woods 一家人住在對街。
	across	adv.	從一邊到另一邊，橫過
	[ə`krɔs]		▲There isn't a bridge, so we'll have to swim **across**.
			這裡沒有橋，所以我們得游過去。

4	**ago**	adv.	以前，之前
	[ə`go]		▲A long time **ago**, there lived a monster in the castle.
			很久以前，這個城堡裡住了一隻怪獸。

5	**camera**	n.	[C] 照相機
	[`kæmərə]		▲Don't forget to take a **digital camera** with you when you go on a
			school outing. 你去校外教學時別忘了要帶數位相機。

6	**each**	pron.	每個
	[itʃ]		▲**Each** of the boys has a cap on. 每個男孩都戴著帽子。
	each	adj.	每個
	[itʃ]		▲There are trees on **each** side of the street. 這條街兩側都有樹。
	each	adv.	各自
	[itʃ]		▲The teacher gave his pupils a pencil **each**. 老師給每個學生一枝鉛筆。

7	**easy**	adj.	容易的 [反] hard, difficult；安逸的 [反] hard (easier｜easiest)
	[`izɪ]		▲The question was so **easy** that Ben answered it right away.
			這個問題如此簡單以致於 Ben 立刻就回答。

▲The wealthy man led an **easy** life. 這富人過著安逸的生活。

💡take it easy 休息；放輕鬆 | go easy on sb 寬容對待…

8　**either**　| adv. | 也 (用於否定句)

[ˋiðɚ]　▲Kelly doesn't like seafood and her sister doesn't, **either**.

Kelly 不喜歡海鮮，且她妹妹也不喜歡。

either　| pron. | 兩者中任何一方

[ˋiðɚ]　▲**Either** of the books will do. (兩本中) 任何一本書都可以。

either　| adj. | (兩者中) 各方、任一

[ˋiðɚ]　▲Coke and Pepsi are both fine with me. Bring me **either** one.

可口可樂和百事可樂我都可以。隨便拿一罐給我。

either　| conj. | 不是…就是… <or>

[ˋiðɚ]　▲**Either** Jason **or** Kevin should be responsible for the accident.

不是 Jason 就是 Kevin 要為這個意外事件負責。

9　**face**　| n. | [C] 臉；表情

[fes]　▲There is a birthmark on Jessica's **face**. Jessica 的臉上有一個胎記。

▲Everyone can tell from Tony's **face** that he is very happy.

每個人都可以從 Tony 的表情看出他很開心。

💡face to face 面對面 | in the face of sth 不顧… ; 面臨 (負面狀況)…

face　| v. | 面對，面臨

[fes]　▲The scientists are **faced with** new challenges.

這些科學家正面臨新的挑戰。

10　**far**　| adv. | 遠地，遙遠地；遠遠，非常

[fɑr]　▲Ryan had to drive **far** to his uncle's farm.

Ryan 必須開很遠的路到他叔叔的農場。

▲Your computer is **far** better than mine. 你的電腦比我的好太多了。

💡so far 到目前為止 | go too far 做得太超過

far　| adj. | 遙遠的 (farther, further | farthest, furthest)

[fɑr]　▲My hometown is not **far** from Taipei. 我的家鄉離臺北不遠。

11　**find**　| v. | 發現，找到；認為，發覺 (found | found | finding)

[faɪnd]　▲Dennis **found** his wallet under the sofa.

Dennis 在沙發底下找到他的皮夾。

▲ Rosa **finds** her roommate difficult to get along with.

Rosa 覺得她的室友很難相處。

💡 find sth out 查明…，找出…

find
[faɪnd]

`n.` [C] 發現物

▲ The archaeological **finds** will be displayed in the museum.

這些考古的發現將會在博物館展出。

---

12 grass
[græs]

`n.` [C][U] 草

▲ Cattle are feeding on the **grass**. 牛群在吃草。

---

13 head
[hɛd]

`n.` [C] 頭；智力

▲ Joyce **shook her head** to show her disapproval of the plan.

Joyce 搖頭以表示不贊同這個計畫。

▲ The teacher asked his students to use their **head** to solve the riddle. 這老師要求學生動動腦解開謎題。

💡 come into sb's head 浮現腦海 | keep sb's head 保持冷靜

head
[hɛd]

`v.` 朝某特定方向前進 <for, toward>

▲ Sophie **headed for** her bed as soon as she got home.

Sophie 一到家就朝她的床走去。

---

14 hold
[hold]

`v.` 抓住；舉行 (held | held | holding)

▲ The old couple **held hands** while walking.

這對年老的夫妻走路時手牽手。

▲ Jamie's birthday party will be **held** in the fast food restaurant.

Jamie 的生日派對會在那家速食餐廳舉行。

💡 hold sth back 阻擋…；抑制 (情感) | hold on 持續；不要掛電話

hold
[hold]

`n.` [sing.] 抓，握 <on>

▲ The beggar kept a **tight hold on** the bill a passerby had given him. 那乞丐緊緊握住路人給他的紙鈔。

---

15 it
[ɪt]

`pron.` 它 (指無生命的物品、動植物、性別不詳的幼孩等)；這，那 (用來做主詞或受詞)

▲ The fax machine is out of order, and I'll have **it** fixed today.

傳真機壞了，我今天會找人修理它。

▲Leo finds **it** interesting to do the crossword.

Leo 覺得玩縱橫填字遊戲很有趣。

its　`pron.` 它的

[ɪts]　▲The dog waved **its** tail at the boy. 這隻狗對男孩搖尾巴。

itself　`pron.` 它自己，它本身

[ɪt`sɛlf]　▲Strangely, the cellphone switched **itself** off.

好奇怪，這支手機自行關機了。

---

16 **kill**　`v.` 殺死，使致死；停止，終止

[kɪl]　▲The Anderson family was **killed** in a severe earthquake.

Anderson 一家死於一場大地震。

▲The medicine is helpful in **killing** pain. 這個藥物可以幫助止痛。

kill　`n.` [sing.] 被捕殺的動物

[kɪl]　▲The lion swiftly seized its **kill** and ran away.

獅子迅速抓住牠捕殺的獵物就跑走了。

killer　`n.` [C] 殺人者，凶手；致命疾病

[`kɪlɚ]　▲The **killer** was put in prison for twenty years.

那位殺人凶手要入獄二十年。

▲Cancer is the biggest **killer** in the country.

癌症是這個國家最大的致命疾病。

💡serial killer 連環殺手

---

17 **live**　`v.` 居住；生存

[lɪv]　▲Billy **lives** with his grandfather in the cottage.

Billy 和他爺爺同住在這個村舍裡。

▲Humans can't **live** without water. 人類沒有水不能存活。

💡live on sth 依靠…生活；吃…生存 | live through sth 經歷 (困難的狀況)

live　`adj.` 活的；現場播出的

[laɪv]　▲It is a thrilling experience to see a **live** bear.

看見活生生的熊是個刺激的經驗。

▲It is interesting to watch a **live** TV program.

看現場直播的電視節目很有趣。

living

['lɪvɪŋ]

n. [C] 生計，收入

▲The old lady **made a living** by selling flowers.

那名老婦人藉由賣花維生。

---

18 **may**

[me]

aux. 可以 (表示允許) [同] can；可能 [同] might

▲"**May** I come in?" "Yes, you **may**." 「我可以進來嗎？」「可以。」

▲It **may** rain tomorrow. 明天可能會下雨。

---

19 **member**

['mɛmbɚ]

n. [C] 會員；成員，一分子

▲The swimming pool is for club **members** only.

這個游泳池僅供俱樂部會員使用。

▲All the **members** of our family will get together on New Year's

Eve. 我們家所有的家庭成員在除夕夜會聚在一起。

---

20 **modern**

['mɑdɚn]

adj 現代的 [同] up-to-date

▲The Internet has played a significant role in **modern** life.

網路在現代生活中扮演著重要的角色。

---

21 **music**

['mjuzɪk]

n. [U] 音樂

▲Listening to **classical music** helped Joan relax after work.

聽古典樂幫助 Joan 在下班後放鬆。

💡be music to sb's ears 對…是中聽的話 | face the music 勇敢面對批評

或處罰

---

22 **news**

[njuz]

n. [U] 新聞；消息 <of, on, about>

▲Mr. Roberts watches the seven o'clock **news** on TV every day.

Roberts 先生每天收看七點鐘的電視新聞。

▲Rachel's face turned pale after hearing the **news of** her father's

death. Rachel 聽到父親的死訊時臉色變慘白。

💡break the news to sb 透露壞消息給…

newscast

['njuz,kæst]

n. [C] 新聞廣播或節目

▲The weather forecast appeared at the end of the **newscast**.

氣象預報在新聞節目的尾聲出現。

---

23 **play**

[ple]

v. 玩 <with>；參加 (遊戲、比賽等)

▲The girl **played with** her dog in the park. 這女孩在公園和她的狗玩。

▲Oscar often **plays cards** with his friends on weekends.

Oscar 通常會在週末和朋友玩牌。

play

[ple]

| n. | [C] 戲劇，劇本 |

▲Maggie played a leading role in the school **play**.

Maggie 在學校的戲劇中扮演要角。

---

24 **water**

[`wɔtɚ]

| n. | [U] 水 |

▲Ella drinks a glass of **water** right after she gets up in the morning.

Ella 早上一起床就喝一杯水。

💡pour cold water on/over sth 潑⋯冷水

water

[`wɔtɚ]

| v. | 給⋯澆水 |

▲Mr. Cruz **waters** the lawn almost every day.

Cruz 先生幾乎每天都給草坪澆水。

---

25 **young**

[jʌŋ]

| adj. | 年輕的，年幼的 |

▲Although Lucy is **young**, she is mature and wise.

雖然 Lucy 很年輕，她成熟又聰慧。

young

[jʌŋ]

| n. | [pl.] 年輕人 (the ～) |

▲**The young** should be taught to respect the elderly.

年輕人應該要被教導要尊敬老年人。

Unit 10

1 **as**

[æz]

| conj. | 像⋯一樣；當⋯時 |

▲Jose kept changing jobs **as** his brother did.

Jose 像他哥哥一樣一直在換工作。

▲It started to rain **as** Nathan walked out of the MRT station.

Nathan 走出捷運站時就開始下雨。

💡as if/though 彷彿，好像

as

[æz]

| adv. | 像⋯ (一樣) |

▲Victoria's skin is **as** white **as** snow. Victoria 的肌膚像雪一樣白皙。

	💡 as...as possible 盡可能地…
as	prep. 作為
[æz]	▲Adam used his umbrella **as** a weapon when he was attacked by a stranger on the street. Adam 在街上受到陌生人攻擊時拿傘當武器。

2	**bad**	adj. 壞的，不好的 <for> [反] good (worse｜worst)
	[bæd]	▲Drinking too much alcohol is **bad for** health.
		飲酒過多有害健康。
		💡feel bad about sth 對…感到難過或羞愧｜go from bad to worse 每況愈下

3	**believe**	v. 相信
	[br`liv]	▲Don't **believe** everything you hear. 別相信你所聽到的每件事。
		💡make believe 假裝｜believe it or not 信不信由你
	believable	adj. 可信的
	[br`livəbḷ]	▲I think what Vincent said is quite **believable**.
		我覺得 Vincent 說的話可信度很高。

4	**body**	n. [C] 身體；屍體
	[`badɪ]	▲My **body** felt tired after a long day's work.
		在工作了一整天之後，我覺得身體很疲累。
		▲A **body** was found in the park last night.
		昨天晚上在那個公園裡發現一具屍體。
		💡body and soul 身心；全心全意

5	**but**	conj. 但是
	[bʌt]	▲I am old, **but** you are still young. 我老了，但是你還年輕。
	but	prep. 除…之外
	[bʌt]	▲Nobody **but** Ruby saw Diane leave.
		除了 Ruby 之外，沒有人看見 Diane 離開。
		💡anything but 絕不｜nothing but 只有
	but	adv. 只是，僅僅
	[bʌt]	▲Johnny is **but** a little child; don't be so hard on him.
		Johnny 只是個小孩子，不要對他這麼嚴苛。

6 chocolate

[`tʃɔklɪt]

n. [C][U] 巧克力

▲Lauren had a **chocolate bar** as a snack.

Lauren 吃一條巧克力棒當點心。

---

7 earth

[ɝθ]

n. [U][sing.] 地球 (also Earth)；[U] 土壤 [同] soil

▲**The Earth** is the 3rd planet from the sun.

地球是從太陽數來的第三個行星。

▲The farmer is plowing the **earth**. 農夫正在耕地。

---

8 enjoy

[ɪn`dʒɔɪ]

v. 喜愛，欣賞；享有

▲We don't like Gary because he **enjoys** making fun of others.

我們不喜歡 Gary，因為他喜愛取笑別人。

▲My ninety-year-old grandmother still **enjoys** good health.

我九十歲的奶奶身體仍然很健康。

enjoyment

[ɪn`dʒɔɪmənt]

n. [U] 愉快，樂趣

▲The noise from next door spoiled Amy's **enjoyment** of the music. 隔壁傳來的噪音破壞了 Amy 欣賞音樂的樂趣。

---

9 even

[`ivən]

adv. 甚至，連；更加

▲**Even** small children can finish the work with ease.

就連小孩都能輕鬆完成這項工作。

▲Ethan is **even** taller than his father. Ethan 比他爸爸還要高。

💡even if/though... 即使… | even so 即使如此

even

[`ivən]

adj. 平坦的，平滑的 [反] uneven；相等的

▲The road is not **even** and needs to be resurfaced.

這條馬路不平而需要重鋪。

▲Emily and her sister are **even** in weight.

Emily 和她妹妹的體重一樣。

💡break even 收支平衡 | get even with sb 對…報復

even

[`ivən]

v. 使相等，使平衡 <up>

▲You bought the food, so if I buy the wine, that will **even** things up. 你買了食物，所以如果我買酒的話，那就扯平了。

💡even sth out 使…均等

---

10 expensive

[ɪk`spɛnsɪv]

adj. 昂貴的 [反] cheap

▲That house is too **expensive** for Robin to afford.

那房子對 Robin 來說太貴了而負擔不起。

---

11 finally

[`faɪn!ɪ]

adv. 最後，終於 [同] eventually

▲After a long search, Martha **finally** found the letter.

Martha 找了很久，最後終於找到了這封信。

---

12 food

[fud]

n. [C][U] 食物，食品

▲The Italian restaurant is famous for its delicious **food**.

這間義式餐廳以它美味的食物聞名。

---

13 front

[frʌnt]

adj. 前面的 [反] back

▲Terry is very short, so he often sits in the **front** row of the classroom. Terry 很矮，所以他經常坐在教室的第一排。

front

[frʌnt]

n. [C] 前面 (usu. sing.) [反] back；鋒面

▲Gloria got on the bus and sat **in the front**.

Gloria 上公車，然後坐在前面的位子。

▲A **cold front** is moving in. 冷鋒逐漸移進來了。

💡 in front of sb/sth 在…前方；在…面前

---

14 hear

[hɪr]

v. 聽見；聽說 <about, of> (heard | heard | hearing)

▲Molly **heard** her husband singing in the shower.

Molly 聽見她丈夫洗澡時在唱歌。

▲Have you **heard about** the latest gossip? 你有聽說最新的八卦嗎？

💡 hear from sb 收到…的消息

hearing

[`hɪrɪŋ]

n. [U] 聽力；[C] 聽證會

▲The study indicates that bats and owls have **good hearing**.

研究指出蝙蝠和貓頭鷹有良好的聽力。

▲A public **hearing** about tax increase will be held tomorrow morning. 增稅的公聽會將於明早舉行。

---

15 island

[`aɪlənd]

n. [C] 島

▲Iceland is an **island** country. 冰島是一個島國。

16 land
[lænd]

n. [U] 陸地；土地

▲The sailors spotted **land** in the distance. 水手們在遠方發現了陸地。

▲Mr. Martin made a fortune by investing in **land**.

Martin 先生藉由投資土地致富。

land
[lænd]

v. (使) 降落 [反] take off；落在 [同] drop

▲The plane crashed when it attempted to **land** in the storm.

飛機試圖在暴風雨中降落時墜毀。

▲As Russell stood under the tree, a leaf **landed** on his shoulder.

Russell 站在樹下的時候，有一片葉子落在他的肩膀上。

17 machine
[mə`ʃin]

n. [C] 機器

▲Today, people have all kinds of **machines** to make their lives easier. 今日，人們有各式各樣的機器讓他們的生活更便利。

💡fax/washing/sewing/vending/answering machine 傳真／洗衣／縫紉／販賣／答錄機

machine
[mə`ʃin]

v. 用縫紉機縫製

▲Denise is busy **machining** the hems of the dress.

Denise 正忙著縫製洋裝的摺邊。

18 move
[muv]

v. (使) 移動；搬家

▲Natalie **moved** around in a wheelchair after losing her legs.

Natalie 失去雙腿後藉由輪椅移動。

▲The Moores are going to **move** into a big house.

Moore 一家人將要搬入大房子。

movement
[`muvmənt]

n. [C] 移動，動作；(有特定目的的) 運動

▲The class closely observed the yoga teacher's **movements**.

整個班級都在仔細觀察瑜伽老師的動作。

▲More and more people are involved in the anti-nuclear **movement**. 越來越多人參與反核運動。

19 number
[`nʌmbɚ]

n. [C] 數字；號碼

▲Three and five are both **odd numbers**. 三和五都是奇數。

▲Your flight **number** will be shown on your boarding pass.

你的航班號碼將會顯示在你的登機證上。

💡a number of sth 幾個⋯

number

[`nʌmbɚ]

v. 給⋯編號

▲The assistant **numbered** all of the files carefully.

這助理仔細地將所有的文件編號。

---

20 **order**

[`ɔrdɚ]

n. [U] 順序 [同] sequence；[C] 訂貨 <for>

▲The information is arranged **in order of** importance.

這些資訊是依重要性次序而編排的。

▲Ted **placed an order for** a bookshelf in the store.

Ted 在這間店訂了一個書架。

💡in order to... 為了 | make sth to order 訂製⋯

order

[`ɔrdɚ]

v. 命令；訂購

▲Ralph **ordered** his dog to come over, and it obeyed right away.

Ralph 命令他的狗過來，然後牠就立刻服從命令。

▲Eugene **ordered** a refrigerator from the online shop.

Eugene 從網路商店訂購了一臺冰箱。

---

21 **public**

[`pʌblɪk]

adj. 大眾的；公共的 [反] private

▲The opinion poll has reflected the **public** views about the new economic policy. 意見調查反映了大眾對新的經濟政策的看法。

▲The city should provide convenient **public transportation**.

都市應該提供方便的大眾交通工具。

public

[`pʌblɪk]

n. [U] 社會大眾 (the ～)

▲The library is open to **the public**. 這間圖書館開放給社會大眾。

💡in public 公開地

---

22 **reason**

[`rizn̩]

n. [C] 理由，原因 <for, behind>

▲The **reason for** Gilbert's resignation was that he had cancer.

Gilbert 辭職的原因是因為他罹患癌症。

💡by reason of 因為

reason

[`rizn̩]

v. 推理，推論

▲Some people **reasoned** that the business closed down due to poor management. 一些人推論這間公司是因經營不善而倒閉。

💡reason with sb 與⋯講道理

---

23 several

[ˋsɛvərəl]

adj. 幾個的，數個的

▲The flood victims had to live in the shelter for **several** months.

那些水災災民必須住在收容所好幾個月。

several

[ˋsɛvərəl]

pron. 幾個，數個

▲**Several** of the guests at the party were strangers to us.

舞會裡有幾個客人我們不認識。

---

24 time

[taɪm]

n. [U] 時間；[C] 次數

▲It is just a matter of **time** before we achieve our goal.

我們實現目標只是時間早晚的問題。

▲Alice's mother has told her many **times** never to talk to strangers. Alice 的媽媽告訴她許多次別跟陌生人說話。

💡in time 來得及 | on time 準時地

time

[taɪm]

v. 為⋯設定時間

▲The bomb was **timed** to explode at 7 o'clock.

炸彈設定在七點鐘爆炸。

---

25 without

[wɪðˋaut]

prep. 沒有

▲Zoe went to work **without** make-up this morning.

Zoe 今天早上沒化妝就去上班了。

without

[wɪðˋaut]

adv. 沒有

▲Since there was no cheese left, we had to do **without**.

由於起司用完了，我們只好將就不用它了。

Unit 11

1 bridge

[brɪdʒ]

n. [C] 橋

▲The locals must cross the **bridge** to go to the neighboring village. 當地人必須過那座橋才能到鄰村。

bridge

[brɪdʒ]

v. 在⋯上架橋；消弭

▲The man cut down a tree to **bridge** the river.

男子砍倒一棵樹在河上架橋。

▲The professor's wish was to **bridge the gap between** the two civilizations. 教授的願望是消弭這兩種文明之間的鴻溝。

| 2 | **car** | n. | [C] 汽車；車廂 [同] carriage |

[kɑr]

▲The boy is too young to drive a **car**. 這男孩太年輕不能開車。

▲The train is made up of fifteen **cars**. 那輛火車是由十五節車廂組成。

| 3 | **ever** | adv. | 曾經；從來 |

[`ɛvɚ]

▲Do you **ever** play chess? 你曾經玩過西洋棋嗎？

▲It was the actress's best performance **ever**.

這是這女演員前所未有的最佳演出。

💡**ever since** 從那以後一直 | **as ever** 同往常一樣

| 4 | **fight** | v. | 戰鬥 <with, against>；打架 <with> (fought | fought | fighting) |

[faɪt]

▲The soldiers **fought** fiercely **against** their enemies.

士兵與他們的敵人激戰。

▲Two boys are **fighting with** each other in the playground.

兩個男孩正在操場上打架。

💡**fight a losing battle** 打一場沒有勝算的仗

| | **fight** | n. | [C] 打架；吵架 |

[faɪt]

▲Last night, there was a **fight** outside the nightclub.

昨晚，夜總會外面有人打架。

▲Carl **had a fight with** his brother. Carl 和他哥哥吵架。

| 5 | **fun** | n. | [U] 開心；樂趣 |

[fʌn]

▲The girls **had** a lot of **fun** singing and dancing.

女孩們又唱又跳很開心。

▲It is **fun** to keep a pet. 養寵物是種樂趣。

💡**make fun of sb/sth** 取笑；拿⋯開玩笑

| 6 | **future** | n. | [C] 未來 (the ～)；前途 |

[`fjutʃɚ]

▲The company is going to move into a new building in **the** near **future**. 這公司在不久的將來要搬進新大樓。

▲Mark is a young man with a promising **future**.

Mark 是一個很有前途的年輕人。

future

[ˋfjutʃɚ]

| adj. | 未來的 |

▲Tina met her **future** husband at a party.

Tina 在派對上遇見她未來的丈夫。

---

7 **green**

[grin]

| adj. | 綠色的；缺乏經驗的 |

▲The mother asked her son to eat more **green** vegetables.

媽媽要她兒子多吃綠色蔬菜。

▲The soldier has never been in combat; he is still **green**.

這個士兵從來沒有打過仗；他仍缺乏經驗。

💡 have a green thumb 善於種植花木 | be green with envy 嫉妒

green

[grin]

| n. | [U] 綠色；[C] 草地 |

▲**Green** is the color of nature. 綠色是自然的顏色。

▲The dog is running across the **green**. 那隻狗正跑過草地。

green

[grin]

| v. | 綠化 |

▲The mayor plans to **green** the streets by adding planter boxes.

市長計劃增加種植箱來綠化街道。

---

8 **grow**

[gro]

| v. | 生長；種植 (grew | grown | growing) |

▲Mosquitoes **grow** in swamps. 蚊子生長在沼澤地。

▲Alice **grew** roses in her garden. Alice 在她的花園裡種植玫瑰。

💡 grow up 長大成人 | grow into... 逐漸成長⋯

---

9 **here**

[hɪr]

| adv. | 在這裡 |

▲The Lins have been living **here** for more than five years.

林氏一家人已經住在這裡超過五年了。

💡 here and there 到處

here

[hɪr]

| n. | [U] 這裡 |

▲The lighthouse is 50 miles away from **here**.

燈塔離這裡有五十英里。

---

10 **high**

[haɪ]

| adj. | 高的；(比一般標準) 高的 [反] low |

▲The **highest** mountain in the world is Mount Everest.

世界上最高的山是聖母峰。

▲The student got a very **high** grade in her English exam.

那位學生在她的英文考試得到非常高的分數。

high
[haɪ]

adv. 高高地，在高處 [反] low

▲The boy kicked the soccer ball **high** into the air.

那個男孩把足球高高地踢入空中。

high
[haɪ]

n. [C] 最高水準

▲June's rainfall **hit a record high**. 六月的降雨量達到創紀錄的最高點。

---

11 **idea**
[aɪ`diə]

n. [C] 主意，想法；[U] 了解，知道 <of>

▲Sam is a man of **ideas**. Sam 有很多點子。

▲Do you **have** any **idea of** what Anne's plan is?

你知道 Anne 的計畫是什麼嗎？

💡have no idea 不知道

---

12 **late**
[let]

adj. 遲的 <for>；晚的

▲Hurry up, or you'll be **late for** school. 趕快，否則你會上學遲到。

▲Gina went to bed since it was very **late** at night.

Gina 上床睡覺，因為時間很晚了。

late
[let]

adv. 遲到 [反] early；晚地

▲Due to the heavy rain, the bus came half an hour **late**.

由於大雨，巴士遲到半小時。

▲The engineer had to work **late** last night.

那位工程師昨晚得工作到很晚。

---

13 **meat**
[mit]

n. [U] 肉類

▲Hannah is a vegetarian. She doesn't eat **meat** at all.

Hannah 吃素。她完全不吃肉。

---

14 **most**
[most]

adv. 最 [反] least；最多

▲I trust you **the most** out of all my friends.

在我所有的朋友中，我最信任你。

▲Those who will benefit **most** from the project are the locals.

從這個企劃案中獲益最多的會是當地人。

most
[most]

pron. 最多；大部分 <of>

▲Of all the strawberry pickers, Jimmy picked **the most** strawberries in the least amount of time.

在所有摘草莓的人中，Jimmy 在最短的時間內採摘了最多的草莓。

▲**Most of** the money for the project came from the government.

這項企劃案大部分的資金來自政府。

most

[most]

adj. 最多的；大部分的

▲Whoever gets **the most** answers right will get first prize.

答對最多的人就得到第一名。

▲**Most** students hate tests. 大部分的學生都討厭考試。

💡 make the most of/get the most out of sth 盡量利用…

---

15 **newspaper**

[`njuz͵pepɚ]

n. [C] 報紙 [同] paper；報社

▲Have you read today's **newspaper**? 你讀過今天的報紙了嗎？

▲The reporter once worked for a local **newspaper**.

那位記者曾經為一家當地的報社工作。

---

16 **old**

[old]

adj. 老的 [反] young；…歲的

▲I helped the **old** man cross the street. 我幫助那位老人過馬路。

▲The teenager is 17 years **old** now. 這位青少年現在十七歲。

---

17 **plan**

[plæn]

n. [C] 計畫 <for>

▲Fred is **making plans for** the summer vacation.

Fred 正在做暑假計畫。

plan

[plæn]

v. 計劃；打算 (planned | planned | planning)

▲If we **plan** carefully, we can complete the work on time.

如果我們仔細計劃，我們可以準時完成工作。

▲Lucy is **planning** to invite her friends to her birthday party.

Lucy 打算邀請朋友參加她的生日派對。

---

18 **problem**

[`prɑbləm]

n. [C] 問題；數學習題

▲The company eventually **solved** the financial **problem**.

那家公司終於解決了財務問題。

▲The teacher gave the students five **problems** to **solve**.

那位老師給學生五道數學習題做。

💡 have problem V-ing... 做…有困難

---

19 **so**

[so]

adv. 如此，那麼；也一樣

▲It was **so** hot **that** I couldn't sleep last night.

昨晚如此熱以致於我無法入睡。

▲Paul likes golf and **so** does George.

Paul 喜歡高爾夫球，George 也一樣。

so　conj. 為了，以便；所以

[so]　▲The teacher spoke clearly **so that** his students could understand him. 那位老師說得很清楚以便他的學生們能了解他。

▲Mandy changed her hairdo completely, **so** no one recognized her. Mandy 完全改變了她的髮型，所以沒人認出她來。

---

20 **test**　n.　[C] 測驗；檢查

[tɛst]　▲The students **had** a math **test** yesterday.

學生們昨天有個數學測驗。

▲The doctor **did** a blood **test**, trying to find out what was wrong with the patient. 那位醫生做了血液檢查，試圖找出病人出了什麼問題。

test　v.　測驗 <.on>；試驗 <on>

[tɛst]　▲The teacher **tested** his students **on** English.

那位老師測驗學生的英文。

▲Experts **tested** a new drug **on** animals.

專家們利用動物來試驗一種新藥。

---

21 **they**　pron. 他們

[ðe]　▲**They** are coming back soon. 他們快要回來了。

them　pron. 他們

[ðɛm]　▲Mark couldn't find his pens. He forgot where he had put **them**.

Mark 無法找到他的筆。他忘記把它們放在哪裡。

their　pron. 他們的

[ðɛr]　▲The mother gave her sons **their** new pants.

媽媽給兒子們他們的新褲子。

theirs　pron. 他們的

[ðɛrz]　▲My bike is black, and **theirs** are yellow.

我的單車是黑色，而他們的是黃色。

themselves　pron. 他們自己 <by>

[ðɛmˋsɛlvz]　▲The boys finished their homework **by themselves**.

男孩們自己做完他們的功課。

---

22 too

[tu]

adv. 太；也

▲The dress is **too** tight for you. 這洋裝對你來說太緊了。

▲My father is strict, but he is kind, **too**. 我爸爸很嚴格，但他人也很好。

23 until

[ənˋtɪl]

conj. 到⋯為止

▲I'll wait here **until** school is over. 我會在這裡等到放學為止。

until

[ənˋtɪl]

prep. 直到⋯

▲Jack was single **until** recently. Jack 直到最近才脫離單身。

💡 not until 直到⋯才⋯

24 work

[wɝk]

n. [U] 工作；[C] 作品

▲**After work**, Andy likes to go for a drink.

Andy 喜歡下班後去喝一杯。

▲The gallery is exhibiting several **works** by the young artist.

藝廊正展出這位年輕藝術家的幾件作品。

work

[wɝk]

v. 工作；有效，起作用

▲The laborer **works** 8 hours a day. 這位勞工一天工作八小時。

▲The painkiller doesn't **work**; Leo still has a headache.

這個止痛藥沒有效，Leo 依然頭痛。

💡 work at/on sth 致力於⋯，改善⋯

25 yet

[jɛt]

adv. 尚 (未)；仍然

▲The task is not **yet** finished. 這工作尚未完成。

▲You never know. The team could **yet** win.

誰也說不好。這個隊仍然有可能會贏。

yet

[jɛt]

conj. 然而，但是

▲The question seems simple, **yet** I can't figure out the answer.

這個問題似乎很簡單，但我無法找出答案。

Unit 12

1 age

[edʒ]

n. [C][U] 年紀 <at>；[U] 法定年齡 <for>

▲Mr. Wang has a son **at** your **age**. 王先生有個和你同年紀的兒子。

▲The minimum **age for** voting is 18 years old.

投票最低的法定年齡是十八歲。

| v. | 衰老 |

age

[edʒ]

▲The man **aged** quickly after the death of his wife.

男子在他妻子死後一下子衰老了很多。

---

2 **area**

[ˋɛrɪə]

n. [C] 地區；領域 <of>

▲There are few bookstores in this **area**. 這個地區書店很少。

▲Dr. Lin is an expert in the **area of** city planning.

林博士是都市計畫領域的專家。

---

3 **city**

[ˋsɪtɪ]

n. [C] 城市 (pl. cities)

▲Manila is the **capital city** of the Philippines.

馬尼拉是菲律賓的首都城市。

---

4 **do**

[du]

aux. (助動詞)

▲What **do** you do? 你做什麼工作？

do

[du]

v. 做，執行 (did | done | doing)

▲The student hasn't **done** her homework yet.

這學生還沒完成她的功課。

💡have nothing to do with... 與…無關

---

5 **fall**

[fɔl]

n. [U] 秋天；[C][sing.] 降低 <in> [反] rise

▲**Fall** comes after summer. 秋天在夏天之後到來。

▲Last year, there was a **fall in** house prices. 去年房價下跌。

fall

[fɔl]

v. 落下 <from>；跌倒 (fell | fallen | falling)

▲An apple **fell from** the tree. 一顆蘋果從樹上落下。

▲George tripped and **fell** on the ground.

George 絆了一下，跌倒在地上。

💡fall apart 散掉；破裂 | fall behind 落後

---

6 **file**

[faɪl]

n. [C] 文件夾；檔案

▲The document can be found in the **file** under "D."

文件在標著 D 字母的文件夾中可以找到。

▲The secretary put all the backup **files** in another folder.

祕書把所有備份檔案放在另一個資料夾裡。

file

[faɪl]

v. 把…歸檔 <away>；提出

▲Please **file away** these documents. 請把這些文件歸檔。

▲Mrs. White **filed a complaint against** her tenant.

White 太太對她的房客提出抗議。

---

7 **glass**

[glæs]

n. [U] 玻璃；[C] 玻璃杯

▲The boy threw a rock and broke the **glass** window.

男孩丟了一顆石頭，打破了玻璃窗。

▲The guests raised their **glasses** in a toast to the host.

賓客們舉起他們的酒杯，向主人敬酒。

---

8 **ground**

[graʊnd]

n. [sing.] 地面 (the ～) <on>；[U] 土地

▲The little girl sat **on the ground** crying. 小女孩坐在地上哭。

▲The **ground** is fertile. 這土地肥沃。

💡get (sth) off the ground (使) 開始；(使) 成功進行

ground

[graʊnd]

v. 禁足；使停飛

▲The parents **grounded** their son for a week.

那對父母禁足他們的兒子一個禮拜。

▲Due to the storm, all the flights were **grounded**.

由於暴風雨的關係，所有航班都停飛了。

---

9 **half**

[hæf]

n. [C][U] 一半 <of> (pl. halves)

▲The mask covered the **top half of** the woman's face.

面具遮住了女子臉部的上半部。

half

[hæf]

adv. 一半地；部分地

▲The bottle is **half** full. 這瓶子半滿。

▲Carl didn't respond to my question because he was still **half asleep**. Carl 沒有回答我的問題，因為他還半睡半醒。

💡half dead 累個半死

half

[hæf]

adj. 一半的

▲**Half** the students are in the classroom. 一半的學生在教室裡。

---

10 **hand**

[hænd]

n. [C] 手；[sing.] 幫忙 <with>

▲Peter **held** his grandma's **hand** when they crossed the road.

Peter 在過馬路時握住他奶奶的手。

▲Yuki asked Andy to **give** her **a hand with** the box.

Yuki 要求 Andy 幫忙搬箱子。

💡at hand 在手邊 | on the other hand... 另一方面…

hand

[hænd]

| v. | 將…遞給 <to> |

▲Bob read the menu and **handed** it **to** his friend.

Bob 看了菜單，然後將它遞給他的朋友。

💡hand sth in 提交… | hand sb/sth over 移交…

11 **interest**

[`ɪntrɪst]

| n. | [sing.] 興趣 <in>；[U] 利息 |

▲Katie has always **had a** great **interest in** biology.

Katie 一直對生物學很有興趣。

▲To earn **interest**, Tom put his money in the savings account.

為了賺利息，Tom 把他的錢放在儲蓄帳戶裡。

interest

[`ɪntrɪst]

| v. | 使…感興趣 |

▲What **interests** the tourists most is the history of the city.

使遊客們最感興趣的是這個城市的歷史。

12 **last**

[læst]

| n. | [sing.] 最後的人或事物 (the ～) [反] first |

▲Rachael is always **the last** to leave the office.

Rachael 總是最後離開辦公室的人。

💡at last 最終 | to the last 直到最後一刻

last

[læst]

| v. | 持續 |

▲The weather forecast says that the rain will **last** until the end of this week. 氣象預報說雨會持續到這週末。

last

[læst]

| adv. | 最後地 [反] first；最近 |

▲Although the runner came **last** in the race, everyone still applauded her. 雖然這位跑者得最後一名，所有人仍為她鼓掌。

▲When Lily **last** saw Edward, he was shopping in a supermarket.

Lily 最近看到 Edward 時，他正在超市購物。

💡last but not least 最後但同樣重要的

last

[læst]

| adj. | 最後的 [反] first；上一個的 |

▲The meeting will be held on the **last** day of July.

會議將在七月的最後一天舉行。

▲**Last** month, Larry moved to New York.

上個月，Larry 搬到紐約去了。

💡the last time 最後一次

---

13 left

[lɛft]

adj. 左邊的 [反] right

▲People drive on the **left** side of the road in Britain.

在英國人們開車靠左邊行駛。

left

[lɛft]

n. [U] 左邊 [反] right

▲Nancy was sitting **on** her sister's **left**. Nancy 坐在她姊姊的左邊。

left

[lɛft]

adv. 向左地 [反] right

▲**Turn left** at the next corner. 在下個街角左轉。

---

14 let

[lɛt]

v. 讓，允許 (let | let | letting)

▲The father doesn't **let** his son drive his car.

這位父親不讓他兒子開他的車。

💡let sb down 使…失望 | let sb go 放…走，讓…自由

---

15 media

[ˋmidɪə]

n. [sing.] 媒體 (the ~) <in>

▲The news of the United States presidential election campaigns was widely reported **in the** international **media**.

美國總統選舉活動的新聞在國際媒體間被廣泛報導。

---

16 much

[mʌtʃ]

adj. 很多的 (more | most)

▲Jimmy doesn't drink **much** milk. Jimmy 喝的牛奶不太多。

much

[mʌtʃ]

pron. 很多

▲**Much** has changed since you left. 自從你離開後，很多事物都變了。

much

[mʌtʃ]

adv. 非常

▲Cindy likes sports very **much**. Cindy 非常喜歡運動。

---

17 never

[ˋnɛvɚ]

adv. 從未

▲Judy has **never** seen such beautiful roses.

Judy 從未見過如此美麗的玫瑰花。

---

18 picture

[ˋpɪktʃɚ]

n. [C] 圖畫 <of>；照片 <of>

▲The artist is painting a **picture of** the beautiful countryside.

這位藝術家正在畫美麗鄉間的圖畫。

▲The mother **took a picture of** her baby.

那位媽媽拍了一張寶寶的照片。

💡get the picture 了解情況

picture

[`pɪktʃɚ]

v. 想像

▲No one can **picture** how terrible it would be to get lost in the mountains. 沒人可以想像在山裡迷路會是多麼可怕。

19 **popular**

[`pɑpjəlɚ]

adj. 受歡迎的 <with, among> [反] unpopular；普遍的

▲This song is **popular with** young people. 這首歌受到年輕人歡迎。

▲The **popular** myth is that eating potatoes makes people fat.

吃馬鈴薯會讓人發胖是普及的迷思。

20 **probably**

[`prɑbəblɪ]

adv. 很可能

▲The old stadium will be replaced, **most probably** by a modern shopping mall. 這座舊體育館極有可能被一座現代化購物中心取代。

21 **something**

[`sʌmθɪŋ]

pron. 某事物

▲**Something** in the refrigerator smells rotten

冰箱裡某個東西聞起來發臭了。

💡have something to do with sth 與…有關 | something for nothing 不勞而獲

22 **think**

[θɪŋk]

v. 想，考慮 <about>；認為 (thought | thought | thinking)

▲Allen was **thinking about** what would be the best way to learn English. Allen 在想什麼會是學英文最好的方法。

▲Some people **think** that nuclear weapons may destroy the Earth someday. 有些人認為核子武器也許有一天會摧毀地球。

💡think twice 深思熟慮 | think highly of sb 對…評價高

23 **with**

[wɪθ]

prep. 和…一起；用

▲Zack lives **with** his family. Zack 和家人一起住。

▲The man cut a tree down **with** an ax. 男子用斧頭砍倒樹。

24 **year**

[jɪr]

n. [C] 年

▲Diana plans to travel abroad every other **year**.

Diana 計劃每隔一年就到國外旅遊。

💡 all (the) year round 一整年｜year after year 年復一年｜leap year 閏年

---

25 **you**

[ju]

pron. 你 (們)

▲I wish **you** good luck. 祝你好運。

your

[juɚ]

pron. 你 (們) 的

▲Is this **your** bike? 這是你的腳踏車嗎？

yours

[jurz]

pron. 你 (們) 的

▲The white bag is mine, and the black one is **yours**.

白色的袋子是我的，而黑色的是你的。

yourself

[juɚˋsɛlf]

pron. 你自己

▲Be careful with the scissors, or you may hurt **yourself**.

小心使用剪刀，否則你可能會傷到你自己。

yourselves

[jurˋsɛlvz]

pron. 你們自己

▲The man told the boys, "Take the money and buy **yourselves** some ice cream." 男子告訴男孩們：「拿錢去給你們自己買些冰淇淋。」

Unit 13

1 **all**

[ɔl]

adj. 全部的，整個的

▲Ben worked on his English report **all** day.

Ben 整天都在做他的英文報告。

all

[ɔl]

adv. 完全地

▲The desk was **all** covered with dust. 桌子上覆滿了灰塵。

all

[ɔl]

pron. 全部；唯一

▲That's **all**. 那就是全部了。

▲**All** the child needs is encouragement. 這個孩子唯一需要的是鼓勵。

2 **almost**

[ˋɔl‚most]

adv. 幾乎，差不多

▲Ted was **almost** home when his car ran out of gas.

Ted 幾乎快到家時車子沒油了。

3 always

[`ɔlwez]

adv. 總是;一直

▲Wendy **always** goes to school at 7 a.m.

Wendy 總是在早上七點去上學。

▲The young man told his girlfriend, "I'll **always** love you."

這年輕人跟他的女友說:「我會一直愛你。」

---

4 book

[bʊk]

n. [C] 書

▲Danny borrowed three **books** from the library.

Danny 向圖書館借了三本書。

book

[bʊk]

v. 預約,預訂

▲Iris **booked** a seat on the next flight to Paris.

Iris 預訂了下一班飛往巴黎的機位。

💡be booked up 被預訂一空

---

5 color

[`kʌlɚ]

n. [C][U] 顏色;[U] 色彩,生動

▲What **color** shall we paint the fence?

我們要把圍牆漆成什麼顏色?

▲The writer added some local **color** to his story.

這位作家給他的故事添加了一些本土色彩。

color

[`kʌlɚ]

v. 著色

▲The girl drew a star and **colored** it yellow.

女孩畫了一顆星星並把它塗成黃色。

---

6 drink

[drɪŋk]

v. 喝;喝酒 (drank | drunk | drinking)

▲Polly felt thirsty and **drank** two glasses of water.

Polly 覺得口渴,喝了兩杯水。

▲Don't **drink** and drive. 喝酒別開車。

drink

[drɪŋk]

n. [C][U] 飲料;酒

▲Ray's favorite **drink** is Coke. Ray 最喜歡的飲料是可口可樂。

▲After work, the colleagues went for a **drink**.

下班後,同事們去喝杯酒。

---

7 enough

[ɪ`nʌf]

adv. 足夠地

▲The boy is old **enough** to go to school.

那男孩年紀夠大,可以去上學了。

enough

[ɪ`nʌf]

adj. 足夠的

▲Dora stayed up very late and didn't get **enough** sleep.

Dora 熬夜到很晚，睡眠不足。

enough

[ɪ`nʌf]

pron. 足夠

▲Did you have **enough** to eat? 你東西夠吃嗎？

8 **god**

[gɑd]

n. [C] 神

▲Apollo is an ancient Greek **god** of knowledge.

阿波羅是古希臘學識之神。

goddess

[`gɑdɪs]

n. [C] 女神

▲Mazu is considered to be a **goddess** who protects fishermen.

媽祖被認為是一位保護漁民的女神。

9 **happy**

[`hæpɪ]

adj. 幸福的，快樂的 [反] sad (happier | happiest)

▲Bill was **happy** to see his old friends at the reunion.

Bill 很開心在聚會中看到老朋友。

10 **healthy**

[`hɛlθɪ]

adj. 健康的；有益健康的 (healthier | healthiest)

▲The old man is **healthy** because he eats right.

這個老人因為飲食適當所以很健康。

▲A **healthy** diet helps reduce the risk of developing chronic diseases. 有益健康的飲食幫助降低罹患慢性疾病的風險。

11 **inside**

[`ɪn`saɪd]

prep. 在…裡面 [反] outside

▲There is candy **inside** the box. 這個盒子裡面有糖果。

inside

[`ɪn`saɪd]

adv. 在裡面 [反] outside

▲It was raining, so Ariel decided to wait **inside**.

天空下著雨，所以 Ariel 決定在裡面等。

inside

[`ɪn`saɪd]

n. [C][sing.] 內部，裡面 (the ～) <on> [反] outside

▲The outside of the house looks fine, but it looks shabby **on the inside**. 房子外部看起來很好，但裡面看起來破破爛爛的。

💡 inside out 裡面朝外地

inside

[`ɪn`saɪd]

adj. 內部的，裡面的 [反] outside

▲The guest would like an **inside** seat. 這位客人想要裡面的座位。

12 **interesting** | adj. 有趣的 [反] boring, uninteresting
['ɪntrɪstɪŋ] | ▲The **interesting** speech attracted the attention of the audience.
那場有趣的演講吸引了聽眾的注意力。

13 **into** | prep. 進入，到…裡面；朝著…的方向
['ɪntʊ] | ▲The secretary knocked at the door and walked **into** the manager's office. 祕書敲了敲門，然後走進經理的辦公室。
▲The girl looked silently **into** the sky. 女孩默默地看著天空。

14 **learn** | v. 學習；聽說，獲悉 [同] discover
[lɜ·n] | ▲It's never too late to **learn**. 【諺】活到老學到老。
▲Tony's parents were glad to **learn** that he had passed the entrance examination. Tony 的父母聽說他通過了入學考試而感到高興。

15 **library** | n. [C] 圖書館 (pl. libraries)
['laɪˌbrɛrɪ] | ▲John borrowed a magazine from the **library**.
John 從圖書館借了一本雜誌。

16 **list** | n. [C] 名單，清單 <of>
[lɪst] | ▲The hostess is **making a list of** the guests. 女主人正在擬賓客名單。
list | v. 列出
[lɪst] | ▲The candidates' names are **listed** alphabetically.
候選人的名字按字母順序列出。

17 **long** | adj. 長的；長時間的 [反] short
[lɔŋ] | ▲The table is two meters **long** and one meter wide.
這桌子兩公尺長，一公尺寬。
▲It takes a **long** time to get to the remote village.
要抵達那個遙遠的村莊要花很長的時間。
long | adv. 長久地，長時間地
[lɔŋ] | ▲I am sorry to keep you waiting **long**. 抱歉讓你久等了。
💡as long as 只要
long | v. 渴望
[lɔŋ] | ▲Romeo **longed** to see Juliet again. Romeo 渴望再見到 Juliet。

18 love

[lʌv]

n. [U] 愛 [反] hate, hatred；[C] 情人

▲There is no substitute for a mother's **love**. 母愛無可取代。

▲Gill is Vincent's **first love**. Gill 是 Vincent 的初戀情人。

💡fall in love with... 愛上…

love

[lʌv]

v. 愛 [反] hate；喜愛

▲Leo **loves** Emma so much that he would like to marry her.

Leo 如此愛 Emma 以致於想跟她結婚。

▲The pianist **loves** music more than anything else.

這位鋼琴家喜愛音樂勝過一切。

19 movie

[`muvɪ]

n. [C] 電影 [同] film

▲The old lady seldom **goes to the movies**.

這位老太太很少看電影。

20 on

[ɑn]

prep. 在…上面；有關

▲Don't sit **on** that broken chair.

不要坐在那張壞掉的椅子上。

▲The expert will give a talk **on** global warming next week.

這專家下週將發表有關全球暖化的演講。

on

[ɑn]

adv. 繼續；開著

▲Never give up; keep **on** trying. 絕不要放棄，繼續嘗試。

▲Adam turned the TV **on** to watch the BBC News Channel.

Adam 打開電視看英國廣播公司新聞頻道。

21 player

[`pleɚ]

n. [C] 運動員；演奏者

▲A volleyball game is played by two teams of six **players**.

一場排球賽由兩隊各六名球員參賽。

▲Ada is singing with a piano **player** accompanying her.

Ada 在鋼琴演奏者的伴奏下唱著歌。

22 rest

[rɛst]

n. [C][U] 休息；[U] 剩餘部分 (the ～) <of>

▲The doctor told the patient to **get a** week's **rest**.

醫生告知病人休息一週。

▲Bard spent **the rest of** his life living in the countryside.

Bard 在鄉下度過餘生。

rest

[rɛst]

v. 休息；倚，靠 <on>

▲Since Bella was tired, she stopped and **rested** for a while.

因為 Bella 累了，所以她停下來休息一下。

▲The boy **rested** his head **on** his mother's arm.

男孩把頭靠在媽媽的手臂上。

💡rest in peace 安息

23 **second**

[ˋsɛkənd]

adj. 第二的；第二名的

▲Charlie's first child is a girl, and his **second** one is a boy.

Charlie 的第一個孩子是女孩，而第二個孩子是男孩。

▲Daisy **took second place** in the 100-meter dash.

Daisy 在百米短跑比賽中得了第二名。

💡second to none 最好的

second

[ˋsɛkənd]

n. [C] 秒 (abbr. sec.)；片刻

▲The commercial lasts 45 **seconds**. 廣告持續了四十五秒。

▲Please wait here, and the clerk will be back **in a second**.

請在這裡等，店員一會兒就會回來。

second

[ˋsɛkənd]

adv. 第二

▲Daniel **finished second**; it was Eden that came in first.

Daniel 得了第二名，而 Eden 是第一名。

24 **special**

[ˋspɛʃəl]

adj. 特別的；專門的

▲This is a very **special** case, not an ordinary one.

這是一件非常特殊的案子，不是普通的案子。

▲The professor is making a **special** study of ancient history.

這位教授現在專門研究古代史。

25 **take**

[tek]

v. 拿；帶 (某人) 去 (took | taken | taking)

▲The woman **took** her purse and stood up.

女子拿了錢包，然後站了起來。

▲Elvis **took** the girl out for a drive. Elvis 帶女孩去兜風。

💡take sth off 脫掉… | take (sth) over 接管…

Unit 14

1 **any**
[ˋɛnɪ]

| pron. | 任何一個 <of>；一些，若干 |

▲The mayor didn't answer **any of** the questions.

市長沒回答任何一個問題。

▲I'd like coffee if there is **any** left. 我想要咖啡，如果有剩一些的話。

any
[ˋɛnɪ]

| adj. | 任何的；一些的，若干的 |

▲Can I borrow one of your pens? **Any** pen will do.

我可以跟你借一枝筆嗎？任何筆都可以。

▲Do you have **any** money with you? 你有帶一些錢嗎？

any
[ˋɛnɪ]

| adv. | 稍微 |

▲Is Felix **any** richer than his brother? Felix 稍微比他哥哥富有嗎？

2 **be**
[bi]

| v. | (表示人或事物的狀態) 是 ；(表示時間或方位) (was, were｜been｜being) |

▲Elsa **is** a student. Elsa 是學生。

▲The books **are** on the desk. 書在桌子上。

be
[bi]

| aux. | 正在；被 |

▲The boy **is** singing. 男孩正在唱歌。

▲Smoking **is** not allowed here. 在這裡抽菸不被允許。

3 **coffee**
[ˋkɔfɪ]

| n. | [U] 咖啡 |

▲Let's discuss this matter over a cup of **coffee**.

我們邊喝杯咖啡邊討論這件事。

4 **down**
[daʊn]

| adv. | 向下 [反] up；(坐、躺、放) 下 [反] up |

▲The elevator is going **down**. 電梯向下。

▲The man put the heavy box **down** to take a rest.

男子把沉重的箱子放下，休息一下。

down
[daʊn]

| prep. | 向下 [反] up；沿著 [反] up |

▲Grace fell **down** the stairs and broke her leg.

Grace 摔下樓梯，跌斷了腿。

▲Henry walked **down** the street and turned right at the corner.

Henry 沿著那條街走，然後在街角右轉。

down
[daʊn]

adj. 向下的 [反] up；情緒低落的

▲Let's take a **down** escalator to the first floor and then an elevator to the basement parking lot.

讓我們搭向下的手扶梯到一樓，然後乘電梯到地下室停車場。

▲After failing the exam, Hedy felt a bit **down**.

考試不及格後，Hedy 有點情緒低落。

down
[daʊn]

n. [C] 失敗

▲The old man has experienced **ups and downs** of life.

這老人經歷了人生的浮浮沉沉。

down
[daʊn]

v. 擊敗；一口氣吃或喝下

▲The guest team **downed** the host team 3-2.

客隊以三比二擊敗東道主隊。

▲The patient **downed** the medicine at one swallow.

這病人一口吞下藥。

---

5 **end**
[ɛnd]

n. [sing.] 結尾 <of> [反] start, beginning；[C] 末端

▲Those workers felt exhausted **at the end of** the day.

在一天結束時，那些工人覺得筋疲力盡。

▲Ivy's house is the second from the **end** on the right.

Ivy 家是從右邊倒數第二戶。

💡 in the end 最後 | make ends meet 使收支平衡

end
[ɛnd]

v. (使) 結束 [反] start, begin

▲World War I **ended** in 1918. 第一次世界大戰在 1918 年結束。

💡 end up 最後處於、成為 | end in sth 以…作為結果

---

6 **father**
[ˋfɑðɚ]

n. [C] 父親

▲Ian is the **father** of three children. Ian 是三個孩子的父親。

---

7 **feel**
[fil]

v. 感覺到；認為 (felt | felt | feeling)

▲As the earthquake struck, Jade **felt** her house shaking.

地震發生時，Jade 感覺到她的房子在搖。

▲The employee **felt** (that) the work was too difficult.

那位員工覺得這工作太難了。

💡feel like sth/V-ing 想要…；想做…

feel

[fil]

| n. | [sing.] 觸感 <of>

▲Jacob loves the **feel of** cotton against his skin.

Jacob 喜愛棉貼著他皮膚的觸感。

---

8 **heavy**

[ˋhɛvɪ]

| adj. | 沉重的 [反] light；嚴重的 (heavier | heaviest)

▲The girl's schoolbag is so **heavy** that it hurts her back.

女孩的書包如此沉重以致於她背痛。

▲People suffered **heavy** losses in the recent floods.

人們在最近的水災中損失嚴重。

---

9 **kind**

[kaɪnd]

| adj. | 仁慈的，友好的 <to> [反] unkind

▲The villagers are very **kind to** strangers. 村民們對陌生人都很友好。

kind

[kaɪnd]

| n. | [C] 種類 <of> [同] sort, type

▲Jeff likes this **kind of** trees. Jeff 喜歡這種樹。

💡one of a kind 獨一無二

---

10 **language**

[ˋlæŋɡwɪdʒ]

| n. | [C][U] 語言

▲Can you speak a foreign **language** fluently?

你能流利地說一種外語嗎？

💡sign/native/body language 手語／母語／肢體語言

---

11 **large**

[lɑrdʒ]

| adj. | 大的 [反] small

▲This box is too small; we need a **larger** one.

這個箱子太小了，我們需要一個大一點的。

---

12 **many**

[ˋmænɪ]

| adj. | 很多的 [反] few (more | most)

▲Do you have **many** friends here? 你在這裡有很多朋友嗎？

many

[ˋmænɪ]

| pron. | 很多人或事物 <of>

▲Not **many of** the children have learned to read.

這些孩子們當中學會閱讀的人不多。

---

13 **market**

[ˋmɑrkɪt]

| n. | [C] 市場

▲Kane bought fruit and vegetables at the **market**.

Kane 在市場買了水果和蔬菜。

market

[`mɑrkɪt]

v. 出售；推銷，行銷 <for>

▲The store **markets** many kinds of electrical goods.

這間商店出售多種電器商品。

▲The company **markets** the cellphone **for** teenagers.

這家公司針對青少年行銷這款手機。

---

14 **matter**

[`mætɚ]

n. [C] 事情；[sing.] 麻煩事 (the ～) <with>

▲The two brothers don't like to talk about money **matters**.

這兩兄弟不喜歡談論錢的事情。

▲What's **the matter with** John? John 怎麼了？

💡as a matter of fact 事實上 ｜ no matter what/when/why 不管什麼／何時／為什麼

matter

[`mætɚ]

v. 重要，有關係

▲It doesn't **matter** where the candidate is from.

這位候選人從何出身無關緊要。

---

15 **million**

[`mɪljən]

n. [C] 百萬 (pl. million, millions)

▲There are more than twenty **million** people in Taiwan.

臺灣有超過兩千萬人。

---

16 **morning**

[`mɔrnɪŋ]

n. [C][U] 早上

▲Kelly goes jogging in the park every **morning**.

Kelly 每天早上都去公園慢跑。

💡from morning till night 從早到晚

---

17 **mountain**

[`maʊntn̩]

n. [C] 山

▲Mount Everest is the highest **mountain** in the world.

聖母峰是世界上最高的山。

---

18 **national**

[`næʃənl̩]

adj. 國家的，全國性的

▲This event was reported in the **national** newspapers.

這個事件在全國性的報紙中有報導。

---

19 **pass**

[pæs]

v. 通過 (考試)；(時間) 過去

▲The students have to work hard to **pass** the exam.

學生們要用功才能通過考試。

▲Two years have **passed** since Lance left.

自從 Lance 離開後，已過去了兩年。

💡pass away 去世｜pass out 昏倒

pass　　　n. [C] 通行證，出入證；考試及格 <in> [反] fail

[pæs]　　　▲Passengers have to present their **boarding pass** before getting

on a plane. 上機前，乘客必須出示他們的登機證。

▲The student got a **pass in** math. 那位學生數學考試及格。

---

20 **pet**　　　n. [C] 寵物

[pɛt]　　　▲Martin **keeps** three **pets**, including a dog, a cat, and a rabbit.

Martin 養了三隻寵物，包括一隻狗、一隻貓和一隻兔子。

pet　　　v. 撫摸 (petted｜petted｜petting)

[pɛt]　　　▲The farmer **petted** the cow.

農夫撫摸那隻乳牛。

---

21 **practice**　　　n. [U] 練習；實行

[`præktɪs]　　　▲It takes a lot of **practice** to master a language.

多練習才能精通語言。

▲The manager **put** her plan **into practice**.

那位經理將她的計畫付諸實行。

practice　　　v. 練習；從事 <as>

[`præktɪs]　　　▲The musician **practices** for hours every day.

這位音樂家每天練習好幾個小時。

▲Dr. Wang has been **practicing as** a dentist for 5 years.

王醫生從事牙醫這一行已經五年了。

💡practice law/medicine 開業當律師／行醫

---

22 **rise**　　　n. [sing.] 上升 <in> [反] fall；增加，上漲 <in> [同] increase [反] fall

[raɪz]　　　▲The scientists found a sudden **rise in** sea levels.

科學家發現海平面突然上升。

▲There will be a five percent **rise in** taxes next year.

明年的稅將增加 5%。

💡on the rise 在上升｜give rise to sth 引起…

rise
[raɪz]

v.　上升 [反] fall；增加 <by> [同] go up [反] fall (rose | risen | rising)

▲The sun **rises** in the east. 太陽從東邊升起。

▲During the Christmas period, sales of chocolate **rose by** 30%.
在聖誕節期間，巧克力的銷售增加了 30%。

---

23 **safe**
[sef]

adj.　安全的 <from> [反] unsafe

▲The children are **safe from** danger while they are in this room.
孩子們待在這房間裡很安全。

💡 safe and sound 安然無恙

safe
[sef]

n.　[C] 保險箱

▲Jenny's money and jewelry were kept in the **safe**.
Jenny 的錢和珠寶都存放在這個保險箱裡。

safeguard
[`sef͵gɑrd]

v.　保護，捍衛

▲The new regulations **safeguard** consumer rights.
這些新法規保護消費者權益。

---

24 **we**
[wi]

pron.　我們

▲**We** are so pleased that you are able to come.
你能來，我們太高興了。

us
[ʌs]

pron.　我們

▲Last night, Nelson treated **us** to dinner. Nelson 昨晚請我們吃晚餐。

our
[`aʊr]

pron.　我們的

▲We sold **our** house three years ago. 我們三年前賣了我們的房子。

ours
[`aʊrz]

pron.　我們的 <of>

▲Lara is a colleague **of ours**. Lara 是我們的同事之一。

ourselves
[͵aʊr`sɛlvz]

pron.　我們自己

▲We have bought **ourselves** a new car. 我們給自己買了一輛新車。

---

25 **why**
[hwaɪ]

adv.　為什麼

▲**Why** did Oliver move to London? Oliver 為什麼搬去倫敦？

why
[hwaɪ]

n.　[C] 原因

▲Mark knows little about **the whys and wherefores** of the
problem. Mark 不太知道是什麼原因導致這個問題。

Unit 15

1	**because**	conj. 因為

[bɪ`kəz]

▲The climbers sat down for a rest **because** they were so tired from walking. 因為登山者們走得太累，所以他們坐下來休息。

💡because of sb/sth 因為…，由於…

---

2 **day**　　　n.　[C] 一天；[C][U] 白天 [反] night

[de]

▲There are 365 **days** in a year. 一年有三百六十五天。

▲Cockroaches hide themselves **by day**. 蟑螂白天躲起來。

---

3 **dog**　　　n.　[C] 狗

[dɔg]

▲The **dog** barked at the stranger. 那隻狗對著陌生人吠叫。

💡a dog's life 悲慘的生活

---

4 **fresh**　　　adj.　新鮮的；新的

[frɛʃ]

▲It is best to eat fruit when it is **fresh**. 水果最好趁新鮮時吃。

▲It's a **fresh** approach to the problem. 這是處理此問題的新方式。

💡a fresh start 嶄新的開始｜be as fresh as a daisy 精神飽滿

---

5 **from**　　　prep.　(表示來源) 從；從…開始

[frɑm]

▲"Where are you **from**?" "I'm **from** Australia."

「你來自哪裡？」「我來自澳洲。」

▲Breakfast is served **from** 7 a.m. to 10 a.m.

早餐是早上七點到十點之間供應。

---

6 **get**　　　v.　獲得，得到；收到 (got｜got, gotten｜getting)

[gɛt]

▲Patrick finally **got** his driver's license. Patrick 終於得到駕照了。

▲Did you **get** the message I sent you? 你收到我給你的信息了嗎？

💡get along (with sb) (和…) 和睦相處｜get away with sth 做 (錯事) 而未被懲罰或發覺

---

7 **great**　　　adj.　大量的；偉大的

[gret]

▲Over the past five years, the improvement in the couple's relations has been very **great**.

在過去五年間，這對夫妻的關係已大大改善了。

▲Beethoven was a **great** composer of classical music.

貝多芬是一位偉大的古典音樂作曲家。

great

[gret]

| n. | [C] 偉人，名人

▲Kobe Bryant was one of the NBA's all-time **greats**.

科比布萊恩是 NBA 有史以來的名人之一。

---

8 **knowledge**

[`nɑlɪdʒ]

| n. | [U] 知識；知道 <of>

▲**Knowledge** is power. 【諺】知識就是力量。

▲The suspect **denied all knowledge of** the thefts.

嫌犯完全否認知道那幾宗盜竊案。

---

9 **less**

[lɛs]

| pron. | 較少量 <than> [反] more

▲To lose some weight, Adela exercises more and eats **less than** usual. 為了減重，Adela 比平常運動多並吃得較少量。

less

[lɛs]

| adv. | 較少地 [反] more；不如 <than> [反] more

▲If you tell the truth, your mother will worry **less**.

如果你說實話，你媽媽會少擔心點。

▲Ralph is **less** interesting **than** his brother. Ralph 不如他哥哥有趣。

💡**more or less** 大致上；差不多

less

[lɛs]

| adj. | 較少的 [反] more

▲To prepare for the exam, the student spent **less** time playing online games. 為了準備考試，那位學生花較少的時間玩線上遊戲。

💡**no less than** 至少

less

[lɛs]

| prep. | 減去，除去 [同] minus

▲The clerk gave Belinda her money back, **less** the $10 deposit that she had paid.

除去她已支付的十美元訂金，店員把 Belinda 的錢還給她。

---

10 **level**

[`lɛvl]

| n. | [C] 級別 <at>；水準

▲The course can be taken **at** four different **levels**.

這個課程分為四個不同的級別。

▲The man sunk to such a low **level** that he stole money from a beggar. 那個男子落魄到連乞丐的錢都要偷。

level

[`lɛvl]

adj. 平坦的；相同高度的 <with>

▲The land is not **level**; it slopes gently toward the sea.

這片土地不平坦；它緩緩朝大海傾斜。

▲The woman bent down so that her eyes were **level with** the child's eyes. 女子彎下身來好讓她的視線和小孩的視線齊平。

11 **line**

[laɪn]

n. [C] 線；行，排 <of>

▲The teacher drew a straight **line** on the blackboard.

老師在黑板上畫了一條直線。

▲There is a long **line of** people in front of the movie theater waiting to get in. 電影院前面排了一條長長的人龍等著進場。

line

[laɪn]

v. 沿…排列成行 <with>

▲The country road **is lined with** maple trees.

這條鄉間小路兩邊楓樹成行。

💡 line (sb) up (使…) 排隊

12 **low**

[lo]

adj. 低的，矮的 [反] high；(程度) 低的 [反] high

▲The house has a **low** roof. 這間房子的屋頂很低。

▲The prices in that store are very **low**. 那家店的價錢很低。

low

[lo]

adv. 低地

▲The sun sank **low** behind the mountains. 太陽下山了。

low

[lo]

n. [C] 低點；(人生的) 低谷，低潮 <of>

▲To our surprise, the temperature reached a new **low** in Taipei yesterday. 使我們驚訝的是，臺北昨天的氣溫達到新低。

▲The movie shows the **highs and lows of** the pop singer's career. 這部電影顯示這位流行歌手事業的起起落落。

13 **mouth**

[maʊθ]

n. [C] 嘴，口

▲The man was so hungry that he put much food in his **mouth** at once. 那男子如此飢餓以致於他一次把很多食物放入嘴裡。

💡 keep sb's mouth shut 保持緘默 | make sb's mouth water 使…垂涎欲滴

mouth

[maʊθ]

v. 用口形默示

▲Cara **mouthed** the words "thank you" silently.

Cara 用口形默示：「謝謝你」。

---

14 museum

[mjuˋziəm]

n.　[C] 博物館

▲The foreign tourist is going to visit the National Palace **Museum**.

這個外國觀光客將要去參觀國立故宮博物院。

---

15 oil

[ɔɪl]

n.　[U] (食用) 油；石油

▲Maggie put some olive **oil** in the pan and fried an egg.

Maggie 在平底鍋裡放了一些橄欖油煎蛋。

▲The country imports most of its **oil** from the Middle East.

這個國家大部分的石油是從中東進口。

oil

[ɔɪl]

v.　給…上油

▲The machine needs **oiling** once a month.

這臺機器　個月需要上油一次。

---

16 once

[wʌns]

adv.　一次

▲The cleaning lady comes **once** a week. 打掃阿姨每週來一次。

💡at once 馬上；同時 | once in a lifetime 千載難逢地 | once upon a time 很久以前

once

[wʌns]

conj.　一旦…就

▲**Once** the boy gets to sleep, he doesn't wake up easily.

那男孩一旦睡著，就不容易醒來。

once

[wʌns]

n.　[U] 一次

▲I tried stinky tofu, but **once** was enough for me.

我試了臭豆腐，但對我來說一次就夠了。

---

17 point

[pɔɪnt]

n.　[C] 觀點，論點；[U] 重點，目的 <of, in>

▲The researcher **made** several interesting **points** in her report.

那位研究人員在報告中提到幾個有趣的論點。

▲The **point of** the meeting is to elect a new leader.

會議的重點是要選出新的領袖。

💡to the point 切中要點的

point

[pɔɪnt]

v.　指，指向 <at>；瞄準，用…對準 <at>

▲It is impolite to **point at** others. 用手指著別人是不禮貌的。

▲The soldier **pointed** his gun **at** the enemy. 那個士兵用槍對準敵人。

💡 point sth out 指出

---

18 power
[ˋpaʊɚ]

| n. | [U] 影響力；政權 |

▲Toby has little **power over** his sister; she does whatever she wants. Toby 對他妹妹沒什麼影響力，她想做什麼就做什麼。

▲Winning the election, the politician **came to power**.
贏得選舉那個政治家上臺掌權。

power
[ˋpaʊɚ]

| v. | 為…提供動力，驅動 |

▲This car is **powered** by electricity instead of gasoline.
這輛車是由電而不是汽油驅動的。

---

19 ready
[ˋrɛdɪ]

| adj. | 準備好的 (readier | readiest) |

▲The meeting will begin soon, but the manager isn't **ready** yet.
會議即將要開始了，但經理還沒準備好。

ready
[ˋrɛdɪ]

| v. | 使做好準備 <for> [同] prepare (readied | readied | readying) |

▲The fighter aircraft was **readied for** battle.
戰鬥機已做好戰鬥準備。

---

20 rock
[rɑk]

| n. | [C] 石塊；[C][U] 岩石 |

▲The protesters shouted slogans and threw **rocks** at the police.
抗議者呼喊口號並向警方丟石塊。

▲The lighthouse stands on the **rock**. 燈塔聳立在岩石上。

rock
[rɑk]

| v. | (使) 搖動；使震驚 [同] shock |

▲The old man **rocked** back and forth in the chair.
老人坐在椅子上前後搖動。

▲That scandal **rocked** the field of education. 那件醜聞震驚了教育界。

---

21 save
[sev]

| v. | 拯救 <from>；儲存 |

▲The firefighter bravely **saved** a little boy **from** the fire.
消防隊員英勇地從火場中救出一個小男孩。

▲People should **save** money for a rainy day.
人們應該存錢以備不時之需。

💡 save sb's life 救…的性命 | save up (sth) 存 (錢)

savings

['sevɪŋz]

n.　[pl.] 存款

▲The couple spent almost all their **savings** on the apartment.

　那對夫妻花了幾乎所有的存款買那間公寓。

22 **say**

[se]

v.　說，陳述；顯示，指示 (said | said | saying)

▲The boy believed anything his father **said**.

　男孩相信他爸爸說的任何事。

▲The sign **says** "No Smoking." 告示牌顯示「禁止吸菸」。

23 **season**

['sizṇ]

n.　[C] 季節；時節，季

▲There are four **seasons** in a year. 一年有四季。

▲The river floods during the rainy **season**. 這條河雨季期間就泛濫。

💡 in/out of season (蔬果) 當季的／不當季的

24 **strong**

[strɔŋ]

adj.　強壯的；強烈的

▲The **strong** man easily lifted the heavy box.

　那個強壯的男子輕易地抬起沉重的箱子。

▲Werner has a **strong** desire to learn another language.

　Werner 有強烈的欲望想學習另一種語言。

25 **than**

[ðɛn]

conj.　比

▲Ella sings better **than** I do. Ella 唱得比我好。

than

[ðɛn]

prep.　比

▲Adrian left home earlier **than** usual. Adrian 比平常早出門。

Unit 16

1 **bring**

[brɪŋ]

v.　帶來 (brought | brought | bringing)

▲Adam's new job **brought** him a handsome income.

　Adam 的新工作給他帶來不錯的收入。

💡 bring about sth 導致… | bring sth back 帶回…

2 **by**

[baɪ]

prep.　被，由；以 (方式)

▲The article was written **by** a student. 這篇文章是由一位學生寫的。

▲They traveled around the city **by** bus.

他們以搭公車的方式在城市裡到處旅遊。

by　　　　　adv. 經過

[baɪ]

▲The house shook whenever a train went **by**.

每當火車經過時，那房子就震動。

3　**famous**　　adj. 著名的，有名的 <for>

[ˋfeɪməs]

▲The Chinese restaurant is **famous for** its Peking duck.

那間中式餐廳以其北京烤鴨聞名。

4　**hair**　　n. [C][U] 頭髮

[hɛr]

▲Jane is going to **have** her **hair cut**. Jane 要去剪頭髮。

hairdo　　n. [C] (尤指女子) 髮型 [同] hairstyle

[ˋhɛr‚du]

▲Fanny has a new **hairdo**, and it looks terrific.

Fanny 換了新髮型，很好看。

hairstyle　　n. [C] 髮型

[ˋhɛr‚staɪl]

▲The girls kept teasing the boy's new **hairstyle**.

女孩們一直取笑男孩的新髮型。

5　**how**　　adv. (指方法) 如何，怎麼；(指數量或程度) 多少

[haʊ]

▲**How** did Ivan solve the difficult problem?

Ivan 怎麼解決那個難題的？

▲**How** old are you? 你幾歲？

6　**name**　　n. [C] 名字，名稱

[nem]

▲What is Ben's **family name**? Ben 姓什麼？

💡by the name of sth 被叫做… | in the name of sb 以 (某人) 的名義；
在 (某人) 名下

name　　v. 給…取名，為…命名

[nem]

▲The street was **named after** the famous writer.

那條街以那名作家的名字命名。

7　**nothing**　　pron. 沒有東西，沒有事情

[ˋnʌθɪŋ]

▲Grace has done **nothing** all day. Grace 整天什麼事也沒做。

💡have nothing to do with... 與…無關

nothing

[`nʌθɪŋ]

n. [C] 不重要的人或事物

▲The young man is a **nothing** namely, a useless and worthless person. 這個年輕人微不足道，只是個無用且無價值的人而已。

---

8 **online**

[`ɑn,laɪn]

adj. 網上的 [反] offline

▲More and more people prefer **online** shopping to in-store shopping. 比起店內購物，越來越多人更喜歡網上購物。

---

9 **part**

[pɑrt]

n. [C][U] 部分 <of>；[C] 角色 <of> [同] role

▲The best **part of** the vacation is the delicious food.

這趟假期最棒的部分是美食。

▲The actor is going to **play the part of** Hamlet.

這位演員將扮演哈姆雷特的角色。

💡for the most part 多半，通常｜take part in sth 參加…

part

[pɑrt]

v. (使) 分開

▲The two classmates **parted** at the school's front gate.

那兩個同學在學校大門口分開。

💡part with sth (不情願地) 放棄，捨棄

---

10 **pick**

[pɪk]

v. 挑選，選擇 <as>；摘，採

▲Why did the manager **pick** Hazel **as** his secretary?

經理為什麼選 Hazel 做他的祕書？

▲This morning, Irene **picked** some roses in the garden.

今天早上，Irene 在花園裡摘了一些玫瑰花。

💡pick on sb 對…刁難挑剔｜pick sb up (用交通工具) 接…｜pick sth up 撿起…；學會

pick

[pɪk]

n. [U] 挑選，選擇

▲There are some books on the desk; you can **take** your **pick**.

桌上有一些書，你可以自己挑選。

---

11 **plant**

[plænt]

n. [C] 植物；工廠

▲Many animals eat **plants** for food. 很多動物以植物為食。

▲The government is going to build a new **power plant** there.

政府要在那裡蓋一座新的發電廠。

plant
[plænt]

v. 種植

▲Mrs. Brown is going to **plant** some vegetables in the yard.
Brown 太太要在院子裡種一些蔬菜。

---

12 **program**
[`progræm]

n. [C] 節目；計畫

▲Cartoons are many children's favorite TV **programs**.
卡通是許多孩子最愛的電視節目。

▲I don't think the space **program** is worth all the cost.
我不認為這個太空計畫值得花這麼多錢。

program
[`progræm]

v. 為…程式設計，編制程序 (programmed | programmed | programming)

▲The robot is **programmed** by the computer software.
這個機器人按照電腦軟體編制的程序運作。

programmer
[`pro‚græmɚ]

n. [C] (電腦) 程式編制員，程式設計師

▲A **programmer**'s job is to write computer programs.
程式編制員的工作是寫電腦程式。

---

13 **put**
[pʊt]

v. 放置 [同] place (put | put | putting)

▲The man **put** the wallet in his pocket. 男子把錢包放進口袋。

💡put sth away 把…收起來 | put sth out 撲滅…

---

14 **report**
[rɪ`pɔrt]

n. [C] 報告 <on, about>；報導

▲The student had to write a **report on** modern poetry.
那位學生必須寫一篇現代詩的報告。

▲According to the **news report**, the traffic accident was caused by drunk driving. 根據新聞報導，那起交通意外是酒駕造成的。

report
[rɪ`pɔrt]

v. 報告 <on>；報導

▲Dennis will **report on** his progress in the weekly conference this Friday. Dennis 將在本週五的週會中報告他的進度。

▲**It is reported that** a big earthquake occurred in the eastern part of the country yesterday. 據報導，昨天該國東部發生了大地震。

---

15 **rich**
[rɪtʃ]

adj. 有錢的，富有的 [反] poor；豐富的 <in>

▲The **rich** man leads a life of luxury. 這位有錢人過著奢侈的生活。

▲An orange is **rich in** vitamin C. 柳橙富含維他命 C。

---

16 **seed**

[sid]

n. [C][U] 種子；[C] 原因，根源 <of>

▲The farmer **planted** sunflower **seeds** in his field.

農夫在他田裡種下向日葵的種子。

▲Janice's indecision **sowed** the **seeds of** future trouble.

Janice 的優柔寡斷種下了日後的禍端。

---

17 **sell**

[sɛl]

v. 賣，出售 <to> [反] buy (sold | sold | selling)

▲Leo **sold** his old scooter **to** his neighbor.

Leo 將他老舊的摩托車賣給他的鄰居。

---

18 **short**

[ʃɔrt]

adj. 短的 (長度) [反] long；短的 (時間)，短暫的 [反] long

▲Lara put on the **short** skirt instead of the long one.

Lara 穿上短裙而非那條長裙。

▲The **short** meeting lasted for only twenty minutes.

那短暫的會議只持續了二十分鐘。

💡 be short of sth …短缺 | in short 總之

---

19 **since**

[sɪns]

conj. 自從…；因為，既然

▲Pat and I have been good friends **ever since** we first met.

Pat 和我自從初次見面就成了好朋友。

▲**Since** you are tired, you had better take a rest.

既然你累了，你最好休息一下。

since

[sɪns]

prep. 自從…

▲Susan has been sick in bed **since** last Sunday.

Susan 自從上週日開始就臥病在床。

since

[sɪns]

adv. 此後，從此

▲Edward moved to New York two years ago, and his parents haven't seen him **since**.

Edward 兩年前搬到紐約，自從那時起他父母就沒見過他。

---

20 **some**

[sʌm]

adj. 若干，一些

▲Marian saw **some** birds on that branch.

Marian 看到那樹枝上有一些鳥。

some

[sʌm]

pron. 一些，幾個

▲You have a lot of apples; please give me **some**.

你有很多蘋果，請給我幾個。

---

21 **spend**

[spend]

v. 花 (錢) <on>；花費 (時間) <V-ing, with, on> (spent | spent | spending)

▲Pearl **spent** most of her money **on** books.

Pearl 把她大部分的錢花在買書上。

▲Galen **spent** long hours **repairing** his car.

Galen 花了很長的時間修理他的車子。

---

22 **still**

[stɪl]

adv. 還是；儘管如此

▲Does your back **still** hurt? 你的背還痛嗎？

▲Haley's headache grew worse; **still**, she didn't complain.

Haley 的頭痛變嚴重了，儘管如此，她沒有抱怨。

still

[stɪl]

adj. 靜止的，不動的

▲The little girl sat **still** while her mother was brushing her hair.

當小女孩的母親在幫她梳頭髮時，她坐著不動。

---

23 **third**

[θɝd]

adj. 第三的

▲It is the little boy's **third** birthday. 這是小男孩的三歲生日。

third

[θɝd]

n. [C] 三分之一 <of>

▲Two-**thirds of** the students passed the exam.

三分之二的學生通過了考試。

third

[θɝd]

adv. 第三

▲Jack finished **third** in this crucial race and received prize money of NT$30,000.

Jack 在這場關鍵的比賽中獲得第三名並得到了新臺幣三萬元的獎金。

---

24 **those**

[ðoz]

pron. 那些

▲Heaven helps **those** who help themselves. 【諺】天助自助者。

those

[ðoz]

adj. 那些

▲The company is planning to set up some new branches in **those** urban areas. 這公司正計劃要在那些城鎮區域設立新的分部。

---

25 **together**

[təˋgɛðɚ]

adv. 一起 [反] alone, separately；同時

▲Several teenagers went to the movies **together**.

幾個青少年一起去看電影。

▲The two letters were sent separately but came **together**.

這兩封信分開寄出，但同時到了。

💡put sth together 組合… | together with... 連同…

Unit 17

1 **also**

[ˋɔlso]

adv. 也

▲Ping-Pong is **also** called table tennis. 乒乓球又叫桌球。

2 **before**

[brˋfor]

prep. 在…前面 [反] after；在…之前 [反] after

▲The woman stood **before** the mirror to check her hair.

女子站在鏡子前檢查她的頭髮。

▲James usually goes jogging **before** having breakfast.

James 通常吃早餐前去慢跑。

before

[brˋfor]

conj. 在…之前 [反] after

▲Rachel hadn't waited long **before** her friend came.

Rachel 沒等多久她的朋友就來了。

before

[brˋfor]

adv. 以前

▲Kim has never eaten mangoes **before**. Kim 以前不曾吃過芒果。

3 **big**

[bɪg]

adj. 大的 (bigger | biggest)

▲The refrigerator is too **big** to fit into the space.

這臺冰箱太大而無法塞入這個空間。

4 **certain**

[ˋsɝtn̩]

adj. 確定的 [同] sure；某個

▲The diligent student is **certain** that he will pass the exam.

這位勤奮的學生確定自己會通過考試。

▲Last night, Sandra had dinner with a **certain** Peter Chen.

Sandra 昨晚和某個 Peter Chen 共進晚餐。

💡make certain 確定，確保

certain

[ˋsɝtn̩]

pron. 一些，若干 <of>

▲**Certain of** those present were students; the others were teachers. 一些出席的人是學生，其它是老師。

certainly

[ˋsɝtn̩lɪ]

adv. 當然，確實

▲These books are **certainly** not Kim's; I am very sure about that. 這些書確實不是 Kim 的，我很確定。

5　**have**

[hæv]

aux. (與過去分詞構成完成式) 已經；曾經

▲The workers **have** just **finished** the job.

工人們剛剛已經完成這個工作。

▲The Wangs **have been** to Paris twice.

王氏一家人曾經去過巴黎兩次。

have

[hæv]

v. 有；吃，喝 (had | had | having)

▲Lester **has** his own reason to do so. Lester 這麼做有他自己的原因。

▲Let's **have** a drink! 我們去喝一杯吧！

💡have to V 必須…，不得不…

6　**least**

[list]

adv. 最少，最小 (the ~) [反] most；最不 (the ~) [反] most

▲John talks **(the) least**. John 話最少。

▲This shirt is **the least** expensive in the store, and it costs a thousand dollars. 這件襯衫是店裡最不貴的，要價一千元。

least

[list]

pron. 最少，最小 (the ~)

▲**The least** Tara can do is give the beggar some money.

給乞討者一些錢是 Tara 最起碼能做的事。

least

[list]

adj. 最少，最小 (the ~)

▲Beth has **the least** money of us all. 在我們當中，Beth 的錢最少。

7　**no**

[no]

adj. 沒有；禁止

▲There is **no** milk left. 沒有牛奶了。

▲There is a "**No** Smoking" sign over there.

那裡有一個「禁止吸菸」的牌子。

no

[no]

adv. 不 [反] yes

▲Marcus wanted to give the girl a ride, but she said **no**.

Marcus 想讓那個女孩搭便車，但她說不用。

no

[no]

n. [C] 否定，拒絕

▲Vivian gave a definite **no** to the idea.

Vivian 對這個想法明確表示否定。

---

8 off

[ɔf]

adv. 離開，遠離；去掉，移開

▲The manager is **off** to San Francisco next Monday.

經理下週一要離開去舊金山。

▲The man took his hat **off** after entering the house.

男子進入房子後就把他的帽子脫掉。

off

[ɔf]

prep. 離開，遠離；去掉，移開

▲The driver was stuck in a traffic jam the moment he was **off** the highway. 駕駛一離開高速公路就遇上塞車。

▲The woman wiped tears **off** her face. 女子把眼淚從她臉上擦去。

off

[ɔf]

adj. 離開的；休假的，不上班的

▲It's very late now; Judy must be **off**.

現在時間很晚了，Judy 一定是離開了。

▲The waiter is **off** today; he's on sick leave.

那個服務生今天不上班，他請病假。

---

9 office

[`ɔfɪs]

n. [C] 辦公室

▲The manager is making calls in his **office** now.

經理現在在他的辦公室裡打電話。

---

10 past

[pæst]

adj. 過去的；以前的

▲Yvonne has been absent from work for the **past** three days.

Yvonne 過去三天都沒上班。

▲From **past** experience, Owen knows it is no use complaining to his neighbor. 根據以前的經驗，Owen 知道向他鄰居抱怨是沒有用的。

past

[pæst]

n. [sing.] 過去

▲You should not worry about your **past**. 你不該擔心你的過去。

past

[pæst]

prep. 經過；(時間) 晚於

▲Zoe walks **past** the bakery on her way to school every day.

Zoe 每天上學的路上都會經過這間麵包店。

▲It's long **past** the boy's bedtime. 早就超過男孩的睡覺時間了。

past

[pæst]

adv. 經過

▲As Alice drove **past**, she waved at her friends.

Alice 開車經過時向她朋友揮手。

---

11 **pay**

[pe]

v. 付款，付費 <by, for>；支付…報酬 (paid | paid | paying)

▲The customer **paid by** credit card. 那位顧客用信用卡付款。

▲The company **paid** the assistant NT$28,000 per month.

公司支付那位助理每個月新臺幣兩萬八千元的報酬。

💡pay for sth 為…付出代價 | pay off 取得成功；償清債務

payment

[`pemənt]

n. [C] 支付的金額；[U] 付款 <in>

▲The customer will pay for the cellphone in twelve monthly **payments**. 這位顧客將以十二個月分期付款來支付這支手機。

▲The duty-free shop accepts **payment in** euros or dollars.

這間免稅店接受以歐元或美元付款。

---

12 **raise**

[rez]

v. 舉起；飼養

▲The mayor **raised** his **hand** to wave to the crowd.

市長舉起手向群眾揮手。

▲The dairy farmer **raises** a lot of cows on the farm.

這位酪農在農場上飼養了很多乳牛。

raise

[rez]

n. [C] 加薪

▲The hard-working employee was given a **raise**.

那位勤奮的員工得到加薪。

---

13 **reach**

[ritʃ]

v. 抵達；達到

▲What time will the climbers **reach** their destination?

登山客何時會抵達他們的目的地？

▲It's predicted that the temperature will **reach** 38°C tomorrow.

預計明天氣溫會達到攝氏三十八度。

reach

[ritʃ]

n. [U] 伸手可及的距離

▲Don't put the medicine **within reach of** children.

不要把藥放在孩子們拿得到的地方。

14 really

[`riəlɪ]

| adv. | 真正地；非常 [同] extremely |

▲ Do you **really** mean it? 你是當真的嗎？

▲ The weather was **really** cold, so Maria turned the electric heater on. 天氣非常冷，所以 Maria 把電暖氣打開。

---

15 river

[`rɪvɚ]

| n. | [C] 河，江 |

▲ There is a bridge across the **river**. 河上有一座橋。

---

16 service

[`sɝvəs]

| n. | [C] 公共服務系統；[U] 服務，接待 |

▲ The postal **service** provides mail processing and delivery **services** for individuals and businesses.
郵政服務系統為個人和公司提供信件處理和遞送服務。

▲ Many customers complained the **service** of the restaurant was too slow. 許多顧客抱怨那家餐廳的服務太慢。

---

17 ship

[ʃɪp]

| n. | [C] (尤指航海的) 大船 |

▲ The sailors are boarding the **ship** that will sail soon.
水手們正登上不久將啟航的船。

shlp

[ʃɪp]

| v. | 運輸，運送 (shipped｜shipped｜shipping) |

▲ These packages will be **shipped** to Vancouver in a week.
這些包裹將在一週內被運送到溫哥華。

---

18 side

[saɪd]

| n. | [C] 面 <of>；旁邊 <by> |

▲ The student didn't answer the questions on the other **side of** the exam paper and thus failed the test.
這位學生沒有翻到考卷背面作答因而考試不及格。

▲ Owen died peacefully last night with his wife **by** his **side**.
Owen 昨晚安詳地去世，妻子陪伴在他的身邊。

💡 side by side 肩並肩地｜take sb's side 支持…

---

19 someone

[`sʌm,wʌn]

| pron. | 某人 [同] somebody |

▲ **Someone** left this letter for Bertha. 某人留了這封信給 Bertha。

someone

[`sʌm,wʌn]

| n. | [C] 重要人物，有名氣的人 |

somebody

['sʌm,bɑdɪ]

pron. 某人 [同] someone

▲**Somebody** is knocking on the door. Go answer it.

某人在敲門。去應門。

---

20 **song**

[sɔŋ]

n. [C] 歌曲

▲The singer is singing a **pop song** on stage.

歌手正在舞臺上唱著一首流行歌曲。

---

21 **store**

[stor]

n. [C] 商店；儲存量 <of>

▲Quinn bought a pair of jeans in the **clothing store**.

Quinn 在服裝店買了一條牛仔褲。

▲Mary has a great **store of** rare wine in the cellar.

Mary 在地窖裡儲存了許多珍貴的葡萄酒。

store

[stor]

v. 儲存，儲藏

▲Thousands of books are **stored** in the library.

數千本書被儲存在這間圖書館裡。

---

22 **these**

[ðiz]

pron. 這些

▲Are **these** yours or Jane's? 這些是你的還是 Jane 的？

these

[ðiz]

adj. 這些

---

23 **though**

[ðo]

conj. 雖然，儘管 [同] although

▲**Though** it was raining, the two baseball teams still kept playing.

雖然在下雨，這兩支棒球隊仍然繼續打球。

💡as though 好像，似乎

though

[ðo]

adv. 不過，可是

▲It is hard work. Cathy enjoys it, **though**.

這工作很辛苦。不過 Cathy 喜歡。

---

24 **under**

['ʌndɚ]

prep. 在…下面 [反] above；少於，低於 [反] over

▲A submarine travels **under** the water. 潛水艇在水面下航行。

▲People **under** 18 are not allowed to enter the club.

十八歲以下的人不得進入此俱樂部。

under
[ˋʌndɚ]

adv. 在下面 [反] above；少於，低於 [反] over

▲The fisherman dived in and stayed **under** as long as he could.

漁夫潛入水，盡可能停留在水面下。

▲Children aged twelve and **under** must be accompanied by an adult if they want to watch the movie.

如果要看這部電影，十二歲及其以下的兒童必須要有成人陪伴。

25 **whether**
[ˋhwɛðɚ]

conj. 是否

▲Debby doesn't know **whether** her brother will go to Paris **or not**.

Debby 不知道她哥哥是否會去巴黎。

💡whether...or... 無論是…還是…

Unit 18

1 **air**
[ɛr]

n. [U] 空氣；乘坐飛機 <by>

▲**Air** is a mixture of gases that we cannot see.

空氣是一種我們看不見的氣體混合物。

▲The businessman travels a lot **by air**.

這位商人常常坐飛機旅行。

air conditioner
[ˋɛr kən͵dɪʃənɚ]

n. [C] 冷氣機，空調設備

▲An **air conditioner** can keep the air in a building cool.

冷氣機可以讓建築物裡的空氣保持涼爽。

2 **although**
[ɔlˋðo]

conj. 雖然，儘管 [同] though

▲**Although** the worker was tired, he kept on working.

雖然那個工人很累，但他卻繼續工作。

3 **around**
[əˋraʊnd]

prep. 四處，周圍 [同] round；在…附近 [同] round

▲Many people want to travel **around** the world.

很多人想要環遊世界。

▲There are many movie theaters **around** the area.

這區域附近有許多電影院。

around

[ə`raʊnd]

adv. 四處，周圍 [同] about；附近

▲The rumor has been spread **around**. 謠言已四處散布。

▲The street is deserted; there's nobody **around**.

街上空蕩蕩；附近一個人也沒有。

---

4 **business**

[`bɪznɪs]

n. [U] 買賣 <with>；[C] 公司

▲The company **does business with** Russian customers.

這家公司跟俄國客戶做買賣。

▲Adolf runs his own software **business**.

Adolf 經營他自己的軟體公司。

💡be none of sb's business 與…無關

---

5 **come**

[kʌm]

v. 來 [反] go；到達 (came│come│coming)

▲There is a bus **coming**. 一輛公車來了。

▲Has Flora **come** yet? Flora 到達了嗎？

💡come from sth 來自…│come up with sth 想出…│come about 發生

---

6 **during**

[`dʊrɪŋ]

prep. 在…期間

▲**During** the past ten years, the scientist has been working on his research. 在過去十年期間，這位科學家一直在做他的研究。

---

7 **egg**

[ɛg]

n. [C] 蛋；(鳥類的) 卵

▲The girl prefers scrambled **eggs** to fried **eggs**.

女孩喜歡炒蛋勝於煎蛋。

▲The bird laid **eggs** in the nest. 這隻鳥在鳥巢裡產下卵。

---

8 **if**

[ɪf]

conj. 如果；是否

▲**If** it is sunny, we'll go mountain climbing.

如果天氣晴朗的話，我們會去爬山。

▲Hedda asked her friend **if** they would like to come to her birthday party. Hedda 問她的朋友們是否想來她的生日派對。

💡if necessary 如果有必要的話│even if 即使

---

9 **new**

[nju]

adj. 新的 [反] old；不熟悉的，生疏的 <to>

▲Irene is always open to **new** ideas.

Irene 對新觀念總是態度開明。

▲ Sam is **new to** this kind of work. Sam 對這種工作不熟悉。

newlywed

[`njulɪ,wɛd]

n. [C] 新婚者 (usu. pl.)

▲ The **newlyweds** went to Japan on their honeymoon.

這對新婚夫婦去日本度蜜月。

10 **or**

[ɔr]

conj. 或者，還是；否則

▲ Which do you like better, tea **or** coffee?

你比較喜歡茶還是咖啡？

▲ Get up now, **or** you'll be late for school.

現在就起床，否則你上學會遲到。

💡 or so 大約

11 **outside**

[`aut`saɪd]

prep. 在…外面 [反] inside

▲ Janice is waiting **outside** the classroom.

Janice 正在教室外面等。

outside

[`aut`saɪd]

adv. 在外面 [同] outdoors

▲ It is raining **outside**. 外面在下雨。

outside

[`aut`saɪd]

adj. 外面的，戶外的 [反] inside

▲ The people in the small village still use **outside** toilet.

這個小村莊裡的人仍使用戶外廁所。

outside

[`aut`saɪd]

n. [C] 外面 (the ～) <of> [反] inside

▲ **The outside of** the castle was painted blue.

城堡外面被漆成藍色。

12 **piece**

[pis]

n. [C] 片；一張，一件 <of>

▲ The glass broke into **pieces** when it fell on the floor.

玻璃杯掉到地上，破成碎片。

▲ Tom quickly wrote down the phone number on a **piece of** paper. Tom 很快地在一張紙上寫下電話號碼。

💡 be a piece of cake 很簡單 | in one piece 平安無損

piece

[pis]

v. 拼湊 <together>

▲ Kelly is trying to **piece** fragments of the letter **together**.

Kelly 正試著把信件的碎片拼湊起來。

13 possible
['pɑsəbl̩]

adj. 可能的 [反] impossible

▲It is **possible** for the students to finish their homework today. 學生們今天做完他們的功課是可能的。

14 restaurant
['rɛstərənt]

n. [C] 餐廳

▲Mr. Williams took his wife out for dinner at an Italian **restaurant**. Williams 先生帶他太太去一家義大利餐廳吃頓晚餐。

15 science
['saɪəns]

n. [U] 科學

▲In recent years, development in **science** and technology has brought prosperity to humans.

近幾年，科技的發展已為人類帶來繁榮昌盛。

16 sentence
['sɛntəns]

n. [C] 句子；判決，判刑

▲The student couldn't find the **topic sentence** in the first paragraph. 學生在第一段裡找不到主題句。

▲The criminal is **serving a life sentence** in prison.

那個罪犯正在監獄服無期徒刑。

sentence
['sɛntəns]

v. 宣布判決 <to>

▲The robber was **sentenced to** two years in prison.

這個強盜被判兩年徒刑。

17 set
[sɛt]

v. 放，置；使成為某狀態 (set | set | setting)

▲The teacher **set** the book on the desk. 老師把書放在桌上。

▲Lincoln **set** the slaves **free**. 林肯釋放了奴隸。

💡set...free 釋放… | set sth up 創立…

set
[sɛt]

n. [C] 一組，一套 <of>

▲Anna gave the newlyweds a **set of** cutlery as a present.

Anna 送新婚夫婦一套餐具作為禮物。

18 share
[ʃɛr]

v. 分享，共用 <with>；分配 <among, between>

▲Bess likes to **share** her thoughts **with** her friends.

Bess 喜歡和她的朋友們分享她的想法。

▲Tony **shared** the pizza **among** his brothers.

Tony 和他兄弟分披薩。

share

[ʃɛr]

| n. | [sing.] 一份 <of, in>；[C] 股票 <in> |

▲I have to do my **share of** housework every day.

我每天都必須做我的那一份家務。

▲Carol has got some **shares in** the computer company.

Carol 有一些那電腦公司的股票。

---

19 **size**

[saɪz]

| n. | [C][U] 尺寸，大小 <of>；[C] 尺碼 |

▲What is the **size of** the TV set? 這臺電視機的尺寸是多大？

▲These T-shirts come in four **sizes**: small, medium, large, and extra-large. 這些 T 恤有四個尺碼：小號、中號、大號和加大號。

size

[saɪz]

| v. | 標定⋯的大小 |

▲Each of the crabs is **sized**, weighed, and priced.

每隻螃蟹都被標定大小、秤重並標價。

---

20 **sound**

[saund]

| n. | [C][U] 聲音 [同] noise |

▲**Sound** travels slower than light. 聲音傳導得比光慢。

---

21 **stop**

[stɑp]

| v. | (使) 停止；阻止 <from> (stopped | stopped | stopping) |

▲Willie **stopped** to help Elaine carry the heavy bag.

Willie 停下去幫忙 Elaine 提沉重的袋子。

▲The bad weather didn't **stop** the kids **from** playing soccer.

壞天氣阻止不了孩子們踢足球。

💡 stop by (sth) 順道拜訪⋯

stop

[stɑp]

| n. | [C] 停止；車站 |

▲The train **came to a** sudden **stop**. 火車突然停止。

▲The passenger is getting off at the next **stop**.

這位乘客要在下一站下車。

---

22 **thin**

[θɪn]

| adj. | 薄的 [反] thick；瘦的 [反] fat (thinner | thinnest) |

▲Freda shivered with cold in her **thin** silk shirt.

Freda 穿著薄薄的絲質襯衫，冷得發抖。

▲The patient looked weak and **thin** after his sickness.

這病人生病後看起來很瘦弱。

💡 disappear/vanish into thin air 消失得無影無蹤

23 today

[tə`de]

adv. 今天；現今

▲Ron couldn't go grocery shopping yesterday, but he will go **today**. Ron 昨天無法去採買雜貨，但是他今天會去。

▲New York City **today** is a popular tourist attraction.

現今紐約市是一個受歡迎的觀光勝地。

today

[tə`de]

n. [U] 今天

▲**Today** is Mark's birthday. 今天是 Mark 的生日。

24 wind

[wɪnd]

n. [C][U] 風

▲The **wind** is blowing at 10 miles per hour.

風正以每小時十英里的風速吹著。

wind

[waɪnd]

v. 彎彎曲曲，蜿蜒 <through>；使纏繞 <around> (wound｜wound｜winding)

▲The stream **winds through** the forest. 小溪彎彎曲曲穿過森林。

▲The soldier **wound** a bandage **around** his left leg.

那位士兵在他的左腿纏上繃帶。

25 word

[wɝd]

n. [C] 字，詞；簡短的談話 <of>

▲Betty looked the Latin **word** up in a dictionary.

Betty 用字典查這個拉丁字的意思。

▲Bill **said a word of** thanks on behalf of the family.

Bill 代表家人說了簡短的感謝辭。

💡eat sb's words 承認自己說錯話｜without a word 不發一言｜in a word 簡而言之

Unit 19

1 another

[ə`nʌðɚ]

adj. 再一個的；另外的

▲Would you like to have **another** cup of tea? 你要不要再來一杯茶？

▲After visiting the museum, the tourist would go to **another** place. 參觀博物館過後，這觀光客要去別的地方。

💡one another 互相｜one after another 一個接一個

another

[ə`nʌðɚ]

pron. 再一個;另一回事,不同的人或事物

▲The woman finished her coffee and asked for **another**.

女子喝光了她的咖啡並再要了一杯。

▲It is one thing to make a promise, and **another** to keep it.

承諾是一回事,遵守承諾又是另一回事。

2 **boy**

[bɔɪ]

n. [C] 男孩

▲Jimmy is a five-year-old **boy**. Jimmy 是個五歲的男孩。

3 **care**

[kɛr]

n. [U] 注意,小心 <with>;照顧

▲The road was icy, so all the drivers drove **with care**.

道路結冰,所以所有的駕駛都小心駕駛。

▲Parents are responsible for the **care** of their children.

父母有責任照顧他們的孩子。

💡take care 保重 | take care of... 照顧…

care

[kɛr]

v. 關心 <about>;在乎,在意 <about>

▲The mother **cared about** her son so much that she hated to see him hurt. 那位媽媽如此關心她的兒子,以致於不想見到他受傷。

▲Brad doesn't **care** much **about** clothes. Brad 不太在乎衣著。

4 **common**

[`kɑmən]

adj. 共同的;普通的,常見的 [反] rare

▲English serves as the **common** language of the world.

英文是世界的共同語言。

▲Such accidents are very **common** nowadays but were rare in the past. 這樣的事故在現今很常見,但在過去很罕見。

💡common knowledge 常識

common

[`kɑmən]

n. [C] 公地,公用草地

▲The locals have the great need for the use of the **commons**.

當地人很需要使用公用草地。

💡have sth in common 有相同…

5 **difficult**

[`dɪfə,kəlt]

adj. 困難的,艱難的 [反] easy

▲It is not easy to answer the **difficult** question.

要回答這個困難的問題並不容易。

6 **everyone**　pron. 每個人 [同] everybody

['ɛvrɪ,wʌn]　▲The teacher gathered **everyone** together to take a group photograph. 老師把每個人集合在一起拍一張團體照。

everybody　pron. 每個人 [同] everyone

['ɛvrɪ,bʌdɪ]　▲**Everybody** at the party was singing and dancing.

每個人在派對上都又唱又跳。

---

7 **free**　adj. 自由的；免費的

[fri]　▲The country **set** some political prisoners **free**.

這個國家釋放了一些政治犯。

▲The lawyer gives **free** legal advice to the poor.

這位律師給予窮人免費的法律諮詢。

free　v. 使自由，釋放 [同] release；使免於，使擺脫 <from>

[fri]　▲Finally, the terrorists agreed to **free** all the hostages.

最後，恐怖分子同意釋放所有人質。

▲Carl tried hard to **free** himself **from** anxiety.

Carl 努力使自己免於憂慮。

💡 free sb from sth 使…擺脫…

free　adv. 自由地；免費地

[fri]　▲With all the charges against him dropped, the suspect **walked free** from court. 嫌犯因對他所有的指控都被撤銷而當庭獲釋。

▲Children aged 3 and under are admitted **free**.

三歲和三歲以下的孩童免費入場。

💡 for free/free of charge 免費地

---

8 **like**　prep. 像；例如

[laɪk]　▲Danny **looks** very much **like** his father. Danny 長得很像他爸爸。

▲Teenagers love fast food **like** hamburgers and French fries.

青少年喜愛速食，例如漢堡和薯條。

like　v. 喜歡 [反] dislike

[laɪk]　▲Claire **likes** fish, but she hates shrimp.

Claire 喜歡吃魚，但她討厭吃蝦。

like

[laɪk]

n. [C] 喜好 (usu. pl.)

▲Everyone has **his** or **her** own **likes and dislikes**. 人各有好惡。

9 **quite**

[kwaɪt]

adv. 相當地；完全地，徹底地

▲The weather is **quite** cold today. 今天天氣相當冷。

▲Eddie is **quite** wrong—Susan is a student, not a teacher.

Eddie 完全錯了——Susan 是學生，不是老師。

10 **same**

[sem]

adj. 相同的，一樣的 (the ～) <as>

▲Your feet are **the same** size **as** mine. 你的腳和我的腳一樣大。

same

[sem]

pron. 同樣的人或事物 (the ～)

▲You treat me badly, so I will do **the same** to you someday.

你待我不好，所以有一天我也會同樣回報你。

same

|sem]

adv. 同樣地 (the ～)

▲The teacher treats all the students **the same**.

這位老師對待所有的學生都一視同仁。

11 **shape**

[ʃep]

n. [C][U] 外形，形狀 <in>

▲A rugby is oval **in shape**. 橄欖球是橢圓形的。

💡 in the shape of sth 以…的形式 | in (good) shape 健康；狀況良好

12 **she**

[ʃi]

pron. 她

▲When Della came, **she** brought some food and drinks.

Della 來的時候帶了一些食物和飲料。

her

[hɝ]

pron. 她的

▲Jenny asked **her** son to clean the bathroom.

Jenny 要她兒子去打掃浴室。

hers

[hɝz]

pron. 她的 (所有物)

▲Elva and I both have cars, but **hers** is an electric one.

Elva 和我都有車，但她的是電動車。

herself

[hɝ`sɛlf]

pron. 她自己

▲The old lady talked to **herself** in a low voice.

那老婦人低聲地自言自語。

13 sign
[saɪn]

> n. [C] 招牌，告示；跡象，徵兆 <of> [同] indication
>
> ▲What does that **sign** say? 那個告示牌上寫些什麼？
>
> ▲The arrival of the robins is a sure **sign of** spring.
> 知更鳥的到來是春天明顯的徵兆。

sign
[saɪn]

> v. 簽署，簽字；示意 <to, for> [同] signal
>
> ▲The patient has to **sign** a consent form before the operation.
> 手術之前，這位病人得簽一份同意書。
>
> ▲The customer **signed to** the waitress to bring him the check.
> 顧客向女服務生示意給他帳單。

14 simple
[`sɪmp!]

> adj. 簡單的；樸素的
>
> ▲The novel was written in **simple** English.
> 這本小說以簡易的英文寫成。
>
> ▲The actress wants a **simple** but stylish dress, nothing fancy.
> 這女演員想要一件簡樸但格調高雅的洋裝，不要花俏的東西。

15 sometimes
[`sʌm,taɪmz]

> adv. 有時
>
> ▲**Sometimes** Martin drinks coffee, and **sometimes** he drinks tea. Martin 有時喝咖啡，有時喝茶。

16 south
[saʊθ]

> n. [U] 南方，南部 (also South) (abbr. S) (the ～)
>
> ▲The sailors are sailing to **the south** now.
> 水手們現在正朝著南方航行。

south
[saʊθ]

> adj. 南方的，南部的 (also South) (abbr. S)
>
> ▲The **south** coast of the island is covered with palms.
> 這個島的南岸都是棕櫚樹。

south
[saʊθ]

> adv. 朝南，向南 (abbr. S)
>
> ▲Wild geese usually fly **south** before the winter comes.
> 野雁通常在冬天來臨前向南飛。

17 space
[spes]

> n. [C][U] 空間；太空
>
> ▲These magazines **take up** too much **space** on the shelf.
> 這些雜誌占了書架太多空間。
>
> ▲Many people are interested in meeting creatures from outer **space**. 許多人有興趣遇見外太空的生物。

space

[spes]

v. 把…以一定間隔排列

▲ The five utility poles are **spaced** 20 feet **apart**.

這五個電線桿之間各相距二十英尺。

---

18 sure

[ʃur]

adj. 確定的，肯定的 <about, of> [同] certain

▲ Glen may come, but no one is **sure about** it.

Glen 也許會來，但沒有人確定。

💡 for sure 肯定的

sure

[ʃur]

adv. 當然

▲ "Would you please show me the way to the meeting room?"
"**Sure**." 「可否麻煩告訴我會議室怎麼走？」「當然。」

---

19 teacher

[ˈtiʃɚ]

n. [C] 教師

▲ The **teacher** teaches English in a senior high school.

這位教師在一間高中教英文。

---

20 town

[taʊn]

n. [C] 城鎮

▲ The old couple live in a small **town** near the sea.

這對老夫婦住在靠海的一個小鎮裡。

---

21 try

[traɪ]

v. 試圖，設法；嘗試 (tried | tried | trying)

▲ The girl **tried** to write with her left hand. 那個女孩試圖用左手寫字。

▲ The worker has **tried** different ways to solve the problem.

工人已嘗試用不同的方法來解決問題。

💡 try for sth 試圖獲得… | try sth on 試穿…

try

[traɪ]

n. [C] 嘗試 (pl. tries)

▲ Let's **give** the recipe **a try**. 我們來試試這道食譜吧。

---

22 understand

[ˌʌndɚˈstænd]

v. 了解；理解，體諒 (understood | understood | understanding)

▲ Gwen explained her idea again and again, but no one **understood** what she was talking about.

Gwen 一次又一次解釋她的想法，但沒人了解她在說什麼。

▲ Andy is depressed because he feels no one **understands** him.

Andy 因為覺得沒有人理解他而感到沮喪。

---

23 usually

[ˈjuʒʊəlɪ]

adv. 通常地，經常地 [同] generally

▲ Jean **usually** gets up at 7 a.m. Jean 通常在早上七點起床。

24 which

[hwɪtʃ]

pron. 哪個

▲**Which** is your hat, this one or that one?

哪一頂是你的帽子，這頂還是那頂？

which

[hwɪtʃ]

adj. 哪個

▲**Which** street leads to the train station? 哪條街通往火車站？

---

25 while

[hwaɪl]

conj. 在…的時候；雖然 [同] although

▲Mr. and Mrs. White were watching TV **while** their children were asleep. White 夫婦在他們的孩子們睡覺時看電視。

▲**While** Henry admitted the task was difficult, he didn't think it was impossible.

雖然 Henry 承認這工作很困難，但他不認為不可能做到。

while

[hwaɪl]

n. [sing.] 一會兒，一段時間

▲Helen kept her friends waiting for **a long while**.

Helen 讓她的朋友們等了好一會兒。

while

[hwaɪl]

v. 消磨 (時光)，輕鬆地度過 <away>

▲Steve **whiled away** the summer days fishing and hiking.

Steve 以釣魚、健行輕鬆地度過夏日。

Unit 20

1 again

[ə`gɛn]

adv. 又，再一次；復原

▲The book was so good that Mina wanted to read it **again**.

這本書好看到讓 Mina 想再讀一次。

▲The mother nursed her sick child back to health **again**.

那個母親照料她生病的孩子恢復健康。

💡 once again 再次

---

2 allow

[ə`laʊ]

v. 允許，准許 [同] permit；使有可能 [同] permit

▲Eating and drinking are not **allowed** in the MRT trains and stations.

捷運車廂與站內禁止飲食。

▲The new system **allows** people to work more efficiently.

這個新系統使人們有可能更有效率地工作。

3　**am**　　adv.　上午 (also a.m.)

[`e`ɛm]　▲The old man usually gets up at 6 **am**. 這位老先生通常早上六點起床。

4　**best**　　adj.　最好的，最優秀的 (the ～)

[bɛst]　▲Jack is **by far the best** player on the team. Jack 是這隊最優秀的球員。

best　　adv.　最好地

[bɛst]　▲Janice works **best** under pressure. Janice 有壓力時工作效率最好。

💡had best + V 最好

best　　v.　擊敗，戰勝

[bɛst]　▲In two rounds, the boxer **bested** his opponent

那位拳擊手兩個回合內就擊敗了他的對手。

best　　n.　[sing.] 最好的人或事物 (the ～)

[bɛst]　▲Most parents want **the best** for their children.

多數父母都想把最好的東西給他們的孩子。

5　**can**　　aux.　能，會；有可能

[kæn]　▲The little girl **can** read and write. 這個小女孩會讀也會寫。

▲Sports **can** be dangerous if safety is ignored.

如果不注意安全，運動有可能變得危險。

💡cannot help but + V = cannot help + V-ing 不得不… | cannot...too... 無論…也不為過；越…越好

can　　n.　[C] 罐 <of>

[kæn]　▲Please bring me two **cans of** beer. 請帶給我兩罐啤酒。

can　　v.　將…裝罐 [同] tin (canned | canned | canning)

[kæn]　▲The fishermen **canned** the fish on the ship. 漁夫們在船上把魚裝罐。

6　**carry**　　v.　提，搬；攜帶 (carried | carried | carrying)

[`kærɪ]　▲The box is too heavy for the girl to **carry**. 這個箱子太重，女孩搬不動。

▲In the past, almost every tourist **carried** a camera with them.

在過去，幾乎每一個遊客都隨身攜帶相機。

💡carry on (sth) 繼續 | carry sth out 執行…

---

7 **early**
['ɝlɪ]

adj. 早期的，初期的 [反] late；提早的 [反] late (earlier | earliest)

▲The rooster crowed in the **early** morning. 公雞在清晨啼叫。

▲Jasper missed the bus because it was ten minutes **early**.
Jasper 錯過了那班公車，因為它提早十分鐘來。

early
['ɝlɪ]

adv. 在早期，在初期 [反] late；提早地 [反] late

▲Cathy woke up **early** in the morning. Cathy 早上很早醒來。

▲Jerry arrived **early** to help his grandmother prepare lunch.
Jerry 提早到，好幫他祖母準備午餐。

8 **fact**
[fækt]

n. [C] 事實

▲People don't want rumors; tell them the **facts**.
人們不想聽傳言，告訴他們事實。

💡 in fact 其實，事實上

9 **few**
[fju]

adj. 少數的，少許的 [反] many；一些

▲Only **few** people came to the party.
只有少許人來參加派對。

▲There are **a few** students sitting at the back of the stadium.
有一些學生坐在體育館的後面。

💡 quite a few 相當多

few
[fju]

pron. 少數的人或事物 <of> [反] many；一些人或事物 <of>

▲Very **few of** the candidates come from foreign countries.
很少候選人來自國外。

▲Lisa has read **a few of** the novels. Lisa 已經看過這些小說中的一些。

10 **game**
[gem]

n. [C] 遊戲；比賽

▲Tic-tac-toe is a fun **game**. 井字遊戲是有趣的遊戲。

▲It's a close **game**; it's difficult to predict which team will win.
這是一場難分勝負的比賽，很難預測哪隊會贏。

11 **go**
[go]

v. 去 <to>；去 (參加) <to> (went | gone | going)

▲The housewife **goes to** the market to buy food.
這位家庭主婦去市場買食物。

▲Many fans **went to** the pop concert. 許多粉絲去參加那場流行音樂會。

💡go back to 追溯 | go by (時間等) 逝去

go　　n.　[C] 嘗試 [同] try (pl. goes)

[go]　　▲Keith has never done that before, but he would like to **give it a go**.

　　　　Keith 以前從沒做過那個，但是他想要試試。

---

12 **heat**　　n.　[U] 熱，高溫

[hit]　　▲The sun gives the world **heat** and light. 太陽給這世界熱和光。

heat　　v.　(使) 變熱，(使) 變暖 <up>

[hit]　　▲Joan **heated up** some water for coffee. Joan 加熱一些水來沖咖啡。

---

13 **ice**　　n.　[U] 冰

[aɪs]　　▲Water turns into **ice** at 0°C. 水在攝氏零度會結成冰。

---

14 **often**　　adv.　經常 [同] frequently

[`ɔfən]　　▲**How often** does Lewis go jogging? Lewis 多久慢跑一次？

---

15 **other**　　adj.　其他的，另外的；不同的，別的

[`ʌðɚ]　　▲The soldiers have no **other** choice but to obey.

　　　　士兵們沒有其他的選擇，只能服從。

　　　　▲Besides Mary, I also called two **other** friends **the other day**.

　　　　前幾天，除打電話給 Mary 之外，我還打給兩個不同的朋友。

　　　　💡other than 除了 | in other words 換句話說

other　　pron.　另一個 (the ～)

[`ʌðɚ]　　▲Mandy has two brothers. One is a lawyer, and **the other** is a doctor.

　　　　Mandy 有兩個兄弟。 一個是律師，而另一個是醫生。

---

16 **own**　　adj.　自己的

[on]　　▲Nicky wants to have his **own** room. Nicky 想要有自己的房間。

own　　pron.　自己 <of>

[on]　　▲Nicky wants to have a room **of his own**. Nicky 想要有自己的房間。

　　　　💡(all) on sb's own 獨自

own　　v.　擁有

[on]　　▲Nellie **owns** this computer company. Nellie 擁有這家電腦公司。

17 race | n. | [C] 賽跑，速度競賽；種族，人種
[res]
▲ Paul won the championship in the running **race**.
Paul 在賽跑中得到冠軍。

▲ All **races** should be treated equally. 所有種族都應該受到平等對待。

race | v. | (使) 參加比賽，與…比賽 <against>；(使) 快速移動或行進
[res]
▲ Paula used to **race (against)** her sister when they were little.
Paula 小時候常和妹妹賽跑。

▲ The man **raced** into the town on his motorcycle.
這男子騎機車快速進入小鎮。

18 sing | v. | 唱歌 <to> (sang | sung | singing)
[sɪŋ]
▲ The mother **sang** a lullaby **to** the baby. 那個母親給寶寶唱了一首催眠曲。

19 stay | v. | 停留，留下；保持 (狀態)
[ste]
▲ The colleagues **stayed** after work to play basketball.
同事們下班後留下來打籃球。

▲ The temperature in this room **stays** constant all the time.
這個房間的溫度始終保持不變。

💡 stay away from... 遠離，避開… | stay behind 留下不走 | stay in 不出門 |
stay out 在外過夜；晚歸 | stay out of sth 不介入… | stay up 熬夜

stay | n. | [C] 停留 <in> (usu. sing.)
[ste]
▲ Randy met his future wife during his **stay in** Mexico.
Randy 在墨西哥停留期間遇見他未來的妻子。

20 sunny | adj. | 晴朗的，陽光普照的 [同] bright；樂觀開朗的
[`sʌnɪ]
▲ It is **sunny** today. 今天陽光普照。

▲ Kate has a **sunny** disposition. Kate 性情開朗。

21 taste | n. | [C][U] 味道 <of> [同] flavor；(個人的) 愛好，興趣 <in>
[test]
▲ The child doesn't like the **taste of** ginger. 這個孩子不喜歡薑的味道。

▲ Robin asked his date about her **taste in** music.
Robin 詢問約會對象關於她對音樂的愛好。

taste | v. | 嘗…的味道
[test]
▲ The cook **tasted** the soup and found it was a bit salty.
廚師嘗了湯的味道並發現有點鹹。

22 then adv. 然後；那時

[ðɛn] ▲Steve watched TV and **then** went to bed.

Steve 看完電視，然後上床睡覺。

▲Rebecca was pretty **back then** and had many suitors.

Rebecca 那時很漂亮，追求者眾多。

then adj. 那時的

[ðɛn] ▲Molly wanted to buy a van, but her **then** boyfriend preferred a truck.

Molly 想買廂型車，但她那時的男友比較喜歡卡車。

23 traffic n. [U] 交通；非法交易 <in>

[ˋtræfɪk] ▲The **traffic** is heavy on the street now.

現在街上交通繁忙。

▲The government tried to combat the **traffic in** firearms.

政府試圖打擊槍枝的非法交易。

traffic v. 非法交易 (trafficked | trafficked | trafficking)

[ˋtræfɪk] ▲Two men were arrested for **trafficking in** drugs.

兩個男子因非法交易毒品而被捕。

24 visit v. 拜訪，參觀

[ˋvɪzɪt] ▲Sandra **visits** her grandparents once in a while.

Sandra 偶爾拜訪她的祖父母。

visit n. [C] 拜訪，參觀 <from>

[ˋvɪzɪt] ▲Yesterday, Timmy **had a visit from** his uncle.

昨天，Timmy 的叔叔來看他。

💡pay sb a visit 拜訪…

25 west n. [U] 西方，西部 (also West) (abbr. W) (the ~) <in>

[wɛst] ▲The sun set **in the west**. 太陽西下了。

west adj. 西方的，西部的 (also West) (abbr. W)

[wɛst] ▲The ride starts on the **west** coast of Taiwan and ends on the east coast. 這趟騎行始於臺灣西岸，終至東岸。

west adv. 朝西，向西 (abbr. W)

[wɛst] ▲The house **faces west**. 這棟房子面向西方。

Unit 21

1 ask

[æsk]

v. 詢問 <about>；要求 <for>

▲Helen **asked** the tour guide **about** the history of the tower.

Helen 詢問導遊關於這座塔的歷史。

▲Not reaching the sales target, the salesclerk didn't dare to **ask for** a pay raise. 售貨員因為沒有達到銷售目標而不敢要求加薪。

2 bored

[bord]

adj. 感到無聊的，感到厭煩的 <with>

▲Melody is getting **bored with** her job and thinking of quitting it.

Melody 對她的工作感到厭煩，正考慮要辭職。

3 cent

[sɛnt]

n. [C] 分 (一美元的百分之一)

▲The pear is one dollar and twenty-nine **cents** per pound.

這梨一磅是一元二十九分。

4 copy

[`kɑpɪ]

n. [C] 複印；本，份 (pl. copies)

▲Jayden **made a copy of** his report before handing it to his teacher. Jayden 把報告交給老師之前先複印一份。

▲Karen buys a **copy** of the fashion magazine every month.

Karen 每個月都會買一本流行雜誌。

copy

[`kɑpɪ]

v. 複印；仿效 (copied | copied | copying)

▲**Copy** this document and send it to Chris, please.

麻煩請複印這份文件，然後寄給 Chris。

▲It's natural for children to **copy** their parents' behavior.

孩子仿效大人的行為是很自然的。

5 drum

[drʌm]

n. [C] 鼓

▲Darren **plays the drum** in the band. Darren 在樂隊中擔任鼓手。

drum

[drʌm]

v. (使) 敲打 (drummed | drummed | drumming)

▲The heavy rain kept **drumming** loudly against the window.

滂沱大雨不斷地大聲敲打窗戶。

💡 drum sth into sb 反覆向…灌輸…

6 **foot**

[fʊt]

n. [C] 腳；英尺 (abbr. ft) (pl. feet)

▲Ducks have webbed **feet**.

鴨子的腳有蹼。

▲The tennis player is six **feet** tall.

這個網球選手六英尺高。

foot

[fʊt]

v. 支付 (帳單或費用)

▲Whenever Nina and her boyfriend go to a restaurant, it is always her boyfriend that **foots** the bill.

每次 Nina 和她男友去餐廳吃飯時，總是她男友付帳。

7 **glasses**

[ˋglæsɪz]

n. [pl.] 眼鏡 [同] spectacles

▲My father put on his **glasses** to read the newspaper.

我的父親戴上眼鏡看報紙。

8 **goodbye**

[ˌgʊdˋbaɪ]

n. [C] 道別，告別

▲The student went home after **saying goodbye to** his teacher.

這學生向老師道別後就回家了。

9 **homework**

[ˋhom͵wɝk]

n. [U] 功課，作業

▲Willie always **does** his **homework** before dinner.

Willie 總是在吃晚餐前做功課。

10 **hospital**

[ˋhɑspɪtl̩]

n. [C] 醫院

▲The injured man was taken by ambulance to **hospital**.

那名受傷的男子被救護車送到醫院。

11 **mad**

[mæd]

adj. 發瘋的；生氣的 <at, with> (madder | maddest)

▲Richard must be **mad** to spend so much money on the antique.

Richard 一定是瘋了才會花那麼多錢在那古董上。

▲Marilyn was **mad at** Albert for forgetting her birthday.

Marilyn 對 Albert 非常生氣，因為他忘了她的生日。

12 **medium**

[ˋmidɪəm]

adj. 中等的；(肉) 中等熟度的

▲Does the T-shirt come in **medium**? 這件 T 恤有中等大小的嗎？

▲"How would you like your steak, sir?" "**Medium**, please."

「先生，您的牛排要幾分熟？」「五分熟，麻煩你。」

13 meeting

[ˋmitɪŋ]

n. [C] 會面；會議

▲I've not seen Diana for more than ten years since our last **meeting**. 自從我們上次會面以來，我已經超過十年沒見過 Diana 了。

▲The **meeting** is held to discuss the new research project.

這個會議是為了討論新的研究企劃案。

💡call/attend/chair a meeting 安排／參加／主持會議

14 O.K.

[ˏoˋke]

adj. 同意的 (also OK, okay) <with, by> [同] all right；不錯的，令人滿意的

▲I'll go on vacation if it is **O.K. with** my boss.

如果我老闆同意的話，我就會去渡假。

▲Are the food and service **O.K.** with you? 食物和服務還令你滿意嗎？

O.K.

[ˏoˋke]

adv. 還不錯 (also OK, okay)

▲Everything has gone **O.K.** so far. 一切到目前為止還算不錯。

O.K.

[ˏoˋke]

n. [sing.] 同意，批准 (also OK, okay) (the ～)

▲Sophia **got the O.K.** to leave early today.

Sophia 今天獲准可以早退。

O.K.

[ˏoˋke]

v. 同意，批准 (also OK, okay) (O.K.'d | O.K.'d | O.K.'ing)

▲To my surprise, the manager **O.K.'d** my plan.

令我驚訝的是，經理同意我的計畫。

15 piano

[pɪˋæno]

n. [C] 鋼琴

▲Carol can **play the piano** very well. Carol 鋼琴彈得很好。

16 question

[ˋkwɛstʃən]

n. [C] 問題 [反] answer

▲If you have any **questions**, you may raise your hand.

如果你有任何問題可以舉手。

💡without question 毫無疑問

question

[ˋkwɛstʃən]

v. 詢問，盤問

▲The police are **questioning** the suspect. 警方正在偵訊嫌犯。

17 sale

[sel]

n. [C][U] 出售；降價銷售

▲The **sale** of guns is illegal in the country.

販賣槍枝在這個國家是違法的。

▲The shopping mall will **have a summer sale** next week.

那間購物中心下週會舉辦夏季大特賣。

18 send
[sɛnd]

v. 送，郵寄；派遣 (sent | sent | sending)

▲Henry **sent** his mother a card on Mother's Day.

Henry 在母親節那天送他媽媽一張卡片。

▲Lillian **sent** her brother to buy some milk and juice.

Lillian 派她弟弟去買一些牛奶和果汁。

19 sofa
[`sofə]

n. [C] 沙發 [同] couch

▲Kayla was so tired that she fell asleep on the **sofa**.

Kayla 非常累以致於在沙發上睡著了。

20 thousand
[`θaʊznd]

n. (數字) 千 (pl. thousand, thousands)

▲After the police officer requested information, **thousands of** letters poured in. 警官要求提供線索後，數以千計的信湧入。

thousand
[`θaʊznd]

adj. 千

▲There are more than one **thousand** applicants for the job.

那份工作的申請人超過一千個。

21 tooth
[tuθ]

n. [C] 牙齒 (pl. teeth)

▲Jim is used to brushing his **teeth** after each meal.

Jim 習慣在每餐飯後刷牙。

22 trouble
[`trʌbl̩]

n. [C][U] 問題，麻煩；[U] 險境，困境

▲The disabled sometimes **have trouble finding** jobs.

身心障礙者有時找工作很困難。

▲The store **got into trouble** for lack of funds.

這間店因缺乏資金而陷入困境中。

trouble
[`trʌbl̩]

v. 使困擾，使憂慮

▲Jill looks absent-minded; there seems to be something **troubling** her. Jill 看起來心不在焉，似乎有某事困擾著她。

23 voice
[vɔɪs]

n. [C][U] 聲音，嗓音；意見的表達

▲The teacher raised his **voice** because of the noise from the road.

由於馬路上傳來的噪音，老師提高了他的音量。

▲The bus drivers went on strike to make their **voices** heard.

那些公車司機參與罷工以讓人聽到他們的意見。

24 **wave**
[wev]

n. [C] 波浪；(情緒等的) 突發 <of>

▲We watched the **waves** crashing against the shore.
我們看著海浪拍擊海岸。

▲When someone fired a gun, a **wave of** panic swept through the audience. 當有人開槍時，觀眾陷入一陣恐慌。

wave
[wev]

v. 揮手 <to, at>

▲At the sight of her boyfriend, Jessie smiled and **waved to** him.
Jessie 一看到她的男友便對他微笑揮手。

25 **worry**
[ˋwɝɪ]

v. (使) 擔心 <about> (worried | worried | worrying)

▲More and more consumers are **worrying about** food safety.
越來越多消費者擔心食安問題。

worry
[ˋwɝɪ]

n. [C][U] 擔憂，煩惱

▲Try to forget your **worries** and relax. 試著忘掉你的煩惱，放輕鬆。

Unit 22

1 **breakfast**
[ˋbrɛkfəst]

n. [C][U] 早餐

▲You should eat **a full breakfast** before starting on your journey.
你應在啟程前好好享用一頓早餐。

breakfast
[ˋbrɛkfəst]

v. 吃早餐 <on>

▲Juan **breakfasted on** bread and milk this morning.
Juan 今天早上早餐吃麵包配牛奶。

2 **bright**
[braɪt]

adj. 明亮的 [反] dull；(顏色) 鮮豔的

▲Anna was born on a **bright** summer morning.
Anna 在晴朗的夏天早晨出生。

▲My sister likes to dress in **bright** yellow.
我妹妹喜歡穿鮮黃色的衣服。

💡 look on the bright side (of things) 看事物的光明面

bright
[braɪt]

adv. 明亮地

3 **cheese**

[tʃiz]

n. [U] 起司，乳酪

▲Bobby ate a lot of **cheese** for protein.

Bobby 吃很多起司以補充蛋白質。

---

4 **corner**

[`kɔrnɚ]

n. [C] 街角；角落 <on, in>

▲Vera's house is **on the corner** of Maple Street and Sixth Avenue. Vera 的家在楓樹街和第六大道的轉角處。

▲Felix carelessly hit his elbow **on the corner** of the desk.

Felix 的手肘不小心撞到桌角。

💡(just) around/round the corner 在路口；即將到來

---

5 **duck**

[dʌk]

n. [C] 鴨子；[U] 鴨肉

▲The **duck** and its ducklings are swimming in the little pond.

那隻鴨子和其小鴨在小池中游水。

▲Ginger **duck** soup is one of my favorite Chinese dishes.

薑母鴨是我最喜愛的中式菜色之一。

duck

[dʌk]

v. (為避免被擊中或發現而) 低頭或彎腰 <down>

▲The girl **ducked down** in order not to be hit by the ball.

那女孩低頭以免被球打到。

duckling

[`dʌklɪŋ]

n. [C] 小鴨

▲In the fairy tale, the ugly **duckling** turned into a swan in the end. 在這個童話故事中，醜小鴨最後變成天鵝。

---

6 **grandfather**

[`græn͵faðɚ]

n. [C] (外) 祖父

▲Emily named her son after her **grandfather** in memory of him.

Emily 以她祖父之名為兒子命名，以紀念他。

---

7 **hobby**

[`hɑbɪ]

n. [C] 嗜好 (pl. hobbies)

▲William's **hobby** is reading and collecting comic books.

William 的嗜好是看和收集漫畫。

---

8 **honey**

[`hʌnɪ]

n. [U] 蜂蜜

▲The cook spread the lamb chops with **honey** before grilling them. 那位廚師在烤羊排之前先塗蜂蜜。

9 **hour**

[aʊr]

n. [C] 小時

▲The bank clerk works eight **hours** a day.

那名銀行行員一天工作八個小時。

---

10 **lake**

[lek]

n. [C] 湖泊

▲Ella used to swim in the **lake** in her childhood.

Ella 小時候常在那個湖裡游泳。

---

11 **magic**

[`mædʒɪk]

adj. 魔法的；魔術的

▲The princess became an old woman after the witch put a **magic spell** on her. 公主在女巫對她施魔咒後變成一位老婦人。

▲The boy knows many **magic tricks**. 那男孩會變很多魔術戲法。

magic

[`mædʒɪk]

n. [U] 魔法；魔術

▲It was said that the old man was able to **use magic** to cure ill people. 據說那名老人能使用魔法治癒生病的人。

▲We were amazed at the man's display of **magic**.

我們對這男子的魔術表演嘆為觀止。

💡work like magic 非常有效

---

12 **minute**

[`mɪnɪt]

n. [C] 分鐘；片刻，一會兒

▲The movie will start in ten **minutes**, so we have to hurry up.

電影再過十分鐘就要開始了，所以我們要快點。

▲**Wait a minute**. I have to make a few calls.

等一下。我必須打幾個電話。

💡the last minute 最後一刻

---

13 **moon**

[mun]

n. [sing.] 月亮 (the ～)

▲**The moon** rose at 6:30 p.m. tonight. 今晚月亮在晚上六點半升起。

💡once in a blue moon 很少地

---

14 **o'clock**

[ə`klɑk]

adv. …點鐘

▲Debra goes to bed at ten **o'clock** every night.

Debra 每晚十點鐘上床睡覺。

---

15 **picnic**

[`pɪknɪk]

n. [C] 野餐

▲Since it's a sunny day, why don't we **go on a picnic**?

既然今天天氣晴朗，我們何不去野餐？

picnic

[`pɪknɪk]

v. 去野餐 (picnicked｜picnicked｜picnicking)

▲There are a lot of families **picnicking** in the park.

有很多家庭正在公園野餐。

---

16 **read**

[rid]

v. 閱讀；讀出，朗讀 (read｜read｜reading)

▲Harper enjoys **reading** romantic novels at leisure.

Harper 喜愛在閒暇時讀浪漫小說。

▲The teacher asked Jared to **read** the article aloud.

老師要求 Jared 大聲朗讀這篇文章。

reader

[`ridɚ]

n. [C] 讀者

▲The author impressed **readers** with his creative imagination.

那名作者以其充滿創意的想像力讓讀者印象深刻。

---

17 **seat**

[sit]

n. [C] 座位；席位

▲"Is this **seat** occupied?" "No, please **have a seat**."

「這位子有人坐嗎？」「沒有，請坐。」

▲Daniel's father **has a seat** on the school board.

Daniel 的父親是學校董事會成員。

seat

[sit]

v. 給…安排座位

▲After the guests were **seated**, the dinner began.

客人就座後，晚餐就開始。

---

18 **somewhere**

[`sʌm,hwɛr]

adv. 在某處

▲I can't find my umbrella; I must have left it **somewhere**.

我找不到我的雨傘，我一定是把它留在某處了。

---

19 **sugar**

[`ʃʊgɚ]

n. [U] 糖

▲Stella likes to drink coffee without **sugar**.

Stella 喜歡喝咖啡不加糖。

---

20 **useful**

[`jusfəl]

adj. 有用的，有助益的 [反] useless

▲The website provides several **useful** tips for building muscles.

這網站提供一些鍛鍊肌肉的有用訣竅。

useless

[`juslɪs]

adj. 無用的 [反] useful

▲I find the information in the book completely **useless**.

我覺得這本書裡的資訊完全無用。

21 visitor
[ˋvɪzɪtɚ]

n. [C] 參觀者，遊客

▲The tourist attraction is full of **visitors** all year round.

那個旅遊景點一年到頭都有絡繹不絕的遊客。

22 watch
[wɑtʃ]

v. 觀看，注視；小心，留意

▲The boy **watched** as the snake swallowed a frog.

男孩觀看蛇吞下青蛙。

▲**Watch** your language in front of children. 在孩子面前要語言得體。

💡 watch over sth 照看…

watch
[wɑtʃ]

n. [C] 手錶；[U][sing.] 觀察，監視 <on, over> (pl. watches)

▲My **watch** keeps good time. 我的手錶很準確。

▲The man's job is to **keep watch on** the treasure.

那男人的工作是負責看守寶藏。

23 weak
[wik]

adj. 虛弱的；懦弱的，無決斷力的

▲Mary is getting **weaker** due to breast cancer.

Mary 因乳癌而日漸虛弱。

▲Jacob is a man of **weak** character. Jacob 是個懦弱的男人。

weakness
[ˋwiknɪs]

n. [U] 虛弱 <in>；[C] 缺點 (pl. weaknesses)

▲The disease may cause **weakness in** legs.

這個疾病可能會造成腿部無力。

▲The interviewer asked the job applicant to talk about her own

strengths and weaknesses. 面試官要求職者談論自己的優缺點。

24 wonderful
[ˋwʌndɚfəl]

adj. 美好的，愉快的 [同] great

▲Violet and her family had a **wonderful** time in France.

Violet 和家人在法國度過了一段很美好的時光。

25 write
[raɪt]

v. 寫；(給…) 寫信 <to> (wrote | written | writing)

▲Ben **wrote** a note to remind himself to pay the phone bill.

Ben 寫紙條以提醒自己要繳電話帳單。

▲Erica **writes to** her pen pal once a month.

Erica 一個月寫信給筆友一次。

💡 write sth down 寫下…

Unit 23

1 bear
[bɛr]

| v. | 忍受 [同] stand；負載 [同] hold (bore | born, borne | bearing)

▲The patient couldn't **bear** the pain and asked for a painkiller.

那病人痛得受不了而要求止痛藥。

▲The wooden chair is not sturdy enough to **bear** your weight.

這張木椅不夠堅固，承受不住你的重量。

bear
[bɛr]

| n. | [C] 熊

▲There are many **bears** living in that forest. 那座森林裡住著許多熊。

2 bus
[bʌs]

| n. | [C] 公車 <by> (pl. buses)

▲Todd went to the science museum **by bus**. Todd 搭公車去科博館。

3 chance
[tʃæns]

| n. | [C] 機會 [同] opportunity；[C][U] 可能性

▲Mr. Clark goes fishing whenever he **gets the chance**.

Clark 先生一有機會就去釣魚。

▲There is a **slight chance** that Bennett will get the promotion.

Bennett 得到升遷的可能性很小。

💡take a chance 冒險

chance
[tʃæns]

| v. | 冒險

▲We should find a shelter instead of **chancing** our luck in the thunderstorm. 我們應該找個遮蔽處，而不是在暴風雨中冒險。

4 clerk
[klɝk]

| n. | [C] 職員；店員 [同] salesclerk

▲If you need any help, please contact me at the **clerks**' office.

如果你需要幫助，可以打電話到職員辦公室給我。

▲Luna's first job was a **clerk** at a supermarket.

Luna 的第一份工作是在超市當店員。

5 cross
[krɔs]

| n. | [C] 十字圖案；十字架

▲The red **cross** on the map shows where our destination is.

地圖上的紅十字代表我們的目的地。

▲The **cross** is an icon of Christianity. 十字架是基督教的象徵。

cross

[krɔs]

v. 穿越，越過；使交叉

▲Be careful when you **cross** the road. 過馬路時要小心。

▲The traffic is busy in the zone where the two avenues **cross**.

那兩條大道交會的區域交通很繁忙。

💡 cross sb's fingers 祈求好運

---

6 **error**

[ˋɛrɚ]

n. [C][U] 錯誤 <in>

▲The teacher pointed out the typing **errors in** Dorothy's report.

老師指出 Dorothy 報告中的打字錯誤。

---

7 **guess**

[gɛs]

v. 猜測，推測

▲I don't know the answer, so I will just **guess**.

我不知道答案，所以我只能去猜。

💡 guess at sth 猜測… | I guess... 我認為…

guess

[gɛs]

n. [C] 猜測，推測

▲**Take a guess at** how much the coat cost.

猜看看這件大衣多少錢。

---

8 **housewife**

[ˋhaʊsˏwaɪf]

n. [C] 家庭主婦 [同] homemaker (pl. housewives)

▲Is it fair that a **housewife** has to do all the housework without being paid? 家庭主婦要做所有的家事又沒有薪水，這公平嗎？

---

9 **interview**

[ˋɪntɚˏvju]

n. [C] 面試；採訪

▲Amelia will have a **job interview** two days later.

Amelia 兩天後有求職面試。

▲The movie star **gave an interview to** the reporter.

這電影明星接受記者的採訪。

interview

[ˋɪntɚˏvju]

v. 對…進行面試；採訪

▲Graham will be **interviewed** for the job.

Graham 將接受這個工作面試。

▲The author was **interviewed** for his new book.

這作者因為他的新書而被採訪。

---

10 **key**

[ki]

adj. 極重要的，關鍵性的

▲You are missing the **key point** in my presentation.

你沒抓到我報告的要點。

key
[ki]

n. [C] 鑰匙；祕訣 <to>

▲Molly is looking for her **car key** everywhere in the house.

Molly 正在房子四處找她的車鑰匙。

▲The **key to** winning the game was good teamwork.

贏得比賽的祕訣就是好的團隊合作。

key
[ki]

v. 用鍵盤輸入 (訊息) <in>

▲Zoe **keyed in** the code to get a discount on her order.

Zoe 輸入代碼以讓她訂購的東西打折。

---

11 **laugh**
[læf]

v. 笑

▲The girls were **laughing** loudly in the café.

這些女孩們在咖啡店裡放聲大笑。

laugh
[læf]

n. [C] 笑，笑聲

▲The teacher's joke **raised a laugh** in the whole class.

老師的笑話引起全班哄堂大笑。

---

12 **milk**
[mɪlk]

n. [U] 乳，牛奶

▲Cole drinks a glass of **milk** every morning.

Cole 每天早上都喝一杯牛奶。

---

13 **neck**
[nɛk]

n. [C] 脖子，頸；領口，衣領

▲Yvonne wore a scarf **around her neck**.

Yvonne 在脖子上圍了一條圍巾。

▲I often wear sweaters that have **a round neck**.

我時常穿圓領的毛衣。

---

14 **officer**
[ˋɔfɪsɚ]

n. [C] 軍官；警官 [同] police officer

▲Soldiers must obey their **officers**.

士兵必須服從長官。

▲The **police officer** was killed in a shooting incident.

這名警官在一次的槍擊事件中喪生。

---

15 **parent**
[ˋpɛrənt]

n. [C] 父母中的一人

▲Ryder grew up in a **single-parent** family.

Ryder 在單親家庭中長大。

parents

[ˈpɛrənts]

n. [pl.] 父母親

▲Naomi lost her **parents** in the earthquake.

Naomi 在地震中失去雙親。

---

16 **polite**

[pəˈlaɪt]

adj. 有禮貌的 [反] impolite, rude

▲It is not **polite** to ask people about their age or income.

詢問別人的年齡或收入很沒禮貌。

politely

[pəˈlaɪtlɪ]

adv. 有禮貌地 [反] impolitely

▲The gentleman always talks to ladies **politely**.

這位紳士對女士說話總是很有禮貌。

politeness

[pəˈlaɪtnɪs]

n. [U] 禮貌 [反] impoliteness

▲The host's **politeness** made me feel a little uncomfortable.

主人客氣得令我覺得有點不自在。

---

17 **relative**

[ˈrɛlətɪv]

adj. 比較的；有關的 <to>

▲Thomas is considering the **relative** merits of the insurance schemes. Thomas 正在權衡這些保險方案彼此的優點。

▲When you do the report, include only the ideas that are **relative to** the topic. 你做報告時，只要納入與題目相關的想法。

relative

[ˈrɛlətɪv]

n. [C] 親戚 [同] relation

▲Amy is a **relative** on my mother's side. Amy 是我母親那邊的親戚。

relatively

[ˈrɛlətɪvlɪ]

adv. 相對地

▲Although the eco-friendly car costs more, it consumes **relatively** less fuel. 雖然這臺環保車比較貴，但它相對地比較省油。

---

18 **sheep**

[ʃip]

n. [C] 羊，綿羊 (pl. sheep)

▲The **sheep** are raised for their fine soft wool.

飼養這些綿羊是為了取其優良又柔軟的羊毛。

---

19 **sore**

[sor]

adj. 疼痛的 <from>

▲Chuck's shoulders were **sore from** carrying the heavy backpack all day. Chuck 因為一整天背著這沉重的背包而肩膀疼痛。

sore

[sor]

n. [C] 瘡

▲The stray dog is covered with **sores**. 這隻流浪狗身上布滿了瘡。

20 topic
[`tɑpɪk]

n. [C] 主題，話題 <of>

▲The arrival of the new baby has been the main **topic of conversation** in our house for weeks.

新生嬰兒的來臨是我們家這幾個禮拜以來主要的話題。

---

21 wake
[wek]

v. 醒來 <up>；喚醒 (woke | woken | waking)

▲It was almost noon when Samantha **woke (up)**.

Samantha 醒來時已經近中午了。

▲The noise downstairs **woke** John from his nap.

樓下的吵鬧聲把 John 從午睡中吵醒了。

💡 wake sb up 叫醒… | wake up to sth 開始意識到…

---

22 wet
[wɛt]

adj. 溼的 <with>

▲The leaves are still **wet with** rain.

葉子因雨水仍是溼溼的。

wet
[wɛt]

v. 把…弄溼 (wetted | wetted | wetting)

▲Shelly **wetted** the handkerchief with some water.

Shelly 用一些水把手帕浸溼。

---

23 yard
[jɑrd]

n. [C] 碼；院子

▲A **yard** is equal to approximately 91 centimeters.

一碼大約是九十一公分。

▲Mrs. Gibson planted some roses in her **back yard**.

Gibson 太太在她的後院種了一些玫瑰。

---

24 yellow
[`jɛlo]

adj. 黃色的

▲The leaves turned **yellow** in autumn.

這些葉子在秋天變成黃色。

yellow
[`jɛlo]

n. [C][U] 黃色

▲**Yellow** made Poppy look young and lively.

黃色讓 Poppy 看起來年輕、有活力。

yellow
[`jɛlo]

v. (使) 變黃

▲The wallpaper had **yellowed** and needed to be replaced.

這些壁紙已經變黃，需要更換了。

25 zoo

[zu]

n. [C] 動物園

▲There are about 800 species of animals in the **zoo**.

這個動物園裡有大約八百種動物。

Unit 24

1 action

[ˋækʃən]

n. [U] 行動；[C] 行為

▲You should **take action** to solve the problem as soon as possible. 你應該盡快採取行動解決這個問題。

▲The woman's kind **action** strongly impressed me.

那女子的善行令我印象深刻。

2 add

[æd]

v. 添加，增加 <to>；相加

▲Clark **added** a little sugar **to** his tea.

Clark 在茶裡加了些許糖。

▲Jerry **added** the five figures and got 185.

Jerry 把這五個數字加總，得到的結果是一百八十五。

💡 add up to sth 合計為…

3 afternoon

[ˏæftɚˋnun]

n. [C][U] 下午

▲My grandfather always takes a nap **in the afternoon**.

我爺爺在下午總是會小憩一下。

4 airplane

[ˋɛrˏplen]

n. [C] 飛機 [同] plane

▲The **airplane** will be taking off in ten minutes.

飛機將在十分鐘後起飛。

5 begin

[bɪˋgɪn]

v. 開始；著手 (began | begun | beginning)

▲The conference will **begin** at 2:30 p.m. tomorrow.

會議將在明天下午兩點三十分開始。

▲Jane **began** playing the piano at the age of 6.

Jane 六歲時就開始學琴。

💡 to begin with 剛開始的時候；首先

beginning

[brˋgɪnɪŋ]

n. [C] 開頭，開端 (usu. sing.)

▲The chairman will give a speech **at the beginning of** the workshop. 主席在研討會一開始會先演講。

---

6 **cap**

[kæp]

n. [C] (有帽舌的) 便帽；蓋子 [同] top

▲The driver tipped his **baseball cap** to greet me.

司機微舉他的棒球帽向我打招呼。

▲The boy often loses the **caps** of his pens.

這男孩總是把筆蓋弄丟。

cap

[kæp]

v. 覆蓋⋯的頂部 (capped | capped | capping)

▲The mountain **is capped with** snow. 這山的山頂被雪覆蓋。

---

7 **cloud**

[klaʊd]

n. [C] 雲；陰影

▲The **dark clouds** in the sky indicate it's going to rain.

天空中的烏雲意味著快下雨了。

▲The incident **cast a cloud over** Jared's future.

該事件讓 Jared 的未來蒙上一層陰影。

---

8 **cup**

[kʌp]

n. [C] (帶有柄的) 杯子；獎盃

▲A **cup** of hot tea can make you warm on a cold day.

一杯熱茶能讓你在寒冷的天氣暖和起來。

▲The next **World Cup** is around the corner, and we can't wait to sit in front of the television and cheer for our favorite team.

世界盃足球賽將至，我們已等不及要坐在電視前幫我們最愛的球隊加油。

💡 not be sb's cup of tea 非⋯所好

---

9 **dance**

[dæns]

n. [C] 舞蹈；(正式的) 舞會

▲The audience clapped the **dance** group's performance enthusiastically. 觀眾為這舞蹈團體的表演熱烈鼓掌。

▲Pete asked Amy to be his dancing partner at the **school dance.** Pete 請求 Amy 在學校舞會中當他的舞伴。

dance

[dæns]

v. 跳舞 <to>

▲As soon as Rosa heard her favorite song, she started to **dance to** it. Rosa 一聽到她最喜愛的歌曲就隨著音樂跳舞。

10 evening

[`ivnɪŋ]

n.　[C][U] 傍晚，晚上

▲Isaac will leave for Paris **this evening**.

Isaac 今晚出發前往巴黎。

---

11 hate

[het]

v.　憎恨 [反] love

▲Most people **hate** to be criticized. 大部分的人討厭被批評。

hate

[het]

n.　[U] 憎恨 [同] hatred [反] love

▲Racism always arouses blind and bitter **hate**.

種族主義總是激起盲目痛苦的仇恨。

---

12 I

[aɪ]

pron.　我 (第一人稱單數主格)

▲**I** am a high school student. 我是中學生。

me

[mi]

pron.　我 (I 的受格)

▲Uncle Tom gave **me** a watch as a Christmas gift.

Tom 叔叔給我一只手錶作為耶誕禮物。

my

[maɪ]

pron.　我的 (I 的所有格)

▲**My** parents always encourage me to pursue **my** dreams.

我的父母總是鼓勵我去追求夢想。

mine

[maɪn]

pron.　我的 (所有物)

▲Winnie's new smartphone is the same as **mine**.

Winnie 新買的智慧型手機跟我的一樣。

myself

[maɪ`sɛlf]

pron.　(反身代名詞) 我自己

▲I always tell **myself** to live at the present moment.

我總是告訴我自己要活在當下。

💡 (all) by myself 單獨；獨自

---

13 invite

[ɪn`vaɪt]

v.　邀請；請求

▲The firm **invited** some pop singers to perform at their year-end party. 這間公司邀請一些流行歌手在他們的尾牙表演。

▲The magazine **invited** readers to contribute articles.

這本雜誌徵求讀者投稿。

inviting

[ɪn`vaɪtɪŋ]

adj.　吸引人的

▲The cabin by the lake looks **inviting**.

那間湖濱小屋看起來很吸引人。

14 leg

[lɛg]

n. [C] 腿

▲Austin broke his **leg** while playing basketball.

Austin 在打籃球時摔斷腿。

---

15 medicine

[`mɛdəsn̩]

n. [C][U] 藥物；[U] 醫學

▲The patient was told to **take the medicine** after each meal.

這病人被叮囑每餐飯後要吃藥。

▲Dr. Davies has **practiced medicine** for twenty years.

Davies 醫生已經行醫二十年了。

---

16 mouse

[maʊs]

n. [C] 老鼠；滑鼠 (pl. mice)

▲Natalie fainted at the sight of a **mouse**.

Natalie 一看見老鼠就昏倒了。

▲You can click the right **mouse button** to print the file.

你可以點擊滑鼠右鍵來列印檔案。

---

17 net

[nɛt]

n. [C][U] 網子，網狀物

▲The fisherman tried to **cast a net** and catch some fish.

漁夫試著撒網捕一些魚。

net

[nɛt]

v. 用網捕 (netted | netted | netting)

▲Mr. Fox **netted** a lot of fish this morning.

Fox 先生今天早上用網子捕了很多魚。

---

18 pen

[pɛn]

n. [C] 筆

▲Could you lend me a **ballpoint pen**? 你可以借我一枝原子筆嗎？

pen

[pɛn]

v. 用筆寫 (penned | penned | penning)

▲The guest **penned** a thank-you card to the host.

這客人寫了一張感謝卡給主人。

---

19 please

[pliz]

v. 取悅

▲Eason tried everything possible to **please** his girlfriend.

Eason 想盡一切辦法討好女友。

---

20 remember

[rɪ`mɛmbɚ]

v. 想起；記得

▲Kelly can't **remember** the exact place where she and her husband first met.

Kelly 想不起來她和她丈夫第一次見面的確切地點。

▲**Remember to** withdraw the money on your way to work.

記得上班途中要去提款。

remembrance

[rɪˋmɛmbrəns]

n. [U] 紀念，懷念

▲The monument was erected **in remembrance of** the soldiers killed in the war.

這個紀念碑的豎立是為了緬懷在戰爭中喪生的軍人。

---

21 **row**

[ro]

n. [C] 一排，一列

▲Emily grinned, showing a **row of** white teeth.

Emily 咧嘴笑，露出一排潔白的牙齒。

row

[ro]

v. 划 (船)

▲I'll **row** you across the river. 我會划船送你到對岸。

---

22 **skirt**

[skɝt]

n. [C] 裙子

▲Judy wore a white T-shirt and a pink **skirt** today.

Judy 今天穿了一件白色 T 恤和粉色裙子。

---

23 **sorry**

[ˋsɔrɪ]

adj. 感到抱歉的 <for>；難過的，惋惜的

▲I am very **sorry for** my carelessness. 我對我的疏忽感到抱歉。

▲I am **sorry** that you have been hurt so badly.

你受傷那麼深，我覺得很難過。

---

24 **touch**

[tʌtʃ]

n. [C] 觸摸 (usu. sing.)

▲Nina screamed when feeling a cold **touch** on her back.

Nina 覺得有冰涼的東西觸碰她的背而尖叫出來。

💡 keep in touch (with sb) (和…) 保持聯絡

touch

[tʌtʃ]

v. 觸摸；感動

▲Nick **touched** the cup to see if it was hot.

Nick 觸摸杯子看看它是不是燙的。

▲Ida was greatly **touched** by the sad story.

Ida 被這悲傷的故事深深地感動了。

---

25 **zero**

[ˋzɪro]

n. [C][U] (數字) 零 [同] nought；[U] 零度

▲Five minus five equals **zero**. 五減五等於零。

▲The temperature is six degrees **below zero**.

現在溫度是零下六度。

Unit 25

1	**afraid** [ə`fred]	adj. 害怕的 <of> [同] scared；擔心的 ▲The kid is **afraid of** being alone in the house. 這孩子害怕自己待在家裡。 ▲Willy was **afraid** that he would make mistakes in the project. Willy 擔心自己在這個企劃案上會犯錯。
2	**ant** [ænt]	n. [C] 螞蟻 ▲Jamie found it interesting to watch **ants** moving objects. Jamie 覺得看螞蟻搬東西很有趣。
3	**anything** [`ɛnɪˌθɪŋ]	pron. 任何事物 ▲Nicole helped the poor woman without asking for **anything** in return. Nicole 幫助這個貧窮的婦人而不求任何回報。 💡or anything 或是其他什麼類似的
4	**apartment** [ə`partmənt]	n. [C] 公寓 ▲Vincent rented an **apartment** near his office. Vincent 在辦公室附近租了一間公寓。
5	**arm** [arm] **arm** [arm]	n. [C] 手臂 ▲The mother **took** her baby **in her arms**. 這位母親將嬰兒抱在懷中。 v. 為…提供武器裝備 <with> ▲The army was **armed with** the latest chemical weapons. 那支軍隊配備最新的化學武器。
6	**below** [bɪ`lo] **below** [bɪ`lo]	adv. 在下面 [反] above ▲The climbers found a lake far **below**. 登山客發現下方深處有一個湖。 prep. (位置) 在…之下；低於 [反] above ▲The sun went **below** the horizon. 太陽落到地平線下。

▲Arthur's grades in math have been **below average**.

Arthur 的數學成績都在平均以下。

---

7 **card**

[kɑrd]

n. [C] 卡片；紙牌

▲Paige lost her **credit card** during her trip in Japan.

Paige 在日本旅遊時遺失了信用卡。

▲Avery **played cards** with his brother after dinner.

Avery 晚飯後和他弟弟玩紙牌遊戲。

---

8 **cousin**

[ˋkʌzn̩]

n. [C] 堂 (表) 兄弟姊妹

▲I like all of my family members except for my **cousin**, George.

我喜歡所有的家庭成員，除了我的表弟 George 之外。

---

9 **dangerous**

[ˋdendʒərəs]

adj. 危險的

▲A little learning is a **dangerous** thing.

【諺】學藝不精反誤事。

---

10 **date**

[det]

n. [C] 日期；約會

▲The **closing date** for the job application is October 31st.

應徵這份工作的截止日期是十月三十一日。

▲Do you like to go to the movies **on a date**?

你約會時喜歡去看電影嗎？

date

[det]

v. 在…標明日期；與…約會 [同] go out with

▲The report is **dated** April 5th. 這份報告的日期是四月五日。

▲Bruce once **dated** one of his colleagues.

Bruce 曾經和他的一位同事約會過。

---

11 **exciting**

[ɪkˋsaɪtɪŋ]

adj. 令人興奮的，刺激的

▲I think it is **exciting** to watch horror movies at midnight.

我覺得半夜看鬼片很刺激。

---

12 **headache**

[ˋhɛd͵ek]

n. [C] 頭痛；令人頭痛的事

▲Shane has got a **bad headache**, so he will be absent from work today. Shane 頭痛得很厲害，所以他今天不會去上班。

▲Noise is a major **headache** for the people living near the airport.

對住在機場附近的人來說，噪音是令人頭痛的事。

| 13 **inch** | n. [C] 英寸 |
| [ɪntʃ] | ▲Eli's feet are nine **inches** long. Eli 的腳有九英寸長。 |

| 14 **king** | n. [C] 國王，君主 (also King) |
| [kɪŋ] | ▲Once upon a time, there lived a **king** and his daughter in the castle. 很久以前，有一個國王和他女兒住在那城堡裡。 |

| 15 **lion** | n. [C] 獅子 |
| [ˋlaɪən] | ▲*The Lion King* is one of the most famous Disney animated films. 《獅子王》是迪士尼最有名的動畫電影之一。 |

16 **mistake**	n. [C] 錯誤 <in>
[mɪˋstek]	▲Melvin found some spelling **mistakes in** the document. Melvin 發現這份文件有一些拼字錯誤。
	💡 by mistake 錯誤地
mistake	v. 誤認 <for> (mistook ∣ mistaken ∣ mistaking)
[mɪˋstek]	▲It was embarrassing for Polly to **mistake** Mike **for** his brother. Polly 將 Mike 誤認為是他哥哥，真是尷尬。

17 **nobody**	pron. 沒有人
[ˋno͵bɑdɪ]	▲It seems that **nobody** lives in this house. 這間房子好像沒人住。
nobody	n. [C] 小人物，無名小卒 (pl. nobodies)
[ˋno͵bɑdɪ]	▲The wealthy man won't allow his daughter to marry a **nobody**. 那名富人不允許女兒嫁給無名小卒。

| 18 **noisy** | adj. 吵雜的，喧鬧的 [反] quiet |
| [ˋnɔɪzɪ] | ▲Mrs. Hanks was sleepless due to her **noisy** neighbors. Hanks 太太因為吵雜的鄰居而睡不著。 |

19 **pie**	n. [C][U] 派，餡餅
[paɪ]	▲My mother is baking an **apple pie** in the kitchen. 我的母親正在廚房烤蘋果派。
	💡 pie in the sky 不切實際的事

| 20 **police** | n. [pl.] 警方，警察當局 (the ～) |
| [pəˋlis] | ▲Oliver **reported** his stolen car **to the police**. Oliver 向警方報案車子失竊。 |

police
[pə`lis]

v. 在⋯部署警力，維持⋯的治安
▲ The president's visit to the Middle East was heavily **policed**.
總統出訪中東有嚴密部署的警力。

---

21 **round**
[raʊnd]

adj. 圓形的
▲ The girl with a **round** face and brown hair is my cousin.
那個圓臉、棕髮的女孩是我表妹。

round
[raʊnd]

n. [C] 一系列的事件 <of>
▲ The two countries decided to conduct another **round of** peace talks as soon as possible.
這兩個國家決定要盡快進行另一輪的和平會談。

round
[raʊnd]

adv. 四處，到處 [同] around
▲ After Danny checked in at the hostel, the clerk **showed** him **round**. Danny 在旅社登記入住後，職員就帶他到處看看。

round
[raʊnd]

prep. 在⋯周圍，圍繞 [同] around
▲ There is a high wall **round** Mr. Marshall's house.
Marshall 先生家四周有高聳的圍牆。

round
[raʊnd]

v. 繞過
▲ The runner **rounded** the corner and headed for the finish line.
這位跑者繞過轉角後就直奔終點線。

---

22 **rule**
[rul]

n. [C] 規則 (usu. pl.)；[U] 統治 (期) <under>
▲ Those who break the **school rules** will be punished.
違反校規的人會被處罰。
▲ America was at first **under the rule of** England.
美國最初是受英國統治。

rule
[rul]

v. 統治，治理；支配，操控
▲ The king **ruled** his country **with an iron fist**.
那國王以鐵腕政策治理國家。
▲ Don't allow yourself to be **ruled** by your feelings.
別讓自己受感情支配。

23 smoke
[smok]

n. [U] (燃燒所產生的) 煙，煙霧

▲There is no **smoke** without fire. 【諺】無風不起浪。

smoke
[smok]

v. 抽菸

▲Noah was fined for **smoking** in public.

Noah 因為在公眾場合抽菸而被罰款。

---

24 spell
[spɛl]

v. 拼寫 (spelt, spelled | spelt, spelled | spelling)

▲The little boy has difficulty **spelling** words.

這小男孩在拼寫字方面有困難。

---

25 whose
[huz]

pron. 誰的

▲I don't know **whose** jacket this is. 我不知道這是誰的夾克。

Unit 26

1 agree
[ə`gri]

v. 贊同 <with, about, on>；同意 [反] refuse

▲Everyone in the meeting **agreed with** the chairperson on the matter. 會議上的每個人都贊同主席對這事件的看法。

▲Abby **agreed** to lend me her car. Abby 同意借車給我。

agreement
[ə`grimənt]

n. [U] 意見一致；[C] 協定，協議

▲The strike will go on because the bus drivers and the management didn't **reach agreement**.

由於公車司機和資方沒有達成共識，罷工會繼續進行。

▲Many countries have **signed an agreement on** working holidays with Taiwan. 許多國家跟臺灣簽打工渡假協定。

---

2 apple
[`æpḷ]

n. [C][U] 蘋果

▲An **apple** a day keeps the doctor away.

【諺】每日一蘋果，醫生遠離我。

---

3 aunt
[ænt]

n. [C] 姑媽；姨媽；伯母；嬸嬸；舅媽

▲**Aunt** Emily always brings me a gift whenever she visits us.

Emily 姑媽每次拜訪我們都會帶禮物給我。

4 **banana**

[bə`nænə]

n. [C][U] 香蕉

▲These **bananas** are not mature and still look green.

這些香蕉還沒熟，看起來仍是綠色的。

5 **baseball**

[`bes`bɔl]

n. [C][U] 棒球 (運動)

▲John often **plays baseball** with his friends on weekends.

John 通常在週末會跟朋友打棒球。

6 **bicycle**

[`baɪˌsɪkl̩]

n. [C] 腳踏車 <by> [同] bike

▲Henry goes to school **by bicycle** every day.

Henry 每天都騎腳踏車上學。

7 **cat**

[kæt]

n. [C] 貓

▲A **cat** has nine lives. 【諺】貓有九條命。

8 **cry**

[kraɪ]

v. 哭 <over, about>；叫喊 <out> (cried | cried | crying)

▲It's no use **crying over** spilt milk. 【諺】覆水難收。

▲The little boy **cried out** in pain when he fell. 小男孩跌倒時痛得大叫。

cry

[kraɪ]

n. [C] 叫喊

▲We heard a **cry for help** and ran to take a look.

我們聽到呼救聲就跑去查看。

9 **dead**

[dɛd]

adj. 死的，死亡的；沒電的

▲Five gangsters were shot **dead** in the shooting.

五名歹徒在槍擊事件中被射殺身亡。

▲The clock stopped because the batteries were **dead**.

時鐘停了，因為電池沒電了。

10 **driver**

[`draɪvɚ]

n. [C] 司機，駕駛員

▲The **taxi driver** was fined for running a red light.

這名計程車司機因為闖紅燈而被罰款。

11 **festival**

[`fɛstəvl̩]

n. [C] 慶典；節日

▲The local people are **holding a festival** to celebrate the holiday.

當地人正舉行慶典來慶祝這個假日。

▲It is the custom for people in Taiwan to have a barbecue on **Mid-Autumn Festival**. 臺灣人在中秋節烤肉是一種慣例。

12 hill

[hɪl]

n. [C] 小山丘；斜坡

▲ On the **hill** stood a historic castle.

在那山丘上矗立一座有歷史意義的城堡。

▲ The teenager tried to cycle up the **steep hill**.

那青少年試著騎腳踏車上斜坡。

13 kid

[kɪd]

n. [C] 小孩

▲ The **kid** was kidnapped by a man in a blue coat.

那小孩被一個穿藍色外套的男子綁架了。

kid

[kɪd]

v. (與某人) 開玩笑 [同] joke (kidded｜kidded｜kidding)

▲ You won the lottery? **You're kidding**! 你中樂透？你是在開玩笑吧！

14 kitchen

[ˋkɪtʃɪn]

n. [C] 廚房

▲ There is an oven, a refrigerator, and a dishwasher in the **kitchen**. 廚房裡有烤箱、冰箱和洗碗機。

15 mark

[mɑrk]

n. [C] 痕跡；記號

▲ The dog left some dirty **marks** on the carpet.

那隻狗在地毯上留下汙漬。

▲ The **marks** on the map are the places we'll visit tomorrow.

地圖上這些記號是我們明天要去參訪的地方。

mark

[mɑrk]

v. 做記號；給…評分

▲ Ian **marked** the important passage in the book.

Ian 把書中重要段落標上記號。

▲ The teacher **marked** the students' exam papers.

老師替學生的考卷評分。

16 note

[not]

n. [C] 便條；[pl.] 筆記 (~s)

▲ The **note** on the door **says** that the store will be closed this Wednesday. 門上的便條紙寫著商店本週三會休息一天。

▲ The diligent student often **takes notes** in class.

這位勤奮的學生常會在課堂上做筆記。

note

[not]

v. 注意，留意

▲ Please **note** that smoking is not allowed in the building.

請注意在這棟建築物裡禁止吸菸。

17 orange
[`ɔrɪndʒ]

adj. 橙色的，橘色的

▲You look great in that **orange** dress. 你穿那件橘色洋裝很好看。

orange
[`ɔrɪndʒ]

n. [C] 柳橙；[C][U] 橙色，橘色

▲Terry had a sandwich and a glass of **orange juice** for breakfast.
Terry 早餐吃三明治配一杯柳橙汁。

▲**Orange** and black are considered to be the colors of Halloween.
橘色和黑色被認為是萬聖節的顏色。

---

18 pack
[pæk]

n. [C] 一包；一群 (狼、犬)

▲Mike bought **a pack of** cigarettes in the convenience store.
Mike 在便利商店買了一包菸。

▲**A pack of** wolves lived in the mountains. 山裡住著一群狼。

pack
[pæk]

v. 打包 (行李)；塞滿，擠進 <into>

▲Rosalie is **packing** clothes for her business trip.
Rosalie 正在為她的出差打包衣物。

▲Hundreds of fans **packed into** the airport to see their favorite pop singer. 數百名歌迷湧進機場看他們最喜愛的流行歌手。

---

19 pink
[pɪŋk]

adj. 粉紅色的

▲Molly tied up her hair with a **pink** ribbon.
Molly 用粉紅色緞帶繫頭髮。

pink
[pɪŋk]

n. [C][U] 粉紅色

▲The little girl dressed in **pink** looks adorable.
那個穿著粉紅色衣服的小女孩看起來很可愛。

---

20 popcorn
[`pɑp,kɔrn]

n. [U] 爆米花

▲Grace never sees a movie without **a tub of popcorn**.
Grace 每一次看電影都會吃一桶爆米花。

---

21 ruler
[`rulɚ]

n. [C] 統治者；尺

▲The king was not a good **ruler**; he ruled the country with an iron fist. 這國王不是好的統治者，他以鐵腕手段統治國家。

▲Betty used a **ruler** to measure how long the dress was.
Betty 用尺來測量這件洋裝有多長。

---

22 sick
[sɪk]

adj. 生病的 <with>；想吐的

▲Kim was **sick with** the flu, so she didn't go to work yesterday.

Kim 得流感生病了，所以她昨天沒去上班。

▲Landon **felt sick** after drinking too much alcohol at the bar.

Landon 在酒吧喝太多酒後覺得想吐。

💡 be sick of... 對…厭煩的

23 soup
[sup]

n. [C][U] 湯

▲This is my family recipe for delicious **chicken soup**.

這是我做美味雞湯的家傳食譜。

24 stair
[stɛr]

n. [C] (樓梯的) 梯級；[pl.] 樓梯 (～s)

▲Ellie sat on the **top stair**, reading a book.

Ellie 坐在樓梯的最上面一階看書。

▲After injuring his knees, Ralph had difficulty **climbing up the stairs**. Ralph 膝蓋受傷後爬樓梯有困難。

25 win
[wɪn]

v. 獲勝 [反] lose；贏得 [同] gain (won | won | winning)

▲Our school team **won** by a score of eight to six.

我們校隊以八比六的比數獲勝。

▲Kai made an effort to **win Elisa's heart**. Kai 努力要贏得 Elisa 的心。

💡 win sb/sth back 重新贏得…

win
[wɪn]

n. [C] 勝利 [反] defeat

▲The home team has had five **wins** and two losses so far.

主場球隊目前五勝二敗。

Unit 27

1 arrive
[əˋraɪv]

v. 抵達，到達 <at, in>；到來 [同] come

▲A party of tourists just **arrived at** the five-star hotel.

一個觀光團剛抵達這五星級飯店。

▲The mail is supposed to **arrive** today. 郵件應該今天要到的。

2 ball

[bɔl]

n. [C] 球；舞會

▲It was a pity that the fielder failed to **catch the ball**.

外野手未能接到球，真可惜。

▲Cinderella wanted to **go to the ball** with her sisters.

Cinderella 想跟她的姊姊們一起參加舞會。

💡hit/kick/throw a ball 擊／踢／丟球

ball

[bɔl]

v. 把…弄成球型

▲David **balled his fists** angrily while having a quarrel with the rude man. David 和這個無禮的男子吵架時生氣地緊握拳頭。

3 basket

[`bæskɪt]

n. [C] 籃子；籃框

▲Evelyn put some apples in the **basket**.

Evelyn 將一些蘋果放在籃子裡。

▲George **made a basket** and scored two points.

George 投籃得到兩分。

4 basketball

[`bæskɪt,bɔl]

n. [C][U] 籃球 (運動)

▲Ken **played basketball** to relieve his pressure from schoolwork. Ken 打籃球來抒解課業壓力。

5 bird

[bɝd]

n. [C] 鳥

▲The early **bird** catches the worm. 【諺】早起的鳥兒有蟲吃。

6 bite

[baɪt]

n. [C] 咬的一口；一點點食物

▲Ariel **took a bite of** the pear and found it rotten.

Ariel 咬了一口梨子後發現它腐爛了。

▲Let's **grab a bite** before the movie. 我們看電影前去吃點東西吧。

bite

[baɪt]

v. 咬 (bit | bitten | biting)

▲The dog has **bitten** a hole in my sleeve.

那隻狗把我的袖子咬了一個洞。

7 couch

[kaʊtʃ]

n. [C] 沙發 [同] sofa

▲Jenson enjoys lying on the **couch** and using his smartphone.

Jenson 喜歡躺在沙發上玩智慧型手機。

💡couch potato 一直在看電視的人

couch

[kaʊtʃ]

v. 以 (某種方式) 表達

▲The document that **was couched in** legal jargon confused me. 這份充滿法律術語的文件讓我很困惑。

---

8 **decide**

[dɪ`saɪd]

v. 決定；選定 <on>

▲Jane **decided** to go to New Zealand for summer vacation.
Jane 決定暑假時要去紐西蘭。

▲We **decided on** Martin to be the captain of our team.
我們決定選 Martin 當我們的隊長。

---

9 **doll**

[dɑl]

n. [C] 洋娃娃

▲The little girl carries her **doll** wherever she goes.
小女孩走到哪裡都帶著她的洋娃娃。

---

10 **cxcited**

[ɪk`saɪtɪd]

adj. 感到興奮的 <about>

▲Jessie is **getting excited about** her trip to Bali.
Jessie 對於她的峇里島之旅感到興奮。

---

11 **fill**

[fɪl]

v. 裝滿 <with>；充滿…感覺 <with>

▲Before Toby ordered his meal, the waiter **filled** his glass **with** water. 在 Toby 點餐之前，服務生將他的杯子裝滿水。

▲The ghost story **filled** Anita **with** terror.
這鬼故事讓 Anita 充滿恐懼。

fill

[fɪl]

n. [U] 需要的量，可應付的量

▲I **have had my fill of** Wendy's complaints.
我已經受夠了 Wendy 的抱怨。

---

12 **item**

[`aɪtəm]

n. [C] 項目；一則 (新聞)

▲Did you check all the **items** on the shopping list?
你核對過購物清單上所有的項目了嗎？

▲An **item** on the arts page caught Chloe's attention.
藝文版的一則新聞吸引了 Chloe 的注意。

---

13 **kiss**

[kɪs]

n. [C] 吻

▲Max **gave** his girlfriend **a kiss** before leaving.
Max 在離開之前吻了他女友。

kiss

[kɪs]

v. 吻，接吻 <on>

▲The girl **kissed** her father **on** the cheek.

那女孩親吻她父親的臉頰。

---

14 **lead**

[lid]

v. 領導；領先 (led｜led｜leading)

▲Sam is regarded as the perfect person to **lead** the research team. Sam 被認為是領導這個研究團隊的最佳人選。

▲When the first quarter came to an end, the Los Angeles Lakers **led** by three points. 第一節結束時，洛杉磯湖人隊領先三分。

💡lead to sth 導致…｜lead sb on 誤導…

lead

[lid]

n. [sing.] 領先；示範，榜樣

▲The New York Knicks were **in the lead** in the last three minutes. 紐約尼克隊在最後三分鐘時領先。

▲Some countries **followed Taiwan's lead** to cut down on plastic. 一些國家跟隨臺灣的榜樣進行減塑。

---

15 **noise**

[nɔɪz]

n. [C][U] 噪音 [同] sound

▲Don't **make** so much **noise**. Your father is sleeping.

不要製造那麼多噪音。你父親在睡覺。

noisily

[ˋnɔɪzɪlɪ]

adv. 吵鬧地

▲Several girls chatted **noisily** in the coffee shop.

一些女孩在咖啡店裡吵鬧地聊天。

---

16 **package**

[ˋpækɪdʒ]

n. [C] 包裹 [同] parcel；小包 [同] packet

▲Freya received a **package** from her best friend yesterday.

Freya 昨天收到她好友寄的包裹。

▲Alice bought **a package of** cookies for her son.

Alice 買一包餅乾給她兒子。

---

17 **page**

[pedʒ]

n. [C] (書或報章雜誌的) 頁，版

▲The answers are given on the last **page** of the book.

答案在這本書的最後一頁。

---

18 **pipe**

[paɪp]

n. [C] 管子；菸斗

▲The **water pipe** burst and flooded the kitchen.

水管爆裂而造成廚房淹水。

▲The old man likes to **smoke a pipe** after dinner.

這位老人喜歡在飯後抽菸斗。

pipe

[paɪp]

v. 用管子輸送

▲The oil is **piped from** the wells **to** the port.

石油透過管線從油井輸送到港口。

19 **pool**

[pul]

n. [C] 小水塘；游泳池 [同] swimming pool

▲After the rain, there were many small **pools of rainwater** in the field. 雨後原野上有許多小雨水坑。

▲There is a **pool** on the top floor of the hotel.

這間飯店頂樓有一座游泳池。

pool

[pul]

v. 集合 (資金、資源)

▲The residents **pooled** their money to help the stray dogs.

居民把錢湊在一起以幫助流浪狗。

20 **present**

[ˋprɛznt]

adj. 出席的 <at, in> [反] absent；現在的

▲Lola's whole family was **present at** her graduation ceremony.

Lola 全家人都出席她的畢業典禮。

▲Please fill in your **present** address and occupation here.

請在這裡填寫你現在的地址和職業。

present

[ˋprɛznt]

n. [U] 現在；[C] 禮物

▲**At present**, Joanna is working as a nurse in a local hospital.

Joanna 目前在當地的醫院當護士。

▲We exchanged **presents** with each other at Christmas.

我們在聖誕節時互相交換禮物。

present

[prɪˋzɛnt]

v. 授予，贈送 <with>；呈現，展現 <with>

▲The actor was **presented with** an award to recognize his contribution to the film industry.

那名演員被頒獎以認可他對電影業的貢獻。

▲The article **presented** people **with** a different view about the historical event. 這篇文章向人們呈現了對這歷史事件的不同觀點。

21 salad

['sæləd]

n. [C][U] 沙拉

▲The steak is served with a **mixed salad**.

這牛排有搭配一份什錦沙拉。

22 sight

[saɪt]

n. [U] 視力 [同] vision；[U][sing.] 看見

▲Melanie lost her **sight** in an accident.

Melanie 在一場意外中喪失了視力。

▲I can't bear **the sight of** that horrible man.

我無法忍受看見那個可惡的男人。

💡 at first sight 第一眼

sight

[saɪt]

v. 看到，發現

▲The fisherman **sighted** some sea turtles laying their eggs on the beach. 漁夫發現一些海龜在沙灘上產卵。

23 stupid

['stjupɪd]

adj. 笨的，愚蠢的 [同] silly

▲The dog is too **stupid** to learn tricks. 那隻狗太笨學不會把戲。

24 supermarket

['supɚ͵mɑrkɪt]

n. [C] 超市

▲The **supermarket** is having a sale to attract more customers.

那間超市正在舉辦特賣活動以吸引更多的顧客。

25 wrong

[rɔŋ]

adj. 錯誤的，不對的 [反] right

▲It is **wrong** to tell a lie. 說謊是不對的。

wrong

[rɔŋ]

adv. 錯誤地，不對地 [反] right

▲Everything **went wrong** with Mike after he divorced his wife.

Mike 和太太離婚後諸事不順。

wrong

[rɔŋ]

n. [U] 不正確；[C] 不公平的行為 [反] right

▲It's parents' duty to teach their children how to tell right from **wrong**. 父母有責任教導孩子如何分辨是非。

▲Two **wrongs** don't make a right. 【諺】以牙還牙是不可取的。

wrong

[rɔŋ]

v. 冤枉，不公正地對待

▲We should try to forgive those who have **wronged** us.

我們應試著原諒那些不公正對待我們的人。

Unit 28

1 **bag**   n. [C] 袋子，提袋

[bæg]   ▲I always bring my own reusable **shopping bag** when going grocery shopping. 我去買雜貨時都會自備環保購物袋。

2 **band**   n. [C] 樂團；細繩，帶

[bænd]   ▲The well-known **rock band** will give a concert tour in Asia.
這個知名搖滾樂團將在亞洲做巡迴演出。

▲Theo put a **rubber band** around the deck of cards.
Theo 用橡皮筋把整副撲克牌捆起來。

3 **bat**   n. [C] 球棒；蝙蝠

[bæt]   ▲My dad bought me a **baseball bat** as my birthday present.
我父親買棒球棒給我當生日禮物。

▲The **fruit bats** are famous for their large size and active both day and night. 果蝠以牠們的大體型聞名，且牠們日夜都很活躍。

bat   v. 用棒擊球 (batted | batted | batting)

[bæt]   ▲The spectators cheered loudly as Ryan **batted** three runners home.
當 Ryan 打擊出去使三名跑者回本壘得分時，觀眾大聲喝采。

4 **bath**   n. [C] 沐浴；浴缸 [同] bathtub

[bæθ]   ▲The mother is **giving her baby a bath**. 這位母親正在給嬰兒洗澡。

▲Karen cleans the **bath** once a week. Karen 一週洗一次浴缸。

5 **beach**   n. [C] 沙灘 <on>

[bitʃ]   ▲In summer, my friends and I used to play **on the beach** all day long.
我和朋友們過去習慣夏天整天在沙灘上遊玩。

beach   v. 把船從水裡拖到岸上

[bitʃ]   ▲With special equipment, the workers succeeded **beaching** the boat near the rocks. 工人運用特別的器具成功把船拖到海灘的礁石附近。

6 **blind**   adj. 失明的；盲目的

[blaɪnd]   ▲Ken **went blind** at an early age. Ken 在年幼時失明。

▲**Blind faith** often leads people to make wrong decisions.

盲目的信仰通常讓人們做出錯誤的決定。

💡be blind to sth 沒有注意到…；對…視而不見

blind

[blaɪnd]

| v. | 使失明；蒙蔽 \<to\> |

▲Tommy was **blinded** in a car crash. Tommy 在一場車禍中失明。

▲Love **blinded** Dylan **to** the girl's faults.

愛情使 Dylan 看不見那女孩的缺點。

---

7 **busy**

[`bɪzɪ]

| adj. | 忙碌的 \<with\>；熱鬧的 (busier ∣ busiest) |

▲Samantha is **busy with** her homework. Samantha 正忙著做作業。

▲The convenience store is located on a **busy** road.

這間便利商店位在一條熱鬧的馬路上。

---

8 **cute**

[kjut]

| adj. | 可愛的 (cuter ∣ cutest) |

▲What a **cute** puppy it is! 好可愛的小狗！

---

9 **die**

[daɪ]

| v. | 死 \<from, of\> (died ∣ died ∣ dying) |

▲Tina **died from** breast cancer at the age of 58.

Tina 在五十八歲時死於乳癌。

---

10 **ear**

[ɪr]

| n. | [C] 耳朵 |

▲Cover your **ears** if the sounds of the fireworks are too loud.

如果煙火太大聲就把耳朵摀起來。

---

11 **factory**

[`fæktrɪ]

| n. | [C] 工廠 (pl. factories) |

▲The **chemical factory** was fined for dumping toxic waste into the river. 這化學工廠因為傾倒有毒廢棄物到河裡而被罰款。

---

12 **flower**

[`flaʊɚ]

| n. | [C] 花 |

▲In her free time, Sophia enjoys planting **flowers** in the garden.

Sophia 喜歡在閒暇時在花園裡種花。

flower

[`flaʊɚ]

| v. | 開花 |

▲Sakura and tulips both **flower** in spring. 櫻花和鬱金香都是在春天開花。

---

13 **jacket**

[`dʒækɪt]

| n. | [C] 夾克，短外套 |

▲Michael often wears a **leather jacket** during winter.

Michael 冬天通常都穿皮外套。

---

14 kite n. [C] 風箏

[kaɪt]
▲ The weather is nice; let's go out to **fly a kite**.

天氣很好，我們外出放風箏吧。

---

15 lucky adj. 幸運的，走運的 [同] fortunate [反] unlucky (luckier｜luckiest)

[ˋlʌkɪ]
▲ The baby was very **lucky** to survive the big fire.

這名嬰兒很幸運在大火中倖存下來。

---

16 nose n. [C] 鼻子

[noz]
▲ It is rude to **pick your nose** in front of others.

在別人面前挖鼻孔是很無禮的。

---

17 paint n. [U] 油漆；[pl.] 顏料 (~s)

[pent]
▲ Harvey gave the fence two **coats of paint**.

Harvey 替籬笆上了兩層油漆。

▲ The store sells a wide selection of **oil paints**.

這間商店販售各式各樣的油畫顏料。

paint v. 在…上刷油漆；(用顏料) 畫

[pent]
▲ After brief discussion, we decided to **paint** our living room blue.

經簡短討論後，我們決定把客廳漆成藍色。

▲ The artist **painted** the portrait **in oils**. 這位藝術家畫了一幅肖像油畫。

---

18 pair n. [C] 一雙，一對

[per]
▲ Daisy bought **a pair of** earrings to go with her evening dress.

Daisy 買了一對耳環，以搭配她的晚禮服。

💡 in pairs 成對

---

19 pm adv. 下午 (also p.m.)

[ˌpiˋɛm]
▲ The plane is scheduled to take off at 3:40 **pm**.

這班飛機預定在下午三點四十分起飛。

---

20 pot n. [C] 罐，壺，盆

[pɑt]
▲ The hostess made **a pot of** tea for her guests.

女主人為她的客人沖了一壺茶。

pot v. 將 (植物) 栽入盆中 (potted｜potted｜potting)

[pɑt]
▲ Patty is busy **potting** the seedlings in the backyard.

Patty 正在後院忙著將幼苗栽在花盆中。

21 **shake**
[ʃek]

v. 搖動；發抖 (shook | shaken | shaking)

▲The gas explosion **shook** the whole building. 瓦斯爆炸震動整幢大樓。

▲The new employee **shook like a leaf** when giving a presentation.

那名新員工在做簡報時抖個不停。

💡 shake hands with sb 與…握手

shake
[ʃek]

n. [C] 搖動，震動

▲Rebecca said no with a **shake** of her head. Rebecca 搖了一下頭說不。

22 **sharp**
[ʃɑrp]

adj. 銳利的 [反] blunt；急遽的，突然的 [同] steep

▲Please hold the **sharp knife** carefully. 請小心拿好那把銳利的刀。

▲There has been a **sharp** increase in the number of people getting cancer over the past decade. 在過去十年間，罹癌的人劇增。

sharp
[ʃɑrp]

adv. 準時地

▲The magic show started at 7:00 p.m. **sharp**.

魔術表演在晚間七點準時開始。

23 **sleep**
[slip]

n. [U] 睡眠；[sing.] (一段時間的) 睡眠

▲Elliot got pimples for lack of **sleep**. Elliot 因為缺乏睡眠而長痘痘。

▲Owing to the noise outside, Amy woke up from a **light sleep**.

由於外面傳來的噪音，Amy 從淺眠中醒來。

sleep
[slip]

v. 睡，入睡 (slept | slept | sleeping)

▲Some experts say that it's healthy to **sleep** eight hours a night.

有些專家說每晚睡足八個小時才健康。

24 **tape**
[tep]

n. [C] 錄音帶；[U] 膠帶 [同] Scotch tape

▲Luca has a large collection of the singer's **tapes**.

Luca 大量收集這個歌手的錄音帶。

▲Sandy used **tape** to stick the poster to the wall.

Sandy 用膠帶把海報黏在牆上。

25 **throat**
[θrot]

n. [C] 喉嚨

▲I have a **sore throat** and need to see a doctor. 我喉嚨痛，需要去看醫生。

💡 clear sb's throat 清喉嚨

Unit 29

1 bed
[bɛd]

| n. | [C] 床 |

▲ Finlay **goes to bed** at ten o'clock every night.

Finlay 每晚十點就上床睡覺。

💡 make the bed 整理床鋪

2 bedroom
[ˋbɛd͵rum]

| n. | [C] 臥室 |

▲ There're four **bedrooms** in Ross's house. Ross 的房子有四間臥室。

3 beside
[bɪˋsaɪd]

| prep. | 在…旁邊 |

▲ The queen, who stood **beside** the king, waved to the crowd.

皇后站在國王旁邊，向群眾揮手。

4 bottle
[ˋbɑtl̩]

| n. | [C] 瓶子；一瓶的量 |

▲ Recycling **plastic bottles** can help save the Earth.

回收塑膠瓶可以幫助拯救地球。

▲ The baby has just finished **a bottle of** milk.

這嬰兒剛喝完了一瓶牛奶。

bottle
[ˋbɑtl̩]

| v. | 裝瓶 |

▲ The beer is **bottled** in the factory. 啤酒是在這個工廠裝瓶的。

5 careful
[ˋkɛrfəl]

| adj. | 小心的 <with, about> |

▲ Please be **careful with** these china plates. 請小心這些瓷盤。

6 catch
[kætʃ]

| v. | 抓住；撞見，發現 (caught｜caught｜catching) |

▲ Aaron **caught** his cellphone before it fell to the ground.

Aaron 在手機掉到地上前先接住它。

▲ The teacher **caught** Joe sleeping in class.

老師發現 Joe 在課堂上睡覺。

💡 catch up 達到同樣的水準，跟上；補做

catch
[kætʃ]

| n. | [C] 接球；(魚的) 捕獲量 (pl. catches) |

▲ Good job! It's a **nice catch**! 做得好！球接得漂亮！

▲ The fishermen had a **good catch** today. 這些漁夫今天漁獲量不錯。

7 **dear**

[dɪr]

adj. 親近的 <to>

▲My cousin Lisa is very **dear to** me. 我的表妹 Lisa 跟我很親近。

dear

[dɪr]

n. [C] 親愛的

▲It's great to see you again, **my dear**. 再見到你實在是太棒了，親愛的。

dear

[dɪr]

adv. 高價地

▲The overseas investment **cost the company dear**.

海外投資讓這間公司損失慘重。

---

8 **dollar**

[`dɑlɚ]

n. [C] (美國、加拿大或澳洲等的貨幣單位) 元

▲The generous lady donated five thousand **dollars** to the orphanage. 這位慷慨的女士捐獻五千美元給孤兒院。

---

9 **email**

[`imel]

n. [C][U] 電子郵件 [同] e-mail, electronic mail

▲You can make hotel reservations **by** phone or **email**.

你可打電話或用電子郵件來訂旅館。

email

[`imel]

v. 寄送電子郵件 [同] e-mail

▲The students are required to **email** their reports to the teacher by the end of June. 學生們必須在六月底前把報告用電子郵件寄給老師。

---

10 **everything**

[`εvrɪˌθɪŋ]

pron. 每件事，一切

▲**Everything** is ready; we can set out now.

一切都準備好了，我們可以出發了。

---

11 **farm**

[fɑrm]

n. [C] 農場

▲My father-in-law **runs a dairy farm** in the country.

我岳父在鄉下經營乳牛農場。

farm

[fɑrm]

v. 耕作 (土地)

▲The Simpsons have been **farming** the land since 1932.

Simpson 家族自從 1932 年開始就一直耕種這片土地。

---

12 **funny**

[`fʌnɪ]

adj. 好笑的；奇怪的，難以理解的 (funnier | funniest)

▲Kia made **funny** faces to make the girl laugh.

Kia 做出好笑的鬼臉讓這女孩笑。

▲It's **funny** Tom doesn't know where his daughter lives.

真奇怪，Tom 竟然不知道他女兒住在哪兒。

---

13 joke

[dʒok]

n. [C] 笑話，玩笑 <about>

▲Ewan likes to **make jokes about** the government officials.

Ewan 喜歡拿政府官員開玩笑。

💡 play a joke on sb 開…的玩笑

joke

[dʒok]

v. 開玩笑，說笑話

▲You are going to marry Lily? **You must be joking!**

你即將要跟 Lily 結婚？你在開玩笑吧！

14 lamp

[læmp]

n. [C] (尤指帶燈罩的) 燈

▲Turning on the **bedside lamp**, Nora started to read a novel.

打開床頭燈後，Nora 開始看小說。

15 mail

[mel]

n. [U] 信件；郵政 (系統) [同] post

▲Charlie gets a lot of **junk mail** every week.

Charlie 每週都會收到一大堆垃圾郵件。

▲The check will be sent to you **by registered mail**.

支票會用掛號寄給你。

mail

[mel]

v. 郵寄 <to> [同] post

▲My grandfather **mailed** a bottle of homemade wine **to** me.

我爺爺寄了一瓶自製的葡萄酒給我。

16 pin

[pɪn]

n. [C] (尤指固定布料用的) 大頭針，別針

▲It was so quiet here that I could hear a **pin** drop.

這裡如此安靜，我連一根針掉落都聽得見。

pin

[pɪn]

v. (用別針等) 釘住 <on> (pinned | pinned | pinning)

▲The teacher **pinned** some photos **to** the bulletin board.

老師將一些照片釘在布告欄上。

17 plate

[plet]

n. [C] 盤子；一盤的量 [同] plateful

▲You put too much food on my **plate**.

你在我的盤子上放太多食物了。

▲Willy was very hungry and finished **a plate of** pasta within minutes. Willy 飢腸轆轆，在幾分鐘內就吃完一盤義大利麵。

18 pond

[pɑnd]

n. [C] 池塘

▲Meredith grows some water lilies in the **pond**.

Meredith 在池塘裡種一些睡蓮。

19 potato

[pə`teto]

n. [C][U] 馬鈴薯 (pl. potatoes)

▲Emma chose steak and **mashed potatoes** for the main course.

Emma 選擇牛排和馬鈴薯泥當主菜。

20 pretty

[`prɪtɪ]

adv. 相當，非常

▲This refrigerator is **pretty** old; I think we should buy a new one.

這臺冰箱很老舊了，我覺得我們應該買一臺新的。

pretty

[`prɪtɪ]

adj. 漂亮的 (prettier｜prettiest)

▲Patrick couldn't help asking the **pretty** girl about her name.

Patrick 忍不住詢問那位美女的名字。

21 shorts

[ʃɔrts]

n. [pl.] 短褲

▲It's improper to visit a museum in **shorts** and slippers.

穿短褲和拖鞋去參觀博物館是不適當的。

22 smile

[smaɪl]

n. [C] 微笑，笑容

▲Jasmine entered the room with a **big smile** on her face.

Jasmine 臉上滿是笑容地進入房間。

smile

[smaɪl]

v. 微笑 <at>

▲The salesclerk **smiled at** the customers in the store.

售貨員對著店裡的顧客微笑。

23 speak

[spik]

v. 講話，談話 <to, with>；(會) 講 (某種語言) (spoke｜spoken｜speaking)

▲I'll **speak to** the manager **about** this proposal later.

我稍後會跟經理談到關於這個提案的事。

▲The diplomat can **speak** six languages. 那位外交官會說六種語言。

24 taxi

[`tæksɪ]

n. [C] 計程車 [同] cab, taxicab

▲To catch the flight, Zara **took a taxi** to the airport.

為了趕飛機，Zara 搭計程車去機場。

25 **vegetable**

[ˈvɛdʒtəbl̩]

n. [C] 蔬菜；植物人

▲The study shows that eating more fresh fruit and **vegetables** can make people healthier. 這份研究顯示多吃新鮮的蔬果會讓人們更健康。

▲Ken became a **vegetable** after a serious car crash.

Ken 在一場嚴重的車禍後變成植物人。

Unit 30

1 **bee**

[bi]

n. [C] 蜜蜂

▲**A swarm of bees** flew around the flowers in the garden.

一群蜜蜂在花園的花朵間穿梭。

2 **belong**

[bɪˈlɔŋ]

v. 屬於 <to>

▲The villa by the lake **belongs to** Mr. Mitchell.

湖邊的別墅屬於 Mitchell 先生所有。

3 **bowl**

[bol]

n. [C] 碗；一碗的量

▲Bob found a crack in the **bowl** and asked the waiter to bring him another one. Bob 發現碗裡有個裂縫，就請服務生拿另一個給他。

▲Sammy eats **a bowl of** cereal every morning.

Sammy 每天早上吃一碗麥片粥。

4 **box**

[baks]

n. [C] 箱子；一箱的量

▲Amy made a doghouse out of an empty **cardboard box**.

Amy 用空的紙箱做了一間狗屋。

▲Tina ate **a box of** chocolates while watching TV.

Tina 在看電視時吃了一盒的巧克力。

box

[baks]

v. 裝箱 <up>；打拳擊

▲Megan **boxed up** some old magazines to recycle.

Megan 將一些舊雜誌裝箱回收。

▲Ollie used to **box** every weekend. Ollie 以前每個週末都打拳擊。

5 clothes
[kloz]

n. [pl.] 衣服

▲Andy attended his sister's wedding in his best **clothes**.
Andy 穿上他最好的衣服去參加他姊姊的婚禮。

6 cook
[kʊk]

v. 煮，烹調

▲Beatrice is **cooking** curried chicken for lunch.
Beatrice 正在煮咖哩雞當午餐。

cook
[kʊk]

n. [C] 廚師

▲The restaurant is popular because they have good **cooks**.
那間餐廳很受歡迎是因為他們有很棒的廚師。

7 desk
[dɛsk]

n. [C] 書桌；服務臺

▲During the test, you can only have erasers and pencils on your **desk**. 考試期間，你桌上只能放橡皮擦和鉛筆。

▲Floor guides are available at **the information desk**.
樓層導引在詢問處可以索取。

8 envelope
[`ɛnvə,lop]

n. [C] 信封

▲Betty sealed the **envelope** and then addressed it.
Betty 把信封好，然後寫上姓名地址。

9 fire
[faɪr]

n. [C][U] 火

▲The strong wind made the **fire** quickly spread to other wooden houses. 強風讓火勢快速地蔓延到其他的木造房子。

fire
[faɪr]

v. 發射 <at>；開除 [同] sack

▲The policeman **fired** two shots **at** the robber before he ran away. 警察在搶匪逃走前對他開兩槍。

▲Jude **got fired** because he always came to work late.
Jude 因為上班總是遲到而被開除了。

10 forget
[fə`gɛt]

v. 忘記；忘記做 (forgot | forgotten | forgetting)

▲It was embarrassing for Hugo to **forget** his client's name.
Hugo 忘記客戶的名字，真是尷尬。

▲Don't **forget** to turn off the stove before you go out.
你外出前別忘記要關爐火。

11 **friend**

[frɛnd]

n. [C] 朋友

▲A **friend** in need is a friend indeed. 【諺】患難之交才是真朋友。

💡make friends with sb 和⋯交朋友

12 **grandmother**

[ˋgrænˌmʌðɚ]

n. [C] (外) 祖母

▲My **grandmother** is good at making apple pie.

我祖母很擅長做蘋果派。

13 **juice**

[dʒus]

n. [C][U] 汁，液

▲Lisa squeezed some **lemon juice** on the roast fish.

Lisa 在烤魚上擠一些檸檬汁。

14 **lawyer**

[ˋlɔjɚ]

n. [C] 律師

▲You had better **consult a lawyer** before you sign the contract.

你在簽合約前最好先請教律師。

15 **map**

[mæp]

n. [C] 地圖 <on>

▲Could you show me the location of the zoo **on this map**?

你能告訴我動物園在地圖上的位置嗎？

💡put sth on the map 使⋯出名

map

[mæp]

v. 繪製⋯的地圖

▲The geographer planned to **map** the new island he had just discovered. 這位地理學家計劃要幫新發現的島嶼繪製地圖。

16 **planet**

[ˋplænɪt]

n. [C] 行星

▲The Earth is one of the **planets** circling around the Sun.

地球是繞行太陽的行星之一。

17 **pleasure**

[ˋplɛʒɚ]

n. [C] 樂事；[U] 快樂，愉悅

▲It is a **pleasure** to talk to you. 和你談話真愉快。

▲Ronald **finds pleasure in** watching birds.

Ronald 以賞鳥為樂。

18 **prepare**

[prɪˋpɛr]

v. 準備 <for>

▲Ashley has been **preparing for** her upcoming wedding for three months. Ashley 為她即將到來的婚禮準備了三個月了。

19 quick

[kwɪk]

adj. 迅速的；敏捷的

▲Ben had a **quick** glance at the front page before going to work. Ben 上班前迅速瞄一下頭版新聞。

▲Amber is a **quick learner** and masters several languages. Amber 是個敏捷的學習者，精通好幾種語言。

quick

[kwɪk]

adv. 快速地 [同] quickly, fast

▲The company always responds to their customers' questions **quick**. 這間公司總是很快地回應顧客的問題。

20 rabbit

[ˋræbɪt]

n. [C] 兔子

▲Victoria is considering keeping a pet **rabbit**. Victoria 正在考慮要養寵物兔。

21 shoulder

[ˋʃoldɚ]

n. [C] 肩膀

▲Someone patted Dora on the **shoulder** when she was speaking on the phone. Dora 在講電話時有人拍她的肩膀。

22 snow

[sno]

n. [U] 雪

▲**Snow** fell heavily while Steve was driving home. Steve 開車回家時雪下得很大。

snow

[sno]

v. 下雪

▲It **snowed** heavily; as a result, many people were late for work. 雪下得很大，因此很多人上班遲到。

23 street

[strit]

n. [C] 街道

▲The narrow **street** was crowded with pedestrians. 這狹窄的街道擠滿了行人。

24 terrible

[ˋtɛrəbl̩]

adj. 糟糕的，可怕的 [同] horrible, awful

▲All of the flights were delayed because of the **terrible** storm. 所有的班機因為這可怕的暴風雨而延誤了。

25 video

[ˋvɪdɪo]

n. [C] 錄影帶，影片；[U] 錄影 <on>

▲How about renting a **video** and watching it tonight? 要不要租個影片今晚看？

▲Fortunately, the accident was captured **on video**.

幸運的是，這起意外有被錄影下來。

video　　v. 錄下，錄製

[ˋvɪdɪo]

▲Bella **videoed** her daughter's birthday party.

Bella 將她女兒的生日派對錄影下來。

video　　adj. 錄影的

[ˋvɪdɪo]

▲Ms. Clarke has prepared a variety of **video** materials for her English classes.

Clarke 老師為她的英文課準備了各式各樣的影片材料。

Unit 31

1　**bell**　　n. [C] 鐘，鈴

[bɛl]

▲The **bell rang** at the end of the class. 課堂結束時鈴響了。

2　**bench**　　n. [C] 長凳 (pl. benches)

[bɛntʃ]

▲We sat on the **park bench**, feeding the pigeons.

我們坐在公園的長凳上餵鴿子。

3　**brown**　　adj. 棕色的，褐色的

[braʊn]

▲Nancy's boyfriend has **light brown** hair and dark blue eyes.

Nancy 的男友有淺棕色的頭髮和深藍色的眼睛。

brown　　v. (把食物) 炒成褐色

[braʊn]

▲The cook **browned** the meat before adding the carrots.

廚師加入紅蘿蔔前先把肉炒成褐色。

brown　　n. [C][U] 棕色，褐色

[braʊn]

▲My math teacher was dressed in **dark brown** today.

我的數學老師今天穿深棕色的衣服。

4　**butter**　　n. [U] 奶油

[ˋbʌtɚ]

▲To make the dish, the first step is to melt **butter** in a pan.

要做這道菜，首先就是在鍋子裡融化奶油。

butter

[ˋbʌtɚ]

v. 在…上塗奶油

▲The father **buttered** toast for his children.

這位父親幫他的孩子在吐司上塗奶油。

---

5 **correct**

[kəˋrɛkt]

adj. 正確的 [同] right [反] incorrect

▲Ida looked confused because she was not sure which answer was **correct**. Ida 看起來很困惑，因為她不確定哪個答案是正確的。

correct

[kəˋrɛkt]

v. 改正，糾正

▲The student was asked to **correct** the spelling errors in his homework. 這學生被要求改正作業裡的拼字錯誤。

---

6 **dictionary**

[ˋdɪkʃənˌɛrɪ]

n. [C] 字典 (pl. dictionaries)

▲Matilda looked the word up in a **Chinese-English dictionary**.

Matilda 用漢英字典查這個字。

---

7 **else**

[ɛls]

adv. 其他

▲Who **else** is coming to the ball tonight? 還有誰會來今晚的舞會？

---

8 **eraser**

[ɪˋresɚ]

n. [C] 橡皮擦

▲Hank rubbed out his pencil sketch with an **eraser**.

Hank 用橡皮擦擦去他的鉛筆素描。

---

9 **foreign**

[ˋfɔrɪn]

adj. 外國的

▲The exchange program enables many **foreign** students to learn Chinese in Taiwan. 這個交換計畫讓很多外國學生在臺灣學中文。

---

10 **fork**

[fɔrk]

n. [C] 叉子

▲Westerners normally eat with **a knife and fork**.

西方人通常用刀叉吃東西。

---

11 **grade**

[gred]

n. [C] 等級；分數

▲The store is well-known for selling **high-grade** tea.

這間店以販售高級茶而聞名。

▲Cathy always gets **high grades** in English.

Cathy 的英文總是拿高分。

grade

[gred]

v. 把…分級；給…打分數

▲The mangoes are **graded** according to size.

這些芒果是根據大小尺寸分級的。

▲The teacher was busy **grading** papers all day.

這老師整天都在忙著改考卷。

---

12 **habit**

[`hæbɪt]

n. [C][U] 習慣

▲Poppy has **got into the habit of** drinking some wine before going to bed. Poppy 已經養成睡前喝點紅酒的習慣。

💡form/develop a habit 養成習慣

---

13 **kick**

[kɪk]

v. 踢

▲Jake was **kicked** in the shin while playing soccer.

Jake 踢足球的時候被踢到腳脛。

💡kick sb out 開除⋯

kick

[kɪk]

n. [C] 踢；極大的樂趣 [同] thrill

▲Fred was in a bad mood, so he gave the door several **kicks**.

Fred 心情不好，所以踹了門好幾下。

▲We all **got a kick out of** the baseball game.

我們從這場棒球賽中獲得極大的樂趣。

---

14 **lip**

[lɪp]

n. [C] 嘴脣

▲Carol moved her **lips** but didn't make a sound.

Carol 的雙脣動了動，但沒有發出聲音。

---

15 **meet**

[mit]

v. 相遇，初次見面；會面 (met | met | meeting)

▲It was in the library that Samuel first **met** his wife.

Samuel 就是在這間圖書館與他妻子初次相見。

▲Harry and his buddies agreed to **meet** for a drink on Friday night.

Harry 和他的哥們約好週五晚上要去喝一杯。

💡meet sb halfway 遷就⋯

---

16 **pocket**

[`pɑkɪt]

n. [C] 口袋

▲Ella took a few coins out of her **coat pocket**.

Ella 從她的外套口袋裡拿出一些硬幣。

pocket

[`pɑkɪt]

v. 裝入口袋；私吞

▲Teddy went out after **pocketing** his keys and wallet.

Teddy 把鑰匙和皮夾放入口袋後就外出了。

▲Eli was charged with **pocketing** the firm's money.

Eli 被指控私吞公司的錢。

---

17 **proud**

[praʊd]

adj. 驕傲的，自豪的 <of> [反] ashamed

▲The couple are very **proud of** their son's achievements.

這對夫妻對兒子的成就感到很驕傲。

---

18 **rainbow**

[`ren,bo]

n. [C] 彩虹

▲A **rainbow** appeared in the sky when the rain stopped.

雨停時天空出現一道彩虹。

---

19 **ride**

[raɪd]

n. [C] (騎車或乘坐車輛的) 行程

▲Could you **give me a ride** to the train station? 你能載我去火車站嗎？

ride

[raɪd]

v. 騎，乘 (rode | ridden | riding)

▲Gary will **ride** the 10:30 train to London.

Gary 將搭乘十點半開往倫敦的火車。

---

20 **singer**

[`sɪŋɚ]

n. [C] 歌手

▲The **folk singer** frequently performs in restaurants.

這位民謠歌手常常在餐廳裡表演。

---

21 **sir**

[sɝ]

n. [C][sing.] 先生 (also Sir)

▲What can I do for you, **sir**? 先生，有什麼我能為您服務的嗎？

---

22 **straight**

[stret]

adv. 直接，立刻；坦誠地

▲Ralph went **straight** home after school. Ralph 放學後就直接回家。

▲Allie told Vincent **straight** that he was not her type.

Allie 坦誠地跟 Vincent 說他不是她喜歡的類型。

straight

[stret]

adj. 直的；直率的，坦誠的 <with>

▲The little girl used a ruler to draw a **straight** line.

這小女孩用尺畫直線。

▲Be **straight with** me and tell me what is in your mind.

對我坦誠，告訴我你在想什麼。

straight

[stret]

n. [C] 異性戀者 [反] gay

▲Everyone should be treated equally whether they are **straights** or

gays. 無論是異性戀或同性戀者，都應該被平等對待。

23 ticket
['tɪkɪt]

n. [C] 票，券 <to, for>；罰單

▲Joan reserved two **plane tickets to** New York online.

Joan 在網路上預訂兩張到紐約的機票。

▲The driver broke the speed limit and got a **speeding ticket**.

那位駕駛超速而被開一張超速罰單。

24 twice
[twaɪs]

adv. 兩次；兩倍

▲Melody goes to yoga **twice** a week. Melody 每週上兩次瑜伽課。

▲Robin has **twice** as much money as I do.

Robin 的錢是我的兩倍多。

25 weekend
['wik`ɛnd]

n. [C] 週末 <on>

▲The Fletcher family went skiing **on the weekend**.

Fletcher 一家人在週末去滑雪。

weekend
['wik`ɛnd]

v. 度週末

▲Seth is going to **weekend** in a beach resort.

Seth 即將要在海灘渡假勝地度過週末。

Unit 32

1 belt
[bɛlt]

n. [C] 皮帶，腰帶

▲When you see the light on, please **fasten your seat belt**.

看到此燈亮時，請繫上安全帶。

belt
[bɛlt]

v. 用帶子束緊

▲Nick **belted** his trench coat in the doorway.

Nick 在門口把他的風衣腰帶束緊。

2 block
[blɑk]

n. [C] 街區；一大塊

▲My cousin's house is two **blocks** away.

我表哥家離這裡有兩條街遠。

▲The restaurant used **blocks** of ice to preserve food and beverages because the freezer was broken.

因為冰櫃壞了，餐廳用大冰塊來保存食物和飲料。

block

[blɑk]

v. 阻擋，妨礙

▲The mountain path was **blocked** due to a landslide.

山道因為土石流而阻塞不通。

💡block sth off 封閉… | block sth up 堵塞，塞住

---

3 **celebrate**

[`sɛlə͵bret]

v. 慶祝

▲Independence Day is **celebrated** on July 4th in the United States.

美國在七月四日慶祝獨立紀念日。

---

4 **cellphone**

[`sɛlfon]

n. [C] 行動電話，手機 [同] cellular phone, mobile phone

▲Nowadays, nearly everyone owns a **cellphone**.

現今，幾乎每個人都擁有一支手機。

---

5 **cover**

[`kʌvɚ]

v. 覆蓋，遮蔽 <with>；涉及，涵蓋

▲The desk **was covered with** dust. 書桌上滿是灰塵。

▲The agreement **covers** international arms control.

這個協議涵蓋對國際軍備的控制。

cover

[`kʌvɚ]

n. [C] 覆蓋物；(書或雜誌的) 封面

▲Nina kept her computer under a plastic **cover**.

Nina 用塑膠套蓋住她的電腦。

▲The supermodel was on the **covers** of several fashion magazines. 那位超模上了好幾本流行雜誌的封面。

---

6 **dirty**

[`dɝtɪ]

adj. 骯髒的 (dirtier | dirtiest)

▲My brother's room was full of **dirty** clothes and socks.

我弟弟的房間充滿骯髒的衣服和襪子。

dirty

[`dɝtɪ]

v. 弄髒 (dirtied | dirtied | dirtying)

▲The kid **dirtied** his clothes in the art class.

這孩童在美術課時把衣服弄髒。

---

7 **enter**

[`ɛntɚ]

v. 進入；參加 (比賽等)

▲Paula **entered** the classroom with an anxious look on her face.

Paula 滿臉愁容走進教室。

▲Both Austin and I will **enter** the dancing competition.

Austin 和我都會參加舞蹈比賽。

---

8 foreigner

[`fɔrɪnɚ]

n. [C] 外國人

▲The public transportation in Tokyo makes it easy for **foreigners** to tour around the city. 東京的大眾運輸系統讓外國人在該城市觀光更容易。

9 gift

[gɪft]

n. [C] 禮物 [同] present；天賦 <for> [同] talent

▲Mr. Brown gave his son a **gift** for his birthday.

Brown 先生給他兒子一個生日禮物。

▲The little girl has a **gift for** painting. 這小女孩有繪畫的天分。

10 hang

[hæŋ]

v. 懸掛 (hung | hung | hanging)；施以絞刑 (hanged | hanged | hanging)

▲A portrait of the president was **hung** on the wall.

一幅總統的肖像被掛在牆壁上。

▲The man guilty of murder was **hanged** today.

這名犯謀殺罪的男子今天被施以絞刑。

11 hot

[hɑt]

adj. 炎熱的；辛辣的 [反] mild (hotter | hottest)

▲It's very **hot** inside the house; could you turn the air conditioner on? 室內好熱，你可以開一下冷氣嗎？

▲**Hot** curried beef is a specialty of the house.

辛辣的咖哩牛肉是這家餐廳的招牌菜。

12 hotel

[ho`tɛl]

n. [C] 旅館，飯店

▲Sam stayed at a **five-star hotel** with a stunning ocean view.

Sam 住在一間有迷人海景的五星級飯店。

13 knock

[nɑk]

v. 敲 <on, at>；碰倒，撞倒 <over>

▲Be sure to **knock on** the door before you enter the manager's office. 進經理的辦公室前，一定要先敲門。

▲Ted carelessly **knocked** his coffee **over**. Ted 不小心撞倒他的咖啡。

💡knock sb out 把⋯打昏

knock

[nɑk]

n. [C] 敲門聲 <on, at>；(重重的) 一擊

▲A loud **knock on** the door woke the baby. 大聲的敲門聲吵醒了嬰兒。

▲The **knock** on the head killed the woman.

頭上的重擊讓女子死亡。

基礎英文字彙力 2000

14 lovely [ˈlʌvlɪ] — adj. 美麗的，漂亮的；愉快的 (lovelier | loveliest)
- ▲ Ariel looks **lovely** in this pink dress.
  Ariel 穿上這件粉色洋裝看起來很漂亮。
- ▲ Kate and her friends spent a **lovely** evening in the night market.
  Kate 和她朋友在夜市度過愉快的夜晚。

15 party [ˈpɑrtɪ] — n. [C] 宴會，派對；黨派 (pl. parties)
- ▲ We will **throw** a **dinner party** to welcome the new manager.
  我們要舉行晚宴歡迎新來的經理。
- ▲ The **political party** is going to elect its new leader.
  這個政黨將要選出新的領袖。

party [ˈpɑrtɪ] — v. (在派對上) 狂歡 (partied | partied | partying)
- ▲ Those young people **partied** until midnight.
  那些年輕人在派對上狂歡到半夜。

16 pull [pʊl] — v. 拉，拖 [反] push；抽走，移走 <off>
- ▲ The little boy **pulled** the door **open** and ran outside.
  小男孩拉開門後就往外跑出去。
- ▲ Alex **pulled off** his T-shirt and dived into the pool.
  Alex 脫下 T 恤，然後跳入游泳池裡。
- 💡 pull over 把車停在路邊

pull [pʊl] — n. [C] 拖，拉 [反] push
- ▲ Please **give** the rope **a hard pull**. 請用力拉一下繩子。

17 queen [kwin] — n. [C] 王后，女王 (also Queen)
- ▲ Elizabeth was crowned **Queen** Elizabeth II at the age of 27.
  伊莉莎白在二十七歲時被加冕為伊莉莎白二世女王。

18 repeat [rɪˈpit] — v. 重複；跟著唸 <after>
- ▲ We should try not to **repeat** our mistakes.
  我們應該試著不犯相同的錯誤。
- ▲ The teacher told his students to **repeat after** him.
  老師叫學生跟著他唸。

168　Level 1　Unit 32

19 rose
[roz]

n. [C] 玫瑰

▲Jackson gave his wife a bunch of **red roses** on their wedding anniversary. Jackson 在結婚紀念日時給他太太一束紅玫瑰。

20 slim
[slɪm]

adj. 苗條的 [同] slender；微小的 [同] slender (slimmer｜slimmest)

▲The actress tried hard to stay **slim**. 那位女演員努力保持苗條。

▲There was a **slim chance** that anyone survived the explosion. 要在那爆炸事件中生還的機會渺茫。

21 string
[strɪŋ]

n. [C][U] 細線；[C] 一連串 [同] series

▲Freya used sticks, tape, a piece of cloth, and **a ball of string** to make a kite. Freya 用木條、膠帶、一塊布和一團細線來做風箏。

▲The boy bothered me with **a string of** silly questions. 那男孩問一連串的蠢問題來煩我。

22 sweet
[swit]

adj. 甜的；友善的，貼心的

▲Polly ordered a cup of black tea to go with the **sweet** chocolate cake. Polly 點了一杯紅茶搭配這塊甜的巧克力蛋糕。

▲It was **sweet** of you to send me a birthday present. 你送我生日禮物真是體貼。

23 tidy
[`taɪdɪ]

adj. 整潔的 [同] neat [反] untidy, messy (tidier｜tidiest)

▲Jessie always keeps her room **neat and tidy**. Jessie 總是保持房間整潔。

tidy
[`taɪdɪ]

v. 整理，收拾 <up> (tidied｜tidied｜tidying)

▲Eva ordered her son to **tidy up** his room immediately. Eva 命令她兒子馬上去整理房間。

24 wife
[waɪf]

n. [C] 妻子 (pl. wives)

▲Bill became depressed after his **wife** passed away. Bill 在妻子過世後變得消沉。

25 window
[`wɪndo]

n. [C] 窗戶；(商店的) 櫥窗

▲The thief entered the house through the broken **window**. 小偷從破掉的窗戶進入屋內。

▲There is a big Christmas tree in the **shop window**.

商店櫥窗裡有一棵大聖誕樹。

💡open/close a window 打開／關閉窗戶

Unit 33

1 **answer**

[`ænsɚ]

n. [C] 答案 <to>；答覆 [同] response

▲Gavin **worked out** the **answer to** the math problem in a short time. Gavin 很快就解出這道數學題的答案。

▲Iris made a complaint to the hotel but got no **answer**.

Iris 向這個旅館抱怨但沒有得到任何回應。

answer

[`ænsɚ]

v. 回答，回應；接電話

▲When Tara's boyfriend proposed to her, she **answered** "Yes!" right away. 當 Tara 的男友跟她求婚時，她立刻說：「好！」

▲I gave Ian a call last night, but he didn't **answer**.

我昨晚打電話給 Ian，但他沒有接電話。

2 **boat**

[bot]

n. [C] 小船

▲Rory is learning how to **row a boat**. Rory 正在學如何划船。

💡be in the same boat (as sb) (和…) 處於同樣的困境

3 **boring**

[`borɪŋ]

adj. 無聊的，乏味的

▲Bart fell asleep halfway through the **boring** speech.

Bart 在這無聊的演講中途睡著了。

4 **chair**

[tʃɛr]

n. [C] 椅子 <on, in>；主席

▲Some guests sat **on** the **chairs** outside to wait for their tables.

有些客人坐在外面的椅子上候位。

▲Who is going to **be in the chair** at the meeting this afternoon?

誰會主持今天下午的會議？

chair

[tʃɛr]

v. 主持 (會議等)

▲The debate will be **chaired** by Willie. 辯論會將由 Willie 主持。

5 **chicken**　　n. [C] 雞；[U] 雞肉

[`tʃɪkən]

▲Don't count your **chickens** before they are hatched.

【諺】勿打如意算盤。

▲The waiter recommended roast **chicken** to Asher.

服務生向 Asher 推薦烤雞。

6 **crazy**　　adj. 荒唐的 [同] mad；惱怒的 (crazier | craziest)

[`krezɪ]

▲It was **crazy** to go mountain climbing on a stormy day.

在暴風雨的天氣去爬山很荒唐。

▲That loud music next door is **driving me crazy**.

隔壁那大聲的音樂快把我逼瘋了。

7 **dress**　　n. [C] 洋裝 (pl. dresses)

[drɛs]

▲Ivy looked sexy in the **low-cut evening dress**.

Ivy 穿這件低胸晚禮服看起來很性感。

dress　　v. 穿衣，給…穿衣；穿…的服裝 <in>

[drɛs]

▲Joe **got dressed** and ran to catch the bus.

Joe 穿上衣服後就跑去趕公車。

▲The salesman **dressed in** a suit for work. 這業務員穿著西裝去上班。

💡dress up 盛裝；假扮

8 **fly**　　v. (鳥類等) 飛；(乘飛機) 飛行 <to> (flew | flown | flying)

[flaɪ]

▲The eagle **flew away** after catching its prey.

老鷹抓住獵物後就飛走了。

▲The model had to **fly to** Paris for a fashion show.

這模特兒為了時裝表演必須要搭飛機去巴黎。

fly　　n. [C] 蒼蠅 (pl. flies)

[flaɪ]

▲Numerous **flies** buzzed around the dead bird.

許多蒼蠅圍繞著死掉的鳥嗡嗡叫。

9 **frog**　　n. [C] 青蛙

[frɑg]

▲A lot of **frogs** live by that lake. 很多青蛙住在那湖邊。

10 **happen**　　v. 發生 <to> [同] occur；碰巧 <to>

[`hæpən]

▲Oscar looked upset. What **happened to** him?

Oscar 看起來很生氣。他發生了什麼事？

▲ We **happened to** see our uncle in the supermarket.

我們碰巧在超市看到叔叔。

💡 happen on/upon... 偶然發現…

| 11 **hundred** | **n.** (數字) 一百；很多，大量 (pl. hundred, hundreds) |
| [`hʌndrəd] | ▲ The stereo set cost Allen nearly eight **hundred** dollars. |

這音響組花了 Allen 將近八百美元。

▲ There are **hundreds of** goldfish in the pond. 這個池塘裡有很多金魚。

| **hundred** | **adj.** 一百個的 |
| [`hʌndrəd] | |

| 12 **hungry** | **adj.** 飢餓的；渴望的 <for> [同] eager (hungrier ∣ hungriest) |
| [`hʌŋgrɪ] | ▲ The poor people in Africa often **go hungry**. 那些非洲的窮人常常挨餓。 |

▲ The unknown actor was **hungry for** fame and worked hard to achieve it. 這個沒沒無名的演員渴望成名，並努力要達成目標。

| 13 **husband** | **n.** [C] 丈夫 |
| [`hʌzbənd] | ▲ Abby believes that Tom will make a good **husband** and father. |

Abby 相信 Tom 會是個好丈夫和好父親。

| 14 **lemon** | **n.** [C][U] 檸檬 |
| [`lɛmən] | ▲ Violet put **a slice of lemon** in her black tea. |

Violet 在紅茶裡加了一片檸檬。

15 **mine**	**n.** [C] 礦坑，礦井
[maɪn]	▲ A **gold mine** was discovered in the mountains. 在山裡發現了金礦井。
mine	**v.** 開採
[maɪn]	▲ The workers have **mined** much coal in the area.

工人在這區域開採了許多煤礦。

| 16 **perhaps** | **adv.** 也許，可能 [同] maybe |
| [pɚ`hæps] | ▲ My pet rabbit behaved strangely. **Perhaps** I should take it to the vet. 我的寵物兔舉止很怪異。也許我應該帶牠去看獸醫。 |

| 17 **push** | **v.** 推，推動 [反] pull；逼迫，促使 |
| [pʊʃ] | ▲ The kid **pushed** the shopping cart around the store. |

這孩子推著購物車在店裡四處走。

▲The boss **pushed** his employees to work harder.

這位老闆鞭策員工要更努力工作。

push   n. [C] 推 (pl. pushes)

[pʊʃ]   ▲Casey **gave** the girl **a push**, and she fell to the ground.

Casey 把女孩推倒在地上。

---

18 **reporter**   n. [C] 記者

[rɪˋportɚ]   ▲Finch works as a **reporter** for a local newspaper.

Finch 在地方報社當記者。

---

19 **rice**   n. [U] 米 (飯)

[raɪs]   ▲The farmers had a good crop of **rice** this fall.

農夫們今年秋天稻米大豐收。

---

20 **sit**   v. 坐 (下) ; 位於 (sat | sat | sitting)

[sɪt]   ▲Sylvia **sat** on the sofa, listening to classical music.

Sylvia 坐在沙發上聽古典樂。

▲The house **sits** on a gentle slope. 這棟房子位於緩坡。

---

21 **square**   n. [C] 正方形 ; 廣場

[skwɛr]   ▲All sides of a **square** are the same. 正方形的四個邊都相等。

▲The play was performed in the **town square**.

這齣劇在鎮內廣場上表演。

square   adj. 正方形的

[skwɛr]   ▲This room is not **square** but rectangular.

這房間不是正方形的，而是長方形的。

---

22 **table**   n. [C] 桌子

[ˋtebl̩]   ▲Dean **set the table** while his wife was cooking dinner.

Dean 在他太太煮晚餐時擺放餐具。

💡 under the table 在暗地裡

---

23 **temple**   n. [C] 廟宇 ; 太陽穴 (usu. pl.)

[ˋtɛmpl̩]   ▲Many tourists are fond of visiting the Greek **temples**.

很多遊客喜歡參觀希臘神殿。

▲Quinn closed her eyes and rubbed her **temples**.

Quinn 閉上眼，揉揉太陽穴。

---

24 toilet

[`tɔɪlət]

n. [C] 馬桶；廁所 [同] bathroom, restroom

▲Don't forget to **flush the toilet** after using it. 用完馬桶後別忘了沖水。

▲Wait a moment; I need to **go to the toilet**. 等一下，我需要去上廁所。

---

25 worker

[`wɝkɚ]

n. [C] 工人；(某公司或組織的) 員工 (usu. pl.)

▲The **workers** are loading the truck with bricks.

工人們正將磚塊裝上卡車。

▲The strike would go on since management and the **workers** failed to reach an agreement.

罷工會持續進行，因為資方和員工們無法達成共識。

Unit 34

1 bathroom

[`bæθ,rum]

n. [C] 浴室；廁所

▲Nelson is taking a shower in the **bathroom**.

Nelson 正在浴室裡淋浴。

▲I have to **go to the bathroom** right now. 我現在必須去上廁所。

---

2 borrow

[`baro]

v. 借入 <from>

▲Teresa **borrowed** some books **from** the library.

Teresa 從圖書館借了幾本書。

---

3 boss

[bɔs]

n. [C] 上司，老闆；主導者

▲Our **boss** demanded that we finish the work by Friday.

我們老闆要求我們在週五前完成工作。

▲My wife thinks she's the **boss**. 我妻子認為她是一家之主。

boss

[bɔs]

v. 對…發號施令，把…差來遣去 <around>

▲Stella likes to **boss** her brother **around**.

Stella 喜歡對她弟弟發號施令。

---

4 climb

[klaɪm]

v. 攀爬，攀登 <up, down>；(數量等) 攀升 <to> [同] go up

▲The cat just **climbed up** the tree. 那隻貓剛剛爬上了樹。

▲The inflation rate **climbed to** 0.7% in October.

通貨膨脹率在十月上升到 0.7%。

climb
[klaɪm]
　　n.　[C] 攀登 <up, down> (usu. sing.)；(數量等) 攀升

▲The **climb up** the mountain took us about two hours.

上山花了我們約兩個小時。

▲There has been a steady **climb** in divorce rate in recent years.

近年來離婚率持續上升中。

5　**club**
[klʌb]
　　n.　[C] 俱樂部；社團

▲The **country club** charges a membership fee of $50.

這鄉村俱樂部收取五十美元的會費。

▲Rita joined the **music club** as soon as she went to university.

Rita 一上大學馬上加入音樂社。

club
[klʌb]
　　v.　棒打 (clubbed | clubbed | clubbing)

▲The dog that bit me was **clubbed** by my father.

咬我的狗被我父親打。

6　**dig**
[dɪg]
　　v.　挖掘；尋找，搜尋 <into> (dug | dug | digging)

▲The child is **digging** a hole to plant a tree.

那孩子正在挖一個洞來種樹。

▲As the reporter **dug into** the celebrity's past, he found he had involved in criminal activities.

隨著記者深入調查這名人的過去，他發現他曾涉入犯罪活動。

dig
[dɪg]
　　n.　[C] 奚落，取笑；挖掘

▲Graham enjoys **having a dig at** politicians. Graham 喜愛奚落政客。

▲The **archaeological dig** led to significant discoveries.

這次的考古挖掘有重大的發現。

7　**engineer**
[ˌɛndʒəˈnɪr]
　　n.　[C] 工程師

▲Mr. Lin's son works as a **software engineer**.

林先生的兒子擔任軟體工程師。

8　**ghost**
[gost]
　　n.　[C] 鬼，幽靈

▲The house is said to be haunted by the **ghost** of a woman.

據說這間房子有女人的鬼魂出沒。

9 **giant**

[ˋdʒaɪənt]

adj. 巨大的

▲Wesley is a man of **giant** strength. Wesley 力大無比。

giant

[ˋdʒaɪənt]

n. [C] 巨人；(成功有影響力的) 大公司

▲The seven-foot basketball player looks like a **giant**.

這七英尺的籃球選手看起來像個巨人。

▲The two retail **giants** compete with each other fiercely.

這兩個零售業巨頭彼此激烈競爭。

10 **hello**

[həˋlo]

n. [C] 你好 (用於問候或打招呼)

▲I think we should **say hello to** our new neighbor.

我覺得我們應該要跟新鄰居打招呼。

11 **insect**

[ˋɪnsɛkt]

n. [C] 昆蟲

▲Nicholas killed the **insects** with insecticide.

Nicholas 用殺蟲劑殺死昆蟲。

12 **jeans**

[dʒinz]

n. [pl.] 牛仔褲

▲Payton has more than fifty **pairs of jeans**.

Payton 有超過五十條的牛仔褲。

13 **letter**

[ˋlɛtɚ]

n. [C] 信 <from>；字母

▲Fanny got a **letter from** her pen pal today.

Fanny 今天收到筆友的來信。

▲The first **letter** of a sentence should be capitalized.

句子的第一個字母要大寫。

💡answer a letter 回信

14 **lonely**

[ˋlonlɪ]

adj. 孤獨的 [同] lonesome (lonelier | loneliest)

▲Spending time with friends helps us avoid being **lonely**.

和朋友來往能幫助我們免於孤獨。

15 **monkey**

[ˋmʌŋkɪ]

n. [C] 猴子

▲The climber noticed a **monkey** sitting in the tree.

登山客注意到有一隻猴子坐在樹上。

💡make a monkey (out) of sb 使…出醜，愚弄…

16 pig

[pɪg]

n. [C] 豬 [同] hog

▲Jack makes a living by keeping **pigs**. Jack 以養豬為生。

pig

[pɪg]

v. 狼吞虎嚥 <out> (pigged | pigged | pigging)

▲The hungry boy **pigged out on** hamburgers and fries.

這飢餓的男孩狼吞虎嚥地吃漢堡和薯條。

17 quarter

[`kwɔrtɚ]

n. [C] 四分之一；(時間) 十五分鐘

▲Albert walked **a quarter of** a mile to the train station.

Albert 走了四分之一英里的路到火車站。

▲It was **a quarter of nine** when Hector showed up at the ball.

Hector 是在八點四十五分現身舞會。

18 robot

[`robɑt]

n. [C] 機器人

▲Japan is a leading producer of industrial **robots**.

日本是工業用機器人的主要生產國。

19 shirt

[ʃɝt]

n. [C] (尤指男式) 襯衫

▲The **long-sleeved shirt** is made from pure cotton.

這件長袖襯衫是由純棉製成。

20 sky

[skaɪ]

n. [C][U] 天空 <in> (pl. skies)

▲Ivan often uses his telescope to observe the stars **in the sky**.

Ivan 常用他的望遠鏡觀察天上的星星。

21 strange

[strendʒ]

adj. 罕見的，奇怪的 [同] odd；不熟悉的，陌生的 (stranger | strangest)

▲There are many **strange** animals and birds in Australia.

在澳洲有許多罕見的鳥獸。

▲Ted always reminds his little daughter not to talk to **strange** men.

Ted 總是提醒小女兒不要跟陌生男子講話。

22 thick

[θɪk]

adj. 厚的 [反] thin；濃的 [同] dense

▲Betty spread a **thick** layer of jam on the toast.

Betty 在吐司上抹上一層厚的果醬。

▲The driver was unable to see the road ahead in the **thick** fog.

駕駛在濃霧中無法看見前方的道路。

thicken

[`θɪkən]

v. (使) 變厚或濃 [反] thin

▲The chef added flour to **thicken** the sauce.

主廚添加麵粉以讓醬汁變濃稠。

---

23 **throw**

[θro]

v. 丟，投 <at, to> (threw | thrown | throwing)

▲The angry mob **threw** stones **at** the police.

憤怒的暴民向警察丟擲石頭。

throw

[θro]

n. [C] 投，擲

▲To our surprise, Hank's first **throw** was over fifty meters.

令我們驚訝的是，Hank 的第一投超過五十公尺。

---

24 **tonight**

[tə`naɪt]

adv. 今晚

▲Barbara will go out on a date **tonight**. Barbara 今晚要外出約會。

tonight

[tə`naɪt]

n. [U] 今晚

▲We are looking forward to **tonight**'s soccer game.

我們很期待今晚的足球賽。

---

25 **yesterday**

[`jɛstə-de]

adv. 昨天

▲My friends and I watched a movie **yesterday afternoon**.

我和朋友昨天下午看了電影。

yesterday

[`jɛstə-de]

n. [U] 昨天；日前，往昔

▲Steve and Lisa's wedding took place **the day before yesterday**.

Steve 和 Lisa 的婚禮在前天舉辦。

▲No one cared about **yesterday**'s stars. 沒有人會在乎過氣的明星。

Unit 35

1 **abroad**

[ə`brɔd]

adv. 去 (在) 國外

▲**Traveling abroad** is a good way to learn about other cultures.

到國外旅行是學習其他文化的好方法。

---

2 **bottom**

[`bɑtəm]

n. [C] 底部 (usu. sing.)；臀部 [同] backside

▲The ship sank to **the bottom of** the sea after hitting an iceberg.

那艘船撞到冰山後就沉入海底。

▲The father spanked the naughty boy on the **bottom**.

這父親打這調皮男孩的屁股。

bottom

[ˋbɑtəm]

adj. 底部的 [反] top

▲You can find the book you want on the **bottom shelf**.

你可以在底部的書架找到你要的書。

bottom

[ˋbɑtəm]

v. 到達底部，降到最低點 <out>

▲It seems that the oil prices have **bottomed out**.

油價似乎已經降到最低點了。

---

3 **bow**

[baʊ]

n. [C] 鞠躬

▲The pianist **gave a bow** when her performance ended.

這鋼琴家在她表演結束時鞠躬。

bow

[bo]

n. [C] 弓

▲The hunter shot an arrow from the **bow**. 那獵人用弓射箭。

bow

[baʊ]

v. 鞠躬 <to>

▲The students **bowed to** their teacher respectfully.

學生們恭敬地向老師鞠躬。

---

4 **coat**

[kot]

n. [C] 大衣，外套；表面覆蓋的一層

▲Melody went out without wearing a **coat**.

Melody 沒有穿外套就出門了。

▲Ryan gave the fence **a coat of** red paint.

Ryan 給籬笆上一層紅色的漆。

coat

[kot]

v. 覆蓋⋯的表面 <with>

▲The furniture in the deserted house was **coated with** dust.

那廢棄屋子裡的家具上積了一層灰。

---

5 **comfortable**

[ˋkʌmfɚˏtəbl̩]

adj. 舒適的，舒服的；輕鬆自在的

▲The wooden chair is not **comfortable** to sit on.

這個木椅坐起來不舒服。

▲Have some more food and **make yourself comfortable**.

多吃點，別拘束。

6 **daughter**

[`dɔtɚ]

n. [C] 女兒

▲Mrs. White has two sons and one **daughter**.

White 太太有兩個兒子和一個女兒。

---

7 **dozen**

[`dʌzn̩]

n. [C] 一打，十二個 (abbr. doz.)；許多

▲There are **a dozen** eggs in the container. 容器裡有十二顆蛋。

▲The assistant had **dozens of** emails to reply to.

這助理有許多電子郵件要回覆。

---

8 **farmer**

[`fɑrmɚ]

n. [C] 農民；農場主人

▲The **farmers** had a poor harvest because of the drought.

農民因為乾旱而收成不好。

▲The **dairy farmer** has started using robots to replace human labor. 酪農場主人已經開始使用機器人取代人力。

---

9 **girl**

[gɝl]

n. [C] 女孩；女兒 [同] daughter

▲Every time Pete saw the **girl**, his heart raced.

每一次 Pete 看到這女孩都會心跳加速。

▲Martha's **little girl** is very adorable. Martha 的小女兒非常可愛。

---

10 **glad**

[glæd]

adj. 高興的 <about> (gladder | gladdest)

▲Melvin's parents are **glad about** his success.

Melvin 的父母非常高興他成功了。

---

11 **helpful**

[`hɛlpfəl]

adj. 有幫助的，有用的 <in>

▲The website is **helpful in** learning social skills.

這個網站對於學習社交技巧很有幫助。

---

12 **jump**

[dʒʌmp]

v. 跳躍 [同] leap；突然或快速行動

▲The kids **jumped up and down** on the bed.

孩子們在床上跳上跳下的。

▲Brian **jumped to his feet** to open the window.

Brian 突然站起來去開窗戶。

jump

[dʒʌmp]

n. [C] 跳躍 [同] leap

▲The audience was amazed by the dancer's **jumps**.

這舞者的跳躍讓觀眾驚奇。

13 **lazy**

['lezɪ]

adj. 懶惰的 (lazier | laziest)

▲Nicole is very diligent, while her brother is very **lazy**.

Nicole 非常勤奮，然而她弟弟卻很懶散。

14 **lose**

[luz]

v. 失去；輸掉 (比賽等) [反] win (lost | lost | losing)

▲Hundreds of people **lost** their jobs when the factory was closed down. 這間工廠關閉時有數百人失業。

▲The visiting team **lost** by twenty points.

客場球隊以落後二十分輸球。

15 **menu**

['mɛnju]

n. [C] 菜單 <on>

▲There are chicken, beef, and seafood **on the menu**.

菜單上有雞肉、牛肉和海鮮。

16 **Mr.**

['mɪstɚ]

n. [U] (用在男子的姓或職稱之前) 先生 (also Mister)

▲**Mr.** Grant has worked for the bank for ten years.

Grant 先生在這銀行工作十年了。

17 **quiet**

['kwaɪət]

adj. 安靜的；寡言的，話不多的

▲The classroom was very **quiet** as the students took the exam.

學生們在考試時教室很安靜。

▲Larry is a **quiet** man who rarely shows his emotions.

Larry 是個文靜很少表露情緒的人。

quiet

['kwaɪət]

n. [U] 安靜

▲Hebe desired to have some **peace and quiet** after a busy day.

Hebe 渴望在忙碌的一天後擁有一些寧靜。

quiet

['kwaɪət]

v. (使) 安靜 <down>

▲Ben asked his children to **quiet down** and go to bed.

Ben 要他的孩子安靜下來，然後上床睡覺。

18 **roll**

[rol]

v. 滾動 <off, into>；捲 <up>

▲The egg **rolled off** the counter and broke on the floor.

這顆雞蛋滾落檯面，在地上破掉了。

▲Lucy **rolled up** her sleeves to do her laundry.

Lucy 捲起袖子洗衣服。

roll

[rol]

n. [C] 一捲

▲The supermarket offered a discount on paper towel **rolls**.

這間超市的捲筒紙巾有折扣。

---

19 **shoe**

[ʃu]

n. [C] 鞋子

▲Jasmine packed **two pairs of shoes** for her trip.

Jasmine 為她的旅行打包兩雙鞋子。

💡 **in sb's shoes** 處於某人的境地

---

20 **shop**

[ʃɑp]

n. [C] 商店 [同] store

▲The **clothing shop** is having a clearance sale.

這間服裝店正在舉辦清倉大拍賣。

shop

[ʃɑp]

v. 購物 <for> (shopped | shopped | shopping)

▲I prefer to **shop for** clothes online because it is very convenient. 我偏好在網路上買衣服，因為很方便。

---

21 **snake**

[snek]

n. [C] 蛇

▲The **snake** slowly swallowed the mouse. 這條蛇慢慢地吞下老鼠。

snake

[snek]

v. 蜿蜒伸展 [同] wind

▲Pipes **snaked** all around the ceiling. 天花板各處都鋪滿了管線。

---

22 **tail**

[tel]

n. [C] 尾巴

▲The dog is **wagging** its **tail** at the little boy.

那隻狗在對小男孩搖尾巴。

---

23 **tie**

[taɪ]

n. [C] 領帶；關係，聯繫 (usu. pl.)

▲The groom and best man both dressed in a suit and **tie**.

新郎和伴郎都是穿西裝打領帶。

▲The nation **has close economic ties with** its neighbors.

這個國家和鄰國有密切的經濟關係。

tie

[taɪ]

v. 綁，繫 <to> [反] untie；平手 <with> (tied | tied | tying)

▲The farmer **tied** his horse **to** a tree. 農夫把他的馬拴在樹旁。

▲The Chicago Bulls were **tied with** the Houston Rockets at the end of the game. 芝加哥公牛隊和休士頓火箭隊在比賽最後打成平手。

24 towel
[taʊl]

n. [C] 毛巾，紙巾

▲Bennett wiped his body dry with a **towel**.
Bennett 用毛巾把身體擦乾。

towel
[taʊl]

v. 用毛巾擦乾 <down>

▲Ann quickly **toweled** her baby **down** after the bath.
Ann 在沐浴後快速用毛巾把嬰兒擦乾。

25 toy
[tɔɪ]

n. [C] 玩具

▲Brody has a large collection of **toy cars**.
Brody 收集了大量的玩具車。

Unit 36

1 actor
[ˈæktɚ]

n. [C] 男演員

▲Tom Hanks is one of my favorite **actors**.
湯姆漢克斯是我最喜愛的男演員之一。

actress
[ˈæktrɪs]

n. [C] 女演員 (pl. actresses)

▲The **actress** will star in a sci-fi movie. 這女演員將主演一部科幻片。

2 brave
[brev]

adj. 勇敢的 [同] courageous (braver | bravest)

▲It was **brave** of Rory to save the old man from the burning house. Rory 從失火的房子救出老人真是勇敢。

3 butterfly
[ˈbʌtɚˌflaɪ]

n. [C] 蝴蝶 (pl. butterflies)

▲There are about 20,000 species of **butterflies** around the world.
全世界大約有兩萬種蝴蝶品種。

💡have butterflies (in sb's stomach) …感到非常緊張

4 collect
[kəˈlɛkt]

v. 蒐集；收 (租金等)

▲Dominic likes to **collect** stamps. Dominic 喜歡蒐集郵票。

▲The landlord came to **collect the rent** on the first day of each month. 房東每個月一號會來收房租。

5 **convenient**　　adj. 方便的 <for> [反] inconvenient

[kən`vinjənt]　▲Let's meet at the MRT station if it is **convenient for** you.

如果你方便的話，我們在捷運站碰面吧。

6 **dish**　　n. [C] 盤子；一盤菜 (pl. dishes)

[dɪʃ]　▲Nora and her husband take turns **doing the dishes**.

Nora 和她丈夫會輪流洗碗。

▲There are various **main dishes** and **side dishes** to choose from

on the menu. 菜單上有各種主菜和小菜可供選擇。

dish　　v. 分發 (菜) <out>

[dɪʃ]　▲The father **dished** the pasta **out** for his children.

這父親給孩子們分發義大利麵。

7 **draw**　　v. 畫；吸引 (興趣、注意) (drew | drawn | drawing)

[drɔ]　▲Kevin **drew** a pencil sketch of the city. Kevin 畫了這城市的素描。

▲The event **drew people's attention to** politics.

這件事引起民眾對政治的關心。

draw　　n. [C] 平局 [同] tie；抽獎

[drɔ]　▲The baseball game **ended in a draw**. 這場棒球賽最後雙方平手。

▲Anyone who shops in the store today can **enter the lucky draw**.

今天有在店裡購物的人都可以參加幸運抽獎。

8 **feed**　　v. 餵養 <to>；(動物或嬰兒) 吃 (fed | fed | feeding)

[fid]　▲Anita likes to **feed** bread **to** the pigeons in the park.

Anita 喜歡餵麵包給公園裡的鴿子。

▲I saw a herd of cows **feeding** in the pasture.

我看到一群乳牛在牧場上吃草。

💡feed on sth 以…為主食

feed　　n. [U] 飼料

[fid]　▲The website offers a wide range of **animal feed**.

這個網站販售各式各樣的動物飼料。

9 **gray**　　adj. 灰色的；灰白的

[gre]　▲Jacky often wears a **gray** T-shirt to work.

Jacky 時常穿著灰色的 T 恤去上班。

▲Jack's hair started to **go gray** when he was in his fifties.

Jack 的頭髮在他五十多歲時開始變灰白。

gray
[gre]

| n. | [C][U] 灰色 |

▲The insurance sales agent is dressed in **gray**.

這保險業務員穿著灰色的衣服。

gray
[gre]

| v. | 頭髮變得灰白 |

▲My mother is **graying** a little at the sides.

我母親的兩鬢有一點灰白了。

---

10 hit
[hɪt]

| v. | 打，擊 <on>；碰撞 [同] bang (hit | hit | hitting) |

▲The ball **hit** Jack **on** the head. 球打中了 Jack 的頭。

▲The car burst into flames as soon as it **hit** the tree.

這輛車一撞到樹時就起火燃燒起來。

hit
[hɪt]

| n. | [C] 非常受歡迎的人或物；打，擊 <on> |

▲The pop singer's new album is a **number one hit**.

那流行歌手的新專輯是第一名的暢銷專輯。

▲The woman gave her attacker a **hit on** the chest.

這名女子朝攻擊者的胸口一擊。

💡 **be a hit with sb** 受…歡迎

---

11 holiday
[ˋhɑləˌde]

| n. | [C][U] 假期；休假 [同] vacation |

▲Carrie planned to **take a holiday** on a tropical island.

Carrie 計劃要在熱帶島嶼渡假。

▲The school **holidays** will begin in July. 學校的休假將從七月開始。

---

12 leader
[ˋlidɚ]

| n. | [C] 領袖，領導人 |

▲Mr. Lee was elected as **leader** of the political party.

李先生被選為這政黨的領袖。

---

13 lie
[laɪ]

| v. | 躺 (lay | lain | lying)；說謊 <to> (lied | lied | lying) |

▲Ann is **lying** on the bed, thinking about her future.

Ann 正躺在床上思考她的未來。

▲Sam **lied to** his wife when she asked him where he had been all

night. 當他太太問他整晚到哪裡去時，Sam 對她撒了謊。

lie

[laɪ]

n. [C] 謊言

▲Miles promised that he wouldn't **tell a lie** again.

Miles 承諾他不會再說謊了。

💡white lie 善意的謊言

14 miss

[mɪs]

v. 未趕上，錯過；想念

▲If you don't hurry, you will **miss** the train.

如果你不快一點，就趕不上火車了。

▲When Amber studied abroad, she **missed** her family a lot.

當 Amber 在國外念書時，她非常想念家人。

miss

[mɪs]

n. [C] 未擊中；(對年輕女子的稱呼) 小姐

▲The last ball was a **miss** again, so the batter was struck out.

最後一球又未擊中，所以這名打者被三振出局。

▲Excuse me, **Miss**, do you have the time?

不好意思，小姐，請問現在幾點了？

15 month

[mʌnθ]

n. [C] 月分

▲Mike and Judy got married **last month**.

Mike 和 Judy 上個月結婚了。

16 Mrs.

[ˋmɪsɪz]

n. [U] (用在已婚婦女的姓名之前) 太太，夫人

▲**Mrs.** Brooks hired a nanny to help care for her children.

Brooks 太太僱用保姆來幫忙照顧孩子。

17 rainy

[ˋrenɪ]

adj. 下雨的，多雨的 [同] wet (rainier | rainiest)

▲Unfortunately, Joyce had five **rainy** days during her vacation.

不幸的是，Joyce 渡假期間有五天是下雨天。

18 secretary

[ˋsɛkrəˏtɛrɪ]

n. [C] 祕書 (pl. secretaries)

▲The manager asked his **secretary** to arrange a meeting with Mark. 經理要求他的祕書安排和 Mark 的會面。

19 smart

[smɑrt]

adj. 聰明的 [同] clever [反] stupid

▲The **smart** girl learns things very quickly.

這個聰明的女孩學東西很快。

20 son
[sʌn]

n. [C] 兒子

▲Mr. Tyler's **youngest son** is a doctor. Tyler 先生最小的兒子是醫生。

21 spring
[sprɪŋ]

n. [C][U] 春天；[C] 泉

▲The flowers are coming into bloom with the coming of **spring**.

隨著春天到來，花朵開始綻放了。

▲The holiday resort is famous for its **hot springs**.

這個渡假勝地以溫泉聞名。

spring
[sprɪŋ]

v. 跳，躍 [同] leap (sprang | sprung | springing)

▲Henry **sprang** out of bed when his mother came in.

當他母親進來時，Henry 立刻從床上跳起來。

22 tall
[tɔl]

adj. 高的

▲Taipoi 101 used to be the **tallest** building in the world.

臺北 101 曾經是世界上最高的建築物。

23 tiger
[ˋtaɪgɚ]

n. [C] 老虎

▲People today see **tigers** in zoos rather than in the wild.

現今人們在動物園而不是野外看到老虎。

💡paper tiger 紙老虎 (指外強中乾的敵人或國家)

24 treat
[trit]

v. 對待 <as, like>；治療 <for>

▲The Murrays **treat** their pet dog **as** one of the family.

Murray 一家人把他們的狗當作家人看待。

▲Amelia was **treated for** her stomachache.

Amelia 因為胃痛而接受治療。

treatment
[ˋtritmənt]

n. [U] 對待 <of>；[C][U] 治療，療法 <for, of>

▲The social worker complained about the **cruel treatment of** the orphans. 社工抱怨孤兒們受到的殘酷對待。

▲The doctors hope they can find out an effective **treatment for** AIDS one day. 醫生們希望他們有一天可以找到治療愛滋病的有效療法。

25 truck
[trʌk]

n. [C] 卡車 [同] lorry

▲Dust floated through the air after a **truck** sped past us.

卡車從我們旁邊呼嘯而過後，空氣中瀰漫著塵土。

Unit 37

1 **anybody**　pron. 任何人 [同] anyone
[ˋɛnɪˌbɑdɪ]　▲Can **anybody** tell me what I should do now?
　　　　有任何人可以告訴我現在應該做什麼嗎？

　anyone　pron. 任何人 [同] anybody
[ˋɛnɪˌwʌn]　▲Don't reveal your secrets to **anyone** you don't trust.
　　　　不要把祕密告訴任何你無法信任的人。

---

2 **brother**　n. [C] 兄弟
[ˋbrʌðɚ]　▲Thomas is taller than his **elder brother**. Thomas 比他哥哥高。

---

3 **button**　n. [C] 鈕扣
[ˋbʌtn̩]　▲A **button** was missing from my coat. 我的外套掉了一顆鈕扣。

　button　v. 扣上⋯的鈕扣 <up>
[ˋbʌtn̩]　▲Joan **buttoned up** her coat before going out.
　　　　Joan 在出門前先扣上外套的鈕扣。

---

4 **cool**　adj. 涼爽的；冷靜的
[kul]　▲Eason likes to read in the **cool** shade of a tree.
　　　　Eason 喜歡在涼爽的樹蔭下讀書。
　　　▲It is vital to **stay cool** in an emergency.
　　　　緊急狀況時保持冷靜是很重要的。

　cool　v. (使) 冷卻；(感情) 冷淡下來 <off>
[kul]　▲Let the pumpkin pie **cool** for fifteen minutes before you cut it.
　　　　在你切南瓜派前，先讓它冷卻十五分鐘。
　　　▲The couple's love began to **cool off** after the fight.
　　　　這對情侶的感情在吵架後開始冷淡下來。
　　　💡 cool (sb) down/off (使) 冷靜下來

　cool　n. [sing.] 涼爽；[U] 冷靜
[kul]　▲Mr. Owen took a walk in **the cool of** the early morning.
　　　　Owen 先生在清晨的涼意中散步。

▲Esther tried to **keep her cool** when hearing the bad news.

Esther 聽到這個壞消息時試著保持冷靜。

---

5 **dinner**
  [ˋdɪnɚ]

n. [C][U] 晚餐；[C] 晚宴

▲Harper had instant noodles for **dinner**. Harper 晚餐吃泡麵。

▲The **dinner** was held to welcome the exchange students.

這場晚宴是為了歡迎交換學生而舉辦的。

---

6 **elephant**
  [ˋɛləfənt]

n. [C] 大象

▲The **elephant** is an enormous animal. 大象是一種巨大的動物。

---

7 **except**
  [ɪkˋsɛpt]

prep. 除…之外 <for>

▲Flora has been to all of the countries in Europe **except for** Greece.

除了希臘外，Flora 去過歐洲所有的國家。

  except
  [ɪkˋsɛpt]

conj. 除…之外

▲Nothing was decided **except** that some steps had to be taken at once. 除了某些步驟必須立刻實行外，其他什麼都尚未決定。

---

8 **finger**
  [ˋfɪŋgɚ]

n. [C] 指頭

▲Hannah accidentally cut her **finger** while she was preparing dinner.

Hannah 在準備晚餐時不小心切到手指。

💡point the finger at sb 指責…

  finger
  [ˋfɪŋgɚ]

v. 用手指觸摸

▲The kid **fingered** the candies in his pocket.

這孩童用手指觸摸口袋裡的糖果。

---

9 **guitar**
  [gɪˋtɑr]

n. [C] 吉他

▲Winston is **playing** the **electric guitar**. Winston 正在彈電吉他。

---

10 **honest**
  [ˋɑnɪst]

adj. 誠實的 <with> [同] frank [反] dishonest

▲To be **honest with** you, I don't think you would be good for this job.

坦白跟你說，我不認為你適合這個工作。

---

11 **horse**
  [hɔrs]

n. [C] 馬

▲Todd rides his **horse** in the fields on weekends.

Todd 週末會在田野間騎馬。

12 lesson
[`lɛsn̩]

n. [C] (一節) 課；教訓

▲Maggie will start **taking piano lessons** next month.

Maggie 下個月會開始上鋼琴課。

▲I **learned a lesson**; I will never cheat on exams again.

我學到了教訓，再也不會考試作弊了。

13 listen
[`lɪsn̩]

v. 聽 <to>；聽從 <to>

▲**Listening to** soft music can make me relax. 聽輕柔的音樂能讓我放鬆。

▲Robert is very stubborn and never **listens to** others' advice.

Robert 很固執，從不聽從別人的建議。

14 Ms.
[mɪz]

n. [U] 女士 (用於婚姻狀況不明或不願提及婚姻狀況的女子姓名之前)

▲**Ms.** Carter is the CEO of the hotel chain.

Carter 女士是這連鎖飯店的執行長。

15 noon
[nun]

n. [U] 中午，正午 <at> [同] midday

▲The workers have a one-hour lunch break **at noon**.

員工們在中午有一個小時的午休時間。

16 price
[praɪs]

n. [C][U] 價格；[sing.] 代價

▲Jacky bought the leather jacket **at half price**.

Jacky 以半價買了這件皮衣。

▲The refugee **paid a high price** for his freedom.

這難民為自由付出很大的代價。

price
[praɪs]

v. 給…定價 <at>

▲The organic apples are **priced at** $4 each.

這些有機蘋果每顆定價四美元。

17 ring
[rɪŋ]

n. [C] 圈；戒指

▲Taiwan is located on the Pacific **Ring** of Fire.

臺灣位於太平洋火環帶上。

▲Tara's **diamond ring** shone dazzlingly in the sun.

Tara 的鑽戒在陽光下非常閃耀。

ring
[rɪŋ]

v. (使) 響起鈴聲 (rang | rung | ringing)

▲Vicky **rang** the doorbell several times, but no one answered.

Vicky 按門鈴好幾次，但是沒有人回應。

18 shall

[ʃæl]

aux. 將會 (與 I 或 we 連用)；表建議 (與 I 或 we 連用)

▲I **shall** attend a national conference next Wednesday.

我下週三將會參加一個全國性的會議。

▲**Shall** we eat out tonight? 我們今晚要外出吃飯嗎？

19 soldier

[`soldʒɚ]

n. [C] 士兵，軍人

▲Thousands of **soldiers** lost their lives in the war.

數千名士兵在這場戰爭中喪生。

20 stand

[stænd]

v. 站立；座落，位於 (stood | stood | standing)

▲Fred **stood** there with his arms folded. Fred 雙臂交疊著站在那裡。

▲A bell tower **stands** on the hill. 一座鐘樓座落在這山丘上。

💡stand up 起立 | stand up for sb/sth 支持…

stand

[stænd]

n. [C] (尤指公開的) 觀點；攤位 [同] stall

▲The mayor didn't **take a stand on** the political issue.

市長對這個政治議題沒有公開表態。

▲Mike bought some hot dogs and soda pops from the **hot dog stand**. Mike 從熱狗攤買了一些熱狗和汽水。

21 surprise

[sə`praɪz]

n. [C] 意想不到的事物；[U] 驚訝

▲Richard's friends intended to throw him a **surprise party** for his birthday. Richard 的朋友打算幫他辦個驚喜生日派對。

▲**To our surprise**, the thin girl ate up the whole cake by herself.

讓我們驚訝的是，這個纖瘦的女孩自己吃完一整個蛋糕。

surprise

[sə`praɪz]

v. 使驚訝

▲It **surprised** Erica that the doll looked like a real baby.

這個娃娃看起來像真的嬰兒讓 Erica 很驚訝。

22 tennis

[`tɛnɪs]

n. [U] 網球

▲The talented **tennis player** has won five championships in the past ten years. 這位有天賦的網球選手在過去十年已經贏得五座冠軍了。

23 tip

[tɪp]

n. [C] 尖端；小費

▲Danny stood on the **tips of** his toes to hang the photo on the wall.

Danny 踮起腳尖將照片掛在牆上。

▲Renee **gave** the waiter **a big tip** for his good service.

Renee 因服務生的良好服務而給他很多小費。

tip

[tɪp]

v. (使) 翻覆；給小費 (tipped | tipped | tipping)

▲Watch out! Don't **tip** the milk jug! 小心！別打翻牛奶罐！

▲We **tipped** the waiter five dollars at the end of our meal.

用完餐後，我們給服務生五美元的小費。

---

24 **T-shirt**

[`ti,ʃɝt]

n. [C] T 恤 [同] tee shirt

▲Guests in **T-shirts** and jeans are not allowed to enter the posh restaurant. 穿著 T 恤和牛仔褲的客人不得進入這間高檔的餐廳。

---

25 **wait**

[wet]

v. 等候 <for>

▲The spectators were **waiting for** the boxers to appear in the ring.

觀眾們正等候拳擊手上場。

💡wait on sb/sth 服侍…；等候… | wait up 不眠地等待

wait

[wet]

n. [sing.] 等候

▲The fans had a four-hour **wait** before they saw their idol.

粉絲等了四個小時才看到他們的偶像。

Unit 38

1 **bean**

[bin]

n. [C] 豆 (莢)

▲**Coffee beans** are the seeds of coffee trees. 咖啡豆是咖啡樹的種子。

---

2 **cake**

[kek]

n. [C][U] 蛋糕

▲Martha is good at **making cakes** and cookies.

Martha 很擅長做蛋糕和餅乾。

💡be a piece of cake 輕而易舉的事

---

3 **cheap**

[tʃip]

adj. 便宜的 [反] expensive；廉價的

▲The designer clothing is still not **cheap** in a sale.

這些名牌服裝在特價時仍然不便宜。

▲The **cheap** red wine tasted awful. 這瓶廉價的紅酒很難喝。

cheap

[tʃip]

adv. 便宜地，物美價廉地

▲There were some boots **going cheap** in the store.

這間店有些靴子在廉價出售。

---

4 **count**

[kaʊnt]

v. 計數 <to>；很重要

▲When you are angry, **count to** ten to relieve your anger.

當你生氣的時候，數到十來舒緩你的怒氣。

▲When it comes to giving gifts, it's the thought that **counts**.

提到送禮物，心意是最重要的。

💡count (up)on sb/sth 指望…，依賴…

count

[kaʊnt]

n. [C] 計數，計算

▲The fireworks display will begin **on the count of ten**.

數到十時煙火秀將會開始。

---

5 **expect**

[ɪk`spɛkt]

v. 預計；期望，期待

▲We **expect** the experiment will be completed by Friday.

我們預計實驗將會在週五前完成。

▲Mr. Dixon **expects a lot of his children**.

Dixon 先生對他的孩子期望很高。

---

6 **fail**

[fel]

v. 失敗，未能做到；不及格，未能通過考試 <in>

▲It was a pity that the singer **failed to go** through to the final.

很可惜這歌手沒能進入決賽。

▲Mark **failed** the math exam again. Mark 數學又考不及格了。

fail

[fel]

n. [C][U] 失敗；(考試) 不及格 <in> [反] pass

▲Buck calls his girlfriend every night **without fail**.

Buck 每晚必定會打電話給女友。

---

7 **fan**

[fæn]

n. [C] 迷；電風扇

▲Maddox is a **big fan** of the Beatles.

Maddox 是披頭四樂團的狂熱粉絲。

▲The **fan** is broken and needs repairing. 這個電風扇壞了，需要維修。

fan

[fæn]

v. 搧 (風) (fanned | fanned | fanning)

▲Sawyer **fanned himself** with a leaflet. Sawyer 用傳單來幫自己搧風。

8 garden

['gɑrdn̩]

n. [C] 花園 [同] yard

▲Ms. Smith grew some herbs in her **garden**.

Smith 女士在她的花園裡種了一些藥草。

garden

['gɑrdn̩]

v. 從事園藝

▲My father loves **gardening** in his free time.

我父親喜愛在閒暇時從事園藝。

9 guy

[gaɪ]

n. [C] 男人；[pl.] 大家，各位 (~s)

▲I think Justin is a nice **guy**. 我覺得 Justin 是個不錯的人。

▲Hey, **guys**, please come this way. 嘿，各位，麻煩請往這邊走。

10 hurt

[hɝt]

v. 弄傷，受傷；感到疼痛 (hurt | hurt | hurting)

▲The dancer **hurt** her knee in the performance.

這舞者在表演時膝蓋受傷。

▲My right arm **hurts** every time I raise it. 每次我舉起右臂時就會痛。

hurt

[hɝt]

n. [C][U] (感情上的) 傷害，痛苦

▲The woman felt a deep **hurt** after the divorce.

這婦人在離婚後感到很痛苦。

11 join

[dʒɔɪn]

v. 連接；參加

▲Leo **joined** the two wires **together** by using tape.

Leo 用膠布把這兩條金屬線連接起來。

▲Allen **joined the army** when he was twenty. Allen 二十歲時從軍。

join

[dʒɔɪn]

n. [C] 接合處

▲The wallpaper was glued so well that we could hardly see the **joins**. 這些壁紙被黏得很好，所以我們幾乎看不到接合處。

12 lunch

[lʌntʃ]

n. [C][U] 午餐

▲When the clock struck twelve, the students started to **have lunch**.

當鐘聲在十二點響起時，學生們開始吃午餐。

lunch

[lʌntʃ]

v. 吃午餐 <on>

▲Since Jessica was on a diet, she **lunched on** salad.

由於 Jessica 在節食，她午餐吃沙拉。

13 married adj. 已婚的

['mærɪd]
▲Tristan has still not adjusted to **married life**.

Tristan 還不適應婚姻生活。

14 mud n. [U] 泥土，泥濘

[mʌd]
▲Irene's feet were stuck in the **mud** and couldn't move.

Irene 的雙腳陷在泥濘中，動彈不得。

15 pants n. [pl.] 褲子

[pænts]
▲John ironed two shirts and **three pairs of pants**.

John 熨了兩件襯衫和三條褲子。

16 radio n. [C] 收音機；[U] 廣播節目

['redɪ,o]
▲Lauren **turned on the radio** the moment she got up

Lauren 一起床就打開收音機。

▲I like to **listen to the radio** when I am doing housework.

我喜歡一邊做家事一邊聽廣播節目。

radio v. 用無線電發送 <for>

['redɪ,o]
▲The sinking ship urgently **radioed for** help.

這艘在下沉的船緊急用無線電求救。

17 root n. [C] (植物的) 根；(問題的) 根源

[rut]
▲Carrots, onions, and ginger are **root** vegetables.

紅蘿蔔、洋蔥和薑都是根莖類蔬菜。

▲Poverty **lies at the root of** crime. 貧窮是犯罪的根源。

18 shout v. 大聲叫喊 <at>

[ʃaʊt]
▲Mary's husband often **shouts at** her. Mary 的丈夫經常對她大吼大叫。

shout n. [C] 叫喊聲 <of>

[ʃaʊt]
▲The runner **gave a shout of joy** when crossing the finish line.

這跑者跨過終點線時高聲歡呼。

19 star n. [C] 星星；明星

[stɑr]
▲The climbers saw numerous **stars** twinkling in the sky.

這群登山客看見無數星星在天空閃爍。

▲Julia is a famous **movie star** in Hollywood.

Julia 是有名的好萊塢電影明星。

star

[stɑr]

v. 主演，擔任要角 <in> (starred | starred | starring)

▲The young actor will **star in** the romantic movie.

這位年輕演員將在這部愛情片中擔任主角。

20 **surprised**

[sə`praɪzd]

adj. 感到驚訝的 <at, by>

▲We were greatly **surprised at** Greg's fury.

我們對 Greg 的暴怒大感驚訝。

21 **teach**

[titʃ]

v. 教導，教授 (taught | taught | teaching)

▲Mr. Grant **taught** history in the middle school.

Grant 先生在這間中學教歷史。

22 **theater**

[`θiətɚ]

n. [C] 劇院；[U] 戲劇

▲People should turn their cellphones off when watching a film in a **movie theater**. 人們在電影院看電影時應該要把手機關機。

▲Paige has an interest in **theater** and painting.

Paige 對戲劇和繪畫有興趣。

23 **tired**

[taɪrd]

adj. 疲倦的；厭煩的

▲Ezra began to **feel tired** as he neared the summit.

Ezra 接近山頂時就開始覺得疲累。

▲Stanley **got tired of** his wife's complaints.

Stanley 對於他妻子的抱怨感到厭煩。

24 **uncle**

[`ʌŋkl]

n. [C] 叔父，伯父，姨父，姑父，舅舅

▲**Uncle** Frank is going to visit us at Christmas.

Frank 叔叔將會在耶誕節來拜訪我們。

25 **wall**

[wɔl]

n. [C] 牆 (壁)

▲The Greeks built **stone walls** around the city.

希臘人在這城市四周築起石牆。

Unit 39

1	**beef**	n.	[U] 牛肉

[bif]

▲The Pearsons often have **roast beef** for lunch on Sundays.

Pearson 一家人週日中午通常吃烤牛肉。

2	**camp**	n.	[C][U] 營地；[C] 營

[kæmp]

▲Tim **set up camp** in the woods at dusk.

Tim 黃昏時在森林裡紮營。

▲To become a better basketball player, Ian attended the **basketball camp** for a week.

為了要成為更好的籃球員，Ian 加入一週的籃球訓練營。

	camp	v.	紮營，露營

[kæmp]

▲Let's **camp** by the lake tonight! 我們今晚就在湖邊露營吧！

3	**circle**	n.	[C] 圓圈；圈子，界

[ˋsɝkl]

▲The tourist used his fingers to form a **circle** to indicate "OK."

這位遊客用手指形成圓圈以表示「沒問題」。

▲The official is well-known in **political circles**.

這官員在政界很有名。

	circle	v.	盤旋；圈出

[ˋsɝkl]

▲A helicopter was **circling** above the roof.

一臺直升機在屋頂上方盤旋。

▲The student was asked to **circle** the correct answers.

這學生被要求要把正確答案圈出來。

4	**cow**	n.	[C] 母牛，乳牛

[kaʊ]

▲**A herd of cows** are eating grass in the field.

一群乳牛正在草地上吃草。

5	**fine**	adj.	健康的 [同] OK；優質的 (finer｜finest)

[faɪn]

▲Roger felt **fine** after taking the medicine.

Roger 吃了藥後身體就好了。

▲The winery is famous for its **fine** wine.

這釀酒廠以優質的葡萄酒而聞名。

fine	adv. 令人滿意地
[faɪn]	▲I'm not hungry, and a cup of tea would **suit me fine**.
	我不餓，一杯茶就夠了。
fine	v. 處⋯以罰款 <for>
[faɪn]	▲Gloria was **fined for** speeding. Gloria 因超速被罰款。
fine	n. [C] 罰款
[faɪn]	▲Levi **faced a heavy fine** for drunk driving.
	Levi 因酒駕而面臨高額罰款。

6 **floor**
[flɔr]

n. [C] 地面，地板；樓層

▲The boys were playing chess on the **floor**.
男孩們在地板上玩西洋棋。

▲In British English, the **first floor** of a building is called the **ground floor**. 在英式英文中，建築物的第一層樓被稱為底樓。

floor
[flɔr]

v. 打倒在地

▲Alfred was **floored** by the opponent's punch.
Alfred 被對手的一拳打倒在地。

7 **gate**
[get]

n. [C] 大門；(機場的) 登機門

▲The car went through the **gate** into the royal palace.
那輛車穿過了大門進入皇宮。

▲Your flight is now boarding at **Gate** 8.
你的班機在 8 號登機門登機。

8 **ham**
[hæm]

n. [C][U] 火腿

▲**Ham** and bacon are both made out of pork.
火腿和培根都是豬肉做的。

9 **height**
[haɪt]

n. [C][U] 高度 <in>

▲Calvin is six feet **in height**. Calvin 身高六英尺。

10 **joy**
[dʒɔɪ]

n. [U] 喜悅；[C] 樂事，樂趣

▲Lucy **wept for joy** when she first heard her baby saying "mommy." Lucy 第一次聽到她的孩子叫「媽咪」時喜極而泣。

▲One of the **joys** of traveling abroad is that you can taste exotic food. 出國旅遊的樂趣之一就是你可以品嘗異國的食物。

11 **loud**
[laʊd]

adj. 大聲地 [同] loudly

▲Elsa asked the tour guide to speak **louder** so that she could hear him. Elsa 要求導遊講大聲一點，這樣她才可以聽見他的話。

loud
[laʊd]

adj. 大聲的 [反] quiet

▲Allen was annoyed by his roommate's **loud** music.
Allen 被他室友大聲的音樂聲給惹惱。

---

12 **mathematics**
[ˌmæθəˈmætɪks]

n. [U] 數學 [同] math

▲**Mathematics** is a required course in senior high school.
數學是高中的必修課程。

---

13 **moment**
[ˈmomənt]

n. [C] 片刻；時刻，時機

▲**Wait a moment**; I need to answer the call.
等一下，我需要按個電話。

▲It is important to stay calm at the **moment** of danger.
在危險時刻保持鎮定很重要。

---

14 **nice**
[naɪs]

adj. 美好的；好心的 (nicer | nicest)

▲Joe and his family spent a **nice** vacation in the ski resort.
Joe 和家人在滑雪勝地度過美好的假期。

▲Diane is a **nice** person and always willing to help others.
Diane 是個心善的人，總是樂於助人。

---

15 **pencil**
[ˈpɛnsl]

n. [C] 鉛筆

▲Violet is drawing with **colored pencils**.
Violet 正用色鉛筆在畫圖。

💡 in pencil 用鉛筆寫

---

16 **rain**
[ren]

n. [U] 雨

▲We usually get a lot of **rain** in summer.
我們這裡夏天通常多雨。

rain
[ren]

v. 下雨

▲It **rained heavily** while Dennis was driving to work.
Dennis 開車去上班時正在下大雨。

17 rope

[rop]

n. [C][U] 繩索，粗繩

▲The man was tied to the tree with a **rope**.

這名男子被人用繩索綁在樹上。

18 shower

[`ʃaʊɚ]

n. [C] 淋浴；陣雨

▲Brandon **takes a shower** every morning.

Brandon 每天早上都會淋浴。

▲Angela was caught in a **wintry shower** on her way home.

Angela 回家途中遇到了寒冷的陣雨。

shower

[`ʃaʊɚ]

v. 沖澡；(某物) 蜂擁而至 <on>

▲Jessie heard her father **showering** and singing.

Jessie 聽到她爸爸邊沖澡邊唱歌。

▲Letters of protest were **showered on** the mayor.

抗議的信件如雪片般向市長飛來。

19 station

[`steʃən]

n. [C] 車站；(提供某種服務的) 站，局

▲Our house is located within walking distance of the **train station**. 我們家在火車站的步行範圍內。

▲Kelly found a wallet and sent it to the **police station**.

Kelly 發現一個皮夾並把它送到警察局。

20 teenager

[`tin,edʒɚ]

n. [C] 青少年

▲The rock singer is popular with **teenagers**.

這位搖滾歌手深受青少年喜愛。

21 toe

[to]

n. [C] 腳趾頭

▲Bob stood on his **toes** to reach for the book.

Bob 踮起腳尖取書。

22 tomato

[tə`meto]

n. [C] 番茄 (pl. tomatoes)

▲Marian picked up some **tomatoes** from her yard.

Marian 從她的園子裡採摘一些番茄。

23 total

[`totl̩]

adj. 總的；完全的

▲Jeff counts the **total** calories he eats every day.

Jeff 會計算他每天吃下的卡路里總數。

▲Naomi was stopped by a **total** stranger on the street.

Naomi 在街上被一個陌生人攔住。

total

[`totļ]

n. [C] 總數 <in>

▲These paintings are worth approximately five million dollars **in total**. 這些畫的總值約為五百萬美元。

total

[`totļ]

v. 總計

▲Our debts **totaled** $80,000 this year.

我們今年的債務總計為八萬美元。

---

24 **uniform**

[`junə,fɔrm]

n. [C][U] 制服 <in>

▲The pupils have to wear **school uniforms** to school.

這些小學生們必須穿學校制服上學。

---

25 **welcome**

[`wɛlkəm]

v. 歡迎，迎接 |同| greet

▲The couple **welcomed** their guests at the door.

這對夫妻在門口歡迎客人。

welcome

[`wɛlkəm]

adj. 受歡迎的

▲Michelle didn't feel **welcome** at the party.

Michelle 覺得自己在派對中不受歡迎。

welcome

[`wɛlkəm]

n. [sing.] 歡迎

▲The host family **gave** Ivan a **warm welcome**.

寄宿家庭熱烈地歡迎 Ivan。

Unit 40

1 **blow**

[blo]

v. 吹；吹走 <off, away> (blew | blown | blowing)

▲The wind was **blowing hard** all night.

整夜風都很大。

▲The wind **blew** Kai's cap **off** his head.

風把 Kai 的帽子從他頭上吹走。

💡blow sth down 吹倒… | blow away 吹走

| 2 | **carrot** | n. | [C][U] 胡蘿蔔 |

carrot

[`kærət]

n. [C][U] 胡蘿蔔

▲Julia made the soup with **carrots** and onions.

Julia 用胡蘿蔔和洋蔥來煮湯。

---

3 **clock**

[klɑk]

n. [C] 時鐘

▲Asher **set the alarm clock** before going to bed.

Asher 睡覺之前先設定鬧鐘。

---

4 **define**

[dɪ`faɪn]

v. 給…下定義，解釋 <as>

▲Happiness is often **defined as** being content with what one has

had. 幸福通常被定義為對自己擁有的東西感到滿足。

---

5 **finish**

[`fɪnɪʃ]

v. 完成；結束

▲Carlos couldn't play online games until he **finished** his

homework. Carlos 完成作業才可以打線上遊戲。

▲The crowd headed for the exit when the show **finished**.

群眾在表演結束時往出口前進。

💡finish sth off 完成… | finish with sth 不再使用…

finish

[`fɪnɪʃ]

n. [C] 結束，結局

▲The basketball game was **a close finish**.

這場籃球賽結束時比分相近。

💡from start to finish 從頭到尾

---

6 **fool**

[ful]

n. [C] 傻子，笨蛋 [同] idiot

▲I'm a **fool** to believe Ethan's honeyed words.

我真是個笨蛋，竟然相信 Ethan 的甜言蜜語。

💡make a fool of sb 使…出洋相 | act/play the fool 裝瘋賣傻

fool

[ful]

v. 愚弄，欺騙 <into>

▲Carol was **fooled into** believing that Lucas was very rich.

Carol 被欺騙而相信 Lucas 很有錢。

---

7 **glove**

[ɡlʌv]

n. [C] 手套

▲The bride and groom both wore **a pair of white gloves**.

新娘和新郎都戴一雙白手套。

💡fit...like a glove (尺寸) 非常合適…

| 8 | **hat** | n. [C] 帽子 |

hat
[hæt]

▲Miranda would wear a **straw hat** when she walks in the sun.

Miranda 在太陽底下行走時會戴草帽。

---

9 **hen**
[hɛn]

n. [C] 母雞

▲The **hen** laid two eggs this morning.

這隻母雞今天早上下了兩顆蛋。

---

10 **knee**
[ni]

n. [C] 膝蓋

▲Mandy fell off her bike and scraped her **knee**.

Mandy 從腳踏車上摔下來且擦傷了膝蓋。

💡on sb's knees 跪著 | drop to sb's knees 跪下 | bring sb/sth to their knees 打敗…

knee
|ni]

v. 用膝蓋撞擊

▲Alice **kneed** the robber in the belly. Alice 用膝蓋撞擊搶匪的肚子。

---

11 **maybe**
[`mɛbɪ]

adv. 也許 [同] perhaps

▲**Maybe** the world will be ruled by robots someday.

也許將來有一天這個世界會被機器人統治。

---

12 **meal**
[mil]

n. [C] 餐

▲Most people worldwide **have** three **meals** a day.

世界各地大部分的人一天吃三餐。

💡a light/heavy meal 簡單的／豐盛的一餐

---

13 **notice**
[`notɪs]

v. 注意到

▲Have you **noticed** anything unusual recently?

你最近有注意到任何不尋常的事嗎？

notice
[`notɪs]

n. [C] 告示；[U] 注意，關注

▲The assistant put up a **notice** on the bulletin board.

助理把告示貼在公布欄上。

▲Billy didn't **take notice of** my advice and got fired.

Billy 沒有留意我的建言而被開除。

---

14 **nurse**
[nɝs]

n. [C] 護士，護理人員

▲The **nurses** are taking care of injured people in the hospital.

護士們正在醫院裡照顧傷者。

nurse

[nɝs]

v. 看護，照顧

▲The mother **nursed** her sick baby **back to health**.

這母親照顧她生病的嬰兒恢復健康。

---

15 **photograph**

[`fotə,græf]

n. [C] 照片 (also photo)

▲The father **took a photograph of** his little daughter.

這位父親幫他小女兒拍照。

💡color/black-and-white/digital photograph 彩色／黑白／數位照片

photograph

[`fotə,græf]

v. 照相，攝影

▲The model sat on the grass to be **photographed**.

這位模特兒坐在草地上被拍照。

---

16 **room**

[rum]

n. [C] 房間，室；[U] 空間

▲The job applicants will be interviewed in the **meeting room**.

這些求職者將會在會議室被面試。

▲The hall was so crowded that we had no **room** to move.

大廳裡人擠得滿滿的，以致於我們根本沒有移動的空間。

💡make room for sb/sth 騰出空間給…

room

[rum]

v. 合租 <with>

▲I **roomed with** Samantha at college.

我上大學時和 Samantha 合租。

---

17 **sad**

[sæd]

adj. 傷心的 <about> [反] happy；令人遺憾的 (sadder | saddest)

▲Sylvia was **sad about** the death of her pet cat.

Sylvia 對於愛貓的死亡感到傷心。

▲**Sad to say**, Ian didn't live up to our expectations.

遺憾的是，Ian 辜負了我們的期望。

---

18 **sister**

[`sɪstə]

n. [C] 姊姊，妹妹

▲The **twin sisters** have different personalities—one is shy, and the other is outgoing.

這對雙胞胎姊妹個性不同——一個害羞，一個外向。

---

19 **telephone**

[`tɛlə,fon]

n. [C] 電話 [同] phone

▲Would you mind my **using your telephone**?

你介意我使用你的電話嗎？

💡 talk on the telephone 講電話

telephone　v.　打電話給… [同] call, phone

[ˋtɛləˏfon]

▲ Edward **telephoned** the bank for more details of the car loan.

Edward 打給銀行詢問關於車貸的更多細節。

---

20 **thank**　v.　感謝 <for>

[θæŋk]

▲ The old man **thanked** Rachel **for** helping him cross the road.

這老人感謝 Rachel 幫助他過馬路。

thank　n.　[pl.] 謝意，感謝 <to> (～s)

[θæŋk]

▲ I don't know how to express my **thanks to** you.

我不知如何表達對你的感謝。

💡 thanks to... 幸虧…，由於…

---

21 **tomorrow**　adv.　(在) 明天；(在) 未來

[təˋmɔro]

▲ We'll clean up the local beach **tomorrow** morning.

我們明天早上要去當地的海灘淨灘。

▲ Nobody knows what will happen **tomorrow**.

沒有人知道未來會發生什麼事。

tomorrow　n.　[U] 明天；未來

[təˋmɔro]

▲ Please turn the music down; I'm studying for **tomorrow's** test.

請把音樂關小聲一點，我在準備明天的考試。

▲ Space travel might be possible in the world of **tomorrow**.

太空旅遊在未來的世界有可能成真。

---

22 **tool**　n.　[C] 工具，器具

[tul]

▲ The **basic tools** are usually designed for right-handed people.

基本的工具通常都是為右撇子設計的。

---

23 **violin**　n.　[C] 小提琴

[ˏvaɪəˋlɪn]

▲ Perry has learned **playing the violin** since childhood.

Perry 從孩提時代就開始學小提琴。

---

24 **walk**　v.　走；遛 (狗等動物)

[wɔk]

▲ The backpacker **walked** three miles to the hotel.

這背包客走了三英里的路到旅館。

▲Harry **walks** his dog two times a day. Harry 一天遛狗兩次。

💡walk away (從困境中) 一走了之 | walk away with sth 輕鬆獲 (獎) |
walk out (因不滿) 退場

walk

[wɔk]

n. [C] 步行，行走

▲My grandparents **take a walk** in the park every morning.
我的祖父母每天早上都去公園散步。

---

25 **wise**

[waɪz]

adj. 明智的 [同] sensible；聰明的 (wiser | wisest)

▲It was **wise** of Cindy to think twice before making the decision.
Cindy 做這決定前再三考慮真是明智。

▲Mr. Brown is a **wise** man who can offer good advice.
Brown 先生是個可以提供良好建議的聰明人。

---

26 **wish**

[wɪʃ]

v. (表達與現在或過去事實相反的狀況) 希望，但願；祝福

▲Nolan **wishes** his parents could buy him a new smartphone.
Nolan 希望他父母可以買一支新的智慧型手機給他。

▲We **wish you well** in your new job. 我們祝福你新工作成功。

wish

[wɪʃ]

n. [C] 希望；(靠魔術實現的) 願望

▲The priest expressed his **wish** for world peace.
這位神父表達了世界和平的願望。

▲The birthday girl **made a wish** before blowing out the candle.
這位壽星女孩在吹熄蠟燭前許願。

💡fulfill sb's wish 實現⋯的願望 | get sb's wish 如願以償

---

27 **yes**

[jɛs]

adv. 是的，好的 [反] no

▲Eric said "**yes**" to all of the questions. Eric 對所有的問題都說「是」。

yes

[jɛs]

n. [C] 贊成票，投贊成票的人 (pl. yeses) [反] no

▲The results show that the noes are leading the **yeses**.
結果顯示投反對票的人超過贊成的人。

yeah

[ˋjɛə]

adv. (口語用法) 是的，好的

▲"Would you like some more coffee?" "**Yeah**, sure."
「你要再來點咖啡嗎？」「好的，當然。」

Unit 1

1	**basic**	adj. 基礎的，基本的
	[ˋbesɪk]	▲ Food and water are **basic** needs for survival.
		食物和水是生存的基本需要。

2	**battle**	n. [C][U] 戰鬥 <in>；鬥爭 <against>
	[ˋbætḷ]	▲ The soldiers fought bravely **in battle**. 士兵們在戰鬥中英勇作戰。
		▲ The **battle against** racism will go on.
		這場對抗種族歧視的鬥爭會持續下去。
	battle	v. 戰鬥 <over>；鬥爭，奮鬥 <with>
	[ˋbætḷ]	▲ The two countries have **battled over** the borders for years.
		這兩個國家為邊境戰鬥了數年。
		▲ The patient **battled with** a serious illness. 這病人跟重病奮鬥。

3	**bit**	n. [C] 小片；少量，少許 <of>
	[bɪt]	▲ The glass dropped on the ground and **broke to bits**.
		玻璃杯掉到地上，破成碎片。
		▲ Sally does **a bit of** exercise every day. Sally 每天都做一點運動。

4	**channel**	n. [C] 路徑，管道 <of>；頻道 <to>
	[ˋtʃænḷ]	▲ It is necessary for the government to establish **channels of** communication with the public. 政府建立和大眾溝通的管道是必要的。
		▲ Since the program was dull, Walter **switched to** another **channel**. 因為那個節目很無聊，所以 Walter 轉到另一個頻道。
	channel	v. 把…導入，將…投入 <into> [同] direct
	[ˋtʃænḷ]	▲ The country **channeled** aid **into** poor countries.
		這國家將援助投入貧窮國家。

5	**china**	n. [U] 瓷器，瓷製品
	[ˋtʃaɪnə]	▲ Amelia always enjoys her afternoon tea with delicate **china** cups and plates. Amelia 總是用精緻的瓷杯及瓷盤享用下午茶。

Level 2

6 customer

[`kʌstəmɚ]

n. [C] 顧客

▲We have **regular customers** that come to the store every day.
我們有每天都來店裡的老主顧。

---

7 ending

[`ɛndɪŋ]

n. [C] 結局

▲The love story has a **happy ending**. 這愛情故事有圓滿的結局。

---

8 especially

[ɪ`spɛʃəlɪ]

adv. 特別，尤其 [同] particularly；專門，特地 <for>

▲You must pay attention **especially** to the next part.
你一定要特別注意聽下面這個部分。

▲Rosa chose the gift **especially for** her brother's new apartment.
Rosa 為她哥哥的新公寓特地選了這個禮物。

---

9 following

[`fɑləwɪŋ]

adj. 接著的 [反] preceding；下列的，下面的

▲Adolf will arrive in Taipei this Saturday and leave the **following** Monday. Adolf 這週六會抵達臺北並會在下一個週一離開。

▲The manager made the decision for the **following** reasons.
因為下列的原因，經理做了這個決定。

following

[`fɑləwɪŋ]

prep. 在…之後 [反] before

▲**Following** the ceremony, there will be a party.
在典禮之後會有一場派對。

following

[`fɑləwɪŋ]

n. [sing.] 接下來，下面 (the ~)

▲**The following** is an extract from the famous speech.
接下來是出自這著名演講的一段摘錄。

---

10 furniture

[`fɝnɪtʃɚ]

n. [U] 家具

▲The couple needs to buy some **furniture** for their new house.
這對夫妻需要為他們的新家買一些家具。

---

11 huge

[hjudʒ]

adj. 巨大的，極大的 [同] enormous (huger｜hugest)

▲Shirley was blamed for making a **huge** blunder.
Shirley 犯了極大的錯誤而被責備。

---

12 introduce

[ˌɪntrə`djus]

v. 介紹 <to>；引進 <into>

▲Mr. Austin, may I **introduce** my uncle **to** you?
Austin 先生，容我向您介紹我叔叔？

▲Many French customs were **introduced into** the United States.

許多法國的習俗被引進美國。

---

13 **means**

[minz]

n. [C] 方法，手段 (pl. means)；[pl.] 金錢，財富

▲The scientist explained his theory **by means of** graphs.

那科學家藉由圖表來解釋他的理論。

▲You have to learn to **live within your means**. 你必須學習量入為出。

💡by no means 絕不 ｜ by all means 當然可以

---

14 **nervous**

[ˋnɝvəs]

adj. 緊張的 <about>

▲Danny was very **nervous about** the entrance exam.

Danny 對於入學考試感到非常緊張。

---

15 **per**

[pɚ]

prep. 每

▲The speed limit here is sixty-five miles **per hour**.

這裡的速限是每小時六十五英里。

---

16 **perfect**

[ˋpɝfɛkt]

adj. 完美的 [反] imperfect；最適合的 <for> [同] ideal

▲The dancer's performance was **perfect**; she made no mistakes at all. 那位舞者的表現是完美的，她完全沒犯錯。

▲The cool weather is **perfect for** hiking. 這涼爽的天氣最適合健行。

perfect

[pɝˋfɛkt]

v. 使完美，改善

▲The player practiced hard to **perfect** his skills.

這位球員努力練習以使他的技術更完美。

perfect

[ˋpɝfɛkt]

n. [sing.] 完成式 (the ～)

▲**The perfect** is the form of a verb showing an action that has happened in the past. 完成式是顯示動作已經發生在過去的動詞形式。

---

17 **progress**

[ˋprɑgrɛs]

n. [U] 進步，進展 <in>

▲The country has made great **progress in** controlling the pandemic. 這個國家在控制疫情方面有很大的進展。

progress

[prəˋgrɛs]

v. 進步，改進 [反] regress；進行

▲The student's English is **progressing** rapidly.

這個學生的英文正快速地進步。

▲The work **progressed** more quickly than we had expected.

這個工作比我們預期要進行得快。

18 quality

[ˋkwɑlətɪ]

n. [C][U] 品質 <of> (pl. qualities)

▲The goods that are made in Japan are **of high quality**.

日本製的產品品質很好。

---

19 rapid

[ˋræpɪd]

adj. 快速的

▲Gary was walking at a **rapid** pace. Gary 快步行走。

---

20 region

[ˋridʒən]

n. [C] 地區，區域 <of> [同] area

▲This is a farming **region of** the country. 這裡是該國的農業區。

---

21 sense

[sɛns]

n. [C] 感官；[sing.] 感覺 <of>

▲The five **senses** are sight, hearing, smell, taste, and touch.

五種感官是視覺、聽覺、嗅覺、味覺和觸覺。

▲Sabrina has no **sense of direction**. Sabrina 沒有方向感。

sense

[sɛns]

v. 意識到，感覺到

▲Alex **sensed** there was something wrong with his car.

Alex 意識到他的車子出了問題。

---

22 skin

[skɪn]

n. [C][U] 皮膚

▲The farmer often works in the sun, so he has rough dark **skin**.

這農夫經常在太陽下工作，所以他的皮膚粗糙黝黑。

💡 wet/soaked/drenched to the skin 溼透的

---

23 suggest

[səgˋdʒɛst]

v. 提議，建議；暗示 [同] indicate

▲Paul **suggested** that his friend (should) spend a week with him.

Paul 建議他的朋友應該和他一起待一週。

▲The father **suggested** that his daughter might be wrong.

這位父親暗示他女兒可能錯了。

---

24 thus

[ðʌs]

adv. 因此，所以

▲Andrew failed all his tests. **Thus**, he couldn't graduate.

Andrew 考試全部不及格。因此，他畢不了業。

---

25 willing

[ˋwɪlɪŋ]

adj. 願意的，樂意的 <to>

▲Brad is thankful that his neighbor **is willing to** help him.

Brad 很感謝他的鄰居願意幫他。

1 **behave**
[br`hev]

v. 行事，表現 [同] act；舉止端正 [反] misbehave

▲ Although Daniel is twenty years old, he still **behaves like** a child. 雖然 Daniel 二十歲，他的行為舉止仍然像個孩子。

▲ The little girl **behaved herself** at school.
這個小女孩在學校裡守規矩。

2 **beyond**
[br`jɑnd]

prep. 在⋯的那一邊；超過

▲ **Beyond** the mountain there is a village. 在山的那一邊有一座村落。

▲ Helen's beauty is **beyond description**. Helen 的美難以形容。

beyond
[br`jɑnd]

adv. 在更遠處

▲ From the top of the building, you can see the lake and the hills **beyond**. 從這棟建築物的頂部，你可以看見湖泊和在更遠處的山丘。

3 **billion**
[`bɪljən]

n. [C] 十億 <of>

▲ The wealthy man has **billions of** dollars. 這名富人擁有數十億美元。

4 **blanket**
[`blæŋkɪt]

n. [C] 毛毯；[sing.] 覆蓋層

▲ The father wrapped his daughter in a **blanket**.
這個父親用毛毯裹住他的女兒。

▲ There is **a blanket of** smog over the sky. 天空覆蓋著一層煙霧。

blanket
[`blæŋkɪt]

v. 覆蓋 <in>

▲ The city is often **blanketed in** thick fog.
這個城市常常被籠罩在濃霧中。

5 **conflict**
[`kɑnflɪkt]

n. [C][U] 衝突，分歧 <over>；戰鬥，戰爭

▲ Stacy was **in conflict with** her boyfriend **over** the wedding.
Stacy 和男友因婚禮的事而起衝突。

▲ **Armed conflict** broke out between the two nations.
這兩國之間爆發武裝戰鬥。

conflict
[kən`flɪkt]

v. 抵觸，衝突 <with>

▲ Carol's ideas **conflicted with** mine. Carol 的想法和我的衝突。

Level 2

6 **degree**

[dɪ`gri]

n. [C][U] 程度 <to>；[C] 度數 (abbr. deg.)

▲We can trust Clark to a high degree.

我們對 Clark 的信任程度極高。

▲Water boils at 100 degrees Celsius. 水在攝氏一百度沸騰。

💡by degrees 逐漸地｜to a degree 在某種程度上

7 **delicious**

[dɪ`lɪʃəs]

adj. 美味的

▲The cake was so delicious that Della ordered one more.

這蛋糕如此美味，以致於 Della 又點了一份。

8 **enemy**

[`ɛnəmɪ]

n. [C] 敵人 (pl. enemies)

▲The bossy manager made lots of enemies in the company.

那專橫的經理在公司裡樹敵無數。

9 **field**

[fild]

n. [C] 田地，牧場；領域 <of>

▲There is a lot of corn growing in the field. 田地上種了很多玉米。

▲Ms. Tyler is well-known in the field of chemistry.

Tyler 女士在化學領域很出名。

10 **gather**

[`gæðɚ]

v. 聚集；收集

▲A large crowd gathered in the square. 一大群人聚集在廣場。

▲The researchers have gathered all the necessary information on this matter. 研究人員已經收集了關於這件事的所有必要資料。

11 **importance**

[ɪm`pɔrtn̩s]

n. [U] 重要性 <of>

▲Recycling is a matter of great importance.

資源回收是極重要的事情。

12 **manager**

[`mænɪdʒɚ]

n. [C] 經理

▲Duncan is a marketing manager in the computer company.

Duncan 是該電腦公司的行銷經理。

13 **nor**

[nɔr]

conj. 也不

▲Samuel can neither ride a scooter nor drive a car.

Samuel 既不會騎機車也不會開車。

14 **pleasant**

[`plɛzn̩t]

adj. 宜人的，令人愉快的 [同] nice

▲It was a pleasant evening; everyone had a good time.

這是個令人愉快的夜晚,每個人都過得很愉快。

---

15 pride
[praɪd]

`n.` [U] 自豪;自尊 (心)

▲Watching her son accept the award, Betty felt a **sense of pride**.
看著她兒子領獎,Betty 感到自豪。

▲You have **hurt** Fred's **pride** by pointing out his mistake in public. 你公開指出 Fred 的錯誤而傷了他的自尊心。

💡take pride in sb/sth 為…自豪

pride
[praɪd]

`v.` 為…而自豪,以…為傲 <on>

▲Elliot **prides himself on** always arriving on time.
Elliot 對自己總是準時到達而感到自豪。

---

16 puppy
[ˋpʌpɪ]

`n.` [C] 小狗,幼犬

▲Jerry gave his son **a puppy**. Jerry 送給他兒子一隻小狗。

---

17 refuse
[rɪˋfjuz]

`v.` 拒絕

▲Ivy **refused** the man's offer to help her.
Ivy 拒絕男子要幫忙她的提議。

---

18 safety
[ˋseftɪ]

`n.` [U] 安全

▲Everyone has to follow road **safety** rules.
每個人都必須遵守道路安全規範。

---

19 single
[ˋsɪŋgl̩]

`adj.` 單一的;單身的,未婚的

▲Felix didn't say a **single** word in the meeting.
Felix 在會議中不發一語。

▲Jessie remained **single** until she was forty years old.
Jessie 保持單身到四十歲。

single
[ˋsɪŋgl̩]

`n.` [C] 單曲

▲The band's new **single** is popular with young people.
這樂隊的新單曲受到年輕人喜愛。

single
[ˋsɪŋgl̩]

`v.` 選出,挑出 <out>

▲Mr. Smith **singled out** Marian's poem and asked her to read it aloud to the class.
Smith 老師選出 Marian 的詩並讓她大聲朗讀給全班聽。

20 society

[sə`saɪətɪ]

n. [C][U] 社會 (pl. societies)

▲The criminal is considered to be a danger to **society**.

這名罪犯被認為對社會是個危險。

---

21 such

[sʌtʃ]

adj. 這樣的

▲**Such** behavior is not acceptable in this school.

這樣的行為在這所學校是不被接受的。

💡 such as 例如

such

[sʌtʃ]

pron. 如此，這樣

▲Everybody thought Steve a loser, but he proved not to be **such**.

每個人都認為 Steve 是個失敗者，但他證明事實並非如此。

---

22 surface

[`sɝfəs]

n. [C] 表面 <on>；(狀況或人的) 表面 <on>

▲The moon has a lot of craters **on** its **surface**.

月球表面有很多坑洞。

▲The teacher was calm **on the surface** but angry inside.

這老師表面上很平靜，但心裡很生氣。

surface

[`sɝfəs]

v. 浮出水面；顯露，浮現

▲The submarine **surfaced** before coming into the port.

潛水艇在進港前浮出水面。

▲The details of the plot have just begun to **surface**.

陰謀的細節開始顯露出來。

---

23 therefore

[`ðɛr,for]

adv. 因此，所以

▲My brother is 20 and **therefore** eligible to vote in the presidential election. 我哥哥二十歲，因此有資格在總統大選中投票。

---

24 whenever

[hwɛn`ɛvɚ]

conj. 每當，無論何時

▲**Whenever** you need my bicycle, you can borrow it.

無論你何時需要我的腳踏車，你都可以借用它。

whenever

[hwɛn`ɛvɚ]

adv. 無論何時

▲Monica will read the book in a spare moment this Saturday or **whenever**. Monica 在這週六或無論何時的空閒時間會讀這本書。

---

25 wire

[waɪr]

n. [C][U] 金屬線；[C] 電線

▲Alisa used **copper wire** to make earrings. Alisa 用銅線製作耳環。

▲Electricity travels through **wires**. 電經由電線傳導。

Unit 3

1 accident

[ˋæksədənt]

n. [C] 意外，事故 <in>

▲Greg's leg was broken **in** a traffic **accident**.

Greg 的腿在一次交通事故中斷了。

💡by accident 偶然地，意外地

2 attend

[əˋtɛnd]

v. 出席，參加；定期去

▲More than one hundred guests **attended** the church wedding.

超過一百位賓客出席這場教堂婚禮。

▲Meg is the only child in her family to **attend** college.

Meg 是她家唯一上大學的孩子。

3 bill

[bɪl]

n. [C] 帳單；議案，法案

▲Hank always **pays** his **bills** on time. Hank 總是準時繳帳單。

▲The ruling party **introduced** a **bill** in Congress.

執政黨向國會提交了一個法案。

bill

[bɪl]

v. 給⋯開立帳單 <for>

▲The hotel guest is **billed for** the three-day stay.

這位飯店住客被開立了三天住宿的帳單。

4 border

[ˋbɔrdɚ]

n. [C] 邊境，邊界 <between>

▲The illegal drug trade was found along the **border between** Mexico and the United States.

這起非法毒品交易在墨西哥和美國的邊界被發現。

border

[ˋbɔrdɚ]

v. (與某國) 接壤；環繞 <with>

▲France **borders** Germany, Switzerland, and Italy in the east.

法國與德國、瑞士和義大利在東邊接壤。

Level 2

▲The garden is **bordered** by rose bushes.
這座花園被玫瑰花叢所環繞。

5 **cause**	**n.** [C] 原因，起因 <of>
[kɔz]	▲A lighted match was the **cause of** the big fire.
	一根點著的火柴是這大火的起因。
cause	**v.** 造成，導致
[kɔz]	▲The typhoon **caused** a lot of damage to the houses in the town. 颱風對鎮上房子造成很大的損壞。

6 **challenge**	**n.** [C][U] 挑戰，難題；質疑 <from>
[ˋtʃæləndʒ]	▲Global warming is one of the greatest **challenges** humans face today. 全球暖化是現今人類面對的最大挑戰之一。
	▲The government faced a strong **challenge from** the public. 該政府面臨公眾的強烈質疑。
challenge	**v.** 質疑，懷疑；(比賽) 挑戰 <to>
[ˋtʃæləndʒ]	▲The author's view is strongly **challenged** by human rights defenders. 那作者的觀點受到人權捍衛者的強烈質疑。
	▲Amelia **challenged** Betty **to** a game of tennis. Amelia 向 Betty 挑戰打一場網球。

7 **diamond**	**n.** [C][U] 鑽石
[ˋdaɪmənd]	▲Vivian has a very expensive **diamond** necklace. Vivian 有一條很昂貴的鑽石項鍊。

8 **diet**	**n.** [C][U] (日常) 飲食；[C] 節食
[ˋdaɪət]	▲Having a **balanced diet** is good for your health. 均衡飲食對你的健康有益。
	▲To lose weight, Monica **is on a diet**. 為了減肥，Monica 正在節食。
diet	**v.** 節食
[ˋdaɪət]	▲Don't pass me the cake; I'm **dieting**. 別遞蛋糕給我，我正在節食。

9 **direct**	**adj.** 直接的 [反] indirect；直達的 [反] indirect
[dəˋrɛkt]	▲The soldier had **direct contact** with the base by radio. 這士兵用無線電直接和基地聯絡。

▲To save time, Nick took the **direct flight** to Venice.

為了節省時間，Nick 搭直達班機去威尼斯。

direct

[də`rɛkt]

| v. | 把…集中，把…對準 <to>；管理

▲The teacher asked the students to **direct** their **attention to** what he was going to say.

老師要學生們把注意力集中在他要說的事情上。

▲Cathy **directed** a software company. Cathy 管理一家軟體公司。

direct

[də`rɛkt]

| adv. | 直接地 [同] directly；直達地 [同] directly

▲The angry customer wanted to talk to the manager **direct**.

生氣的顧客想直接跟經理講話。

▲The bus goes **direct** to the national park. 這班公車直達國家公園。

---

10 **favor**

[`fevə]

| n. | [C] 幫助；[U] 支持，贊同

▲Jasper helped Paula when she was in trouble, and he indeed **did** her a great **favor**.

Jasper 在 Paula 有困難時幫了她，他真的幫了她一個大忙。

▲The residents voted **in favor of** a housing development.

居民們投票贊成新建住宅區計畫。

favor

[`fevə]

| v. | 贊同，支持 <over>；偏袒，偏愛

▲The boss **favored** this plan **over** the others.

老闆支持這個計畫勝於其他的。

▲The mother **favors** her youngest son. 這個母親偏愛她的幼子。

---

11 **generous**

[`dʒɛnərəs]

| adj. | 慷慨的，大方的 [反] mean

▲The **generous** man is always willing to give money to the poor.

這慷慨的男子總是願意捐錢給窮人。

---

12 **government**

[`gʌvəmənt]

| n. | [C] 政府 (usu. sing.)

▲The **government** should take efficient steps to reduce crime rates. 政府應該採取有效的措施來降低犯罪率。

---

13 **include**

[ɪn`klud]

| v. | 包含，包括

▲The customer wants to know if the price **includes** tax.

顧客想知道這個價錢是否含稅。

14 marriage
[`mærɪdʒ]

n. [C][U] 婚姻，結婚

▲Rosa's first **marriage** was not a very happy one.
Rosa 的第一次婚姻並不是很幸福。

15 obvious
[`ɑbvɪəs]

adj. 明顯的

▲The solution to this riddle is so **obvious** that even a kid can solve it. 這個謎語的解答如此明顯，甚至孩童都能解答。

16 particular
[pə`tɪkjələ]

adj. 特別的 <of>；特定的

▲Environmental protection is a matter **of particular importance**.
環保是特別重要的議題。

▲Sally only prefers one **particular** brand of shampoo.
Sally 只偏好某一特定品牌的洗髮精。

💡 in particular 特別，尤其

17 port
[port]

n. [C][U] 港口 <in>

▲All the ships **in port** were destroyed by the bombing.
港口內的船隻都被炸毀了。

18 realize
[`rɪə‚laɪz]

v. 實現；明白，意識到

▲People have to work hard to **realize** their dreams.
人們必須努力以實現他們的夢想。

▲Jacob finally **realized** that he was wrong.
Jacob 終於明白自己錯了。

19 regard
[rɪ`ɡɑrd]

n. [U] 尊敬，尊重 <for>；考慮 <for>

▲The team **had high regard for** the talented player.
球隊很敬重這位有天賦的球員。

▲No one likes Susie because she **has** no **regard for** others' feelings. 沒人喜歡 Susie，因為她不顧慮別人的感受。

regard
[rɪ`ɡɑrd]

v. 認為 <as>

▲People **regard** Lenny **as** the best of the violinists.
人們認為 Lenny 是最棒的小提琴手。

20 schedule
[`skɛdʒʊl]

n. [C] 計畫表；時刻表 [同] timetable

▲The family made a **schedule** for their vacation.

這家人訂了一個渡假計畫表。

▲The bus **schedule** shows the time when buses leave and arrive at the stop. 這個巴士時刻表顯示巴士離站和進站的時間。

schedule
[`skɛdʒʊl]

v. 安排，排定 <for>

▲The baseball game is **scheduled for** tomorrow.
棒球賽排定明天舉行。

---

21 **self**
[sɛlf]

n. [C][U] 自我，自己 (pl. selves)

▲After the accident, Ava is no longer her **usual self**.
意外過後，Ava 不再是平常的樣子了。

---

22 **symbol**
[`sɪmbl̩]

n. [C] 象徵，標誌 <of>；符號 <for>

▲The cross is the **symbol of** Christianity. 十字架是基督教的象徵。

▲The chemical **symbol for** calcium is Ca. 鈣的化學符號是 Ca。

---

23 **tiny**
[`taɪnɪ]

adj. 極小的 (tinier | tiniest)

▲The bug was so **tiny** that no one saw it.
那隻蟲非常小以致於沒人看到牠。

---

24 **university**
[ˌjunə`vɝsətɪ]

n. [C][U] 大學 (pl. universities)

▲People **go to university** to get a degree in a certain field.
人們上大學以取得特定領域的學位。

---

25 **used**
[juzd]

adj. 用過的；習慣的 <to>

▲Mason likes to collect **used** stamps. Mason 喜歡收集用過的郵票。

▲Donna does exercise every day, so she **is used to** it.
Donna 天天運動，所以她習慣了。

💡be/get used to sth/V-ing 習慣 (做)…

Unit 4

1 **active**
[`æktɪv]

adj. 活躍的 [反] inactive；積極的 <in>

▲The 80-year-old lady still leads an **active life**.
這八十歲的老婦人生活依然活躍。

▲Several students **took an active role in** the debate.

幾位學生積極參與了這場辯論。

---

2 **average**
['ævrɪdʒ]

adj. 平均的；普通的，一般的

▲The **average age** of women having their first baby has risen.

女性懷第一胎的平均年齡已經上升。

▲The boy's intelligence is **average** for his age.

這個男孩的智力以其年齡來說算是普通。

average
['ævrɪdʒ]

n. [C] 平均數 <of>；[C][U] 一般水準，平均水準

▲The **average of** 7, 10 and 16 is 11. 七、十和十六的平均數為十一。

▲**On average**, women usually get less pay than men when they do the same work. 一般而言，女性和男性通常同工不同酬。

💡 below/above average 低／高於一般水準

average
['ævrɪdʒ]

v. 平均數是，平均為

▲Many salesclerks **average** 10 hours a day.

許多銷售員平均一天工作十個小時。

---

3 **base**
[bes]

n. [C] 底部，底座 [同] bottom；基地

▲This glass has a heavy **base**. 這玻璃杯有厚底座。

▲The fighter plane is returning to the **air base**.

這架戰鬥機正返回空軍基地。

base
[bes]

v. 把…設為總部 <in>

▲The international company **is based in** Singapore.

這間跨國公司總部在新加坡。

---

4 **being**
['biɪŋ]

n. [C] 生命，生物；[U] 存在

▲There are many kinds of **beings** living on earth.

有很多不同種的生物住在地球上。

▲The scientist explained how the universe **came into being**.

這位科學家解釋宇宙是如何誕生的。

---

5 **brand**
[brænd]

n. [C] 品牌 <of>

▲Ethel doesn't like this **brand of** perfume.

Ethel 不喜歡這個品牌的香水。

---

6 **brilliant** adj. 明亮的；傑出的，出色的

[ˋbrɪljənt]

▲The girls decided to have a picnic in the **brilliant sunshine**.

女孩們決定在明亮的陽光下野餐。

▲People are all amazed at the young artist's **brilliant** work.

人們都對這位年輕藝術家的出色作品感到驚奇。

---

7 **claim** n. [C] 聲明，說法；索款，索賠 <for>

[klem]

▲The man **made claims that** he was innocent.

這男子聲稱他是無辜的。

▲The woman **made a claim for** damages against the company.

這女子向這家公司索賠。

claim v 主張，聲稱；認領

[klem]

▲Irene **claimed that** she was the best in her class.

Irene 聲稱她是班上最棒的。

▲Nobody came to the lost-and-found to **claim** the wallet.

沒人來失物招領處認領這個皮夾。

---

8 **daily** adj. 每天的

[ˋdelɪ]

▲The researcher keeps a **daily** record of the temperature.

這研究人員每天記錄溫度。

daily adv. 每天地

[ˋdelɪ]

▲Traffic accidents happen **daily**. 交通事故每天發生。

daily n. [C] 日報 (pl. dailies)

[ˋdelɪ]

▲The **daily** is printed and sold every day except on Sundays.

這份日報除了星期天之外，每天印刷並販賣。

---

9 **direction** n. [C] 方向；[pl.] 指路 (~s)

[dəˋrɛkʃən]

▲The tourists used the map to see the **direction** they should go.

觀光客用地圖看他們該前往的方向。

▲An old man **gave** the foreigner **directions** to the museum.

一位老人指示這外國人到博物館的路。

---

10 **ease** n. [U] 安逸，舒適；容易，不費力 <with>

[iz]

▲Rick dreamed of living a life of **ease**. Rick 夢想過著安逸的生活。

▲Joan finished the housework **with ease**. Joan 輕鬆地完成家事。

ease

[iz]

v. 減輕，緩解

▲The soft music will help to **ease the stress**.

這輕柔的音樂會幫助緩解壓力。

---

11 **final**

[`faɪnḷ]

adj. 最後的

▲The two projects are in their **final** stages and will be completed soon. 這兩個案子在最後階段了，很快就會完成。

final

[`faɪnḷ]

n. [C] 決賽

▲The team will do their best to **reach the final** and win it.

這支隊伍會盡全力進入決賽並獲勝。

---

12 **function**

[`fʌŋkʃən]

n. [C][U] 功能 <of>

▲The doctor is doing research on the **function of** the brain.

這位醫生正在研究腦部的功能。

function

[`fʌŋkʃən]

v. 運轉，運作 [同] operate

▲The machine is not **functioning properly**. 這部機器運轉不正常。

---

13 **glue**

[glu]

n. [C][U] 膠水

▲The boy used **glue** to join the two pieces of paper together.

這男孩用膠水把兩張紙黏在一起。

glue

[glu]

v. 用膠水黏 <to> [同] stick (glued | glued | gluing, glueing)

▲Lisa **glued** the stamp **to** the envelope.

Lisa 用膠水把郵票黏在信封上。

---

14 **instance**

[`ɪnstəns]

n. [C] 實例 <of>

▲The historian gave several **instances of** the tyrant's cruelty.

歷史學家提出好幾個這位暴君殘忍的實例。

💡for instance 例如

---

15 **nation**

[`neʃən]

n. [C] 國家

▲Norway is one of the most **developed nations** in the world.

挪威是世界上最先進的國家之一。

---

16 **ocean**

[`oʃən]

n. [C] 海洋，大海 (the ~)

▲Some people played on the beach, while others went swimming in **the ocean**.

一些人在沙灘上玩，而一些人在海裡游泳。

---

17 official
[ə`fɪʃəl]

adj. 官方的，正式的；官員的，公務的

▲Mandarin has been the **official** language of Taiwan since 1945. 自從 1945 年起，國語就一直是臺灣的官方語言。

▲The president is making an **official visit** to several foreign countries. 總統正在公務造訪數個外邦。

official
[ə`fɪʃəl]

n. [C] 官員

▲The prosecutor is a **government official** whose duty is to investigate crimes. 檢察官是負責調查犯罪的政府官員。

18 primary
[`praɪ,mɛrɪ]

adj. 主要的 [同] main

▲His daughter's health is the father's **primary** concern.
女兒的健康是這父親主要關心的事。

19 prize
[praɪz]

n. [C] 獎 (品)

▲Samuel **won first prize** in the speech contest.
Samuel 在演講比賽中得了第一名。

prize
[praɪz]

v. 重視，珍視

▲Maggie **prized** her family above everything.
Maggie 重視她的家庭勝於一切。

20 purpose
[`pɝpəs]

n. [C] 目的 <of>

▲The **purpose of** the study is to reveal the problems of drug abuse. 該項研究的目的是要揭示濫用毒品的問題。

💡on purpose 故意地

21 relationship
[rɪ`leʃən,ʃɪp]

n. [C] 關係，關聯 <between>；感情關係

▲The **relationship between** smoking and lung cancer has been shown by many studies. 很多研究已顯示出吸菸和肺癌的關聯。

▲Lucy is **in a relationship** now and thinking about getting married. Lucy 現在有交往對象，正考慮要結婚。

22 religion
[rɪ`lɪdʒən]

n. [U] 宗教信仰；[C] 宗教

▲Freedom of **religion** is a fundamental human right.
宗教自由是一種基本人權。

▲Though Beatrice and I believe in different **religions**, we are still good friends. 雖然我和 Beatrice 信不同的宗教，但我們仍是好友。

23 sensitive
[`sɛnsətɪv]

adj. 易被冒犯的，敏感的 <to, about>；善解人意的，體貼的 [反] insensitive

▲Amanda is **sensitive to** criticism; she always takes what others say personally.

Amanda 對於批評很敏感，她總是將別人說的話對號入座。

▲Mandy is a **sensitive** girl; she always understands what others need. Mandy 是個善解人意的女孩，她總是了解他人的需求。

24 sex
[sɛks]

n. [U] 性；[C] 男性，女性

▲In Asia, **sex** education is a sensitive issue.

在亞洲，性教育是個敏感的議題。

▲Teenagers are often interested in **the opposite sex**.

青少年通常對異性充滿興趣。

25 tradition
[trə`dɪʃən]

n. [C][U] 傳統

▲It has long been a Chinese **tradition** to eat rice dumplings on the Dragon Boat Festival. 端午節吃肉粽是一項悠久的中國傳統。

Unit 5

1 address
[ə`drɛs]

v. 在 (信封等) 上寫姓名或地址 <to>；應付，處理

▲This letter is **addressed to** Trevor. 這封信是署名給 Trevor 的。

▲The housing problem needs to be **addressed** as soon as possible. 住房問題需要盡快被處理。

address
[ə`drɛs]

n. [C] 住址；演講

▲Ezra wrote a name and **address** on the envelope.

Ezra 在信封上寫了名字和住址。

▲Derek **delivered** the funeral **address**. Derek 致哀悼詞。

2 beauty
[`bjutɪ]

n. [U] 美，美貌；[C] 美人 (pl. beauties)

▲**Beauty** is only skin-deep. 【諺】美貌是膚淺的。

▲The woman is such a **beauty** that she enchants every man she meets. 這位女子如此美，所以每個遇到她的男子都迷上她。

3 **belief**

[brˋlif]

n. [sing.][U] 相信，信仰 <in>；[C] 信念，看法

▲With a strong **belief in** God, the priest rose above many difficulties. 因為對上帝的堅定信仰，這牧師克服了很多困難。

▲**It's my belief that** things will change for the better.

我的看法是事情會好轉的。

4 **calm**

[kɑm]

v. 使平靜，使鎮靜 <down>

▲Paula tried to **calm** her son **down** but in vain.

Paula 試著讓她兒子鎮靜下來，但是無效。

calm

[kɑm]

adj. 冷靜的；平靜的 (calmer｜calmest)

▲Alvin was quite angry half an hour ago, but he feels **calmer** now. Alvin 半小時前相當生氣，但他現在覺得比較冷靜了。

▲After last night's disturbances, the streets are **calm** now.

昨晚的騷動過後，現在街上平靜了。

calm

[kɑm]

n. [sing.][U] 寧靜，安詳

▲The old lady got up early to enjoy the morning **calm**.

老婦人早起以享受早晨的寧靜。

5 **coast**

[kost]

n. [C] 海岸 <of>

▲There are many islands off the west **coast of** Scotland.

蘇格蘭西海岸外有許多島嶼。

6 **commercial**

[kəˋmɝˋʃəl]

adj. 商業的，商務的；營利性的

▲The building is built for **commercial** use; it's not a residential building. 這棟建築是為商業用途而建的，它不是住宅大樓。

▲The movie was a **commercial success**. 這部電影極為賣座。

commercial

[kəˋmɝˋʃəl]

n. [C] (電視或廣播裡的) 廣告

▲Most people would switch to other channels during **commercials**. 許多人在廣告時會轉臺。

7 **deer**

[dɪr]

n. [C] 鹿 (pl. deer)

▲While **deer** hunting is quite common in some western countries, it is considered by many people to be a cruel activity.

雖然在一些西方國家獵鹿極為普遍，許多人卻認為這是殘忍的活動。

8 emphasize
[ˋɛmfəˌsaɪz]

v. 強調 [同] stress

▲Traffic safety cannot be **emphasized** enough.
交通安全再怎麼強調也不為過。

9 energy
[ˋɛnɚdʒɪ]

n. [U] 能量，能源；精力，活力

▲Clean **energy** is produced through the methods that do not release greenhouse gases.
清潔能源是由不排放溫室氣體的方式生產出來的。

▲The child is always full of **energy**. 這孩子總是精力充沛。

10 escape
[ɪˋskep]

v. 逃走，逃脫 <from>；避開

▲The prisoner **escaped from** prison last night. 那犯人昨晚越獄了。

▲The pilot **narrowly escaped** death in the plane crash.
這位飛行員在墜機中死裡逃生。

escape
[ɪˋskep]

n. [C][U] 逃脫，逃離

▲The driver had a **narrow escape** in the car accident.
這司機在車禍中死裡逃生。

11 fix
[fɪks]

v. 修理；使固定，安裝 <to>

▲The mechanic **fixed** the old car. 技師修好了這輛舊車。

▲Sandra **fixed** the shelf **to** the wall. Sandra 把架子固定在牆上。

fix
[fɪks]

n. [sing.] 受操縱的事

▲People suspected that the election was a **fix** and refused to accept the results. 人們懷疑選舉受操縱並拒絕接受結果。

12 found
[faʊnd]

v. 創立 [同] establish；把…基於 <on>

▲The elementary school was **founded** in 1950.
這所小學於 1950 年創立。

▲The author's latest novel is **founded on** facts.
這作者最新的小說是基於事實寫的。

13 guard
[gɑrd]

n. [C] 守衛，警衛；[U] 看守

▲There was a **guard** posted at the entrance. 入口處設了一個守衛。

💡be under guard 在警衛保護下

guard
[gɑrd]

v. 看守

▲Two night watchmen **guarded** the factory. 兩名守夜警衛看守工廠。

14 industry
['ɪndəstrɪ]

n. [U] 工業；[C] 行業 (pl. industries)

▲**Heavy industry** uses large machines to produce large goods, such as ships and trains.
重工業利用大型機械生產大型商品，像是船和火車。

▲The **tourist industry** has been thriving in recent years.
旅遊業在近幾年來蓬勃發展。

15 major
['medʒɚ]

adj. 主要的 [反] minor

▲Air pollution is a **major** problem in the city.
空氣汙染是這城市主要的問題。

major
['medʒɚ]

n. [C] 主修科目

▲What was Bill's **major** in college?
Bill 在大學的主修科目是什麼？

major
['medʒɚ]

v. 主修 <in>

▲The student wants to **major in** computer science at college.
這學生想在大學主修電腦科學。

16 network
['nɛt,wɝk]

n. [C] 網狀系統 <of>；網路

▲The country has an excellent **network of** railroads.
這個國家有良好的鐵路網。

▲There is a computer **network** in the office, so the workers can share information. 這個辦公室裡有電腦網路，所以員工可以分享資訊。

network
['nɛt,wɝk]

v. 使 (電腦) 連網

▲The software allows the researchers to **network** their computers. 這個軟體使研究人員的電腦可以連網。

17 peak
[pik]

n. [C] 山頂；最高點，高峰 <at> (usu. sing.)

▲After a long climb, the climber finally reached the snow-capped **peak**. 攀爬許久後，這登山客終於到達白雪皚皚的山頂。

▲**At the peak of** the holiday season, it's difficult to book a hotel room. 要在旅遊高峰期訂飯店房間很困難。

peak
[pik]

v. 達到頂峰，達到最大值

▲Our sales were down in 2019 but **peaked** the next year.
我們的銷售量在 2019 年下跌，但隔年便達到頂峰。

Level 2

18 private
[`praɪvɪt]

adj. 私人的 [反] public；私立的 [反] public
▲The rich man owns a **private** jet. 這位富人擁有一架私人飛機。
▲The **private** hospital doesn't receive financial support from the government. 這家私立醫院並沒有接受政府的財務支援。
💡 in private 非公開的，私下的

19 receive
[rɪ`siv]

v. 得到 [同] get；收到 <from>
▲The government should make sure that all the children in the country **receive** a good education.
政府應該確保國內所有孩童都得到良好教育。
▲Charlie **received** a letter **from** an old friend.
Charlie 收到一位老朋友的來信。

20 scare
[skɛr]

v. (使) 害怕，(使) 驚恐 [同] frighten
▲The thunder **scared the life out of** the little girl.
雷聲把小女孩嚇得半死。

scare
[skɛr]

n. [sing.] 驚恐
▲Maggie **got** a **scare** when she saw the snake.
Maggie 看到蛇時嚇了一跳。

21 seek
[sik]

v. 尋找；尋求，要求 (sought | sought | seeking)
▲The climber **sought shelter** from rain in the cave.
登山客在山洞裡找到避雨處。
▲The businessman would **seek** legal **advice** before signing the contract. 這商人在簽約前會先尋求法律意見。

22 shelf
[ʃɛlf]

n. [C] 架子 <on> (pl. shelves)
▲The librarian put the book **on the top shelf**.
圖書館員把這本書放到最上面的架子。

23 style
[staɪl]

n. [C][U] 方式 <of>；[C] 風尚，潮流 [同] fashion
▲Brian likes the British **style of** living. Brian 喜歡英國的生活方式。
▲Clothing **styles** usually change with time.
服裝潮流通常會隨著時間改變。
💡 be in/out of style 正在／退流行

style
[staɪl]

v. 設計

▲This dress is **styled** to suit any occasion.

這件洋裝的設計適合任何場合。

---

24 traditional
[trə`dɪʃənl]

adj. 傳統的

▲It is **traditional** to throw rice on the newlyweds.

將米粒灑向新婚夫婦是一項傳統。

---

25 travel
[`trævl̩]

n. [U] 旅行

▲**Travel** was slow and dangerous in old times.

旅行在古時既費時又危險。

travel
[`trævl̩]

v. 旅行 <to>；行進

▲Tessa wishes to **travel to** Iceland one day.

Tessa 希望有一天去冰島旅行。

▲Light **travels** faster than sound. 光行進得比聲音快。

Unit 6

1 advice
[əd`vaɪs]

n. [U] 忠告，建議 <on>

▲The patient should **take** the doctor's **advice on** his health.

這病人應該接受醫生對他健康的忠告。

---

2 bother
[`baðɚ]

v. 費心做；使擔心，使焦急

▲The actor didn't even **bother** to answer the reporter's question. 這演員甚至懶得回答記者的問題。

▲It really **bothers** the mother that her son hasn't contacted her for a week. 這母親的兒子一週沒跟她聯絡了，讓她很擔心。

bother
[`baðɚ]

n. [U] 麻煩 [同] trouble

▲Alison refused all help because she didn't want to **give** her friends any extra **bother**.

Alison 拒絕所有的幫忙，因為她不想給朋友造成額外的麻煩。

3 **capital**
[ˈkæpət!]

n. [C] 首都；[U] 資本，資金
▲The **capital** of New Zealand is Wellington.
紐西蘭的首都是威靈頓。
▲The company tries to attract more foreign **capital**.
這家公司試圖吸引更多外國資金。

capital
[ˈkæpət!]

adj. 大寫字母的
▲The brand's logo is a **capital** "W."
這品牌的標誌是一個大寫的 "W" 字母。

4 **century**
[ˈsɛntʃərɪ]

n. [C] 世紀 (pl. centuries)
▲There were many important inventions in the twentieth **century**. 二十世紀有許多重大的發明。

5 **complex**
[kəmˈplɛks]

adj. 複雜的 [同] complicated [反] simple
▲Betty was confused about the **complex** plot of the movie.
Betty 對電影複雜的情節感到困惑。

complex
[ˈkɑmplɛks]

n. [C] 綜合大樓；情結，心理負擔 <about>
▲The old train station was transformed into a new shopping **complex**. 這棟舊火車站被改建為新的購物中心。
▲Because of the birthmark on his face, Clive **has a complex about** his looks.
由於臉上的胎記，Clive 對外表有心理負擔。

6 **contain**
[kənˈten]

v. 包含，容納
▲This dictionary **contains** about 40,000 headwords.
這本字典包含大約四萬個詞條。

7 **continue**
[kənˈtɪnju]

v. (使) 繼續；(中斷後) 再繼續 [同] resume
▲Though Cindy felt tired, she still **continued** working.
雖然 Cindy 覺得疲憊，她仍繼續工作。
▲The speaker paused for ten seconds and then **continued** his speech. 演講者停頓了十秒鐘，然後再繼續他的演講。

8 **couple**
[ˈkʌp!]

n. [sing.] 一對；幾個 <of> [同] a few；[C] 夫妻，情侶
▲The clerk asked the customer to wait for **a couple of** minutes. 店員要求顧客等幾分鐘。

▲David and Diana look like a nice **couple**.

David 和 Diana 看起來是一對很棒的情侶。

couple
[`kʌpl̩]

v. 連接，結合 <to>

▲The restaurant car is **coupled to** the sleeping car.

這餐車被連接上臥鋪車廂。

---

9 **encourage**
[ɪn`kɝɪdʒ]

v. 鼓勵 <in> [反] discourage

▲Emma **encouraged** her son **in** his ambition to become a doctor. Emma 鼓勵她兒子想成為醫生的志向。

encouragement
[ɪn`kɝɪdʒmənt]

n. [U] 鼓勵 [反] discouragement

▲With her father's support and **encouragement**, Lillian eventually achieved her goal.

有了父親的支持和鼓勵，Lillian 最終達成了她的目標。

---

10 **flight**
[flaɪt]

n. [U] 飛行 <in>；[C] 航班

▲The hunter shot down a bird **in flight**.

這獵人射殺了一隻正在飛行的鳥。

▲All of the **flights** were delayed because of the fog.

所有的航班都因起霧而延誤了。

---

11 **forward**
[`fɔrwɚd]

adj. 向前的 [反] backward

▲The driver slammed on the brakes to stop any **forward** movement. 司機突然猛踩剎車以避免再向前移動。

forward
[`fɔrwɚd]

adv. 向前；有進展地，前進地 (also forwards) [反] backward, backwards

▲Danny leaned **forward**, whispering something in Carol's ear. Danny 向前傾身，在 Carol 耳邊低語。

▲The promotion is a big step **forward** in Flora's career.

這升遷讓 Flora 在事業上前進一大步。

💡look forward to V-ing 期待…

forward
[`fɔrwɚd]

n. [C] 前鋒

▲In a football match, a **forward** is a player whose job is to attack and score goals.

在美式足球比賽中，前鋒是負責進攻和得分的球員。

forward

[`fɔrwɚd]

v. 轉寄 (郵件等) <to> [同] send on

▲Please **forward** Edmund's mail **to** his new address.

請把 Edmund 的郵件轉寄到他的新地址。

---

12 **handle**

[`hændl]

v. 應付，處理；拿，搬動

▲The military official **handled** the crisis very well.

那名軍事人員將危機處理得很好。

▲The mover **handled** the fragile china with care.

這搬家工人小心地搬動易碎的瓷器。

handle

[`hændl]

n. [C] 把手，柄

▲The **handle** of the frying pan came loose. 這煎鍋的柄鬆了。

---

13 **instead**

[ɪn`stɛd]

adv. 作為替代

▲There was no milk left, so we drank juice **instead**.

已經沒有牛奶了，所以我們喝果汁作為替代。

💡 instead of sb/sth 作為⋯的替代；而不是

---

14 **male**

[mel]

adj. 男性的，雄性的 [反] female

▲The school used to admit only **male** students.

這所學校以前只收男學生。

male

[mel]

n. [C] 男性，雄性 [反] female

▲It is reported that the suspect is a young white **male**.

據報導，嫌犯是一名年輕白人男性。

---

15 **medical**

[`mɛdɪkl]

adj. 醫學的，醫療的

▲**Medical care** has been greatly improved today.

現今醫療保健已大有進步。

---

16 **memory**

[`mɛmərɪ]

n. [C][U] 記性 <for>；[C] 回憶 <of> (usu. pl.)

▲Melissa has a good **memory for** faces.

Melissa 擅長記人的面孔。

▲The family had many happy **memories of** their stay in New York. 這家人有很多待在紐約時的快樂回憶。

💡 in memory of sb 為了紀念⋯

17 northern
[ˋnɔrðɚn]

adj. 在北部的，從北部的 (also Northern) (abbr. N)

▲It rains a lot during the winter in the **northern** part of Taiwan. 臺灣北部地區冬天多雨。

18 organization
[ˏɔrgənəˋzeʃən]

n. [C] 組織，機構；[U] 組織，籌劃 <of>

▲The United Nations is an international **organization**.
聯合國是一個國際組織。

▲The secretary helped the manager with the **organization of** the conference. 祕書幫助經理籌劃這場會議。

19 pose
[poz]

v. 造成，引起 <for, to>；擺姿勢 <for>

▲The increasing cost of living **posed** many problems **for** the elderly. 生活費上漲對老年人造成許多問題。

▲The model **posed for** a photo. 模特兒擺好姿勢照相。

pose
[poz]

n. [C] 姿勢 <in>

▲The man is sitting **in** a relaxed **pose**.
這男子以輕鬆的姿勢坐著。

20 propose
[prəˋpoz]

v. 提議，建議 <to>；提名，推薦 <for>

▲The sales manager **proposed** an alternative plan **to** the boss. 業務經理向老闆建議了個替代方案。

▲Richard was **proposed for** the position of president.
Richard 被提名董事長職位。

21 saw
[sɔ]

v. 鋸 (sawed | sawed, sawn | sawing)

▲The lumberman **sawed** the log in half.
伐木工把原木鋸成一半。

saw
[sɔ]

n. [C] 鋸子

▲The carpenter used a **saw** to cut wood. 木匠用鋸子切割木頭。

22 seem
[sim]

v. 似乎

▲Susan looked pale; she **seemed** to be sick.
Susan 看起來很蒼白，她似乎病了。

Level 2

23 seldom

['sɛldəm]

adv. 很少 [同] rarely

▲Although David is a Christian, he **seldom** goes to church.

雖然 David 是基督徒,但他很少去教堂。

24 shoot

[ʃut]

v. 射殺;開槍 <at> (shot | shot | shooting)

▲The robber was **shot dead** at the scene of the crime.

那名搶匪在犯罪現場被射殺。

▲The terrorist randomly **shot at** people on the street.

恐怖分子隨機朝街上的人們開槍。

shoot

[ʃut]

n. [C] 芽,苗;拍攝

▲The farmer planted the seeds one week ago, and now tender green **shoots** start to appear.

農夫一週前種下種子,現在嫩嫩的綠芽開始出現。

▲The photographer and some models did a **fashion shoot** in the castle. 攝影師和一些模特兒在城堡裡拍攝時裝照。

25 weight

[wet]

n. [C][U] 重量 <by>;[U] 體重

▲This grocery store sells fruit **by weight**.

這家雜貨店論重量賣水果。

▲BMI is a measure of body fat based on height and **weight**.

BMI 是根據身高和體重來計算體脂肪。

💡in weight 重量上 | gain/lose weight 增／減重

Unit 7

1 alive

[ə'laɪv]

adj. 活 (著) 的;有活力的

▲The earthquake victim was buried **alive**. 那位地震受難者被活埋。

▲Working out in the gym makes Maggie feel **alive** and full of energy. 在健身房鍛鍊讓 Maggie 覺得有活力且精力充沛。

2 ancient

['enʃənt]

adj. 古代的 [反] modern;古老的,年代久遠的 [反] new

▲**Ancient** Rome was an important civilization that once ruled most of Europe. 古羅馬是一個曾經統治大部分歐洲的重要文明。

▲**Ancient** customs are dying out quickly today.

古老的習俗在今日正快速地消失。

---

3 **avoid**

[ə`vɔɪd]

| v. | 避免，防止；避開 |

▲In Japan, people tend to **avoid** standing out from the crowd.

在日本，人們傾向避免與眾不同。

▲Young people should **avoid** bad company.

年輕人應避開壞朋友。

---

4 **chain**

[tʃen]

| n. | [C][U] 鏈條，鍊子；[C] 一連串，一系列 <of> |

▲Diane has a silver **chain** around her wrist.

Diane 手腕上有一條銀鍊子。

▲It was the **chain of events** that resulted in the tragedy

是 一連串的事件導致了那起悲劇。

chain

[tʃen]

| v. | 用鏈條拴住 <up> |

▲The dangerous dog ought to be **chained up**.

那條危險的狗應用鏈條拴住。

---

5 **charge**

[tʃɑrdʒ]

| n. | [C][U] 收費，費用 <for>；[U] 管理，負責 |

▲The **charge for** admission is ten dollars. 入場費是十美元。

▲The director **put** Nita **in charge of** the team.

主管讓 Nita 負責管理這個團隊。

charge

[tʃɑrdʒ]

| v. | 收費 <for>；指控，控告 <with> |

▲The store doesn't **charge** extra **for** delivery.

這家店不額外收運費。

▲Mr. Adams was **charged with** murdering his wife.

Adams 先生被指控謀殺他的妻子。

---

6 **conversation**

[ˌkɑnvɚ`seʃən]

| n. | [C][U] 交談，談話 <with> |

▲Tracy **had** a short **conversation with** her friends after school.

Tracy 放學後和她的朋友們小聊一下。

---

7 **danger**

[`dendʒɚ]

| n. | [U] 危險 <in>；[C] 威脅，危險因素 <to> |

▲As the injured climber was trapped in the mountains, his life was **in danger**. 由於受傷的登山客受困山區，他有生命危險。

▲Drunk driving is a **danger to** every car and person on the road. 酒駕對路上的每輛車和每個人都是威脅。

8 **difference**

[`dɪfərəns]

n. [C][U] 差別，不同 <between> [反] similarity

▲The only **difference between** the two cars is the color.

這兩部車子唯一的不同是顏色。

9 **difficulty**

[`dɪfə,kʌltɪ]

n. [U] 困難，艱辛 <in>；[C] 問題，難題 (usu. pl.) (pl. difficulties)

▲The patient **had difficulty** (in) breathing.

這名病人呼吸困難。

▲The company is having financial **difficulties**.

這家公司有財務問題。

10 **extra**

[`ɛkstrə]

adj. 額外的

▲Glen needed **extra** time and funds to carry out the project.

Glen 需要額外的時間和資金來進行這項企劃案。

extra

[`ɛkstrə]

adv. 額外地

▲If Judy works overtime, she will make $500 **extra** a month.

如果 Judy 加班，她一個月會額外多賺五百美元。

extra

[`ɛkstrə]

n. [C] 另外收費的事物

▲The price includes a main course and a dessert, but drinks are **extras**. 這價錢包含一份主餐和甜點，但飲料是另外收費的。

11 **force**

[fors]

n. [C] 部隊 (usu. pl.)；[U] 力量

▲The president sent government **forces** to put down the rebellion. 總統派政府部隊去鎮壓叛亂。

▲The **force** of the strong wind blew down a tree on the street.

強風的力量吹倒了街上的一棵樹。

force

[fors]

v. 強迫，迫使

▲The mother urged her child to eat, but she couldn't **force** him to. 這媽媽催促她的孩子吃東西，但她無法強迫他吃。

12 **greet**

[grit]

v. 問候，迎接

▲The singer was **greeted** by his fans at the airport.

那位歌手在機場受到他的歌迷迎接。

13 **hardly**

[ˋhɑrdlɪ]

adv. 幾乎不

▲Victor was very busy and **hardly** noticed his wife was talking to him. Victor 很忙，幾乎沒注意到他妻子在和他說話。

14 **likely**

[ˋlaɪklɪ]

adj. 很有可能的 [反] unlikely (likelier｜likeliest)

▲The train to Taichung is **likely** to arrive late.

開往臺中的火車很有可能會誤點。

likely

[ˋlaɪklɪ]

adv. 有可能地

▲Jon will **most likely** be absent from the meeting.

Jon 很有可能會在會議上缺席。

15 **material**

[məˋtɪrɪəl]

n. [C][U] 材料，原料；布料 [同] fabric

▲Iron is one **material** used in the production of steel.

鐵是製造鋼的一種材料。

▲This dress is made of a soft **material**.

這件洋裝是用柔軟的布料製作的。

16 **natural**

[ˋnætʃərəl]

adj. 自然的；正常的 [反] unnatural, abnormal

▲An earthquake is a **natural disaster**. 地震是自然災害。

▲It is **natural** for a child to be full of energy.

小孩精力充沛是正常的。

17 **origin**

[ˋɔrədʒɪn]

n. [C][U] 起源，源頭 <of>；[pl.] 出身，血統 <of> (～s)

▲The scientists tried to find out the **origin of** the virus.

科學家們試圖找出這病毒的源頭。

▲Most of the immigrants are **of** French **origins**.

這些移民者大部分是法國血統。

18 **painting**

[ˋpentɪŋ]

n. [C] 畫

▲Many modern **paintings** are on display in the gallery.

有很多現代畫在這畫廊中展出。

19 **possibility**

[͵pɑsəˋbɪlətɪ]

n. [C][U] 可能 (性) <of> (pl. possibilities)

▲There is little **possibility of** survival after the plane crash.

墜機後生還的可能性很小。

20 regular

[ˋrɛgjələ]

adj. 定期的，固定的 [反] irregular；規律的 [反] irregular

▲The bus runs **at regular intervals** from 6 a.m. to 10 p.m.

這班公車從早上六點到晚上十點有固定班次運行。

▲**Regular** exercise is good for your health.

規律的運動對你的健康有益。

regular

[ˋrɛgjələ]

n. [C] 常客，老顧客

▲Ariel is one of the **regulars** at the café; she goes there four times a week.

Ariel 是那家咖啡廳的常客之一，她一週去那裡四次。

21 role

[rol]

n. [C] 作用，任務 <in>；角色 <of> [同] part

▲Bob's **role in** the team is to collect data.

Bob 在這團隊中的任務是收集數據。

▲The actress **played** the **role of** a doctor in the movie.

這女演員在電影中扮演醫生的角色。

22 separate

[ˋsɛpərɪt]

adj. 單獨的，不同的

▲The chef uses **separate** cutting boards for different kinds of food. 這主廚用不同的砧板切不同種類的食物。

separate

[ˋsɛpə‚ret]

v. (使) 分開 <from>

▲Taiwan is **separated from** China by the Taiwan Strait.

臺灣和中國被臺灣海峽分開。

23 silent

[ˋsaɪlənt]

adj. 沉默的；寂靜的

▲The foreign minister **fell silent** and made no comment.

外交部長陷入沉默，未作評論。

▲At night, the street was empty and **silent**.

夜晚，這街道空蕩又寂靜。

24 speaker

[ˋspikə]

n. [C] 講某種語言的人 <of>；演講者

▲The teacher is a **native speaker of** English.

這位老師是一個以英語為母語的人。

▲The **guest speaker** gave a great speech in the workshop.

這位客座演講者在研討會上做了一場很棒的演說。

25 typhoon

[taɪˋfun]

n. [C] 颱風

▲Normally, three to four **typhoons** hit Taiwan every year.

每年通常有三到四個颱風侵襲臺灣。

Unit 8

1 among

[əˋmʌŋ]

prep. 在…中

▲Fred saw his girlfriend **among** the crowd.

Fred 在人群中看見他的女友。

2 appearance

[əˋpɪrəns]

n. [C][U] 外貌;[C] (公開) 露面

▲More and more people today have plastic surgery to alter their **physical appearances**.

現今有越來越多人進行整形手術來改變外貌。

▲The baby panda **made** its first **public appearance** in front of the news media. 熊貓寶寶首次在新聞媒體前公開露面。

3 chief

[tʃif]

adj. 最高級別的,首席的;首要的 [同] main

▲The **chief** medical officer is the most senior government advisor on public health matters.

首席醫療官是政府在公共衛生事務方面最高級別的顧問。

▲The student's **chief concern** now is the entrance exam.

這學生現在首要關心的是入學考試。

chief

[tʃif]

n. [C] 領導人;酋長

▲Jackson was once a police **chief**. Jackson 曾是警察局長。

▲The **chief** led the tribe to hunt animals in the woods.

這酋長領導部落在森林裡打獵。

4 comic

[ˋkɑmɪk]

adj. 喜劇的 [反] tragic

▲Is it a **comic** or a tragic play? 那是喜劇還是悲劇?

comic

[ˋkɑmɪk]

n. [C] 漫畫 [同] comic book

▲Many Taiwanese people enjoy reading Japanese **comics**.

許多臺灣人喜歡看日本漫畫。

5 crowd
[kraʊd]

n. [C] 人群，群眾 <of>

▲There was a **crowd of** students waiting in front of the library.

有一群學生在圖書館前面等候。

crowd
[kraʊd]

v. 擠滿 <into>

▲A lot of baseball fans **crowded into** the stadium.

許多棒球迷湧入體育場。

6 describe
[dɪ`skraɪb]

v. 描述

▲The witness was asked to **describe** the bank robber.

目擊者被要求描述銀行搶匪的樣子。

7 discovery
[dɪ`skʌvərɪ]

n. [C] 被發現的事物；[U] 發現 <of> (pl. discoveries)

▲Newton **made** many wonderful **discoveries**.

牛頓有許多傑出的發現。

▲Columbus' **discovery of** America occurred in 1492.

哥倫布在 1492 年發現了美洲。

8 education
[,ɛdʒə`keʃən]

n. [sing.][U] 教育

▲Ada **received** her **education** at home during childhood.

Ada 小時候是在家裡接受教育。

9 entire
[ɪn`taɪr]

adj. 全部的，整個的 [同] whole

▲The man was so hungry that he ate an **entire** turkey.

這男子太餓了而吃了一整隻火雞。

10 event
[ɪ`vɛnt]

n. [C] 事件；盛事

▲The French Revolution is an important **event** in history.

法國大革命是歷史上重大的事件。

▲The Olympic Games are the largest **sporting event** in the world. 奧運會是世上最大的體育盛事。

11 figure
[`fɪgjɚ]

n. [C] 數字 (usu. pl.)；[C] 人物

▲The **unemployment figures** are worryingly high.

失業數字高得令人擔心。

▲Dr. King was the **leading figure** of the Civil Rights Movement.

金恩博士是民權運動的領導人物。

figure

[ˈfɪgjɚ]

v. 認為；計算 [同] work out

▲Carol **figured** that Andy wouldn't come because he was sick.
Carol 認為 Andy 不會來，因為他生病了。

▲The couple is **figuring** their living expenses.
這對夫妻正在計算他們的生活費。

💡 figure sb/sth out 弄明白…；想出…

---

12 **further**

[ˈfɝðɚ]

adv. 更遠地；更進一步地

▲The hiker was too tired to walk **further**.
這健行者太累而無法再走下去了。

▲Though working very hard, the team hasn't got much **further** in solving the problem. 雖然很努力，這團隊還沒進一步解決這個問題。

further

[ˈfɝðɚ]

adj. 更多的，另外的

▲Before making the decision, the manager needed **further** details. 經理在做決定前需要更多的細節。

further

[ˈfɝðɚ]

v. 改進，增進

▲All nations should work together to **further** the cause of world peace. 所有國家應該一起努力來增進世界和平。

---

13 **independent**

[ˌɪndɪˈpɛndənt]

adj. 獨立的 <from>；自立的 <of> [反] dependent

▲The United States became **independent from** Britain in 1776.
美國在 1776 年脫離英國獨立。

▲Mr. and Mrs. Wilson's son has grown up; he is now **independent of** them.
Wilson 夫婦的兒子已經長大了，他現在自立了。

---

14 **instant**

[ˈɪnstənt]

adj. 立即的，立刻的 [同] immediate；速食的，即溶的

▲The novel was such an **instant success** that the author rose to fame overnight. 這本小說立即獲得成功以致於作者一舉成名。

▲The **instant** food can be prepared quickly just by adding hot water. 只要加熱水，這速食食品就可以快速地準備好。

instant

[ˈɪnstənt]

n. [sing.] 瞬息，頃刻 <in>

▲When the hunter fired his gun, the birds flew away **in an instant**. 獵人開槍時，鳥頃刻間飛走。

15 peace

[pis]

n. [sing.][U] 和平；[U] 平靜，安寧 <in>

▲People hope **world peace** will last forever.
人們希望世界可以永久和平。

▲Jerry asked his sister to go away and **left** him to finish his homework **in peace**. Jerry 要求他妹妹離開，讓他安靜地把功課做完。

💡 make (sb's) peace with sb 與…和解

16 pop

[pɑp]

n. [U] 流行音樂；[C] 砰的一聲

▲Claire loves various kinds of music such as **pop**, jazz, and funk. Claire 喜愛各種音樂，例如流行音樂、爵士樂和放克樂。

▲The host opened the champagne bottle with a **pop**.
主人砰的一聲把那瓶香檳打開了。

pop

[pɑp]

adj. 流行的

▲The fans of the **pop singer** gathered in front of the hotel where he stayed. 這流行歌手的粉絲聚集在他下榻的旅館前面。

17 population

[ˌpɑpjəˈleʃən]

n. [C] 人口 (usu. sing.)

▲The world's **population** is still increasing. 世界人口還在增加中。

18 prove

[pruv]

v. 證明，證實；結果是 (proved | proved, proven | proving)

▲The suspect has to **prove his innocence**.
這個嫌疑人必須證明自己無罪。

▲The advertising campaign **proved** to be a success.
這個廣告宣傳活動結果很成功。

19 return

[rɪˈtɝn]

v. 返回 <from> [同] go back；歸還，放回 <to> [同] give back

▲What time will Arlen **return from** work? Arlen 幾點會下班回家？

▲The student must **return** the book **to** the library by next Monday. 這學生必須在下星期一前把這本書還給圖書館。

return

[rɪˈtɝn]

n. [sing.] 返回 <on>；歸還，放回 <of>

▲**On her return** from the trip, Debby found that nobody was at home. Debby 旅行返家時，發現家裡都沒有人。

▲Arnold was happy about the **return of** his stolen wallet.
Arnold 對失竊皮夾的歸還感到非常高興。

💡 in return (for sth) 作為 (…) 交換或回報

20 shot
[ʃɑt]

| n. | [C] 開槍，射擊；射門，投籃 |

▲ The police officer pulled out his gun and **fired** one **shot**.

這警官拔槍後開了一槍。

▲ The player scored with a **shot** from the left in the last minute.

這球員在最後一分鐘從左方射門得分。

21 smooth
[smuð]

| adj. | 光滑的 [反] rough；順暢的 |

▲ The baby's skin is **as smooth as silk**.

這嬰兒的皮膚像絲一般光滑。

▲ The airplane made a **smooth** landing in the heavy rain.

飛機在大雨中順利降落。

smooth
[smuð]

| v. | (使) 平整 |

▲ The girl **smoothed** her dress and stepped forward.

這女孩撫平她的洋裝，然後往前走。

22 success
[sək`sɛs]

| n. | [C][U] 成功 <in> [反] failure；[C] 成功的事物 [反] failure |

▲ The business had much **success** in enhancing their public image. 這間公司在提升公眾形象方面極為成功。

▲ The movie **was a huge success**; lots of people went to see it.

這部電影獲得巨大的成功，有許多人去看。

23 switch
[swɪtʃ]

| n. | [C] 開關；徹底改變 <to> (usu. sing.) |

▲ The room was dark, so Elaine turned on the **light switch**.

房間很暗，所以 Elaine 把電燈開關打開。

▲ A growing number of people have **made the switch to** green cleaning products. 越來越多人已徹底改用環保清潔產品。

switch
[swɪtʃ]

| v. | 改變，調換 <to> [同] change |

▲ I suggest we **switch** the meeting **to** Friday.

我建議我們把會面改到星期五。

24 upon
[ə`pɑn]

| prep. | 在…之上 |

▲ The gentleman wore a hat **upon** his head.

這名紳士頭上戴著一頂帽子。

💡 once upon a time 很久以前

Level 2

25 **wild**

[waɪld]

 adj. 野生的 [反] tame；未經開墾的

▲The **wild** horse hasn't been tamed. 這匹野馬還沒被馴服。

▲Very few people live in the **wild** region.

很少人住在這未經開墾的地區。

wild

[waɪld]

 adv. 撒野地，肆意胡鬧地

▲The kids **ran wild** after their parents left the room.

孩子們在父母離開房間後肆意胡鬧。

wild

[waɪld]

 n. [sing.] 荒野，荒地 (the ～) <in>

▲Fewer and fewer tigers live **in the wild** these days.

現今越來越少的老虎生活在荒野。

Unit 9

1 **army**

[ˋɑrmɪ]

 n. [C] 陸軍，軍隊 (the ～) <in> (pl. armies)

▲The general has served **in the army** for thirty years.

這位將軍在軍隊已服務了三十年。

2 **cancer**

[ˋkænsɚ]

 n. [C][U] 癌

▲The patient died of **stomach cancer**. 這病人死於胃癌。

3 **classical**

[ˋklæsɪk]ǃ

 adj. 古典的

▲Do you prefer **classical music** or pop music?

你比較喜歡古典樂還是流行音樂？

4 **coin**

[kɔɪn]

 n. [C] 硬幣

▲The boys **tossed a coin** to decide who would go first.

男孩們丟銅板決定誰先走。

coin

[kɔɪn]

 v. 創造，首次使用 (詞語)

▲The expression was **coined** by the writer.

這個用語是由這位作者創造的。

5 **confident**

[ˋkɑnfədənt]

 adj. 確信的；自信的，有信心的 <about>

▲The manager is **confident** that the boss will accept the proposal. 經理確信老闆會接受這個提案。

▲Lucas is **confident about** himself and his abilities.

Lucas 對自己和自己的能力有信心。

---

6 **current**

[`kɝənt]

adj. 現時的，當前的 [同] present

▲In the **current** economic situation, changing jobs may not be a good idea. 就當前的經濟情勢，換工作可能不是好主意。

current

[`kɝənt]

n. [C] 水流；氣流 <of>

▲The swimmer was swept away by **ocean currents**.

游泳者被洋流沖走。

▲A **current of** cool air blew across Fanny's face.

一股涼爽的氣流吹過 Fanny 的臉龐。

---

7 **display**

[dɪ`sple]

n. [C] 陳列，展示；表露 <of>

▲The **window display** attracted many customers to go into the shop. 這櫥窗陳列吸引很多顧客進店。

▲The boy's willingness to hold the snake was a good **display of** courage. 這男孩願意握住蛇是個很好的勇氣表露。

display

[dɪ`sple]

v. 陳列，展示；表露

▲Many kinds of clocks were **displayed** in this shop.

這家店裡展示了許多種類的時鐘。

▲Jason never **displays** his emotions in public.

Jason 從不當眾表露情緒。

---

8 **dot**

[dɑt]

n. [C] 小圓點

▲The shirt is white with black **dots**. 這件襯衫是白底黑點。

dot

[dɑt]

v. 在…上加點；散布 <with> (dotted | dotted | dotting)

▲The teacher taught the little girl to **dot** her i's.

老師教小女孩在字母 i 上面加點。

▲The lawn is **dotted with** little yellow flowers.

草坪上散布著小黃花。

---

9 **environment**

[ɪn`vaɪrənmənt]

n. [sing.] 自然環境 (the 〜)；[C][U] 環境

▲Some chemical factories polluted **the environment**.

一些化學工廠汙染自然環境。

▲The international company provides a nice **working environment** for its employees.

這家跨國公司為員工提供很好的工作環境。

---

10 firm

[fɝm]

n. [C] 公司，行號

▲The two salesmen work for an electronics **firm**.

這兩個業務員為一家電子公司工作。

firm

[fɝm]

adj. 堅硬的 [反] soft；牢固的，穩固的 [同] secure

▲Melody prefers a **firm** mattress to a soft one.

Melody 比較喜歡硬床墊勝過軟床墊。

▲Before climbing up the ladder, Chester made sure it was **firm**.

在爬梯子前，Chester 先確認它是穩固的。

firm

[fɝm]

v. 使 (土) 變硬，使 (土) 堅實

▲The gardener **firmed** the soil around the new plant with his feet. 園丁用腳把新植物周圍的土壓實。

firm

[fɝm]

adv. 牢固地

---

11 focus

[ˋfokəs]

n. [sing.] (注意等的) 中心，焦點 <of>；[U] (圖像的) 清晰

▲The conference is now the **focus of** everyone's attention.

這場會議是當前每個人注意的焦點。

▲It isn't a good picture because the image is **out of focus**.

這不是張好照片，因為畫面模糊。

focus

[ˋfokəs]

v. 使集中 <on> [同] concentrate；調節 (鏡頭等的) 焦距 <on> (focus(s)ed | focus(s)ed | focus(s)ing)

▲The student tried to **focus** his **attention on** reading.

這學生試著把注意力集中在閱讀上。

▲The scientist is **focusing** a telescope **on** the moon.

這科學家正把望遠鏡的鏡頭焦點對準月球。

---

12 growth

[groθ]

n. [sing.][U] 生長；增長 [反] decline

▲The pears have reached full **growth**. 這些梨子已經成熟了。

▲One way to limit population **growth** is to promote family planning. 限制人口成長的方式之一是推廣家庭計畫。

13 **human**
[`hjumən]

adj. 人的，人類的

▲Recent research has showed that eating too much salty food is bad for the **human body**.

近期研究顯示吃太多高鹽分食物對人體有害。

human
[`hjumən]

n. [C] 人，人類

▲It's important to fix the damage that we **humans** have done to the Earth. 解決我們人類對地球已造成的傷害是重要的。

14 **identity**
[aɪ`dɛntətɪ]

n. [C][U] 身分；[U] 特點，個性 (pl. identities)

▲The spy keeps his **identity** a secret. 這名間諜隱藏他的身分。

▲Teenagers need a **sense of identity** to give them stability during an uncertain time of life.

青少年需要認同感，好讓他們在生命不確定時期感到穩定。

💡identity card (= ID card) 身分證

15 **instruction**
[ɪn`strʌkʃən]

n. [C] 指示，命令 (usu. pl.)；[pl.] 說明書 (~s)

▲The general **gave instructions** that the soldiers had to get to the town by dawn. 將軍命令士兵們必須在破曉前抵達小鎮。

▲Daisy referred to the **instructions** to see how to use the camera. Daisy 參考說明書看如何使用這部相機。

16 **instrument**
[`ɪnstrəmənt]

n. [C] 器械；樂器 [同] musical instrument

▲**Surgical instruments** like scissors and clamps are used in general surgery.

外科手術器械像是剪刀和鉗子是在一般手術中使用的。

▲The musician is especially interested in **stringed instruments**. 這音樂家對弦樂器特別有興趣。

17 **personal**
[`pɝsn̩l]

adj. 個人的；私人的

▲The passengers were told to collect their **personal belongings** before leaving the aircraft.

乘客們被告知在離開飛機前要收好個人財物。

▲The actor refused to answer any question concerning his **personal life**. 這位演員拒絕回答任何跟私生活相關的問題。

| 18 **prefer** | v. 較喜歡；寧可 <to> (preferred ∣ preferred ∣ preferring) |
| [prɪˋfɝ] | ▲Peter **prefers** beer **to** red wine. 比起紅酒，Peter 更喜歡啤酒。 |

19 **reality**	n. [C][U] 現實，事實 (pl. realities)
[rɪˋælətɪ]	▲The dream of sending a man to the moon has become a **reality**. 把人送上月球的夢想已經成為事實。
	💡 in reality 事實上，實際上

20 **royal**	adj. 皇室的
[ˋrɔɪəl]	▲Prince William is a member of the British **royal** family. 威廉王子是英國皇室的成員。
royalty	n. [C] (專利) 使用費，(著作的) 版稅 (usu. pl.)
[ˋrɔɪəltɪ]	▲The author donated half of the **royalties** from his new book to the charity. 這作者將其新書的一半版稅捐給慈善機構。

| 21 **similar** | adj. 相似的 <to> [反] different |
| [ˋsɪmələ] | ▲Guishan Island is **similar to** a turtle in shape. 龜山島的形狀與烏龜的形狀相似。 |

| 22 **soccer** | n. [U] 足球 [同] football |
| [ˋsakə] | ▲Ben enjoys playing **soccer**. Ben 喜歡踢足球。 |

23 **solve**	v. 解決 (問題等)；偵破
[salv]	▲Staying optimistic is the best way of **solving** a problem. 保持樂觀是解決問題最好的方法。
	▲The police haven't been able to **solve** this case yet. 警察還未能偵破此案。

24 **target**	n. [C] (要達到的) 目標 [同] goal；(攻擊的) 目標
[ˋtɑrgɪt]	▲**Setting sales targets** helps keep the team focusing on achieving their goals. 設定銷售目標幫助這團隊持續專注於達成他們的目標。
	▲The opera house became a **terrorist target**. 這歌劇院成為恐怖分子攻擊的目標。
	💡 meet/achieve/reach a target 達到目標

| target | v. | 以…為目標或對象 <at> |

target
[ˋtɑrgɪt]
▲The TV program is **targeted at** preschool children.
這電視節目以學齡前兒童為對象。

---

25 **value**
[ˋvæljʊ]
n. [C][U] 價值，價格 <of>；[U] 重要性 <of>
▲The **value of** gold was over $1,800 an ounce.
金價一盎司超過一千八百美元。
▲Few people realize the **value of** health.
很少人了解健康的重要性。

value
[ˋvæljʊ]
v. 珍重，重視；給…估價 <at>
▲The celebrity **values** privacy above anything else.
這名人把隱私看得比什麼都重要。
▲The diamond necklace was **valued at** $9,000.
這條鑽石項鍊估價為九千美元。

Unit 10

1 **chemical**
[ˋkɛmɪkl̩]
adj. 化學的
▲H_2O is the **chemical formula** for water. H_2O 是水的化學式。

chemical
[ˋkɛmɪkl̩]
n. [C] 化學製品
▲The factory released **toxic chemicals** into the river.
這工廠排放有毒化學品進到河裡。

---

2 **childhood**
[ˋtʃaɪld͵hʊd]
n. [C][U] 童年 <since>
▲Hayao Miyazaki has been interested in planes **since childhood**. 宮崎駿從小就對飛機感興趣。

---

3 **command**
[kəˋmænd]
n. [C] 命令；[U] 指揮，控制
▲The captain **gave** a **command** to abandon ship, and his crew obeyed it. 船長下令棄船，而他的船員都遵從了。
▲The United Nations troops were **under the command of** an American general. 這聯合國部隊由一位美國將軍指揮。

command

[kə`mænd]

v. 命令，要求

▲The general **commanded** that the soldiers (should) follow him. 將軍命令士兵跟著他。

---

4 **connection**

[kə`nɛkʃən]

n. [C] 關聯 <between> [同] link；[C][U] 連接

▲There is a **connection between** global warming and extreme weather. 全球暖化和極端氣候有關聯。

▲The telephone **connection** was cut by the flood.

電話連接因水災而中斷了。

💡 in connection with sth 與…有關

---

5 **develop**

[dɪ`vɛləp]

v. (使) 發展，(使) 成長 <into>；開發

▲The fishing village has **developed into** an international harbor. 這漁村發展成一個國際港口。

▲It will take years to **develop** a vaccine for the disease.

開發此疾病的疫苗要耗費數年。

development

[dɪ`vɛləpmənt]

n. [U] 成長，發展

▲Exercise is very important for child **development**.

運動對孩童成長很重要。

---

6 **effect**

[ɪ`fɛkt]

n. [C][U] 影響，效果 <on>

▲The oil spill **had** a disastrous **effect on** the ocean.

漏油事件對海洋有災難性的影響。

effect

[ɪ`fɛkt]

v. 使發生，實現 [同] bring about

▲The employees' efforts to **effect** change in the company's policy were unsuccessful.

員工們想改變公司政策的努力失敗了。

---

7 **expression**

[ɪk`sprɛʃən]

n. [C][U] 表達，表示 <of>；表情，神情

▲Lucy decided to send Vincent a present as an **expression of thanks** for his help.

Lucy 決定送 Vincent 一個禮物以表達感謝他的幫忙。

▲There is a **pained expression** on the patient's face.

這病人的臉上有痛苦的表情。

8 **favorite**

['fevrɪt]

| adj. | 最喜歡的 |

▲Blue is Gail's **favorite** color. 藍色是 Gail 最喜歡的顏色。

favorite

['fevrɪt]

| n. | [C] 最喜愛的人或事物 |

▲Clare is the teacher's **favorite**. Clare 是老師最喜愛的學生。

9 **fit**

[fɪt]

| v. | 合身；放得進 <into> (fit, fitted | fit, fitted | fitting) |

▲This dress **fits** Gloria **perfectly**. 這件洋裝 Gloria 穿起來很合身。

▲The bed is too big to **fit into** this bedroom.

這床太大而放不進這間臥室。

fit

[fɪt]

| adj. | 健康的 [反] unfit；適合的 <for> [反] unfit (fitter | fittest) |

▲Hazel goes jogging every day to **keep fit**. Hazel 每天慢跑健身。

▲I think Larry is **fit for** the job. 我認為 Larry 適合做這項工作。

fit

[fɪt]

| n. | [C] (情緒的) 突發 <of> |

▲The man has **fits of** depression now and then.

這男子有時會突然覺得憂鬱。

fit

[fɪt]

| adv. | 幾乎…地 |

10 **former**

['fɔrmɚ]

| adj. | 以前的，舊時的；前任的 [同] ex- |

▲Uzbekistan was a member of the **former** Soviet Union.

烏茲別克曾是前蘇聯的一員。

▲Mike is the **former** president of the company.

Mike 是這家公司的前任董事長。

11 **introduction**

[,ɪntrə'dʌkʃən]

| n. | [U] 採用，引進 <of>；[C] 介紹 |

▲The company's profits have doubled since the **introduction of** the new technology. 公司的利潤自從引進這新科技後已翻倍了。

▲As all the guests know each other, there is no need for the host to **make the introductions**.

因為客人們彼此都認識，主人就不需要做介紹。

12 **iron**

['aɪɚn]

| n. | [U] 鐵；[C] 熨斗 |

▲Strike while the **iron** is hot. 【諺】打鐵趁熱 (把握良機)。

▲Because the **iron** was too hot, Kate scorched her skirt.

因為熨斗太燙了，Kate 把她的裙子燙焦了。

iron

[`aɪɚn]

v. 熨 (衣)，燙平 [同] press

▲Colin has just **ironed** his shirts and pants.

Colin 剛燙好他的襯衫和褲子。

iron

[`aɪɚn]

adj. 強硬堅定的

▲The leader is a man with an **iron will** and steely determination. 這位領袖有鋼鐵般強硬堅定的意志與決心。

---

13 **judge**

[dʒʌdʒ]

n. [C] 法官；(比賽的) 裁判員，評審

▲When the **judge** entered the courtroom, all the people stood up. 當法官進入法庭時，所有的人都起立。

▲The game started as soon as the **judge** blew his whistle.

裁判一吹哨子比賽就開始。

judge

[dʒʌdʒ]

v. 斷定，判斷

▲Judy's parents taught her not to **judge** people by their looks.

Judy 的父母教她不要以貌取人。

---

14 **limit**

[`lɪmɪt]

n. [C] 限制 <for>；極限 <of>

▲There is no age **limit for** health insurance plans.

參加健保計畫沒有年齡限制。

▲Megan has **reached the limit of** her patience.

Megan 已經忍無可忍了。

limit

[`lɪmɪt]

v. 限制 <to>

▲Each package tour is **limited to** 20 participants.

每個套裝旅遊行程限二十個人參加。

---

15 **pain**

[pen]

n. [C][U] (身體上的) 疼痛 <in>；(心理上的) 痛苦 <of>

▲John felt a **pain in** his left leg. John 感到左腳一陣疼痛。

▲Ivy suffered the **pain of** being separated from her family.

Ivy 經歷與家人分離的痛苦。

pain

[pen]

v. 使痛苦，使痛心

▲It **pained** Eric to see the poor children begging on the streets.

看到窮孩子在街上乞討讓 Eric 痛心。

---

16 **production**

[prə`dʌkʃən]

n. [U] 生產，製造 <of>；產量 <in>

▲Yeast is used in the **production of** bread.

酵母在製造麵包時被使用。

▲Owing to the water shortage, there was a **drop in** rice **production**. 因為缺水之故，稻米產量下跌。

---

17 **proper**

[`prɑpɚ`]

adj. 正確的；適當的 [反] improper

▲Kevin showed his kid the **proper way** to brush teeth.

Kevin 教他孩子正確的刷牙方式。

▲It is **proper** to take off your shoes before entering a house in Japan. 在日本，進屋前脫鞋是適當的。

---

18 **recover**

[rɪ`kʌvɚ`]

v. 康復，恢復 <from>；找回

▲Ken hopes his mother will **recover from** her illness soon.

Ken 希望他母親早日從疾病中康復。

▲Do you know how to **recover** the files that I have just deleted by accident? 你知不知道該如何把我剛剛不小心刪除的檔案找回來？

---

19 **sand**

[sænd]

n. [U] 沙；[C][U] 沙灘

▲Walking along the beach, the girl had **sand** in her shoes.

沿著沙灘走，女孩的鞋子進沙了。

▲The couple sat on the **sand**, watching the waves rolling.

這對夫妻坐在沙灘上，看著海浪翻滾。

sand

[sænd]

v. (用砂紙) 打磨，磨光 <down>

▲Before painting the bookshelf, the carpenter **sanded** it **down** thoroughly. 在粉刷書架之前，木匠先用砂紙把它徹底磨光。

---

20 **spelling**

[`spɛlɪŋ]

n. [U] 拼字，拼寫；[C] 拼法

▲The teacher asked the student to correct his **spelling mistakes**. 老師要求這學生改正他的拼字錯誤。

▲The American and British **spellings** of some words are different. 某些字在美式和英式英文中的拼法不一樣。

---

21 **spirit**

[`spɪrɪt]

n. [sing.][U] 精神 <in>；[pl.] 情緒 <in> (~s)

▲The old lady feels young **in spirit**. 這老婦人精神上感覺年輕。

▲The team won the game, so all the team members were **in high spirits**. 這支隊伍贏了比賽，所以所有隊員都興高采烈。

22 support

[sə`port]

n. [U] 支持 <of>；鼓勵 <of>

▲The president lost the **support of** the people after the political scandal. 總統在政治醜聞後失去了人民的支持。

▲With the **support of** her family, Lena has made it through the difficult times. 因為家人的支持鼓勵，Lena 度過了困難時期。

support

[sə`port]

v. 支持，贊成；養活

▲The plan was **supported** by the participants in the meeting. 這計畫受到與會者的支持。

▲Jordan needs a high income to **support** such a large family. Jordan 需要高薪來養活這麼大的家庭。

---

23 tax

[tæks]

n. [C][U] 稅

▲The professional baseball player has to pay 40% **tax on** his income. 這位職業棒球選手須付 40% 的所得稅。

tax

[tæks]

v. 對⋯課稅

▲The government **taxes** the rich to provide welfare services for the poor. 政府向富者課稅以提供貧者福利服務。

---

24 war

[wɔr]

n. [C][U] 戰爭 [反] peace

▲A **war broke out** between the United States and Iraq. 美國與伊拉克之間爆發了戰爭。

---

25 waste

[west]

n. [sing.][U] 浪費 <of>；[U] 廢物，廢料

▲The campaign is just **a waste of** time and money. 這活動只是浪費時間和金錢。

▲**Nuclear waste** could endanger humans forever. 核廢料可能會長久危害人類。

waste

[west]

v. 浪費 <on>；白費，未好好利用

▲Mavis **wasted** a lot of time **on** video games. Mavis 浪費很多時間在電玩上。

▲Molly **wasted** a good opportunity because of her indecision. Molly 因優柔寡斷而白費了好機會。

Unit 11

1 **activity**
[æk`tɪvətɪ]

n. [C][U] 活動，行動；[C] (娛樂) 活動 (pl. activities)

▲People are worried about growing gang **activity** in the city.
人們因城裡的幫派活動漸增感到擔心。

▲Some of the extracurricular **activities** are strongly recommended to the students.
有一些課外活動被強力推薦給學生們。

2 **against**
[ə`gɛnst]

prep. 反對；對抗

▲Several legislators voted **against** the bill.
幾位立法委員投票反對該法案。

▲The two teams will play **against** each other in today's game.
這兩支隊伍將在今天的比賽中對決。

3 **clothing**
[`kloðɪŋ]

n. [U] 衣服

▲Only two **pieces of clothing** can be taken into the fitting room at one time. 一次只能帶兩件衣服進入試衣間。

4 **complete**
[kəm`plit]

adj. 完全的 [同] total；完整的 [同] whole [反] incomplete

▲Nothing was achieved in the meeting; it was a **complete** waste of time. 會議中沒有達成任何事，這完全是浪費時間。

▲The library contains the **complete** works of Mark Twain.
這座圖書館保有馬克·吐溫完整的作品。

v. 完成；使完整

complete
[kəm`plit]

▲The bridge took only 8 months to **complete**.
這座橋只花了八個月就完工了。

▲Nina needs two more stamps to **complete** her collection.
Nina 需要再兩張郵票，她的收集就完整了。

5 **curious**
[`kjʊrɪəs]

adj. 好奇的 <about>

▲The students are **curious about** how life began.
學生們好奇生命是如何開始的。

6	**delivery**	n. [C][U] 運送，遞送 <of> (pl. deliveries)
	[dɪ`lɪvərɪ]	▲The **delivery of** mail has been delayed by the heavy snow.
		大雪延誤了郵件的遞送。

7	**express**	v. 表達，表示
	[ɪk`sprɛs]	▲Nick **expressed** his **opinions** on the topic.
		Nick 對這主題表達他的看法。
		💡express oneself 表達自己的想法或感受
	express	adj. 快遞的；特快的，直達的
	[ɪk`sprɛs]	▲Evan sent the package by **express mail**. Evan 用快遞寄包裹。
		▲The **express train** doesn't stop at every station and thus can travel very quickly.
		這輛特快火車不是在每個車站都停下來，所以可以開得很快。
	express	adv. 用快遞
	[ɪk`sprɛs]	▲Phoebe sent the important document **express**.
		Phoebe 用快遞寄這份重要的文件。
	express	n. [C] 快車 (usu. sing.)；[U] 快遞 <by>
	[ɪk`sprɛs]	▲The traveler took the **Orient Express** to cross Europe.
		這旅客搭東方快車穿越歐洲。
		▲To save time, the package will be sent **by express**.
		為了節省時間，這包裹會用快遞郵寄。

8	**fear**	n. [C][U] 害怕，懼怕
	[fɪr]	▲The girl trembled with **fear** when she heard strange sounds in the house. 當女孩聽到房子裡傳來怪聲音時，她害怕地發抖。
		💡for fear (that).../of sth 以免…
	fear	v. 害怕，懼怕
	[fɪr]	▲Those brave soldiers didn't **fear** death. 那些勇敢的士兵不怕死。

9	**folk**	n. [pl.] 人們；父母，家屬 (～s)
	[fok]	▲**Ordinary folks** can do extraordinary things.
		平凡人可以做不平凡的事。
		▲Dylan goes back home to visit his **folks** on weekends.
		Dylan 週末時會回家探望父母。

10 gain

[gen]

v. 獲得 <from>；增加

▲The student **gained** work experience **from** the internship program. 這學生在實習計畫中獲得了工作經驗。

▲Benson **gained** five pounds in a month.
Benson 一個月內增加了五磅。

gain

[gen]

n. [C] 收獲；[C][U] 增加 [反] loss

▲No pains, no **gains**. 【諺】一分耕耘，一分收穫。

▲Having too much fast food may lead to **weight gain**.
吃太多速食可能導致體重增加。

11 golden

[ˋgoldn̩]

adj. 金色的；極佳的，非常有利的

▲Hannah is a beautiful woman with **golden** hair.
Hannah 是位有著金髮的美麗女子。

▲Now is the **golden opportunity** to buy a car.
現在是買車的大好時機。

12 latest

[ˋletɪst]

adj. 最新的，最近的

▲People can get access to the **latest** information on the Internet.
人們能在網路上接觸到最新的資訊。

13 leaf

[lif]

n. [C] 葉子 (pl. leaves)

▲Some **leaves** turn yellow in autumn. 一些葉子在秋天變成黃色。

💡turn over a new leaf 改過自新

14 loss

[lɔs]

n. [C][U] 失去，喪失 <of>；死亡 <of>

▲The side effects of the medicine include headaches and **loss of appetite**. 這藥物的副作用包括頭痛和喪失食慾。

▲The woman cried over the **loss of** her lover.
這女子因失去愛人而哭泣。

15 mature

[məˋtjʊr]

adj. 成熟的 [反] immature (maturer | maturest)

▲The young man should be **mature enough** to deal with the problem. 這年輕人應該夠成熟可以處理這個問題。

16 recent

[ˋrisn̩t]

adj. 最近的，近來的

▲In **recent** months, people have taken to wearing face masks in public places. 最近幾個月，人們已開始在公共場所戴口罩。

17 responsible

[rɪˋspɑnsəbḷ]

adj. 負有責任的 <for>；作為原因的 <for>

▲The bus driver should be **responsible for** the safety of the passengers on the bus. 公車司機應該負責車上乘客的安全。

▲The typhoon was **responsible for** the high prices of vegetables. 颱風是高菜價的原因。

18 snack

[snæk]

n. [C] 點心，零食

▲Cathy often eats **snacks** between her main meals.
Cathy 常常在正餐之間吃點心。

snack

[snæk]

v. 吃零食

▲To stay fit, Leila avoided **snacking** between meals.
為了保持身材，Leila 在餐與餐之間避免吃零食。

19 sort

[sɔrt]

n. [C] 種類 <of> [同] kind, type

▲The little boy has **all sorts of** toys. 這小男孩有各種玩具。

💡 sort of 有點

sort

[sɔrt]

v. 把…分類 <into>

▲May **sorted** the old letters **into** those to be shredded and those to be kept. May 把舊信件分類成要用碎紙機撕毀和要保留的。

20 source

[sɔrs]

n. [C] 來源，出處 <of>；(消息等) 來源

▲For many people, music is the **source of** endless pleasure.
音樂對很多人來說是無限快樂之源。

▲Nora has heard from **reliable sources** that the man is married.
Nora 從可靠來源得知這男子已婚。

21 spider

[ˋspaɪdɚ]

n. [C] 蜘蛛

▲Most **spiders** spin webs. 大部分的蜘蛛織網。

22 stick

[stɪk]

v. 黏貼 <on>；插入 <into> (stuck | stuck | sticking)

▲Cole **stuck** a poster **on** the wall of his bedroom.
Cole 在他房間的牆上貼了一張海報。

▲Polly **stuck** pins **into** a map to show which countries she had been to. Polly 在地圖上插入圖釘以顯示她去過哪些國家。

💡 stick together 團結一致 | stick up 豎起

stick

[stɪk]

n. [C] 樹枝；手杖，拐杖

▲The climbers collected some dry **sticks** to start a fire.

登山客們收集了一些乾樹枝來生火。

▲The old lady walks with a **stick**. 這老婦人用拐杖走路。

---

23 **task**

[tæsk]

n. [C] 工作，任務 [同] job

▲Renee finished some **tasks** in the office today.

Renee 今天在辦公室完成了一些工作。

task

[tæsk]

v. 派給…任務 <with>

▲The team was **tasked with** finding a solution to the problem.

這團隊被指派設法解決問題的任務。

---

24 **throughout**

[θru`aʊt]

prep. 遍及，到處；從頭到尾

▲The disease spread **throughout** the world within a few months.

這疾病在幾個月內傳遍了全世界。

▲The crowd cheered **throughout** the game.

群眾整場比賽都在歡呼吶喊。

throughout

[θru`aʊt]

adv. 到處

▲The laboratory is painted white **throughout**.

這實驗室到處都被漆成白色。

---

25 **toothbrush**

[`tuθ,brʌʃ]

n. [C] 牙刷

▲The boy used a **toothbrush** to clean his teeth.

這男孩用牙刷清潔他的牙齒。

Unit 12

1 **alone**

[ə`lon]

adv. 獨自地；單獨地，孤獨地 [同] by oneself

▲Judy can't do the difficult job **alone**.

Judy 無法獨自做這個困難的工作。

▲After Hank's wife passed away, he lived **alone**.

Hank 的妻子過世後，他便獨居。

alone

[ə`lon]

adj. 獨自一人的

▲Being **alone** in a strange city can be frightening.

獨自一人在一個陌生的城市可能會令人害怕。

2 **building**

[`bɪldɪŋ]

n. [C] 建築物

▲The big city has many tall **buildings**.

這個大城市有許多高的建築物。

3 **college**

[`kɑlɪdʒ]

n. [C][U] 學院，大學 [同] university

▲Corey **went to college** after graduating from senior high school. Corey 高中畢業後就去上大學。

4 **condition**

[kən`dɪʃən]

n. [pl.] 條件，情況 (~s)；[U][sing.] 狀態，狀況

▲Poor **living conditions** may lead to increased risk of injury or disease. 生活條件差可能導致受傷或生病的風險增加。

▲Although the car is very old, it is **in good condition**.

雖然這輛車很舊了，它的狀況很好。

condition

[kən`dɪʃən]

v. 使習慣於，使適應

▲In the past, women were **conditioned** to obey their husbands. 女性在過去習慣於服從她們的丈夫。

5 **cycle**

[`saɪkl̩]

n. [C] 週期，循環

▲The caterpillar built a cocoon and entered a new stage of its **life cycle**—the pupa.

毛毛蟲結繭並進入牠生命週期的新階段——蛹。

cycle

[`saɪkl̩]

v. 騎腳踏車 [同] bike

▲How about **going cycling** in the park? 到公園騎腳踏車如何？

6 **discover**

[dɪ`skʌvɚ]

v. 找到，發現

▲The engineers **discovered** oil while they were digging in the desert. 工程師們在沙漠中挖掘時找到了石油。

7 **form**

[fɔrm]

n. [C] 種類，類型 <of>；形式

▲Cycling is a cheap and popular **form of** transportation.

騎單車是一種便宜又受歡迎的交通類型。

▲The medicine is usually **in the form of** pills.

這個藥通常是藥丸的形式。

💡take the form of 以⋯形式出現

form

[fɔrm]

v. 成立；形成

▲The organization was **formed** by a group of lawyers.

這組織是由一群律師所成立。

▲Mutual trust **forms** the basis of a relationship.

互信形成一段關係的基礎。

---

8 **general**

[`dʒɛnərəl]

adj. 大體的，大致的；總的，普遍的

▲Sally spoke **in general terms** about the plan; she didn't know its full details. Sally 大致講了一下這計畫，她不知道全部細節。

▲The guest's **general** impression of the hotel is excellent.

這住客對飯店總的印象很好。

💡in general 一般來說

general

[`dʒɛnərəl]

n. [C] 將軍

▲A **general** is an officer of very high rank in the army.

將軍是陸軍中階級非常高的軍官。

---

9 **giraffe**

[dʒə`ræf]

n. [C] 長頸鹿

▲A **giraffe** has a very long neck and long legs.

長頸鹿有很長的頸部和長腿。

---

10 **gold**

[gold]

n. [U] 金，黃金

▲The bracelet is made of **pure gold**. 這手鐲是由純金打造。

gold

[gold]

adj. 金 (製) 的

▲The wealthy man wears a **gold** watch at all times

這有錢人總是戴著一只金錶。

---

11 **humble**

[`hʌmbḷ]

adj. 謙虛的 [反] proud；地位低下的，卑微的 (humbler ∣ humblest)

▲The **humble** man is not proud of his achievements.

這謙虛的男子不自傲於自己的成就。

▲The celebrity always remembers her **humble origins** and helps the poor. 這位名人總是記得自己卑微的出身並幫助窮人。

12 latter
[ˋlætɚ]

adj. (兩者中) 後者的 [反] former；後面的，後半的

▲Of the two words "modest" and "humble," **the latter** word is used more frequently.
在 "modest" 和 "humble" 這兩個字當中，後者這個字較常用。

▲The film will be released in the **latter** part of the year.
這部電影將在下半年上映。

13 liberal
[ˋlɪbərəl]

adj. 開放的，開明的

▲The father has a **liberal** attitude toward his children's education. 這父親對孩子們的教育抱持著開放的態度。

14 measure
[ˋmɛʒɚ]

v. 測量；尺寸為⋯

▲A mile is a unit for **measuring** distance. 英里是測量距離的單位。

▲The table **measures** 3 feet in width.
這張桌子尺寸為三英尺寬。

measurement
[ˋmɛʒɚmənt]

n. [C] 尺寸；[U] 測量 <of>

▲Before buying a bed, Stacey **took measurements** of her bedroom. 在買床之前，Stacey 先測量她臥室的尺寸。

▲Exercise can affect the accuracy of one's **measurement of** blood pressure. 運動會影響一個人血壓測量的準確性。

15 necessary
[ˋnɛsəˏsɛrɪ]

adj. 必需的，不可或缺的

▲It is **necessary** to dress formally for the interview.
穿著正式來參加這面試是必需的。

16 period
[ˋpɪrɪəd]

n. [C] 一段時間 <of>；(人生中或歷史上的) 時期

▲People with a cold should remain at home for a short **period of time**. 感冒的人應該在家裡待上一小段時間。

▲During the Jurassic **period**, dinosaurs dominated the Earth.
在侏羅紀時期，恐龍主宰著地球。

17 president
[ˋprɛzədənt]

n. [C] 總統；總裁，董事長

▲In Taiwan, people elect their **president** every four years.
在臺灣，人們每四年選一次總統。

▲A **president** has the highest position in a company.
總裁在公司裡職位最高。

18 rubber

['rʌbɚ]

n. [U] 橡膠

▲**Rubber** can be used to make tires and boots.

橡膠可以用來做輪胎和靴子。

---

19 southern

['sʌðɚn]

adj. 南方的，南部的 (also Southern) (abbr. S)

▲The student who has lived in the south for years has a **southern** accent. 這位曾經在南方住了好幾年的學生有南方的口音。

---

20 suitable

['sutəbl]

adj. 合適的 <for> [反] unsuitable

▲The casual dress is not **suitable for** the formal party.

這件休閒的洋裝不適合正式的宴會。

---

21 technology

[tɛk'nɑlədʒɪ]

n. [C][U] 科技 (pl. technologies)

▲Satellite **technology** makes it easier to track the locations of planes.

衛星科技讓追蹤飛機的位置變得容易許多。

---

22 toward

[tə'wɔrd]

prep. 向，朝；對於 [同] towards

▲The dog ran **toward** its master. 這隻狗跑向牠的主人。

▲Tracy has a positive **attitude toward** her life.

Tracy 對人生的態度很正面。

---

23 typical

['tɪpɪkl]

adj. 典型的，有代表性的 <of>

▲The colors of the painting, which are bright and lively, are **typical of** the artist's works.

這幅畫的顏色明亮又充滿活力，是這位藝術家的典型作品。

---

24 unit

['junɪt]

n. [C] 單位 <of>；單元

▲A word is a **unit of** language. 字是構成語言的單位。

▲There are twelve **units** in the English textbook.

這本英文教科書裡有十二個單元。

---

25 unless

[ən'lɛs]

conj. 除非

▲**Unless** the weather improves, the couple will have to postpone their trip.

除非天氣好轉，否則這對夫妻將得把他們的旅行延期。

Unit 13

1	**amount**	n. [C][U] 數量 <of>
	[ə`maʊnt]	▲The secretary had **a large amount of** work to do.
		這祕書有大量的工作要做。
	amount	v. 合計，共計 <to>
	[ə`maʊnt]	▲The loss **amounted to** a million dollars. 這損失共計一百萬美元。

2	**better**	adj. 較好的 [反] worse；好轉的，康復的 [反] worse
	[`bɛtɚ]	▲Francis' plan seems **better** than Toby's.
		Francis 的計畫似乎比 Toby 的好。
		▲After taking the medicine, the patient **got** much **better**.
		吃了藥之後，這病人好轉很多。
	better	adv. 較好地 [反] worse
	[`bɛtɚ]	▲Viola did the work **better** than anyone else.
		Viola 這工作做得比誰都好。
		💡 had better 最好
	better	n. [U] (人或事物) 較好者 (the ~)
	[`bɛtɚ]	▲Both of the shows are excellent, so it's difficult to decide which is **the better**. 兩個表演都很棒，所以很難決定哪個是較好的。
		💡 for better or (for) worse 無論好壞，不管怎樣
	better	v. 超過，勝過
	[`bɛtɚ]	▲The athlete's record of Olympic gold medals hasn't been **bettered** yet. 這位運動員的奧運金牌數的紀錄尚未被超過。

3	**central**	adj. 中心的，中部的
	[`sɛntrəl]	▲Trafalgar Square is in the **central** part of London.
		特拉法加廣場位於倫敦市的中心。

4	**consider**	v. 考慮；認為
	[kən`sɪdɚ]	▲After **considering** the situation, Jenny made the decision.
		在考慮情況後，Jenny 做了決定。

▲Kobe Bryant was **considered** (to be) one of the greatest basketball players of all time.

科比布萊恩被認為是有史以來最偉大的籃球員之一。

---

5 **deliver**

[dɪ`lɪvɚ]

v. 運送，遞送 <to>；發表

▲The package was **delivered to** the office this morning.

這包裹今天早上被遞送到辦公室。

▲The president **delivered a speech** on TV to the nation.

總統在電視上對全國發表演說。

---

6 **distance**

[`dɪstəns]

n. [C][U] 距離，路程；[sing.] 遠方

▲The school is **within walking distance** of Lily's house.

學校到 Lily 家是走路就可以到的距離。

▲People can see the mountain **in the distance**.

人們可以看到在遠處的山。

💡keep sb's distance 保持距離

---

7 **download**

[`daʊn,lod]

v. 下載

▲**Downloading** songs illegally will cause people a lot of trouble.

非法下載歌曲會帶給人們很多麻煩。

---

8 **guide**

[gaɪd]

n. [C] 準則，根據；嚮導，導遊

▲Test scores are not always the best **guide** to assessment of ability. 考試成績不一定是評估能力的最好準則。

▲The **guide** took tourists into the castle and showed them around. 這嚮導帶觀光客進城堡並帶他們四處參觀。

guide

[gaɪd]

v. 帶…參觀 <through> [同] lead；指引

▲The professor **guided** her students **through** the museum.

這教授帶她的學生們參觀博物館。

▲The lighthouse **guides** ships away from danger.

這燈塔指引船隻遠離危險。

---

9 **host**

[host]

n. [C] 主人，東道主；主持人

▲The **host** poured tea for his guests. 這主人幫他的客人倒茶。

▲On the TV program, the **host** introduced and talked to the guests. 在這電視節目上，主持人介紹並和來賓談話。

hostess

[`hostɪs]

n. [C] 女主人；女主持人

▲The **hostess** asked her guests if they would like coffee. 女主人詢問她的客人是否想喝咖啡。

▲The radio program **hostess** discussed news after playing a song. 這廣播節目女主持人在播放一首歌之後討論新聞。

10 **ideal**

[aɪ`diəl]

adj. 理想的，完美的 <for> [同] perfect

▲The restaurant has excellent facilities, **ideal for** families with young children. 這餐廳有很棒的設施，對有小孩的家庭很理想。

ideal

[aɪ`diəl]

n. [C] 理想 <of>

▲Vivien eventually gave up her romantic **ideal of** love.

Vivien 最終放棄了她對愛情的浪漫理想。

11 **individual**

[ˌɪndə`vɪdʒʊəl]

adj. 個人的，個體的；個別的，單獨的

▲The dormitory has **individual** rooms. 這間宿舍有個人的房間。

▲There are only ten students in the class; thus, each child can get the teacher's **individual** attention.

這個班只有十名學生，因此，每個孩子可得到老師的個別關注。

individual

[ˌɪndə`vɪdʒʊəl]

n. [C] 個人，個體

▲Society is made up of **individuals**. 社會是由個人組成的。

12 **length**

[lɛŋθ]

n. [C][U] 長，長度 <in>

▲The pole is thirty feet **in length**. 這竿子三十英尺長。

💡at great length 長時間地 | go to great lengths to V 竭盡全力做…

13 **meaning**

[`minɪŋ]

n. [C][U] 意思，意義 <of>

▲The teacher used some pictures to help the students understand the **meaning of** the word.

老師用一些圖片來幫助學生們了解這個字的意思。

14 **metal**

[`mɛtl̩]

n. [C][U] 金屬

▲Gold is a **precious metal**. 黃金是一種貴金屬。

metal

[`mɛtl̩]

adj. 金屬製的

▲The **metal** plate is used to collect solar energy.

這個金屬板是用來收集太陽能。

15 novel

['nɑvl̩]

n. [C] 小說

▲Wanda likes to read **detective novels** in her free time.
Wanda 在閒暇時喜歡看偵探小說。

novel

['nɑvl̩]

adj. 新奇的

▲Gerald often comes up with **novel ideas**.
Gerald 經常想出新奇的點子。

16 positive

['pɑzətɪv]

adj. 樂觀的，正向的 [反] negative；正面的，好的 [反] negative

▲**Positive thinking** is an attitude that focuses on the bright side of life. 正向思考是著重於生活光明面的一種態度。

▲The effect of social media doesn't have to be negative; it can have a **positive** influence.
社交媒體的影響不一定得是負面的，它可以有正面的影響。

positive

['pɑzətɪv]

n. [C] 好的一面 [反] negative

▲Before making the decision, Zoe weighed up the **positives** and the negatives. 在做決定之前，Zoe 先權衡好壞面。

17 project

['prɑdʒɛkt]

n. [C] 計畫，方案；作業，專題研究 <on>

▲The government starts a **project** of building a new dam.
政府開始一項興建新水庫的計畫。

▲The student is doing a **project on** global warming.
這學生正在做一個有關全球暖化的作業。

18 provide

[prə'vaɪd]

v. 提供 <for>

▲The hotel **provides** a taxi ride to the airport **for** their guests.
這旅館為住客提供機場計程車接送服務。

19 solution

[sə'luʃən]

n. [C] 解決辦法 <to>

▲It seemed too difficult to find a **solution to** that problem.
似乎難以找到解決那個問題的辦法。

20 steel

[stil]

n. [U] 鋼

▲The window frame is made of **stainless steel**.
這窗框是不鏽鋼製成的。

steel	**v.** 使⋯下決心，把心一橫 <to>
[stil]	▲The mother **steeled herself to** refuse her son's request.
	這母親把心一橫拒絕兒子的請求。

21 super
[`supə·]

adj. 極好的 [同] excellent

▲All the classmates had a **super** time at the party.

所有同學在派對上玩得非常開心。

super
[`supə·]

adv. 非常地

▲Have you met Emma? She is **super** nice.

你見過 Emma 了嗎？她人非常地好。

22 thought
[θɔt]

n. [C] 想法 <on> [同] idea；[U] 考慮

▲Sue asked her father if he had any **thoughts on** the matter.

Sue 問她父親對這件事是否有任何想法。

▲After much **thought**, Nick decided to buy a new car.

幾經考慮後，Nick 決定買輛新車。

💡give thought to sth 仔細考慮⋯ | on second thought 進一步考慮後

23 universe
[`junə,vɝs]

n. [sing.] 宇宙 (the ~) <in>

▲Human beings are making efforts to look for other intelligent life **in the universe**. 人類正努力找尋宇宙中其他有智慧的生命。

24 usual
[`juʒuəl]

adj. 通常的，慣常的

▲Despite the heavy snow, Glenn went to work at the **usual** time.

儘管下大雪，Glenn 還是在慣常的時間去上班。

25 wood
[wʊd]

n. [C][U] 木頭；[pl.] 森林 (the ~s) <in>

▲The bridge is made of **wood**. 這橋是木製的。

▲The party of explorers got lost **in the woods**.

那探險隊在森林中迷了路。

Unit 14

1	**accept**	v. 接受 [反] refuse；相信，接受 (不滿意的情況)
	[ək`sɛpt]	▲Harry received an invitation but did not **accept** it.
		Harry 收到邀請函，但沒接受邀請。
		▲Judy could not **accept (the fact) that** she failed the exam
		again. Judy 不能接受她考試又不及格。

2	**approach**	n. [C] 方法，方式 <to>；[U] 接近 <of>
	[ə`protʃ]	▲The government needs a scientific **approach to** dealing with
		the problem. 政府需用科學的方式來處理這個問題。
		▲With **the approach of** Christmas, the mall is crowded with
		shoppers. 隨著聖誕節的接近，這購物中心擠滿了購物的人。
	approach	v. 接近；接洽，找…商談 <for>
	[ə`protʃ]	▲The plane is **approaching** the runway. 這飛機正接近跑道。
		▲The student **approached** the teacher **for** advice.
		這學生找老師尋求建議。

3	**blood**	n. [U] 血，血液
	[blʌd]	▲**Blood** runs in the veins. 血液在血管裡流動。

4	**climate**	n. [C][U] 氣候
	[`klaɪmɪt]	▲Alaska has a really cold **climate**. 阿拉斯加氣候嚴寒。

5	**cultural**	adj. 文化的
	[`kʌltʃərəl]	▲There are almost no **cultural differences** between the two
		countries. 這兩國幾乎沒有文化差異。

6	**culture**	n. [C][U] 文化
	[`kʌltʃɚ]	▲Herbal medicine has taken root in Chinese **culture**.
		草藥已經在中國文化中生根。

7	**decision**	n. [C] 決定
	[dɪ`sɪʒən]	▲The couple finally **reached** the same **decision**.
		這對夫妻最後達成一致的決定。
		💡make a decision 做決定

8 department

[dɪ`pɑrtmənt]

n. [C] (組織或機構中的) 系，部 <of> ; (商店的) 部 (abbr. dept.)

▲Cara graduated from the **Department of** Economics.
Cara 是經濟系畢業的。

▲The toy **department** is on the sixth floor. 玩具部是在六樓。

---

9 effective

[ɪ`fɛktɪv]

adj. 有效的 [反] ineffective

▲The CEO took **effective means** to resolve this crisis.
這執行長採取有效的方法來解決危機。

---

10 evil

[`ivl̩]

n. [C] 邪惡的事，罪惡的行為 ; [U] 邪惡 [反] good

▲Some people believe that a cross can protect them against **evils** of many kinds. 一些人相信十字架能保護他們對抗各種邪惡。

▲Shane is mature enough to tell good from **evil**.
Shane 夠成熟可以分辨善惡了。

evil

[`ivl̩]

adj. 邪惡的 (eviler, eviller | evilest, evillest)

▲The bad guy is full of **evil** thoughts. 這壞人充滿了邪惡的想法。

---

11 historical

[hɪs`tɔrɪkl̩]

adj. 歷史的

▲Jerry is very interested in **historical** novels.
Jerry 對歷史小說很有興趣。

---

12 imagine

[ɪ`mædʒɪn]

v. 想像，設想

▲**Imagine** (that) you are traveling to the moon.
想像一下你要去月球旅行。

---

13 influence

[`ɪnfluəns]

n. [C][U] 影響 <on>

▲The poet had a great **influence on** other writers.
這個詩人對其他作家有很大的影響。

influence

[`ɪnfluəns]

v. 影響

▲Several factors **influenced** Cherry's decision to refuse the job offer. 幾項因素影響 Cherry 決定拒絕這項工作邀約。

---

14 liquid

[`lɪkwɪd]

n. [C][U] 液體

▲Both milk and juice are **liquids**. 牛奶和果汁都是液體。

15 master

['mæstɚ]

n. [C] 大師 <at>；主人

▲Shakespeare was a **master at** writing plays.

莎士比亞是寫劇本的大師。

▲The dog follows its **master** wherever he goes.

這隻狗的主人去哪裡牠就跟到哪裡。

master

['mæstɚ]

v. 精通，掌握；征服 [同] overcome

▲It takes practice to **master** a foreign language. 精通外語需要練習。

▲Humans have long hoped to **master** nature with technology.

人類一直期望能以科技征服自然。

16 method

['mɛθəd]

n. [C] 方法，方式

▲The teacher uses creative teaching **methods** to make learning more interesting. 這位老師使用有創意的教學方法，使學習更有趣。

17 opinion

[ə'pɪnjən]

n. [C][U] 意見，看法 <on>

▲The local people **expressed** their **opinions on** the serious matter. 當地居民對這嚴重的事件表達他們的看法。

💡 in sb's opinion 依…看來

18 post

[post]

n. [C] 職位 [同] position；[U] 郵件 [同] mail

▲Jacob got a **post** as a teacher in the small town.

Jacob 在這小鎮得到一份教師的職位。

▲Please check if the **post** has come yet. 請確認郵件來了沒。

post

[post]

v. 郵寄 [同] mail；派駐 <to>

▲Cathy will **post** the **letter** on her way to work.

Cathy 在上班的路上會去寄信。

▲Matthew **was posted to** Paris after he completed his training.

Matthew 結訓後被派駐巴黎。

post

[post]

adv. 快速地

19 record

['rɛkɚd]

n. [C] 紀錄，記載 <of>；最高紀錄，最佳成績

▲The scientist **keeps a record of** the changes in temperature.

這科學家紀錄氣溫的變化。

▲Debby **set a** new **record** in the 400 meters freestyle.

Debby 創下了四百公尺自由式的新紀錄。

record

[rɪ`kɔrd]

| v. | 紀錄；錄音，錄影 |

▲The old lady **recorded** every penny she spent.

這老婦人紀錄她花的每一分錢。

▲The rock band has **recorded** their new album.

這搖滾樂團已錄好他們的新專輯。

---

20 **sport**

[sport]

| n. | [C] 體育活動，運動 |

▲Elaine enjoys all kinds of **sports**. Elaine 喜歡各式各樣的運動。

sport

[sport]

| v. | 穿戴，裝飾 |

▲George is **sporting** a T-shirt with a logo on it.

George 穿著一件上面有商標的 T 恤。

---

21 **stress**

[strɛs]

| n. | [C][U] 壓力，緊張 <under>；[U] 強調 <on> [同] emphasis |

▲The engineer is busy and **under** lots of **stress**; he has no time to relax. 這工程師忙碌又壓力大，他沒時間放鬆。

▲In the book, the writer **puts stress on** human rights.

作者在這本書中強調人權。

stress

[strɛs]

| v. | 強調，著重 |

▲The doctor **stressed the importance of** early diagnosis and treatment. 這醫生強調早期診斷並治療的重要性。

---

22 **survival**

[sə`vaɪvl̩]

| n. | [U] 生存，存活 |

▲The victim's **survival** is doubtful under the unfavorable circumstances. 在這種不利的情況下，這受害者是不太可能生還的。

---

23 **western**

[`wɛstɚn]

| adj. | 西方的，西部的 (also Western) (abbr. W) |

▲The Netherlands is a country in **Western** Europe.

荷蘭是位於西歐的國家。

western

[`wɛstɚn]

| n. | [C] 西部片 |

▲The **western** is about the life in the west of the United States in the past. 這西部片是關於過去美國西部的生活。

---

24 whole   adj. 全部的，整個的 [同] entire
[hol]
▲ Bob spent his **whole** salary on that car.
Bob 把全部的薪水都花在那輛車上。

whole   n. [C] 全部，整個 (the ～) <of> (usu. sing.)
[hol]
▲ **The whole of** the vacation was ruined by the storm.
整個假期都被暴風雨給毀了。

💡 as a whole 總體上

25 youth   n. [U] 年輕時期，青春 <in>；[C] 青年，小伙子
[juθ]
▲ **In** her **youth**, Freda's dream was to be a dancer.
Freda 年輕時的夢想是成為舞者。
▲ **A gang of youths** played a trick on the old man.
一幫小伙子對這老人惡作劇。

Unit 15

1 account   n. [C] 報告 <of>；帳戶 (abbr. a/c, acct.) <with>
[ə`kaʊnt]
▲ The driver **gave an account of** the accident in detail.
這司機詳細報告那起事故。
▲ Bob has **opened** an **account with** the bank.
Bob 已在這間銀行開了一個戶頭。

💡 on no account 無論如何絕不 | savings account 儲蓄帳戶

account   v. 解釋 <for> [同] explain；(在數量上) 占 <for>
[ə`kaʊnt]
▲ How did Jacky **account for** his absence from the meeting?
Jacky 如何解釋他缺席會議的原因？
▲ Teenagers **account for** 30% of our readers.
青少年占我們讀者的 30%。

2 advance   n. [C] 進步，進展 <in>；前進
[əd`væns]
▲ Recent **advances in** medicine are remarkable.
近日醫學的進步十分顯著。

▲The army **made a** steady **advance** to the front line.

這軍隊平穩地前進前線。

💡 in advance (of sth) (在…之前) 事先，提前

advance

[əd`væns]

| v. | 進步；前進 <through>

▲Mankind has **advanced** in knowledge but not in wisdom.

人類已在知識上有所進步，但在智慧方面並非如此。

▲The soldiers **advanced through** the woods.

士兵們前進穿過樹林。

---

3 **create**

[krɪ`et]

| v. | 創造；發明

▲According to the Bible, it was God that **created** the world.

根據《聖經》，是上帝創造了世界。

▲The light bulb was **created** by Edison. 燈泡是愛迪生發明的。

---

4 **data**

[`detə]

| n. | [pl.][U] 資料，數據

▲The scientist entered the research **data** into the spreadsheet. 這科學家把研究資料輸進試算表。

---

5 **director**

[də`rɛktɚ]

| n. | [C] 董事；導演

▲The **board of directors** runs the trading company.

董事會經營著這家貿易公司。

▲Ang Lee is a world-famous **movie director**.

李安是一位世界知名的電影導演。

---

6 **disease**

[dɪ`ziz]

| n. | [C][U] 病，疾病

▲Avian flu is a **fatal disease** to birds and can deal a serious blow to the poultry industry.

禽流感是一種鳥類的致命疾病，能對家禽產業造成嚴重打擊。

---

7 **effort**

[`ɛfɚt]

| n. | [C][U] 努力 <to>

▲The student **made an effort to** improve his English pronunciation. 這學生努力要改善他的英文發音。

💡 in an effort to V 試圖…

---

8 **environmental**

[ɪn,vaɪrən`mɛntl]

| adj. | 環境的

▲The international conference was held to discuss **environmental** issues. 這場國際會議是為了討論環境議題而舉辦。

---

9 existence

[ɪgˋzɪstəns]

n. [U] 存在

▲It is believed that the universe **came into existence** about fifteen billion years ago.

一般相信宇宙大約在一百五十億年前成形。

💡in existence 存在

---

10 highly

[ˋhaɪlɪ]

adv. 非常，極其

▲Ethnic conflict is **highly unlikely** to occur in a society where people respect each other.

在人們互相尊重的社會中，種族衝突極不可能發生。

💡speak/think highly of sb 對⋯評價很高

---

11 image

[ˋɪmɪdʒ]

n. [C] 形象；印象

▲After the scandal broke, the company worked hard to **improve its image.** 在醜聞爆發出來後，這公司努力要改善其形象。

▲The **image** of her dead mother is still fresh in Joyce's mind.

已故母親的樣子在 Joyce 心中依然清晰。

💡be the (very/living/spitting) image of sb 長相酷似⋯

---

12 improve

[ɪmˋpruv]

v. 改善，提升

▲Mandy studied hard to **improve** her math.

Mandy 用功念書以提升她的數學。

improvement

[ɪmˋpruvmənt]

n. [C][U] 改進，改善 <in>

▲With the proper treatment, the doctor saw a great **improvement in** the patient's condition.

經過適當的治療，這醫生看到病人的狀況大大改善了。

---

13 international

[ˌɪntɚˋnæʃənl̩]

adj. 國際的

▲With over 190 countries as its members, the UN is an **international** organization.

有著超過一百九十個會員國，聯合國是一個國際性的組織。

---

14 legal

[ˋligl̩]

adj. 合法的 [反] illegal；法律上的

▲In Macau, gambling is completely **legal**.

在澳門，賭博是完全合法的。

▲The lawyer gives free **legal advice** to poor people.
這律師提供窮人免費的法律諮詢。

---

15 **manage**

[`mænɪdʒ]

v. 經營，管理；設法做到

▲Ivan is helping his father **manage** the family business.
Ivan 正幫他父親經營家庭事業。

▲The employee finally **managed** to complete the difficult job in time. 這員工最終設法及時地完成那困難的工作。

management

[`mænɪdʒmənt]

n. [U] 經營，管理；[sing.][U] 管理層，資方

▲The company's financial problems are partly because of bad **management**. 這公司的財務問題部分是因為經營不善。

▲The salary negotiation is held between the union and **management**. 工會和資方進行薪資談判。

---

16 **mate**

[met]

n. [C] 夥伴；朋友

▲Ian and his office **mates** went for a drink after work.
Ian 和他辦公夥伴們下班後去小酌一番。

▲Harriet and Jessie have been **mates** since they were little.
Harriet 和 Jessie 從小就是朋友。

mate

[met]

v. (使) 交配 <with>

▲If you **mate** a horse **with** a donkey, you will get a mule.
如果你讓馬和驢交配，就會生出騾子。

---

17 **musician**

[mju`zɪʃən]

n. [C] 音樂家

▲Beethoven was one of the greatest **musicians** in musical history. 貝多芬是音樂史上最偉大的音樂家之一。

---

18 **negative**

[`nɛgətɪv]

adj. 負面的 [反] positive；消極的 [反] positive

▲According to the study, early marriage has a **negative effect on** girls and their health.
根據研究，早婚對女孩和她們的健康有負面影響。

negative

[`nɛgətɪv]

▲Don't be so **negative about** life. 不要對人生這麼消極。

n. [C] (照片) 底片

▲If you have the film developed, be sure to get back the **negatives**. 如果你去洗照片，一定要拿回底片。

---

19 **phrase**

[frez]

n. [C] 片語

▲The **phrase** "all thumbs" means very awkward with one's hands. "all thumbs" 這個片語是指某人的手很笨拙。

phrase

[frez]

v. 以…措辭表達

▲The suspect tried to **phrase** his answer carefully.

這嫌犯試著措辭謹慎地回答。

20 **pressure**

[ˋprɛʃɚ]

n. [C][U] 壓力 <under>

▲Many students are **under pressure** from their parents to do well in studies. 很多學生在父母的壓力之下要在學習中表現出色。

pressure

[ˋprɛʃɚ]

v. 強迫，對…施加壓力 <into, to> [同] pressurize

▲The old man was **pressured into** lending his son lots of money. 這老人被迫借很多錢給他兒子。

21 **serve**

[sɝv]

v. 提供 (食物或飲料)；服務

▲Dinner is **served** from 6 p.m. to 9 p.m.

晚餐從晚上六點到九點之間提供。

▲The waitress refused to **serve** the rude customer.

這女服務生拒絕服務這位無禮的顧客。

💡serve sth up 提供 (食物)

22 **standard**

[ˋstændɚd]

adj. 規範的；(語言) 標準的 [反] non-standard

▲The factory paid the workers the **standard** rate.

這工廠付給工人規範的工資。

▲The professor speaks **standard** English.

這位教授講一口標準的英文。

standard

[ˋstændɚd]

n. [C][U] 標準，水準

▲The teacher **set** high **standards** for his students.

這老師替他的學生們訂定了高標準。

23 **teens**

[tinz]

n. [pl.] 十幾歲 <in>

▲The runner won his first gold medal **in** his **early teens**.

這位跑者在十幾歲出頭贏得他的第一面金牌。

24 temperature

[ˋtɛmprətʃɚ]

n. [C][U] 氣溫；體溫

▲Climate change causes a rise in the Earth's **temperature**.

氣候變遷造成地球氣溫上升。

▲The nurse **took** the patient's **temperature**.

這護士替病人量體溫。

25 whom

[hum]

pron. 誰

▲Tony has two sons, one of **whom** will graduate from college this June. Tony 有兩個兒子，其中一個今年六月要從大學畢業。

Unit 16

1 affect

[əˋfɛkt]

v. 影響

▲Russia's war on Ukraine has greatly **affected** the world.

俄國對烏克蘭的戰爭對世界造成重大影響。

2 aircraft

[ˋɛr͵kræft]

n. [C] 飛機，航空器 (pl. aircraft)

▲The pilot is now landing the **aircraft**. 駕駛員正在降落飛機。

3 attention

[əˋtɛnʃən]

n. [U] 注意，專注 <to>；關注

▲Students must **give** their **attention to** their studies.

學生必須專注在課業上。

▲The murder case **attracted media attention**.

這謀殺案吸引媒體的關注。

💡draw sb's attention to 引起…的注意於…

4 disappear

[͵dɪsəˋpɪr]

v. 消失 <from> [同] vanish [反] appear；不見，失蹤 [同] vanish

▲David watched the flying eagle until it **disappeared from sight**.

David 看著飛翔的老鷹，直到牠消失在視線中。

▲The plane mysteriously **disappeared without (a) trace**.

這架飛機神祕地消失得無影無蹤。

5 expert

[ˋɛkspɝt]

n. [C] 專家，內行人 <on, at, in>

▲Jane Goodall is a world **expert on** chimpanzees.

珍古德是黑猩猩的世界級專家。

expert	adj. 專家的，內行的 <at, in, on> [反] inexpert
[ˋɛkspɝt]	▲The doctor is **expert at** plastic surgery. 這位醫生是整形外科的專家。

6 | **factor** | n. [C] 因素 <in> |
|---|---|
| [ˋfæktɚ] | ▲Poverty is a **major factor in** crime. |
| | 貧窮是犯罪的主要因素。 |

7 | **fair** | adj. 合理的 [反] unfair；公平的 <with> [反] unfair |
|---|---|
| [fɛr] | ▲These workers are striving for a **fair** wage and reasonable working hours. 這些工人在爭取合理的報酬和合理的工作時數。 |
| | ▲The teacher is **fair with** her students. 這老師對她的學生們都很公平。 |
| **fair** | n. [C] 露天遊樂會 [同] carnival, funfair；商品展銷會 |
| [fɛr] | ▲At the **fair**, people can ride on large machines for fun and play games to win prizes. |
| | 在這露天遊樂會，人們可以坐大型機械玩樂和玩遊戲贏獎品。 |
| | ▲Kim bought some comic books at the **book fair**. |
| | Kim 在書展買了一些漫畫書。 |
| **fair** | adv. 公平地，公正地 |
| [fɛr] | ▲Jason won the championship **fair and square**. |
| | Jason 是光明正大贏得冠軍的。 |

8 | **female** | adj. 女性的 [反] male |
|---|---|
| [ˋfimel] | ▲Tsai Ing-wen is Taiwan's first **female** president. |
| | 蔡英文是臺灣第一位女性總統。 |
| **female** | n. [C] 女性 [反] male |
| [ˋfimel] | ▲In the past, **females** were not allowed to vote. |
| | 在過去，女性不准投票。 |

9 | **increase** | v. 增加 <by, in> [反] decrease, reduce |
|---|---|
| [ɪnˋkris] | ▲Ellen's salary **increased by** five percent this year. |
| | Ellen 今年加薪 5%。 |
| **increase** | n. [C][U] 增加 <in> [反] decrease |
| [ˋɪnkris] | ▲The organization reported an alarming **increase in** domestic violence. 該組織報告家庭暴力令人擔憂地增加。 |
| | 💡 on the increase 正在增加 |

10 indeed   adv. 確實

[ɪn`did]   ▲Julia is old **indeed**, but she is always energetic.

Julia 確實老了，但她總是精力充沛。

---

11 link   n. [C] 關聯 <between>；關係

[lɪŋk]   ▲There is a **link between** smoking and lung cancer.

吸菸和肺癌有關聯。

▲Though living in different cities, the two sisters have maintained **close links**. 雖然住在不同的城市，這兩姊妹仍維持密切的關係。

link   v. 使相關聯 <to, with>；連接 <to, with> [同] connect

[lɪŋk]   ▲Vitamin D deficiency is **linked to/with** Alzheimer's disease.

缺乏維他命 D 與阿茲海默症有關。

▲The freeway **links** Taipei **to/with** Kaohsiung.

這條高速公路連接臺北和高雄。

---

12 local   adj. 當地的，地方性的

[`lokl̩]   ▲People can read **local** news in the **local** newspaper.

人們在這地方報紙可以看到地方新聞。

local   n. [C] 本地人 (usu. pl.)

[`lokl̩]   ▲The tourist asked the **locals** the best restaurant in town.

這觀光客詢問本地人城裡最好的餐廳。

---

13 melody   n. [C] 曲調，旋律 (pl. melodies)

[`mɛlədɪ]   ▲The song's **melody** is familiar, but Leo can't remember its lyrics.

這首歌的旋律很熟悉，但 Leo 無法記得歌詞。

---

14 minor   adj. 次要的，較不重要的 [反] major

[`maɪnɚ]   ▲This problem is of **minor** importance. 這個問題是次要的。

minor   n. [C] 未成年人

[`maɪnɚ]   ▲**Minors** are not allowed to enter bars or nightclubs.

未成年人不得進入酒吧或夜總會。

---

15 nail   n. [C] 釘子 <into>

[nel]   ▲The carpenter **hammered a nail into** the shelf.

這木匠在架子上釘了一根釘子。

---

16 patient

['peʃənt']

n. [C] 病人

▲The cancer **patient** has been taken good care of in the hospital.

這癌症病人在醫院一直受到良好照顧。

patient

['peʃənt']

adj. 有耐心的 <with> [反] impatient

▲Joyce is **patient with** her students, always trying out new ways to help them learn.

Joyce 對她的學生很有耐心，總是嘗試新的方法來幫助他們學習。

17 position

[pə`zɪʃən]

n. [C] 姿勢；[C] 處境，狀況 <in> (usu. sing.)

▲Zack sat in a **comfortable position** and started to read a book.

Zack 以舒服的姿勢坐著並開始讀書。

▲If you were **in my position**, what would you do?

如果你處在我的處境，你會怎麼做？

💡be in a/no position to V 能夠／無法做…

position

[pə`zɪʃən]

v. 放置

▲Let's **position** the chairs in a circle. 讓我們把椅子排成一圈吧。

18 prison

['prɪzn̩]

n. [C][U] 監獄 [同] jail

▲The criminal was **sent to prison** for smuggling drugs.

這罪犯因為走私毒品而入獄。

19 social

['soʃəl]

adj. 社會的；社交的

▲Mental illness has become a serious **social** problem.

精神疾病已成為一個嚴重的社會問題。

▲The celebrity has a busy **social life**. 這名人的社交生活很繁忙。

20 speech

[spitʃ]

n. [C] 演講 <on>；[U] 說話能力

▲The professor is **giving a speech on** AI technology.

這位教授正在做關於人工智慧科技的演講。

▲Unlike humans, animals are incapable of **speech**.

不像人類，動物沒有說話能力。

21 step

[stɛp]

n. [C] 腳步；步驟

▲The one-year-old baby could **take** a few **steps**.

這一歲的嬰兒能走幾步了。

▲After giving first aid, the next **step** is to call a doctor.

急救之後，接下來的步驟是請醫生來。

step

[stɛp]

v. 走，跨步；踩 <on> [同] tread (stepped | stepped | stepping)

▲The passenger **stepped** onto the platform. 這乘客走上了月臺。

▲Willy **stepped on** his dancing partner's foot. Willy 踩了他舞伴的腳。

---

22 **term**

[tɝm]

n. [C] 專門用語，術語 <for>；期限 <of>

▲"Prognosis" is a medical **term for** predicting the likely development of a disease.

「預後」是一個醫學專門用語，意思是預測疾病可能的進程。

▲In Taiwan, the president's **term of office** is four years.

在臺灣，總統的任期是四年。

💡 in terms of sth 就…而言

term

[tɝm]

v. 把…稱為

▲This kind of art is **termed** "abstract." 這種藝術被稱為「抽象派」。

---

23 **title**

[`taɪt!]

n. [C] 標題，名稱 <of>；稱謂，頭銜

▲The author wrote a book **under the title** *Identity*.

這作家寫了一本書，書名是《認同》。

▲Kay's **official title** is editor-in-chief. Kay 的工作頭銜是總編輯。

title

[`taɪt!]

v. 給 (圖書等) 起名

▲The painter **titled** her new work *Silence*.

這畫家給她的新作品起名為《靜默》。

---

24 **user**

[`juzɚ]

n. [C] 使用者

▲Road **users** should obey traffic rules. 道路使用者應遵守交通規則。

---

25 **wooden**

[`wʊdn̩]

adj. 木製的

▲The **wooden** spoon is light and easy to carry.

這木製的湯匙又輕又容易攜帶。

Unit 17

1	**alarm** [əˋlɑrm]	n. [C] 警報器；[U] 驚恐，擔憂
		▲When the **fire alarm** went off, many people ran toward the exit. 當火災警報器響起時，許多人都跑向出口。
		▲The bad news **caused alarm** throughout the village. 這壞消息引起全村的驚恐。
		💡 in alarm 驚恐地
	alarm [əˋlɑrm]	v. 使恐懼，使擔憂
		▲Frank was **alarmed** by his son's high fever. Frank 為他兒子發高燒而擔憂。

2	**anger** [ˋæŋɡɚ]	n. [U] 憤怒
		▲Burning with **anger**, the woman slapped her husband. 由於火冒三丈，這女人給她丈夫一記耳光。

3	**anywhere** [ˋɛnɪ͵hwɛr]	adv. 任何地方 (also anyplace)
		▲Lester felt upset and didn't feel like going **anywhere**. Lester 覺得心煩意亂，任何地方都不想去。

4	**author** [ˋɔθɚ]	n. [C] 作者，作家 [同] writer
		▲The boy has read many children's books by that **author**. 這男孩讀過許多那位作家寫的童書。
	author [ˋɔθɚ]	v. 寫作
		▲The novel was **authored** by a historian. 這本小說是一位歷史學家寫的。

5	**discuss** [dɪˋskʌs]	v. 討論，談論 <with>
		▲The student **discussed** her thesis **with** her thesis advisor. 這學生和指導教授討論她的論文。

6	**due** [dju]	adj. 預計的 <to>；欠債的，應支付的 <to>
		▲The actress is **due to** play the role of a heroine in her next movie. 這女演員預計在她下一部電影扮演女英雄的角色。
		▲One hundred dollars is **due (to)** the plumber from the family he worked for last week. 上個星期這家人欠水管工人一百美元的工資。
		💡 due to 因為

due

[dju]

adv. 正對著

▲These hikers are heading **due north**.

這些健行者們朝正北方前進著。

due

[dju]

n. [pl.] 會費 (～s) [同] fees

▲As a member of the association, Karen has to **pay** her yearly **dues**. 身為這組織的成員，Karen 得繳年費。

---

7 **failure**

[`feljɚ]

n. [C][U] 失敗 [反] success；[C] 失敗的人或事物 [反] success

▲**Failure** is the mother of success. 【諺】失敗為成功之母。

▲Marcus considers himself a **failure** because he couldn't get into a good college. Marcus 認為自己是個失敗者，因為他沒能進入好大學。

---

8 **feature**

[`fitʃɚ]

n. [C] 特色，特點 <of>；(報章雜誌的) 特寫 <on>

▲The tower is the **striking feature of** the town.

這座塔是這城鎮顯著的特色。

▲James is reading a **feature on** gardening.

James 正在讀一篇關於園藝的特寫。

feature

[`fitʃɚ]

v. 以⋯為特色

▲The era **features** great technological progress.

這個時代以偉大的科技進展為特色。

---

9 **feeling**

[`filɪŋ]

n. [C] 感覺 <of>；[pl.] 情感，感情 (～s)

▲**A feeling of** anger came over Nelson, so he shouted at his annoying friend. Nelson 突然感覺憤怒，因此對他惱人的朋友大吼大叫。

▲What Lena said **hurt** her mother's **feelings**.

Lena 說的話傷了她媽媽的心。

---

10 **lack**

[læk]

n. [sing.][U] 缺乏 <of> [同] shortage [反] surplus

▲Mabel complains that her husband has a **total lack of** common sense. Mabel 抱怨她先生完全缺乏常識。

💡 for lack of sth 因缺乏⋯

lack

[læk]

v. 缺乏，缺少

▲The team **lacked** time and money to finish the project.

這團隊缺乏時間和金錢去完成這個專案。

11 **maintain**
[men`ten]

v. 維持，保持；堅稱，斷言 [同] claim

▲After graduating from junior high school, Patrick **maintained** contact with his classmates.
國中畢業後，Patrick 和他的同學們保持聯絡。

▲The suspect **maintained his innocence** and refused to confess any crimes. 這嫌犯堅稱自己是清白的並拒絕認罪。

12 **match**
[mætʃ]

n. [C] 比賽；火柴

▲The team has been practicing hard for the **football match** next month. 這支隊伍為了下個月的足球賽努力練習。

▲Megan **struck a match** to light a fire. Megan 劃了一根火柴來點火。

13 **mixture**
[`mɪkstʃɚ]

n. [C] 混合 <of>；[C][U] 混合物

▲Quinn waited with a **mixture of** joy and anxiety.
Quinn 以喜悅和不安交織的心情等待著。

▲The cook mixed flour and eggs together and poured the **mixture** into the pan. 廚師把麵粉和雞蛋混合在一起，然後把混合物倒入平底鍋。

14 **musical**
[`mjuzɪkl̩]

adj. 音樂的

▲How many **musical instruments** can the girl play?
這女孩會演奏多少樂器？

musical
[`mjuzɪkl̩]

n. [C] 音樂劇

▲*Les Misérables* is one of the most famous **musicals** in the world.
《悲慘世界》是世上最有名的音樂劇之一。

15 **nearby**
[`nɪr͵baɪ]

adj. 附近的

▲The tribal chief sent his son to a **nearby** village to ask for help.
這酋長派他兒子去附近的村落求助。

nearby
[`nɪr͵baɪ]

adv. 在附近

▲Is there a post office **nearby**? 在這附近有郵局嗎？

16 **nearly**
[`nɪrlɪ]

adv. 將近 [同] almost

▲It was **nearly** two o'clock in the morning when Norma came home. Norma 將近凌晨兩點回家。

💡not nearly 遠不及，一點也不

17 powerful

[`pauəˑfəl]

adj.	有權力的；有影響的，有渲染力的

▲The president of the United States is one of the most **powerful** people in the world. 美國總統是世上最有權力的人之一。

▲The audience was impressed by the **powerful** speech.
這有渲染力的演講讓聽眾印象深刻。

18 rare

[rɛr]

adj.	罕見的，稀少的 [反] common (rarer│rarest)

▲The giant panda is a **rare** species and is in danger of extinction.
大熊貓是種稀有物種並有滅絕的危險。

19 speed

[spid]

n.	[C][U] 速度 <at>；[U] 快速，迅速 <with>

▲The driver is driving **at a speed of** sixty miles per hour.
這駕駛正以時速六十英里行駛。

▲We have to get through our work **with speed** as time is running out. 我們必須快速完成工作，因為剩餘的時間不多。

speed

[spid]

v.	(使) 快速移動 (sped, speeded│sped, speeded│speeding)

▲The ambulance **sped** down the street. 這輛救護車急駛過街道。

20 state

[stet]

v.	陳述，聲明

▲The minister clearly **stated** his policy on education.
這位部長清楚地陳述他的教育政策。

statement

[`stetmənt]

n.	[C] 陳述，聲明 <on>

▲This morning, the mayor **made a statement** on the issue to the press. 今天早上，市長就此議題對媒體發表聲明。

21 survive

[səˈvaɪv]

v.	生存，倖存

▲Two members of the crew **survived** the shipwreck.
兩位船員於船難中倖存。

22 system

[`sɪstəm]

n.	[C] 系統；體制，制度

▲The digestive **system** involves certain organs that turn food into energy. 消化系統包含某些轉化食物成能量的器官。

▲According to the report, most parents are opposed to the current education **system**. 根據報導，大多數家長反對目前的教育制度。

23 tour

[tur]

n. [C] 旅行，旅遊 <of>；參觀 <around>

▲Ruth **went on** a three-day **tour of** Penghu. Ruth 去澎湖旅行三天。

▲Sean joined a **guided tour around** the space center.

Sean 參加了太空中心的導覽。

tour

[tur]

v. 旅行，旅遊

▲During summer vacation, the family **toured** Canada.

暑假時，這家人去加拿大旅行。

24 trade

[tred]

n. [U] 貿易 <between> [同] commerce；[C] 行業

▲The **trade between** the two countries has increased.

這兩國之間的貿易增加了。

▲Tammy has worked in the **hotel trade** all her life.

Tammy 一輩子都在飯店業工作。

trade

[tred]

v. 做買賣，進行交易 <with>；交換 <for> [同] swap

▲The country **traded with** most of European countries.

這個國家和大多數歐洲國家做買賣。

▲The boy **traded** his comic book **for** the girl's whistle.

這男孩用他的漫畫來交換女孩的哨子。

25 vacation

[ve`keʃən]

n. [C][U] 假期，休假 <on>

▲Todd is **on vacation** in Italy at the moment.

Todd 目前正在義大利渡假。

vacation

[ve`keʃən]

v. 渡假 <in, at>

▲The Andersons are **vacationing in** the Maldives.

Anderson 一家人正在馬爾地夫渡假。

Unit 18

1 addition

[ə`dɪʃən]

n. [U] 增加，添加 <of>；[C] 增加的人或事物 <to>

▲The **addition of** salt greatly improved the flavor.

添加鹽後味道好多了。

Level 2

▲The cutest kitten is a new **addition to** the family of nine cats.

這隻最可愛的小貓是九隻貓的家族中的新成員。

💡 in addition (to sth) 除 (…) 之外，還

---

2 **alike**

[ə`laɪk]

| adv. | 一樣地，相似地 |

▲The two brothers were dressed **alike**. 這兩兄弟穿著相似。

alike

[ə`laɪk]

| adj. | 相同的，相像的 |

▲The twins are exactly **alike**. 這對雙胞胎長得一模一樣。

---

3 **asleep**

[ə`slip]

| adj. | 睡著的 [反] awake |

▲The baby is **sound asleep**. 這小嬰孩正熟睡著。

💡 fall asleep 睡著

---

4 **attempt**

[ə`tɛmpt]

| n. | [C] 努力，嘗試 <to> |

▲The government has been **making** an **attempt to** encourage people to give birth. 政府持續試圖鼓勵人民生孩子。

attempt

[ə`tɛmpt]

| v. | 努力，嘗試 <to> |

▲Dylan **attempted to** stop smoking many times but failed.

Dylan 屢次試圖戒菸但失敗。

---

5 **discussion**

[dɪ`skʌʃən]

| n. | [C][U] 談論，討論 <about> |

▲There has been enough **discussion about** the issue.

關於這個議題的討論已經夠多了。

---

6 **fashion**

[`fæʃən]

| n. | [C][U] 流行，時尚；流行款式 |

▲Some people consider that miniskirts have **gone out of fashion**. 一些人認為迷你裙已經過時了。

▲Jessica always **keeps up with the latest fashions**.

Jessica 總是追隨最新款式的服裝。

💡 be in fashion 流行

fashion

[`fæʃən]

| v. | 製作 <from> |

▲The carpenter **fashioned** a shelf **from** pieces of wood.

這木匠用幾塊木頭製作了一個架子。

---

7 **flat**

[flæt]

| adj. | 平坦的；(輪胎等) 洩了氣的 (flatter｜flattest) |

▲The plain is **(as) flat as a pancake**. 這平原十分平坦。

▲The driver got a **flat tire**, so he pulled in at the side of the street. 這司機的車胎洩氣了，所以他把車開到街邊停下。

💡a flat refusal 斷然拒絕

flat　`adv.` 水平地

[flæt]

▲The boy lay **flat** on his back, staring up at the sky.

這男孩平仰躺著，注視著天空。

flat　`n.` [C] 公寓 [同] apartment

[flæt]

▲Alvin rent a two-bedroom **flat** near his office.

Alvin 在公司附近租了一間兩房的公寓。

---

8 **forest**　`n.` [C][U] 森林

[`fɔrɪst]

▲The wildfire destroyed vast tracts of **thick forest**.

野火燒毀了廣大的密林地區。

---

9 **law**　`n.` [U] (某國的) 法律 <under>；[C] (個別的) 法規

[lɔ]

▲The use of nuclear weapons is illegal **under International law**.

按照國際法，用核武是非法的。

▲The country planned to **make** a **law** to ban alcohol advertising.

該國計劃立一條法規禁止酒類廣告。

💡break the law 違反法律

---

10 **magazine**　`n.` [C] 雜誌

[ˌmægəˋzin]

▲Vera has **subscribed to** several **fashion magazines**.

Vera 訂了幾本時裝雜誌。

---

11 **military**　`adj.` 軍用的，軍隊的

[ˋmɪləˌtɛrɪ]

▲All the young men in the country must **do military service**.

這國家所有年輕男子都必須服兵役。

military　`n.` [C] 軍方，軍隊 (the ～) [同] the forces

[ˋmɪləˌtɛrɪ]

▲**The military** proposed an increase of 10% in defense spending. 軍方提議增加 10% 的國防預算。

---

12 **object**　`n.` [C] 物體；[sing.] 目標

[ˋɑbdʒɪkt]

▲Don't move that **object** on the table. 別移動桌上的那個物體。

▲The young man's **object** in life is to help stray animals.

這年輕人的人生目標是幫助流浪動物。

Level 2

object

[əbˋdʒɛkt]

v. 反對 <to>

▲The mother **objected to** her son's habit of smoking.

這媽媽反對她兒子抽菸的習慣。

---

13 occur

[əˋkɝ]

v. 發生；出現 (occurred | occurred | occurring)

▲A terrible car accident **occurred** on the road last night.

昨晚這條路上發生了可怕的車禍。

▲The disease **occurs** mainly in developing countries.

這疾病主要出現在發展中國家。

💡occur to sb (想法或主意) 出現在⋯腦中

---

14 operate

[ˋɑpə͵ret]

v. 操作；動手術 <on>

▲The worker doesn't know how to **operate** the machine.

這工人不知道如何操作這臺機器。

▲The doctor is going to **operate on** the patient.

醫生將為這個病人動手術。

---

15 produce

[prəˋdjus]

v. 引起，使產生；生產，製作

▲Climate change **produced** by global warming has a negative impact on coral reefs.

全球暖化所引起的氣候變遷對珊瑚礁有負面的影響。

▲The bakery **produces** over 1,000 loaves of bread daily.

這家麵包店每天生產超過一千條麵包。

produce

[ˋprɑdjus]

n. [U] 農產品

▲The fresh **organic produce** is grown on a local farm.

這新鮮的有機農產品是在當地農場種植的。

---

16 protect

[prəˋtɛkt]

v. 保護，防護 <from>

▲You have to learn to **protect** yourself **from** harm.

你必須學習保護自己不受傷害。

---

17 remove

[rɪˋmuv]

v. 移動，搬開 <from>；去除 <from>

▲Cathy **removed** the painting **from** the wall and put it into a box.

Cathy 移除牆上的畫並把它放進箱子。

▲The cleaner **removed** the wine stains **from** the tablecloth.

清潔工去除了桌布上的紅酒漬。

---

18 **require**

[rɪ`kwaɪr]

v. 需要；要求

▲Monkeypox **requires** physical contact to spread.

猴痘需要藉由身體接觸才能傳播。

▲People **are required** by law **to** self-isolate if they test positive for the disease.

如果人們這疾病檢查呈現陽性，他們依法被要求自我隔離。

requirement

[rɪ`kwaɪrmənt]

n. [C] 需要 <of> (usu. pl.)；要求，必要條件 <of>

▲Taking minerals is important, but people rarely **meet** their daily **requirement of** what they need.

攝取礦物質很重要，但人們很少達到他們每日所需的量。

▲The student failed the course because he didn't **meet** the **requirements of** it. 這學生因為沒達到課程要求而沒通過。

---

19 **spread**

[sprɛd]

v. 蔓延 <to>；散布 (spread | spread | spreading)

▲The fire **spread to** the adjoining room in ten minutes.

大火在十分鐘內就蔓延到隔壁房間。

▲Someone is **spreading** rumors about the celebrity's private life. 有人正在散布關於這名人私生活的謠言。

spread

[sprɛd]

n. [sing.] 擴散，蔓延 <of>

▲The firefighters tried to prevent the **spread of** the fire.

消防隊員們試圖阻止火勢擴散。

---

20 **tone**

[ton]

n. [C] 語氣 <in>；[C][U] 音色，音質

▲Annoyed with his son, the father replied **in an** angry **tone**.

被他兒子惹怒，這父親用生氣的語氣回答。

▲The clean **tone** of a harp came floating into the room.

清澈的豎琴音悠揚地傳進房間裡。

---

21 **trash**

[træʃ]

n. [U] 垃圾 [同] rubbish

▲Daisy **took out the trash** before she left for work.

Daisy 上班前先把垃圾拿出去丟。

💡trash can 垃圾桶

trash

[træʃ]

v. 搗毀，破壞

▲Some protesters **trashed** shops and threw their goods onto the streets. 一些抗議者搗毀商店並把商品丟到街上。

---

22 **trust**

[trʌst]

v. 信任 [反] distrust, mistrust；相信 [同] believe in, rely on

▲The man is such a liar that no one **trusts** him.

這男子是這樣一個騙子以致於沒人信任他。

▲Dana **trusted** her own **instincts** and turned down the job offer.

Dana 相信自己的直覺而拒絕這個工作邀約。

trust

[trʌst]

n. [U] 信任；信託，託管 <in>

▲Peace is impossible without **trust** among nations.

國家之間若無信任就不可能有和平。

▲The money is **held in trust** until the heir turns 21.

這筆錢被託管起來，直到這繼承人滿二十一歲。

---

23 **valuable**

[ˋvæljəbl̩]

adj. 值錢的，貴重的 [反] worthless；寶貴的

▲The rich woman keeps her **valuable** jewelry in a safe in the bank. 這有錢的婦人將她貴重的珠寶存放在銀行的保險箱裡。

▲Adam got much **valuable** experience from his part-time jobs.

Adam 從打工中得到很多寶貴的經驗。

---

24 **waist**

[west]

n. [C] 腰 (部)

▲The supermodel has a tiny **waist**. 這超級模特兒的腰很細。

---

25 **within**

[wɪðˋɪn]

prep. 在 (時間) 之內；在 (範圍) 之內

▲The client will be here **within** 10 minutes. 這客戶十分鐘之內會到。

▲The museum lies **within easy reach of** the bus stop.

這博物館距離公車站很近。

within

[wɪðˋɪn]

adv. 在裡面，在內部 [反] outside

▲Baron heard voices **within**, so he knocked on the door before entering the room.

Baron 聽到裡面有聲音，所以他在進房間之前先敲門。

Unit 19

1 arrange
[əˋrendʒ]

v. 安排，籌劃 <with> ；排列

▲Chad is **arranging** a monthly meeting **with** the manager.

　Chad 正與經理安排一個月一次的會議。

▲These books are **arranged** alphabetically by the names of the authors. 這些書按照作者名字的字母排列。

arrangement
[əˋrendʒmənt]

n. [C] 安排 (usu. pl.) <for> ；[C][U] 約定 <with> [同] agreement

▲Doris is **making** the **arrangements for** her birthday party.

　Doris 正在為自己的生日派對做安排。

▲Edith had an **arrangement with** her brother that she would cook a meal and he would do the dishes.

　Edith 和弟弟約定好，她煮一餐而他洗碗。

2 balance
[ˋbæləns]

n. [U] (身體) 平衡 ；[sing.][U] (事物間) 平衡 <between> [反] imbalance

▲The drunken man **lost** his **balance** and fell badly.

　這酒醉男子失去平衡並重重跌倒。

▲A student should **strike a balance between** study **and** play.

　學生應該在課業和玩樂間取得平衡。

balance
[ˋbæləns]

v. (使) 保持平衡 <on> ；使⋯平衡

▲The girl **balanced** a book **on** her head. 這女孩保持頭上書的平衡。

▲The engineer tried to **balance** career and life.

　這工程師試著使事業和生活平衡。

3 bark
[bɑrk]

n. [C] 吠叫聲

▲The neighbors always complain that my dog has a loud **bark**.

　鄰居們總抱怨我的狗的吠叫聲很大。

bark
[bɑrk]

v. 吠叫 <at>

▲The dog **barked** furiously **at** the stranger. 這隻狗對陌生人狂吠。

4 **brain**

[bren]

n. [C] 腦；[C][U] 頭腦，智力 (usu. pl.)

▲If a nerve cell of the **brain** is damaged, it will never recover its function. 如果腦神經細胞損傷，就無法恢復它的功能。

▲That boy has good **brains**; he learns quickly.

那男孩頭腦靈活，他學習速度快。

5 **company**

[ˋkʌmpənɪ]

n. [C] 公司 [同] firm, business [U] 陪伴 (pl. companies)

▲Darren works for a large computer **company**.

Darren 在一間大型電腦公司上班。

▲Gina was alone at home, so her friend went over to **keep** her **company**. Gina 獨自在家，所以她朋友過去和她作伴。

💡in sb's company/in the company of sb 與⋯一起

6 **contact**

[ˋkɑntækt]

n. [U] 聯絡，聯繫 <with>；接觸

▲The control tower had **lost contact with** the pilot before the plane crashed. 塔臺在墜機前就和飛行員失去了聯絡。

▲Through **physical contact**, the patient passed on the virus to other people. 經由身體接觸，這病人把病毒傳給了其他人。

💡make contact with sb 與⋯取得聯絡

contact

[ˋkɑntækt]

v. 聯絡，聯繫 <at>

▲Customers may **contact** the bookstore by phone.

顧客們可以打電話聯絡這家書局。

7 **court**

[kort]

n. [C][U] 法院，法庭 <in>

▲The man who was charged with murder appeared **in court**.

這名被控謀殺的男子出庭。

8 **edge**

[ɛdʒ]

n. [C] 邊緣 <of>；刀口，鋒利的邊緣

▲Lisa sat on the **edge of** the bed, taking care of her sick son.

Lisa 坐在床邊，照顧她生病的兒子。

▲Since the knife's **edge** is sharp, use it with care.

因為這把刀的刀口鋒利，要小心使用它。

💡on the edge of sth 瀕於⋯

edge
[ɛdʒ]

v. (使) 緩緩移動

▲ The old man **edged** his chair closer to the fire.

這老人把他的椅子緩緩移到火邊。

---

9 **flu**
[flu]

n. [U] 流行性感冒 [同] influenza

▲ The patient **got the flu** and felt very weak.

這病人得了流感而覺得很虛弱。

---

10 **formal**
[ˋfɔrml]

adj. 正式的，公開的 [反] informal

▲ The company sent the customer a **formal** written apology.

這公司對顧客發出正式書面的道歉。

---

11 **lower**
[ˋloɚ]

v. 降低

▲ Peter **lowered** his **voice** in order not to wake the sleeping baby. Peter 降低他的音量以免吵醒正在睡覺的寶寶。

---

12 **mass**
[mæs]

n. [C] 大量，眾多 <of>；[sing.] (一) 大群 <of>

▲ A **mass of** dark clouds suddenly gathered in the sky.

大量的烏雲突然聚集在天空中。

▲ A **mass of** protesters gathered to demonstrate against the new tax policy. 一大群示威者聚集以抗議新的稅賦政策。

---

13 **neither**
[ˋniðɚ]

adj. 兩者都不

▲ The student gave two answers, but **neither** one was right.

這學生給了兩個答案，但兩個都不對。

neither
[ˋniðɚ]

adv. 也不

▲ If Hannah won't go, then **neither** will her brother.

如果 Hannah 不去，那她弟弟也不去。

neither
[ˋniðɚ]

pron. 兩者都不 <of>

▲ **Neither of** Elton's parents knows where he is.

Elton 的父母兩人都不知道他的下落。

neither
[ˋniðɚ]

conj. 既不…(也不…)

▲ Darren is **neither** clever **nor** diligent.

Darren 既不聰明也不勤奮。

14 **offer**

[ˋɔfɚ]

v. 提供，給予；願意 (做)

▲The company **offered** Lexi a good job, and she took it without a second thought.

這公司提供 Lexi 一份好工作，而她毫不猶豫接受了。

▲No one **offered** to wash the dishes after dinner.

晚餐後，沒人願意洗碗。

offer

[ˋɔfɚ]

n. [C] 提供，提議 <of>；出價，報價 <of>

▲The girl **refused** the man's kind **offer of** help.

這女孩拒絕男子的好意幫忙。

▲The rich man **made an offer of** one million dollars for the villa.

這富人出價一百萬美元買這棟別墅。

15 **owner**

[ˋonɚ]

n. [C] 物主，所有人 <of>

▲The pop singer is the **owner of** these sports cars.

這流行歌手是這些跑車的所有人。

16 **participate**

[pɑrˋtɪsə͵pet]

v. 參加 <in>

▲Bill sprained his ankle, so he couldn't **participate in** the race.

Bill 扭傷了腳踝，所以他不會參加賽跑。

17 **range**

[rendʒ]

n. [C] (一) 類、系列 <of> (usu. sing.)；[C] 範圍

▲Jasper has a **wide range of** interests. Jasper 的興趣廣泛。

▲The handbags sold in the store are **in the range of** $500 **to** $1,500. 這間店販售的手提包售價範圍介於五百到一千五百美元之間。

range

[rendʒ]

v. (數量等) 範圍，幅度

▲The prices of the potted plants **range from** $20 **to** $80.

這些盆栽的價格範圍介於二十到八十美元。

18 **rather**

[ˋræðɚ]

adv. 相當

▲This task was **rather** easy, and it was done without difficulty.

這工作相當簡單，輕易就完成了。

💡 rather than 而不是

19 **search**

[sɝtʃ]

n. [C] 搜索 <for> (usu. sing.)；(用電腦) 搜尋

▲The storm hampered the **search for** the people trapped in the mountains. 這暴風雨阻礙了搜索受困山區民眾的工作。

▲Jane borrowed a computer to do an online **search**.

Jane 借了一臺電腦來做線上搜尋。

💡 in search of sth 尋找…

search

[sɝtʃ]

| v. | 搜索，找尋 <for>；(用電腦) 搜尋 <for>

▲The police officers are **searching for** the missing child.

警員們正在搜索失蹤的孩子。

▲Elvis is **searching** the Internet **for** cheap hotel rooms.

Elvis 正在搜尋網路要找便宜的飯店房間。

---

20 **simply**

[ˈsɪmplɪ]

| adv. | 完全地，絕對地；只是 [同] just

▲It is **simply** the best movie that I have ever seen.

這絕對是我看過最棒的電影。

▲Ken said that **simply** because he was worried about his daughter. Ken 那樣說只是因為他擔心他女兒。

---

21 **stone**

[ston]

| n. | [U] 石材；[C] 石塊，石頭 [同] rock

▲The old tower is made of **stone**, not wood.

這座古老的塔是石造的，不是木製的。

▲The mob kept throwing **stones** at the police.

暴民一直向警方丟擲石塊。

stone

[ston]

| v. | 向…投擲石塊

▲The murderer was **stoned to death**. 這殺人犯被人丟石塊擊斃。

---

22 **upper**

[ˈʌpɚ]

| adj. | 上面的，較高的 [反] lower

▲The lower floors of the building were flooded while the **upper** floors remained intact.

這棟建築的低樓層被水淹了，而較高的樓層完好無損。

---

23 **view**

[vju]

| n. | [C] 意見 <on> [同] opinion；[C][U] 景色 <of>

▲The leaders exchanged **views on** the issue of terrorism.

領袖們就恐怖主義的議題交換意見。

▲The house has an excellent **view of** the city.

從這房子可以看到這城市的美景。

view

[vju]

v. 認為 <as> [同] see；觀看 <from>

▲The country is **viewed as** a threat to international security.

這國家被認為是國際安全的一個威脅。

▲Passengers can **view** the island **from** the airplane.

乘客們從飛機上可以看到這座島嶼。

---

24 **whatever**

[hwɑt`ɛvɚ]

adj. 無論什麼樣的

▲Liz would accept **whatever** help she could get.

無論 Liz 可以受到什麼樣的幫助，她都會接受。

whatever

[hwɑt`ɛvɚ]

pron. 任何…的事物；無論什麼

▲Elsie may eat **whatever** she likes.

Elsie 可以吃任何她喜歡吃的東西。

▲**Whatever** may happen, don't be discouraged.

無論發生什麼事，都不要氣餒。

---

25 **wonder**

[`wʌndɚ]

v. 想知道；驚訝 <at, about>

▲Madge **wonders** who invented the television.

Madge 想知道誰發明了電視。

▲The teachers **wondered at/about** Betty's high intelligence.

老師們對 Betty 的高智商感到驚訝。

wonder

[`wʌndɚ]

n. [U] 驚訝 [同] awe；[C] 奇觀

▲The tourists were **filled with wonder** when seeing the sight.

觀光客們看到那景象時非常驚訝。

▲The Taj Mahal is one of the seven **wonders** of the world.

泰姬瑪哈陵是世界七大奇觀之一。

💡 (it's) no/small/little wonder (that) 難怪

Unit 20

1 **article**

[`ɑrtɪkl̩]

n. [C] 文章，報導 <about, on>；物件 <of> [同] item

▲There is an **article about** AIDS in today's paper.

今天報上有一篇關於愛滋病的報導。

▲Ruby ordered several **articles of** furniture online.

Ruby 在網路上訂購了幾件家具。

2 **available**

[ə`veləb!]

adj. 可用的，可獲得的；有空的

▲I'm sorry we don't have any single rooms **available** on June 1st.

抱歉我們六月一日沒有空的單人房。

▲Is the doctor **available** this afternoon? 醫生今天下午有空嗎？

3 **basis**

[`besɪs]

n. [U] 基礎，根據 <for>；[sing.] (行動) 方式 <on>

▲The manager has no **basis for** his opposition.

這經理沒有反對的根據。

▲The meeting is held **on a monthly basis**. 這會議一個月舉行一次。

4 **birth**

[bɝθ]

n. [U] 分娩 <to>；[C][U] 出生

▲Tina **gave birth to** twins this morning.

Tina 今天早上生了一對雙胞胎。

▲The baby girl weighed 3 kilograms **at birth**.

這小女嬰出生時體重是三公斤。

5 **cash**

[kæʃ]

n. [U] 現金

▲Felix paid by credit card because he didn't have enough **cash** with him. Felix 因為沒有足夠的現金在身上而用信用卡支付。

💡 cash on delivery 貨到付款

cash

[kæʃ]

v. 兌現

▲The businessman **cashed** a $100,000 check.

這商人兌現了一張十萬美元的支票。

6 **control**

[kən`trol]

n. [U] 控制 <of>；支配，掌控

▲Drug abuse can make people **lose control of** their lives.

吸毒會讓人們對他們的生活失去控制。

▲The United Kingdom is no longer **in control of** world politics.

英國不再掌控世界政治了。

control

[kən`trol]

v. 控制；掌控 (controlled | controlled | controlling)

▲Further measures are taken to **control** the spread of the epidemic. 進一步的措施被採用來控制流行病的傳播。

Level 2

▲The company **controls** most of the tea trade in Asia.

這家公司掌控亞洲大部分的茶葉貿易。

---

7 **crisis**
[`kraɪsɪs]

n. [C][U] 危機 (pl. crises)

▲During the financial **crisis**, many firms suffered great losses.

在金融危機期間，許多公司遭受重大的損失。

💡 economic/financial/political crisis 經濟的／金融的／政治的危機 ｜ in crisis 陷入危機

---

8 **damage**
[`dæmɪdʒ]

n. [U] 損害 <to>

▲The earthquake **caused** a lot of **damage to** the village.

地震對這村莊造成了嚴重的損害。

damage
[`dæmɪdʒ]

v. 損害

▲The crops were **badly damaged** by the storm.

暴風雨嚴重損害農作物。

---

9 **design**
[dɪ`zaɪn]

n. [C][U] 設計 <of>

▲Nelly liked the **design of** the dress and bought it.

Nelly 喜歡這件洋裝的設計而買它。

design
[dɪ`zaɪn]

v. 設計

▲The Louvre Pyramid is **designed** by a famous architect I. M. Pei. 羅浮宮金字塔是由知名建築設計師貝聿銘設計的。

---

10 **emotion**
[ɪ`moʃən]

n. [C][U] 情緒，情感

▲Gale couldn't **hide** his **emotions** anymore, so he began to cry.

Gale 無法再隱藏自己的情感，所以開始哭泣。

---

11 **football**
[`fʊt,bɔl]

n. [U] 足球 [同] soccer；橄欖球 [同] American football

▲Tommy wants to become a **football** player in the future.

Tommy 未來想成為一名足球員。

▲The **football** player carried the ball and crossed the other team's goal line. 這橄欖球員帶球過了另一隊的球門線。

---

12 **goal**
[gol]

n. [C] 目標 [同] aim；球門

▲It takes hard work to **achieve** one's **goal** in life.

達成人生的目標需要努力。

▲The soccer player kicked the ball into the **goal**.
這足球員將球踢進球門。

---

13 **message**
[ˋmɛsɪdʒ]

n. [C] 訊息 <from, for, to>；[C] 要旨 (usu. sing.)

▲The front desk clerk is **taking** a **message from** a caller.
這櫃檯職員正在幫一位來電者留訊息。

▲The film **conveys** the **message** that beauty is in the eye of the beholder. 這部電影傳遞情人眼裡出西施這個要旨。

---

14 **model**
[ˋmɑdl]

n. [C] 模型 <of>；模特兒

▲Terry is fond of making **models of** airplanes.
Terry 喜歡做飛機的模型。

▲The top **model**'s job is to show clothes by wearing them at fashion shows. 這頂尖模特兒的工作是在時裝秀中穿衣展示。

model
[ˋmɑdl]

v. 當模特兒，穿戴…展示

▲The young woman is **modeling** a dress by Chanel.
這位年輕女子正穿著香奈兒的洋裝展示。

---

15 **none**
[nʌn]

pron. 一點也沒有

▲Nora expected to receive some cards from her friends, but **none** ever came. Nora 期待她朋友送的卡片，但一封也沒收到。

none
[nʌn]

adv. 一點也不 <for>

▲The rich man is **none** the happier **for** all his wealth.
這富人一點也不因為有錢而比較快樂。

---

16 **pattern**
[ˋpætɚn]

n. [C] 模式，形式；圖案，花樣

▲The three murders **followed** the same **pattern**.
這三起謀殺案依循著相同的模式。

▲Jessica wore a skirt with a beautiful floral **pattern**.
Jessica 穿著有美麗花朵圖案的裙子。

pattern
[ˋpætɚn]

v. 模仿 <after>

▲The railway system **is patterned after** that used in Japan.
這鐵路系統是模仿日本使用的鐵路系統。

17 personality

[ˌpɝsn̩ˈælətɪ]

n. [C][U] 個性，人格 (pl. personalities)

▲Tracy is a woman with a strong **personality**; it's hard to talk her into doing this. Tracy 是個性強勢的女性，要說服她做這件事很難。

18 plain

[plen]

adj. 明顯的 [同] obvious；樸素的 [同] simple

▲The singer's devotion to music is **plain** to see.

這位歌手對音樂的投入顯而易見。

▲The widow wore a **plain** black dress at the funeral.

這遺孀在葬禮上穿著樸素的黑洋裝。

plain

[plen]

n. [C] 平原 (also plains)

▲The **plains** of the Middle West provide most of America's grain.

中西部平原提供美國大部分的穀物。

19 respect

[rɪˈspɛkt]

n. [U] 敬重 <for>；尊敬 <with> [反] disrespect

▲People admire the writer and have great **respect for** his works.

人們欽佩這位作家並敬重他的作品。

▲Henry treats his parents **with respect** and never talks back.

Henry 尊敬他父母且從不頂嘴。

respect

[rɪˈspɛkt]

v. 敬重，尊敬 <for>

▲People **respect** the scientist **for** her achievements.

人們敬重這位科學家的成就。

20 result

[rɪˈzʌlt]

n. [C][U] 結果，後果

▲The players are waiting for the **results** to be **announced**.

選手們正在等待結果宣布。

💡as a result of sth 因為…

result

[rɪˈzʌlt]

v. 發生，產生 <from>

▲The accident **resulted from** the driver's carelessness.

這車禍起因於駕駛的疏忽。

21 secret

[ˈsikrɪt]

adj. 祕密的

▲The castle has a **secret passage** to the graveyard.

這城堡有一條通往墓地的祕密通道。

secret

[`sikrɪt]

n. [C] 祕密

▲Please don't **reveal** this **secret** to others.

請勿向他人洩漏這個祕密。

---

22 **stage**

[stedʒ]

n. [C] (發展的) 階段，時期 <of>；舞臺

▲The medicine is still in the early **stages of** development.

這藥物還在早期發展階段。

▲The dancer walked onto the **stage** and bowed to the audience.

這舞者走上舞臺，然後向觀眾鞠躬。

stage

[stedʒ]

v. 舉辦，組織

▲Some workers **staged a** hunger **strike** to protest against the unpaid leave. 一些員工組織了一場絕食抗議，以抗議無薪假。

---

23 **supply**

[sə`plaɪ]

n. [C] 供應量 <of>；[pl.] 補給品 (pl. supplies)

▲A **plentiful supply of** water was placed on board before the ship sailed for Oslo. 在這艘船啟航去奧斯陸前，船上先裝了大量的水。

▲Food and **medical supplies** were sent to the victims of the flood. 食物和醫療用品被送去給水災的受害者。

supply

[sə`plaɪ]

v. 提供 <with>

▲The military **supplied** the soldiers **with** sufficient food.

軍方提供士兵充足的食物。

---

24 **village**

[`vɪlɪdʒ]

n. [C] 村莊

▲A **village** is usually smaller than a town. 村莊通常比城鎮小。

---

25 **worse**

[wɝs]

adj. 更糟的；(病情) 更嚴重的

▲The working conditions are **getting worse and worse**.

工作條件變得越來越糟了。

▲The patient **got worse**, so his family called the doctor.

這病人病得更重了，所以他的家人打電話叫醫生來。

worse

[wɝs]

adv. 更壞，更糟

▲The students did **worse than** they had expected in the final exams. 學生們期末考試考得比他們預期的更糟。

worse

[wɝs]

n. [U] 更糟的事，更壞的情況

▲These refugees had suffered some hardships, but they didn't know that **worse** was to follow.

這些難民已經遭遇了一些艱辛，但他們不知道更糟的還在後頭。

Unit 21

1 **absence**

[`æbsn̩s]

n. [C][U] 不在場 <in, during> ; [sing.] 缺乏 [反] presence

▲Don't speak ill of people **in/during their absence**.

不要在人們背後說他們的壞話。

▲**In the absence of** evidence, the man was set free.

這男子因缺乏證據而被釋放了。

2 **backward**

[`bækwəd]

adj. 向後的 [反] forward

▲Ben flew into a fury and walked away without a **backward** glance. Ben 勃然大怒，頭也不回地走開。

backward

[`bækwəd]

adv. 向後 (also backwards) [反] forward, forwards

▲The girl glanced **backward** over her shoulder to see who was following her. 這女孩回頭掃了一眼，看誰在跟著她。

💡 backward and forward 來回地

3 **blackboard**

[`blæk,bord]

n. [C] 黑板

▲Two students rubbed the **blackboard** clean for their teacher.

兩個學生幫老師把黑板擦乾淨。

4 **camel**

[`kæml̩]

n. [C] 駱駝

▲A **camel** is a desert animal with either one or two humps.

駱駝是有一或兩個駝峰的沙漠動物。

5 **cockroach**

[`kɑk,rotʃ]

n. [C] 蟑螂 (pl. cockroaches) (also roach)

▲Many **cockroaches** live in the sewers. 很多蟑螂住在下水道。

6 **corn**

[kɔrn]

n. [U] 玉米 [同] maize

▲The farmers feed **corn** to their chickens. 農夫們餵雞吃玉米。

7	**eastern**	adj. 東部的，東方的 (also Eastern) (abbr. E)
	[ˋistɚn]	▲Hualien City is a large city on the **eastern** shore of Taiwan.
		花蓮市是臺灣東海岸的一大城市。

| 8 | **edition** | n. [C] 版本 |
| | [ɪˋdɪʃən] | ▲A cheaper paperback **edition** of the novel will be published next month. 這本小說下個月會出版較便宜的平裝版。 |

| 9 | **electric** | adj. 用電的，電動的 |
| | [ɪˋlɛktrɪk] | ▲Since the room was cold, Bonnie turned on the **electric** heater. 因房間冷，Bonnie 打開了電暖器。 |

10	**freedom**	n. [C][U] 自由 <of>
	[ˋfridəm]	▲The dictator denied people's **freedom of speech**.
		這獨裁者剝奪了人民的言論自由。

11	**guest**	n. [C] 客人；(飯店的) 旅客
	[gɛst]	▲The host invited 10 **guests** to the dinner party.
		這主人邀請了十位客人參加晚宴。
		▲The new hotel can accommodate 1,000 **guests**.
		這間新旅館可容納一千名旅客。

12	**gun**	n. [C] 槍
	[gʌn]	▲The policeman **pointed** a **gun** at the armed robber.
		這警員用槍指著武裝搶匪。
	gun	v. 用槍擊傷或擊斃 <down> (gunned | gunned | gunning)
	[gʌn]	▲Two men were **gunned down** in the shooting incident.
		兩名男子在這槍擊事件中被擊傷。

13	**listener**	n. [C] (廣播) 聽眾；聽者
	[ˋlɪsn̩ɚ]	▲The radio show is popular with young **listeners**.
		這廣播節目受到年輕聽眾的歡迎。
		▲A good **listener** always pays attention to the speaker.
		好的聽者總是會注意講者在說什麼。

Level 2

14 mix

[mɪks]

> **n.** [sing.] 組合；[C][U] 配料，混合料 [同] mixture
>
> ▲ Work stress and poor sleep are a deadly **mix**.
>
> 工作壓力和睡眠不足是一種致命的組合。
>
> ▲ Regina added milk to the cake **mix** and put it in the oven at 150°C. Regina 在蛋糕配料中加入牛奶並把它放進加熱到攝氏一百五十度的烤箱中。

mix

[mɪks]

> **v.** 混合；結合 <with>
>
> ▲ The cook **mixed** butter, eggs, and flour in the bowl.
>
> 這廚師在碗裡混合奶油、雞蛋和麵粉。
>
> ▲ The writer's books **mix** fantasy **with** realism.
>
> 這作家的書結合了幻想與現實主義。
>
> 💡 **mix sb/sth up** 混淆…，把…弄錯

15 narrow

[`næro]

> **adj.** 狹窄的 [反] wide
>
> ▲ The bridge is so **narrow** that only one person can cross it at a time. 這座橋如此地狹窄，以致於一次只能一個人通過。

narrow

[`næro]

> **v.** (使) 變窄 [反] widen
>
> ▲ The road **narrows** and divides into two country lanes.
>
> 這條路變窄並分成兩條鄉間小路。

16 papaya

[pə`paɪə]

> **n.** [C] 木瓜
>
> ▲ The **papaya** is a tropical fruit with orange flesh.
>
> 木瓜是一種有橘色果肉的熱帶水果。

17 rent

[rɛnt]

> **n.** [C][U] 房租；租金 <for>
>
> ▲ The tenant pays the **rent** at the beginning of every month.
>
> 這房客每個月月初付房租。
>
> ▲ The **rent for** the motorcycle is 50 dollars per day.
>
> 這輛摩托車的租金是一天五十美元。

rent

[rɛnt]

> **v.** 租；出租 <to> [同] let
>
> ▲ Jason **rented** a car when traveling in the countryside.
>
> Jason 在鄉間旅行時租了一輛車。
>
> ▲ Grace **rented** her apartment **to** the young couple.
>
> Grace 把她的公寓出租給這對年輕夫妻。

18 reply
[rɪ`plaɪ]

n. [C] 回答，回覆 [同] answer (pl. replies)

▲Ken sent Mary three emails but received no **reply**.
Ken 寄了三封電郵給 Mary，但都沒收到回覆。

💡in reply (to sth) 回覆 (…)

reply
[rɪ`plaɪ]

v. 回答，回覆 <to> (replied | replied | replying)

▲Rose will find time to **reply to** her father's letter.
Rose 會找時間回覆她父親的信。

19 rocky
[`rɑkɪ]

adj. 多岩石的 (rockier | rockiest)

▲The **rocky** trail is rough and difficult to hike.
這條石頭小徑崎嶇難行。

20 satisfy
[`sætɪs,taɪ]

v. 使滿意；滿足 (需要等) (satisfied | satisfied | satisfying)

▲It is impossible to **satisfy** everyone around you.
要使身邊每個人都滿意是不可能的。

▲Social services should **satisfy** the **needs** of different groups.
社會服務應該滿足不同群體的需要。

21 soap
[sop]

n. [U] 肥皂

▲Sharon washed her hands with **soap** and water after using the bathroom. 上完廁所後，Sharon 用肥皂和水洗手。

soap
[sop]

v. 在…上塗肥皂

▲The doctor **soaped** his hands and then rubbed his soapy hands. 這醫生在手上塗肥皂，然後搓了搓塗滿肥皂的手。

22 subway
[`sʌb,we]

n. [C] 地鐵 [同] underground

▲Let's take the **subway**; it's faster than a cab.
我們搭地鐵吧，比搭計程車快。

underground
[`ʌndɚ,graʊnd]

n. [sing.] 地鐵 (the ～) [同] subway

▲The London **Underground** is also called the tube due to the circular shape of its tunnels.
倫敦地鐵因為它圓形的隧道又稱為 tube。

metro
[`mɛtro]

n. [C] 地鐵，捷運 (pl. metros) [同] subway, underground

▲Taipei **Metro** is regarded as a reliable subway system.
臺北捷運被認為是可信賴的地鐵系統。

Level 2

23 toothache

[`tuθ,ek]

n. [C][U] 牙痛

▲Stacey went to the dentist's because she had **got toothache**.
Stacey 因為牙痛去看牙醫。

24 truth

[truθ]

n. [U] 實話 (the ～) [反] lie, falsehood, untruth；真實性 <in>

▲The criminal was asked to stop lying and **tell the truth**.
這嫌犯被要求停止說謊並說實話。

▲There is some **truth in** what the man has said.
這男子所說的話有些真實性。

25 worth

[wɝθ]

adj. 值…錢的；值得

▲The bracelet is **worth** $50. 這手鐲值五十美元。

▲New York City is a city **worth** visiting. 紐約市是值得拜訪的城市。

worth

[wɝθ]

n. [U] 價格，價值 <of>

▲The flood destroyed $50,000 **worth of** medical equipment.
這水災毀了價值五萬美元的醫療設備。

Unit 22

1 aid

[ed]

n. [U] 幫助；[C] 輔助物

▲The policeman **came to Kyle's aid** when he was lost in the town. 當 Kyle 在鎮上迷路時，警員前去幫助他。

▲The teacher used teaching **aids** such as films to assist in her teaching. 這老師使用像是影片的輔助教材來協助她教學。

💡 first aid 急救

aid

[ed]

v. 幫助，援助

▲The volunteers worked hard to **aid** the flood victims.
這些義工們努力援助水患災民。

2 badminton

[`bædmɪntən]

n. [U] 羽毛球

▲Playing **badminton** isn't difficult as long as people watch the shuttlecock carefully. 只要人們仔細看球，打羽毛球並不難。

3 **blank** | adj. 空白的;茫然的
[blæŋk]
▲The applicant signed his name in the **blank** space at the bottom of the form. 這申請者在表格底部的空白處簽下他的名字。
▲Not interested in the lecture, Louis looked at the blackboard with a **blank expression**.
由於對演講沒興趣,Louis 表情木然地看著黑板。

blank | n. [C] 空白處,空格
[blæŋk]
▲The guest **filled in** the **blanks** on the form and handed it back to the clerk. 房客填好表格上的空白處並把它交還給職員。

4 **candle** | n. [C] 蠟燭
[`kændḷ]
▲Teresa blew out the **candle** on the birthday cake.
Teresa 吹熄生日蛋糕上的蠟燭。
💡burn the candle at both ends 蠟燭兩頭燒;操勞過度

5 **combine** | v. (使) 結合 <with>
[kəm`baɪn]
▲The painter **combined** red **with** blue to form the color purple.
這畫家把紅色和藍色結合以形成紫色。

6 **cowboy** | n. [C] 牛仔
[`kaʊ,bɔɪ]
▲The **cowboys** rounded up the cattle in the field.
牛仔們將牧場上的牛趕在一起。

7 **elder** | n. [C] 較年長者,長輩
[`ɛldɚ]
▲Young children should be taught to respect the **elders**.
幼童應該被教導要尊敬長輩。

elder | adj. 較年長的 [反] younger
[`ɛldɚ]
▲Who is **the elder** of the two brothers? 這兩兄弟中誰較年長?

8 **electrical** | adj. 與電有關的;用電的
[ɪ`lɛktrɪkl̩]
▲The **electrical engineer**'s job is to design and make generators. 這電氣工程師的工作是設計並製造發電機。
▲The store sells **electrical appliances** such as dishwashers and washing machines. 這家店販賣電氣用品,例如洗碗機和洗衣機。

9 **employee**

[ˌɪmplɔɪˈi]

n. [C] 員工，受僱者 [同] worker

▲Because of the economic crisis, more than half of the **employees** will be laid off. 因為經濟危機，一半以上的員工會被解僱。

10 **friendship**

[ˈfrɛndʃɪp]

n. [C][U] 友誼

▲The two men have **formed** a deep **friendship** since they were little. 這兩個男子從小就建立深厚友誼。

11 **gymnasium**

[dʒɪmˈnezɪəm]

n. [C] 體育館，健身房 (pl. gymnasiums, gymnasia) [同] gym

▲The **gymnasium** has equipment for people to exercise their bodies and increase their strength.

這健身房有讓人運動身體並增加體力的器材。

12 **haircut**

[ˈhɛrˌkʌt]

n. [C] 理髮

▲Mr. Wang went to the barbershop to **have a haircut**.

王先生去理髮店理髮。

13 **manner**

[ˈmænɚ]

n. [sing.] 方法，方式 <of>；態度，舉止

▲The girl did it after the **manner of** her father.

這女孩照她父親的方式做。

▲Kai has a friendly **manner**, so everyone likes him.

Kai 態度友善，所以每個人都喜歡他。

manners

[ˈmænɚz]

n. [pl.] 禮貌

▲It's **bad manners** to point at people. 手指著別人是不禮貌的。

14 **motion**

[ˈmoʃən]

n. [U] 運行，移動 <of>；[C] 手勢，姿勢 <of> [同] gesture

▲The rolling **motion of** the ship upset the sailor's stomach.

船搖搖晃晃讓這水手感到胃不舒服。

▲Vivian greeted her neighbor with a **motion of** her head.

Vivian 點頭跟她鄰居打招呼。

💡 in motion (車等) 在行進中

15 **ordinary**

[ˈɔrdn̩ˌɛrɪ]

adj. 普通的，一般的

▲It was just another **ordinary** day; nothing special happened.

那只是另一個普通的一天，沒特別的事發生。

16 password
[`pæs,wɝd]

n. [C] 密碼

▲Users need to enter their **passwords** to get access to the computer system. 使用者需要輸入密碼才能進入這個電腦系統。

17 respond
[rɪ`spɑnd]

v. 回應 <with> [同] react；回答，回覆 <to>

▲The mother kissed the boy, and he **responded with** a smile. 這媽媽親了男孩，他回以一個微笑。

▲At the press conference, the actor **responded to** all the questions sincerely. 在記者招待會上，這演員誠懇地回答了所有的問題。

18 restroom
[`rɛstrum]

n. [C] 洗手間 [同] toilet

▲During the long drive, Manton stopped at a fast food restaurant to use the **restroom**. 在開長途車期間，Manton 停在一家速食餐廳用洗手間。

19 roof
[ruf]

n. [C] 屋頂，頂部

▲The pitched **roof** was built to withstand ice and snow. 這斜的屋頂是蓋來承受住冰雪的。

roof
[ruf]

v. 給 (建築物) 蓋屋頂 <with>

▲The old cottage was **roofed with** thatch. 這古老的小屋以茅草蓋屋頂。

20 scene
[sin]

n. [C] (戲劇的) 一場；[sing.] 現場，地點

▲In the **opening scene**, the princess was poisoned by a witch. 在戲劇的第一場，公主被巫婆所毒害。

▲When the policemen arrived at the **scene of the crime**, the victim was dead. 當警員們到達犯罪現場時，受害者死了。

21 sock
[sɑk]

n. [C] 短襪 (pl. socks)

▲Ada put on a **pair of socks** and then her sneakers. Ada 穿上了一雙短襪和她的運動鞋。

22 suppose
[sə`poz]

v. 猜想 [同] presume；假定，假設

▲Nash didn't answer the door, so his friend **supposed** that he was out. Nash 沒有應門，所以他朋友猜想他出門了。

▲Let's **suppose** that what the woman said is true.

讓我們假定這女子所言屬實。

---

23 **trap**

[træp]

n. [C] 陷阱；圈套，詭計

▲The hunter **set a trap** for foxes. 這獵人設陷阱抓狐狸。

▲Hattie **fell into** the **trap** laid by the scam group.

Hattie 落入了詐騙集團設下的圈套。

trap

[træp]

v. 困住 (trapped | trapped | trapping)

▲The factory collapsed, and several workers were **trapped** in the rubble. 這工廠倒塌，幾名工人被困在瓦礫堆下。

---

24 **umbrella**

[ʌmˋbrɛlə]

n. [C] (雨) 傘

▲When it rained, Pierce **put up** his **umbrella**.

下雨時 Pierce 撐起了他的傘。

---

25 **zebra**

[ˋzibrə]

n. [C] 斑馬

▲The **zebra** looks like a horse but has black and white lines on its body. 斑馬看起來像馬但有黑白條紋在身上。

Unit 23

1 **actual**

[ˋæktʃʊəl]

adj. 實際的

▲The **actual** cost of building this stadium was much higher than the government had estimated.

建造這運動場的實際費用比政府估計的高許多。

---

2 **aim**

[em]

n. [C] 目標；[U] 瞄準 <at>

▲The young girl's **aim** is to become a lawyer.

這年輕女孩的目標是成為一位律師。

▲The soldier raised his rifle and **took aim at** the target.

這士兵舉起步槍並瞄準靶子。

aim

[em]

v. 打算，意圖 <at>；使…針對 (某人)，將 (某人) 定為…的對象 <at>

▲The Olympic athlete **aims at** breaking the record.

這位奧林匹克運動員意圖要破紀錄。

▲The car advertisement is specifically **aimed at** families with children. 這汽車廣告是針對有小孩的家庭。

---

3 **bake**
[bek]

v. 烘，烤

▲Andy **baked** the cake at 160°C for 15 minutes.
Andy 以攝氏一百六十度烤蛋糕十五分鐘。

---

4 **branch**
[bræntʃ]

n. [C] 樹枝；分店，分支機構

▲A bird perched on the tree **branch** with green leaves.
一隻鳥棲息在長綠葉的樹枝上。

▲This bank has **branches** in many cities.
這家銀行在許多城市有分行。

branch
[bræntʃ]

v. 分岔

▲The river **branches** three kilometers below the town.
這河流在城鎮下游三公里處分流。

---

5 **cartoon**
[kɑr`tun]

n. [C] 漫畫；卡通片，動畫片

▲Henry enjoys reading the **cartoons** in newspapers.
Henry 喜歡看報紙上的漫畫。

▲Mickey Mouse is one of the most popular **cartoon** characters.
米老鼠是最受歡迎的卡通人物之一。

cartoon
[kɑr`tun]

v. 畫漫畫

---

6 **compare**
[kəm`pɛr]

v. 比較，對比 <with>；將…比作 <to>

▲Though this car is old, it is new **compared with** that one.
這輛車雖然舊，但和那輛車比較算是新。

▲Life is often **compared to** a journey. 人生常被比作一段旅程。

---

7 **crayon**
[`kreən]

n. [C] 蠟筆，彩色粉筆

▲The boy colored the picture with **crayons**.
這男孩用蠟筆給這幅圖上色。

---

8 **employ**
[ɪm`plɔɪ]

v. 僱用 <as>；使用

▲Robert was **employed as** a full-time clerk, which was his first job. Robert 被僱用為全職店員，這是他的第一份工作。

▲The farmer **employs** modern **techniques** to boost harvests.

這農夫使用現代技術來提高收穫。

employment

[ɪm`plɔɪmənt]

n. [U] 受僱；僱用 <of>

▲The two college graduates were offered **employment** in the sales department. 這兩個大學畢業生受僱於銷售部。

▲The big factory requires the **employment of** lots of workers.

這間大工廠需要僱用很多工人。

---

9 **engine**

[`ɛndʒən]

n. [C] 引擎

▲The car couldn't start because of the **engine** trouble.

這輛車發不動，因為引擎故障。

---

10 **equal**

[`ikwəl]

adj. 相同的，相等的 <of>；平等的

▲The two boxes are **of equal size**. 這兩個箱子大小相同。

▲African Americans keep striving for **equal rights**.

非裔美國人持續爭取平等權利。

💡 equal in 相同

equal

[`ikwəl]

v. 等於；達到 (與過去) 相同的水準 (equaled, equalled | equaled, equalled | equaling, equalling)

▲Two plus three **equals** five. 二加三等於五。

▲The runner **equaled** the world record of 12.91 seconds.

這跑者以十二分九一秒平了世界紀錄。

equal

[`ikwəl]

n. [C] 相同 (重要等) 的人或事物

▲The father treated all his children as **equals**.

這父親對他的孩子們一視同仁。

---

11 **fries**

[fraɪz]

n. [pl.] 炸薯條 [同] chips

▲Rick ordered a hamburger and French **fries**.

Rick 點了一個漢堡和炸薯條。

---

12 **hall**

[hɔl]

n. [C] 大廳 [同] hallway；走廊 [同] corridor, hallway

▲The guests left their coats in the **entrance hall**.

賓客們把他們的外套留在門廳。

▲The students are asked not to run down the **halls** at school.

學生們被要求不要在學校走廊上奔跑。

13 hamburger

[`hæmbɚgɚ]

n. [C] 漢堡 [同] burger

▲Dora ordered a Coke to go with her **hamburger**.

Dora 點了一杯可口可樂配她的漢堡。

---

14 mask

[mæsk]

n. [C] 口罩，面罩；面具

▲During the pandemic, people were required to **wear** face **masks** in public places.

在疫情期間，人們被要求在公共場合戴口罩。

▲All the guests wore **masks** at the costume party.

所有賓客在化妝舞會中都戴面具。

mask

[mæsk]

v. 掩飾，掩蓋

▲The widow's smile was meant to **mask** her deep sadness.

這寡婦的微笑是為了掩飾她深深的哀傷。

---

15 motorcycle

[`motɚˌsaɪkl̩]

n. [C] 摩托車 [同] motorbike

▲Some young people ride **motorcycles** without having driver's licenses. 有些年輕人無照騎摩托車。

---

16 panda

[`pændə]

n. [C] 熊貓

▲Giant **pandas** are native to China, and they like to eat bamboo leaves. 大熊貓原產於中國，牠們喜歡吃竹葉。

---

17 peaceful

[`pisfəl]

adj. 安靜的，寧靜的；和平的

▲Without her kids around, the mother enjoyed a **peaceful** afternoon. 小孩不在旁邊，這媽媽享受了一個安靜的下午。

▲It was a **peaceful protest**, and no one used violence.

那是一場和平的抗議遊行，沒人使用暴力。

---

18 riches

[`rɪtʃɪz]

n. [pl.] 財富，財產 [同] wealth

▲**Riches** have wings. 【諺】錢財易散。

---

19 runner

[`rʌnɚ]

n. [C] 跑步者

▲Bruno is a long-distance **runner**, and he will run the marathon.

Bruno 是個長距離跑者，他將參加這場馬拉松比賽。

20 sample

['sæmpl̩]

n.　[C] 樣本；樣品，試用品 <of>

▲The scientist is analyzing the water **samples** collected from the river. 這科學家正在分析從河裡採集來的水樣本。

▲The clerk gave Molly some free **samples of** face cream.

店員給 Molly 一些面霜的免費試用品。

sample

['sæmpl̩]

v.　品嘗

▲Calvin **sampled** the cake and said it was delicious.

Calvin 品嘗了這蛋糕並說它好吃。

21 selfish

['sɛlfɪʃ]

adj.　自私的

▲Emma has no friends because she is **selfish** and mean.

Emma 沒有朋友是因為她自私又刻薄。

22 soda

['sodə]

n.　[C][U] 汽水 (also soda pop) [同] pop

▲Daniel likes ice cream **soda** most. Daniel 最喜歡冰淇淋汽水。

23 sweep

[swip]

v.　清掃 [同] brush；(迅猛地) 帶走，捲走 (swept | swept | sweeping)

▲The maid is **sweeping** the floor with a broom.

這女僕正在用掃帚清掃地板。

▲The robber **swept** the jewels into a bag and ran away.

這搶匪將珠寶掃入袋中並跑了。

24 tube

[tjub]

n.　[C] 管，管子

▲Water passes through the plastic **tube** and flows to the lower tank. 水通過這塑膠管，流到下面的水箱。

25 valley

['vælɪ]

n.　[C] 山谷

▲The climbers crossed a deep **valley** and then climbed a steep mountain. 登山者們穿過深谷，接著登上陡峭的山峰。

Unit 24

1 adult

[ə'dʌlt]

n.　[C] 成年人

▲**Adults** should be responsible for their own behavior.

成年人應為自己的行為負責。

adult

[əˋdʌlt]

adj. 成年的

▲Frances spent most of her **adult life** in Paris.

Frances 成年後大多待在巴黎。

---

2 **appetite**

[ˋæpəˏtaɪt]

n. [C][U] 胃口 (usu. sing.)

▲The patient has lost some weight due to loss of **appetite**.

這病人因為失去胃口而瘦了一些。

---

3 **balcony**

[ˋbælkənɪ]

n. [C] 陽臺 (pl. balconies)

▲The **balcony** has a view of the lake. 這陽臺可以看到湖景。

---

4 **brief**

[brif]

adj. 短暫的；簡短的

▲Daisy made a **brief** visit to her aunt's house this morning.

Daisy 今天早上短暫探望了她阿姨。

▲The mayor's **brief** statement contained few details.

這市長簡短的聲明沒有太多的細節。

brief

[brif]

n. [C] 職責，任務簡介 (usu. sing.)

▲The manager's **brief** is to come up with good ideas for the launch of new models. 這經理的職責是為新型號的上市想出好點子。

💡 in brief 簡言之

brief

[brif]

v. 簡報 <on>

▲The boss has been **briefed on** what to invest next.

這老闆已聽取了下一步該投資什麼的簡報。

---

5 **castle**

[ˋkæsl̩]

n. [C] 城堡

▲The king and queen lived in that **castle**. 國王和王后住在那座城堡裡。

---

6 **conclude**

[kənˋklud]

v. 做出結論 <from>；(以⋯) 結束 <with>

▲The scientist **concluded from** her research that plastic is a threat to humans. 這位科學家從她的研究做出塑膠對人類是威脅的結論。

▲The professor **concluded** his speech **with** a prayer for peace.

這位教授以祈禱和平結束他的演說。

---

7 **crow**

[kro]

n. [C] 烏鴉

▲Some people believe that seeing a **crow** is a bad omen.

一些人認為看到烏鴉是不好的預兆。

8 **employer**

[ɪmˋplɔɪɚ]

n. [C] 僱主

▲The manager needs to talk to Lily's last **employer** before deciding whether she can get the job.

在決定 Lily 是否能得到這份工作前，經理必須和她的上一位僱主談談。

9 **essay**

[ˋɛse]

n. [C] 短文，論文 <on>

▲One requirement of the course is an **essay on** the history of the country. 這門課的要求之一是寫一篇關於國家歷史的論文。

10 **fee**

[fi]

n. [C] 費用

▲The dentist demanded a high **fee** for Allen's treatment.

這牙醫要求 Allen 付高額的治療費。

11 **fry**

[fraɪ]

v. 油炒，油炸 (fried | fried | frying)

▲Miranda used to **fry** chicken in hot oil, but now she likes to roast it in an oven. Miranda 過去習慣用熱油炸雞，但現在她喜歡用烤箱烤雞。

fry

[fraɪ]

n. [pl.] 魚苗

▲The fishing nets can be dangerous to the **fry**, too.

這些魚網也可能對魚苗造成危險。

12 **handsome**

[ˋhænsəm]

adj. 英俊的 [同] good-looking；(數量) 可觀的 (handsomer | handsomest)

▲Many girls were attracted by the **handsome** man.

許多女孩被這英俊的男子所吸引。

▲The rich man made a **handsome** contribution to the church.

這富人捐了很多錢給教會。

13 **heaven**

[ˋhɛvən]

n. [sing.] 天堂 (also Heaven) [同] paradise；[U] 開心極了

▲It is said that the Devil was an angel, who was cast out from **Heaven**. 據說撒旦曾是天使，後來被逐出天堂。

▲Emma was **in heaven** when she won the lottery.

Emma 中樂透時開心極了。

💡 for heaven's sake 看在老天的分上

14 **mat**

[mæt]

n. [C] 墊子

▲Before Eden entered the room, he wiped his shoes on the **mat**.

Eden 進房間前先在墊子上擦鞋。

15 notebook
[`not͵bʊk]

n. [C] 筆記本；筆記型電腦 (also notebook computer)

▲The student carried a **notebook** so that she could take notes in class. 這學生帶了一本筆記本好在課堂上做筆記。

▲Gavin prefers a **notebook** to a desktop computer because it's small and easy to carry.

比起桌上型電腦，Gavin 更喜愛筆記型電腦，因為它又小又方便攜帶。

16 partner
[`pɑrtnɚ]

n. [C] 配偶；合夥人

▲Barbara often discusses her worries with her **partner**.

Barbara 通常會和她的配偶討論煩心事。

▲Marcus is a **partner** in an IT company.

Marcus 是一家資訊科技公司的合夥人。

17 peach
[pitʃ]

n. [C] 桃子 (pl. peaches)

▲Hedy likes all types of juicy fruit such as **peaches**.

Hedy 喜歡各種多汁的水果，例如桃子。

18 rooster
[`rustɚ]

n [C] 公雞 [同] cock

▲The **rooster** crowed loudly at sunrise. 這隻公雞在日出時大聲啼叫。

19 sandwich
[`sændwɪtʃ]

n. [C] 三明治 (pl. sandwiches)

▲Alex made some ham **sandwiches** for breakfast.

Alex 做了一些火腿三明治當早餐。

sandwich
[`sændwɪtʃ]

v. 將…插在中間

▲The notebook **is sandwiched in between** two novels.

這筆記本被插在兩本小說中間。

20 score
[skor]

n. [C] 得分，比數；分數，成績

▲The latest baseball **score** is three to zero.

棒球賽最新的比數是三比零。

▲The average **score** for the English test is 80.

這英文考試的平均分數是八十分。

score
[skor]

v. 得 (分)；給…打分數 [同] mark

▲The home team **scored** a goal at the start of the game.

地主隊在比賽一開始就得了一分。

▲The teacher is busy **scoring** the exam papers.

這老師正忙著改考卷。

---

21 **sheet**

[ʃit]

  n. [C] 床單；一張 (紙) <of>

▲The hotel **changes the sheets** in its rooms every day.

這家旅館每天都更換房間的床單。

▲Janet drew a map on a **blank sheet of** paper.

Janet 在一張空白紙上畫地圖。

---

22 **stamp**

[stæmp]

  n. [C] 郵票 (also postage stamp)；戳記

▲Hale stuck a 25-cent **stamp** on the envelope.

Hale 在信封上貼了一張二十五分的郵票。

▲Jill got a **stamp** in her passport when going through immigration control. Jill 通過移民局入境檢查時，護照裡多了一個戳記。

stamp

[stæmp]

  v. 踩 (腳)，重踩

▲Finding his toy car broken, Tom **stamped** his **foot** angrily.

Tom 發現他的玩具車壞掉時憤怒地踩腳。

---

23 **swim**

[swɪm]

  v. 游泳 (swam | swum | swimming)

▲It takes great strength to **swim** across the lake.

游過這座湖需要很大的體力。

swim

[swɪm]

  n. [C] 游泳

▲It is great to **go for a swim** on a hot day. 天熱時游泳很棒。

---

24 **turtle**

[ˋtɝtl̩]

  n. [C] 龜，海龜

▲**Turtles** symbolize longevity in Chinese culture.

龜在中國文化中象徵長壽。

---

25 **victory**

[ˋvɪktərɪ]

  n. [C][U] 勝利，獲勝 <over> (pl. victories) [反] defeat

▲The army gained a glorious **victory over** its enemy.

這軍隊輝煌戰勝敵人。

Unit 25

1	**ahead**	adv.	在前面 <of> [反] behind；未來，今後 <of>

ahead
[ə`hɛd]

▲Ann sat two rows **ahead of** her friend.

Ann 坐在她朋友前面兩排的位置。

▲Harvey is a young man with a promising career **ahead of** him.

Harvey 是個未來事業很有前途的年輕人。

2 **apply**
[ə`plaɪ]

v. 申請 <to, for>；適用 <to> (applied | applied | applying)

▲The organization **applied to** the bank **for** financial aid.

這組織向銀行申請財務援助。

▲The rule doesn't **apply to** every situation. 這規則不適用於所有情況。

3 **balloon**
[bə`lun]

n. [C] 氣球

▲Johnny let go of the **balloon**, and it floated up into the sky

Johnny 把氣球放掉，它飄上了天空。

4 **burn**
[bɝn]

v. 燃燒；燒毀 (burned, burnt | burned, burnt | burning)

▲A fire is **burning** in the small fireplace. 火在小小的壁爐裡燃燒著。

▲The old house was **burned to the ground**. 這棟舊房子被燒毀。

💡burn up 燒盡 | burn the candle at both ends 勞累過度

burn
[bɝn]

n. [C] 燒傷，燙傷

▲The girl survived the fire but **suffered serious burns**.

這女孩在大火中存活下來，但嚴重燒傷。

5 **ceiling**
[`silɪŋ]

n. [C] 天花板

▲The lobby of the hotel has a high **ceiling**. 這飯店大廳的天花板很高。

💡hit the ceiling 暴跳如雷

6 **courage**
[`kɝɪdʒ]

n. [U] 勇氣 [反] cowardice

▲Jacob **plucked up the courage** to ask the girl out on a date.

Jacob 鼓起勇氣約這女孩出去約會。

7 **deaf**
[dɛf]

adj. 耳聾的，失聰的 <in>

▲The woman is **deaf in** her right ear, so she is unable to hear well.

這女子右耳聾，所以她聽得不清楚。

💡turn a deaf ear (to sth) 不願聽 (…)

8 **empty**

[`ɛmptɪ]

adj. 空的，無人的 (emptier | emptiest)

▲The school was **empty** because everyone was on vacation.

學校空無一人，因為大家都放假了。

💡do sth on an empty stomach 空腹做⋯

empty

[`ɛmptɪ]

v. 清空，倒空 (also empty out) (emptied | emptied | emptying)

▲The cleaner **emptied** the garbage can, for it was too full.

因為垃圾桶太滿，所以清潔工把它清空。

9 **eve**

[iv]

n. [C] 前夕 (usu. sing.)

▲We'll go to watch the firework display on **New Year's Eve**.

我們除夕會去看煙火秀。

10 **gardener**

[`gɑrdnɚ]

n. [C] 園丁，花匠

▲The **gardener** is pruning the trees in the yard.

這園丁正在庭院裡修剪樹木。

11 **highway**

[`haɪ,we]

n. [C] 主要幹道，公路

▲The driver went on the **highway** to get to the city.

這駕駛走主要幹道進城。

12 **hike**

[haɪk]

n. [C] 長途健行

▲The two friends set off on a 20-mile **hike** in the mountains.

這兩個朋友踏上了二十英里的山區長途健行。

hike

[haɪk]

v. 長途健行

▲Dora and her family spent their night **hiking** around the lake.

Dora 和家人晚上在湖邊健行。

13 **hunt**

[hʌnt]

v. 打獵，狩獵；搜尋 <for> [同] search

▲The lion **hunts** at night and sleeps in the day.

這頭獅子晚上狩獵，白天睡覺。

▲While **hunting for** berries in the forest, the kids found some mushrooms. 孩子們在森林裡找尋漿果時發現了一些蘑菇。

hunt

[hʌnt]

n. [C] 打獵，狩獵；[C] 搜尋 <for> (usu. sing.)

▲The man went on a fox **hunt** with his hounds.

這男子和他的獵狗去獵狐狸。

▲After a 2-hour **hunt for** the boy, the police found him in a park.

搜尋男孩兩小時後，警方在公園找到他。

14 **midnight**	n. [U] 午夜，子夜
[ˈmɪdˌnaɪt]	▲Mason stayed up studying until **midnight**. Mason 熬夜讀書直到午夜。
	💡 burn the midnight oil 熬夜工作

15 **obey**	v. 聽從，遵守 [反] disobey
[oˈbe]	▲The students are asked to **obey** the school rules.
	學生們被要求要遵守校規。

16 **paste**	n. [U] 醬，糊；[C][U] 麵團
[pest]	▲Since the cook didn't have any fresh tomatoes, he added some **tomato paste** into the sauce.
	因為沒有任何新鮮番茄，廚師在醬汁裡加了一些番茄糊。
	▲Joan mixed the flour with some water to make a **paste**.
	Joan 混合麵粉和一些水做個麵團。
paste	v. (用漿糊) 黏，貼
[pest]	▲The notice was **pasted** to the front door. 這告示被貼在大門上。

| 17 **pear** | n. [C] 梨 |
| [pɛr] | ▲There is a **pear** tree in front of the house. 這房子前面有一棵梨樹。 |

18 **rude**	adj. 粗魯的，不禮貌的 [同] impolite [反] polite (ruder｜rudest)
[rud]	▲It was **rude** of Jeff to ask the lady about her age.
	Jeff 問那女士的年齡是不禮貌的。

19 **scared**	adj. 害怕的，驚恐的 <of> [同] afraid
[skɛrd]	▲Cindy has always been **scared of** cockroaches.
	Cindy 一直都害怕蟑螂。

20 **section**	n. [C] 部分 <of>
[ˈsɛkʃən]	▲The tail **section of** the airplane was found in the sea.
	這飛機的尾翼部分在海裡被發現。

| 21 **shine** | v. 照耀，發光 (shone｜shone｜shining)；把…擦亮 [同] polish (shined｜ |
| [ʃaɪn] | shined｜shining) |

▲The sun is **shining** brightly in the cloudless sky.

太陽在晴朗的天空明亮地照耀著。

▲Kim **shined** his shoes before going out. Kim 外出前把他的鞋子擦亮。

💡 shine through (品質等) 顯而易見

shine

[ʃaɪn]

n. [sing.][U] 光彩，光澤

▲The old wooden desk has a beautiful **shine**. 那舊木桌有美麗的光澤。

---

22 **stranger**

[ˋstrendʒɚ]

n. [C] 陌生人

▲Teresa tends to feel nervous in front of **strangers**.

Teresa 在陌生人面前會顯得焦慮。

---

23 **swing**

[swɪŋ]

n. [C] 鞦韆；揮動 <at>

▲The children are **playing on the swings** in the park.

孩童們正在公園裡盪鞦韆。

▲The rascal **took a swing at** the poor woman, and she fell badly.

流氓揮拳向那可憐的女人打去，她就重重摔倒。

swing

[swɪŋ]

v. 晃動；轉動 (swung | swung | swinging)

▲The hanging rope was **swinging** to and fro in the wind.

這垂掛的繩子在風中前後晃動。

▲When the wind blew harder, the door **swung shut**.

當風變大時，門關上了。

---

24 **ugly**

[ˋʌglɪ]

adj. 醜陋的 [同] hideous [反] beautiful (uglier | ugliest)

▲The witch cast a spell on the prince, turning him into an **ugly** toad.

女巫對王子施魔法，將他變成一隻醜陋的癩蛤蟆。

---

25 **wash**

[waʃ]

v. 清洗；洗 (身體的某部位)

▲The dirty pants need **washing**. 這髒褲子需要清洗。

▲Jasmine asked her son to **wash** his hands before lunch.

Jasmine 要她兒子吃午餐前先洗手。

💡 wash sth away 沖走…

wash

[waʃ]

n. [C] 洗滌，洗澡 (usu. sing.)

▲Lester **gives** his dog a **wash** every Saturday.

Lester 每週六都幫他的狗洗澡。

Unit 26

1 **altogether**
[ˌɔltəˈɡɛðə˞]

adv. 完全；總共

▲The picnic was **altogether** ruined by the rain.

這野餐完全被雨破壞了。

▲Seven people live in the house **altogether**.

總共有七個人住在這房子裡。

2 **appreciate**
[əˈpriʃɪˌet]

v. 理解，領會 [同] realize；感謝

▲People don't **appreciate** the value of health until they lose it.

人們直到失去健康才領會健康的重要。

▲I'd **appreciate** it if anyone could give Merlin this message.

如果有人能傳達這訊息給 Merlin，我將不勝感激。

3 **barbecue**
[ˈbɑrbɪˌkju]

n. [C] 烤肉 (會) (also barbeque) (abbr. BBQ)

▲The family **had a barbecue** in their yard.

這家人在院子裡辦烤肉會。

barbecue
[ˈbɑrbɪˌkju]

v. 用烤肉架燒烤 (also barbeque)

▲Julie had some **barbecued** chicken for dinner.

Julie 晚餐吃了些烤雞。

4 **cage**
[kedʒ]

n. [C] 籠子

▲The zoo-keeper found the bear was still in the **cage**.

動物園管理員發現這隻熊還在籠子裡。

cage
[kedʒ]

v. 關進籠子

▲It is cruel to **cage** the elephant.

把大象關進籠子很殘忍。

5 **centimeter**
[ˈsɛntəˌmitə˞]

n. [C] 公分 (abbr. cm)

▲The pencil is fifteen **centimeters** long. 這枝鉛筆十五公分長。

6 **cream**
[krim]

n. [U] 奶油；乳液，護膚霜

▲Nelson would like some **cream** in his coffee.

Nelson 想要在他的咖啡裡加一些奶油。

▲Tina put sun **cream** on to avoid getting sunburned.

Tina 擦防曬霜以免被曬傷。

cream
[krim]

| adj. | 米黃色的 |

▲The boy wore a **cream**-colored sweater.

這男孩穿著一件米黃色的毛衣。

---

7 **debt**
[dɛt]

n. [C] 借款，欠款 <of>；[U] 負債 [反] credit

▲Lisa has **debts of** 5,000 dollars, but she has no money to pay it off. Lisa 欠款五千美元，但她沒錢償還。

▲The company was **in debt** to several banks and thus went bankrupt. 這間公司欠幾家銀行錢，因此破產了。

---

8 **entrance**
[`ɛntrəns]

n. [C] 入口 <to> [反] exit；[U] 進入許可 <to>

▲The main **entrance to** the supermarket is near the parking lot. 這超市的主要入口靠近停車場。

▲People must bring their tickets with them to **gain entrance to** the concert. 人們必須帶票以進入演唱會。

---

9 **exact**
[ɪg`zækt]

| adj. | 確切的，精確的 |

▲Bruce knows the meeting is in May, but he forgets the **exact** date. Bruce 知道會議是在五月，但他忘記確切的日期。

---

10 **goose**
[gus]

n. [C] 鵝 (pl. geese)

▲All his **geese** are swans. 【諺】敝帚自珍。

---

11 **hip**
[hɪp]

n. [C] 臀部

▲The jeans are a little tight across the **hips**.

這牛仔褲臀部有點緊。

---

12 **hippopotamus**
[ˌhɪpə`pɑtəməs]

n. [C] 河馬 (pl. hippopotamuses, hippopotami) [同] hippo

▲A **hippopotamus** is a large gray animal that lives near water. 河馬是一種住在水邊的大型灰色動物。

---

13 **ill**
[ɪl]

| adj. | 生病的，不舒服的 [同] sick (worse｜worst) |

▲Maggie had flu, so she was **ill** in bed.

Maggie 得了流感，所以她臥病在床。

ill
[ɪl]

adv. 壞地，惡劣地

▲Owen is negative about everything; he always takes things ill. Owen 對任何事都很消極，他總是往壞處想。

💡speak/think ill of sb 說⋯壞話／認為⋯不好

ill
[ɪl]

n. [C] 問題，苦惱 (usu. pl.)

▲The girl is too young to know the ills of life. 這女孩太年輕而不知人生的苦惱。

---

14 mop
[mɑp]

n. [C] 拖把

▲Cindy is cleaning the kitchen floor with a mop. Cindy 正在用拖把拖廚房的地板。

mop
[mɑp]

v. 用拖把拖 (mopped | mopped | mopping)

▲Fiona asked her son to mop the bedroom floor. Fiona 要她兒子用拖把拖臥室地板。

---

15 organ
[ˋɔrgən]

n. [C] 器官

▲The stomach is a digestive organ. 胃是消化器官。

---

16 path
[pæθ]

n. [C] 小路，小徑 <to>；(達到⋯的) 途徑 <to>

▲People can follow this small path to the main road. 人們可以順著這條小徑去到主要道路。

▲Leona viewed work as her path to independence. Leona 將工作視為她達到獨立的途徑。

---

17 pillow
[ˋpɪlo]

n. [C] 枕頭

▲The little boy laid his head on the pillow and listened to the bedtime story. 小男孩的頭枕著枕頭並聽著床邊故事。

---

18 sailor
[ˋselɚ]

n. [C] 水手，船員

▲The sailor navigated the boat toward the harbor. 這水手駕船航向港口。

---

19 screen
[skrin]

n. [C] 螢幕

▲The TV set has a 50-inch color screen. 這電視機有五十吋的彩色螢幕。

20 selection
[sə`lɛkʃən]

n. [sing.][U] 選擇，挑選 <of>；[C] 可供挑選的東西 <of> (usu. sing.) [同] range

▲The child wants to **make** his **selection of** toys.
這孩子想自己挑選玩具。

▲The store stocks a **wide selection of** cheese.
這家店可供挑選的起司種類很多。

21 sleepy
[`slipɪ]

adj. 睏倦的，打瞌睡的 (sleepier | sleepiest)

▲Since Mandy didn't sleep well last night, she feels **sleepy** now. 由於 Mandy 昨晚沒睡好，她現在很睏。

22 strawberry
[`strɔ,bɛrɪ]

n. [C] 草莓 (pl. strawberries)

▲Tina made a cake with many fresh **strawberries** on top.
Tina 做了一個上面有很多新鮮草莓的蛋糕。

23 terrorist
[`tɛrərɪst]

n. [C] 恐怖分子

▲The U.S. president condemned the **terrorist attacks** in New York as "acts of war."
美國總統譴責紐約的恐怖攻擊事件是「戰爭行為」。

24 upstairs
[ʌp`stɛrz]

adv. 在樓上，往樓上 [反] downstairs

▲The company has another office **upstairs**.
這公司在樓上有另一間辦公室。

upstairs
[ʌp`stɛrz]

adj. 樓上的 [反] downstairs

▲The bird flew in through the **upstairs** window.
這隻鳥從樓上的窗戶飛了進來。

upstairs
[ʌp`stɛrz]

n. [sing.] 樓上 (the ～)

▲The family used the downstairs and rented out **the upstairs**.
這家人使用樓下並把樓上租出去。

25 wealth
[wɛlθ]

n. [U] 財富

▲**Wealth** doesn't necessarily bring happiness.
財富未必會帶來快樂。

Level 2

1 **artist**
['ɑrtɪst]

n. [C] 藝術家

▲Monet is one of the greatest **artists** of all time.

莫內是有史以來最偉大的藝術家之一。

---

2 **bakery**
['bekərɪ]

n. [C] 麵包店 (pl. bakeries)

▲The **bakery** is well-known for its yummy bread and cakes.

這間麵包店以其美味的麵包和蛋糕聞名。

---

3 **barber**
['bɑrbɚ]

n. [C] 理髮師

▲A **barber**'s job is to cut men's hair or shave them.

理髮師的工作是幫男性剪髮或剃鬚。

---

4 **cancel**
['kænsl̩]

v. 取消 (canceled, cancelled | canceled, cancelled | canceling, cancelling)

▲Nydia **canceled** the appointment because of urgent business. Nydia 因急事取消了約會。

---

5 **chalk**
[tʃɔk]

n. [C][U] 粉筆

▲The teacher wrote a sentence on the blackboard with a piece of **chalk**. 這老師用一枝粉筆在黑板上寫了一個句子。

chalk
[tʃɔk]

v. 用粉筆寫

▲The students were **chalking** things on the walls.

學生們正用粉筆在牆壁上寫東西。

---

6 **cure**
[kjʊr]

n. [C] 治療方法 <for>；解決方法 <for>

▲Doctors have not discovered a **cure for** the disease.

醫生們尚未發現該疾病的治療方法。

▲Love is the best **cure for** humanity's suffering.

愛是解決人類苦難的最佳方法。

cure
[kjʊr]

v. 治癒 <of>

▲The doctor **cured** the patient **of** his disease.

這醫生治好了病人的疾病。

7 deny
[dɪˋnaɪ]

v. 否認；剝奪 <to> (denied | denied | denying)

▲The man **denied** the **charge** of murder and pleaded his innocence. 這男子否認謀殺的控告並辯白自己是無辜的。

▲In the past, a good education was **denied to** girls.
在過去，女孩被剝奪接受良好教育的權利。

8 excite
[ɪkˋsaɪt]

v. 使興奮，使激動

▲The prospect of going abroad for further study **excited** the student. 出國深造的機會使這學生很興奮。

excitement
[ɪkˋsaɪtmənt]

n. [U] 興奮，激動

▲There was growing **excitement** among the fans as they waited for the superstar to arrive.
當粉絲們等著超級巨星到來時，他們變得越來越興奮。

9 eyebrow
[ˋaɪ͵braʊ]

n. [C] 眉毛 [同] brow

▲Michael has got very bushy **eyebrows**. Michael 的眉毛很濃密。

💡 raise sb's eyebrows 揚起眉毛 (表示驚訝)

10 grand
[grænd]

adj. 壯麗的 [反] humble；偉大的，崇高的

▲The couple looked at the **grand** view of the ocean.
這對情侶看著大海的壯麗景色。

▲Polly worked hard to fulfill her **grand** ambition of becoming an outstanding scientist.
Polly 努力實現她成為傑出科學家的崇高抱負。

11 hole
[hol]

n. [C] 洞，坑

▲The stranger peeped through a **hole** in the wall.
這名陌生人從牆上的洞窺視。

12 hurry
[ˋhɝɪ]

v. 加快 [同] rush (hurried | hurried | hurrying)

▲You will have to **hurry** or you will be late for school.
你得快點，不然上學會遲到。

hurry
[ˋhɝɪ]

n. [sing.] 匆忙，倉促 [同] rush

▲Rory left **in** such **a hurry** that he forgot his keys.
Rory 離開得太倉促，連他的鑰匙都忘了。

13 independence

[ˌɪndɪˈpɛndəns]

n. [U] 獨立 <from>；自主，自立

▲India achieved **independence from** England without war.

印度未經戰爭便脫離英國獨立。

▲Emma has to get a job to achieve **financial independence**.

Emma 得找個工作以達成財務獨立。

14 mug

[mʌg]

n. [C] 馬克杯；一大杯 <of>

▲The **mug** is used for drinking coffee.

這個馬克杯是用來喝咖啡的。

▲The thirsty man drank a **mug of** ice-cold beer.

這口渴的男子喝了一大杯冰啤酒。

15 pale

[pel]

adj. 蒼白的；淺的，淡的 [反] deep [同] light (paler | palest)

▲The mother **turned pale** after hearing the bad news.

這母親聽了壞消息後臉色變蒼白。

▲**Pale** blue is Scott's favorite color.

淡藍色是 Scott 最喜歡的顏色。

16 pizza

[ˈpitsə]

n. [C][U] 披薩

▲The Italian restaurant offers pasta and **pizza**.

這家義大利餐廳供應義大利麵和披薩。

17 plus

[plʌs]

prep. 加 [反] minus

▲Two **plus** three equals five. 二加三等於五。

plus

[plʌs]

n. [C] 優勢，好處

▲Some knowledge of English is a **plus** in today's world.

懂些英文在現今世界是一個優勢。

plus

[plʌs]

adj. 有利的 [反] minus

▲One **plus point** of the apartment is that it's near the MRT station. 這公寓的好處之一是靠近捷運站。

18 salesperson

[ˈselzˌpɚsn̩]

n. [C] 售貨員 (pl. salespeople)

▲The **salesperson** always wears a smile on her face.

這售貨員總是面帶微笑。

Level 2

salesman

[`selzmən]

n. [C] 男售貨員 (pl. salesmen)

▲The car **salesman** showed the new car to the customer.

這男汽車售貨員向顧客展示新車。

saleswoman

[`selz,wumən]

n. [C] 女售貨員 (pl. saleswomen)

▲The **saleswoman** is persuading Lily to buy the dress.

這女售貨員正在說服 Lily 買這件洋裝。

---

19 **secondary**

[`sɛkən,dɛrɪ]

adj. 中等的，中學的；次要的 <to>

▲The teenage girl is a **secondary school** student.

這位青少女是個中學生。

▲To Thomas, quantity is **secondary to** quality.

對 Thomas 而言，數量次要於質量。

---

20 **settle**

[`sɛtl]

v. 解決；確定，決定

▲The two countries tried to **settle the dispute** over the border region. 這兩國試圖解決邊境糾紛。

▲Once the date is **settled**, the preparations start.

日期一旦確定了，準備工作就開始。

settlement

[`sɛtḷmənt]

n. [C] 協定 <of>；[U] 付清 (欠款) <of>

▲Both sides entered into negotiations to **reach** a peaceful **settlement of** the conflict.

雙方開始談判以達成解決衝突的和平協定。

▲The **settlement of** the debts took Sara two years.

Sara 花了兩年才還清債務。

---

21 **slip**

[slɪp]

v. 滑倒 <on>；溜走 [同] slide (slipped｜slipped｜slipping)

▲Be careful not to **slip on** the wet floor.

小心別在溼地板上滑倒了。

▲While the teacher wasn't looking, a student **slipped** out of the classroom. 當老師沒在看時，一個學生溜出了教室。

slip

[slɪp]

n. [C] 紙條 <of>；小錯誤

▲Eli left a message for his daughter on a **slip of paper**.

Eli 在紙條上留了個訊息給他的女兒。

▲Despite a few **slips**, the show was still excellent.

儘管有些許小錯誤，這演出還是很棒。

| 22 | **sudden** | adj. 突然的 |

[`sʌdn̩]

▲Everyone was very surprised by the **sudden change**.

這突然的變化讓每個人都很驚訝。

sudden

n. [sing.] 突然

[`sʌdn̩]

▲**All of a sudden**, a strong earthquake struck the city.

突然間，這城市發生大地震。

| 23 | **textbook** | n. [C] 教科書，課本 |

[`tɛkst͵bʊk]

▲The tutor asked the student to open his biology **textbook** to page 37. 這家教要學生將生物課本翻到第三十七頁。

| 24 | **vote** | n. [C] (選) 票；[C] 投票，表決 <on> (usu. sing.) [同] ballot |

[vot]

▲The proposal was approved, with 10 **votes in favor** and two **against**. 這提議被通過了，十票贊成，兩票反對。

▲The manager held a meeting to **take a vote on** what to do next. 這經理舉行會議對下一步要做什麼進行表決。

vote

v. 投票，選舉 <for>

[vot]

▲Willy hasn't decided whom to **vote for** at the election.

Willy 還沒決定選舉要投票給誰。

| 25 | **weigh** | v. 有…重；秤重 |

[we]

▲Lawrence **weighs** 140 pounds. Lawrence 有一百四十磅重。

▲Tammy **weighed** the package on the scale.

Tammy 把包裹放在秤上秤重。

Unit 28

| 1 | **bar** | n. [C] 酒吧；酒吧的吧檯 |

[bɑr]

▲The hotel **bar** serves alcoholic drinks such as wine and whiskey.

這飯店酒吧提供含酒精的飲料，例如紅酒和威士忌。

▲Some people sat at the **bar**, chatting and drinking cocktails.

一些人坐在吧檯，聊天並喝雞尾酒。

bar

[bɑr]

v. 禁止 <from>；阻擋 (barred | barred | barring)

▲The government **barred** dissidents **from** returning to the country. 這政府禁止異議人士返國。

▲The protesters moved forward, but the police **barred** their **way**. 抗議者們往前進，但遭到警方阻擋去路。

---

2 **basics**

[ˋbesɪks]

n. [pl.] 基礎 <of>

▲It is essential to learn the **basics of** English grammar.

學習英文文法的基礎是必要的。

---

3 **beat**

[bit]

v. 打敗，戰勝 [同] defeat；打 (beat | beaten | beating)

▲Japan **beat** Korea and got to the final.

日本隊打敗韓國隊並進入決賽。

▲The cruel master **beat** the dog for barking loudly.

這殘忍的主人因狗大聲吠叫而打牠。

💡beat around the bush 轉彎抹角

beat

[bit]

n. [C] (心臟) 跳動；節拍

▲Susie put her head on the injured man's chest but felt no **beat** of his heart. Susie 把頭靠在受傷男子的胸膛，但感覺不到他的心跳。

▲The little boy tried to sing to the **beat**. 小男孩試著照著節拍唱。

---

4 **chase**

[tʃes]

n. [C] 追捕，追趕

▲The TV news reported a police **chase**. 這電視新聞報導警察追捕。

chase

[tʃes]

v. 追捕，追趕 <after>；驅趕

▲Fans **chased after** the actress, calling her name.

影迷們追著這位女演員跑，叫著她的名字。

▲The man **chased** the stray cat **out of** the yard.

這男子把流浪貓趕出院子。

---

5 **cheer**

[tʃɪr]

v. 歡呼，喝采

▲The dancer performed so wonderfully that the audience all **cheered** for him. 這舞者表演得如此棒，以致於所有的觀眾都為他喝采。

💡cheer up (使) 振作，(使) 高興起來

cheer
[tʃɪr]
| n. | [C] 歡呼聲，喝采聲 [反] boo |

▲Let's **give** the winner **a big cheer**. 讓我們為勝利者大聲歡呼吧。

---

6 **debate**
[dɪ`bet]
| n. | [C][U] 談論，討論 <over>；辯論會 <on> |

▲There has been a **heated public debate over** education.
大眾一直熱烈地談論著教育。

▲The experts held a **debate on** nuclear power plants.
專家們召開一場關於核能發電廠的辯論會。

debate
[dɪ`bet]
| v. | 爭論，討論 <with> |

▲Tiffany **debated with** her friends on the matter.
Tiffany 和她朋友就這件事進行討論。

---

7 **depth**
[dɛpθ]
| n. | [C][U] 深度 <in> (usu. sing.) |

▲This pond is 10 **feet in depth**. 這池子有十英尺深。

---

8 **excuse**
[ɪk`skjuz]
| v. | 原諒，寬恕 <for>；免除 <from> |

▲Jimmy is **excused for** being late this time and won't be punished. Jimmy 這次遲到被原諒了，不會被處罰。

▲Since Polly was ill, she was **excused from** taking the exam.
因為 Polly 生病了，所以她不必考試。

💡excuse me 打擾一下；借過

excuse
[ɪk`skjus]
| n. | [C] 藉口，理由 <for> |

▲Albert didn't have a good **excuse for** being absent from work.
Albert 曠職沒有正當理由。

💡there is no excuse for sth 沒有藉口為…開脫

---

9 **fireman**
[`faɪrmən]
| n. | [C] 男消防隊員 [同] firefighter (pl. firemen) |

▲Those **firemen** are trained to stop fire from burning.
那些男消防隊員受訓阻止火勢延燒。

firewoman
[`faɪr,wumən]
| n. | [C] 女消防隊員 [同] firefighter (pl. firewomen) |

▲The girl wants to be a **firewoman** to save lives from fire.
這女孩想當女消防隊員，在大火中拯救生命。

10 hero
['hɪro]

n. [C] 英雄 (pl. heroes)

▲The **war hero** is admired for his exceptional bravery.

這位戰爭英雄因無比的勇敢受人欽佩。

heroine
['hɛro,ɪn]

n. [C] 女英雄

▲The lady is known as the **heroine** of the women's movement.

這女士以身為女權運動的女英雄著名。

---

11 income
['ɪn,kʌm]

n. [C][U] 收入

▲The banker has an **income** of $500,000 a year.

這銀行家年收入五十萬美元。

---

12 ink
[ɪŋk]

n. [U] 墨水

▲The ballpoint pen ran out of **ink**. 這枝原子筆沒墨水了。

ink
[ɪŋk]

v. 給…上油墨

▲Before printing on the paper, the printing plate was **inked**.

在印在紙上前,這印刷版先被上了油墨。

---

13 insist
[ɪn`sɪst]

v. 堅稱;堅持 <on>

▲The suspect **insisted** that he was innocent, but the police didn't believe him. 這嫌犯堅稱自己是清白的,但警方不相信他。

▲Though Wendy **insisted on** moving out, her parents didn't give in to her demand.

雖然 Wendy 堅持搬出去住,但她父母對她的要求不讓步。

---

14 naughty
['nɔtɪ]

adj. 頑皮的,不聽話的 [反] good (naughtier | naughtiest)

▲The **naughty** boy likes to play tricks on others.

這頑皮的男孩喜歡對別人惡作劇。

---

15 pardon
['pɑrdn̩]

n. [C] 赦免

▲The president **granted** the criminal **a pardon**, so he could go free. 總統赦免了這罪犯,所以他可以獲釋。

💡I beg your pardon 請原諒 (用於道歉時);對不起 (用於沒聽清時)

pardon
['pɑrdn̩]

v. 赦免;原諒 <for> [同] forgive

▲The political prisoner was **pardoned** and released by the president. 這政治犯被總統赦免並釋放。

▲ The manager **pardoned** Zoe **for** interrupting him.

經理原諒 Zoe 打斷他的話。

💡 pardon me 對不起，請原諒；請再說一遍

---

16 platform

[`plæt,fɔrm]

n. [C] 月臺；講臺

▲ The train will depart from **platform** one.

這班火車將從第 1 月臺開出。

▲ The teacher stood on the **platform** to address the students.

老師站在講臺上對著學生說話。

---

17 poetry

[`poɪtrɪ]

n. [U] (總稱) 詩

▲ The poet dedicates her **poetry** to her beloved homeland.

這詩人將她的詩獻給她摯愛的祖國。

---

18 scooter

[`skutɚ]

n. [C] 小型機車 (also motor scooter)

▲ Brian got his **scooter** out, turned on the motor, and went off.

Brian 牽出他的小型機車、發動並離開。

---

19 shame

[ʃem]

n. [sing.] 可惜，遺憾；[U] 羞愧

▲ **It's a shame that** our school team lost the game.

我們的校隊輸了比賽，真是遺憾。

▲ Fanny blushed with **shame** when lying to her parents.

Fanny 對她父母說謊時羞愧地臉紅。

shame

[ʃem]

v. 使蒙受羞辱，使丟臉

▲ The waiter felt **shamed** by the way the rude customer treated him. 這服務生因粗魯顧客的對待而蒙受羞辱。

---

20 shock

[ʃɑk]

n. [C] 令人震驚的事件或經歷 <to> (usu. sing.)；[sing.][U] 震驚

▲ The sudden death of the superstar came as a big **shock to** his fans. 這巨星的突然死亡讓他的粉絲倍感震驚。

▲ Dean went pale with **shock** when learning the bad news.

得知這壞消息時，Dean 震驚地臉色發白。

shock

[ʃɑk]

v. (使) 震驚

▲ It **shocked** the workers that the factory could be closed down soon. 工廠將要關閉這件事讓工人們震驚。

Level 2

21 snail

[snel]

n. [C] 蝸牛

▲The **snail** moves slowly with its shell on its back.

這蝸牛背著殼慢慢移動。

22 supper

[ˋsʌpɚ]

n. [C][U] 晚餐 [同] dinner

▲The family is used to **having supper** at 7 p.m.

這家人習慣在晚上七點吃晚飯。

23 till

[tɪl]

conj. 直到…為止 [同] until

▲Claire lived with her parents **till** she got married.

Claire 直到結婚為止都跟父母一起住。

till

[tɪl]

prep. 直到…為止 [同] until

▲The post office is open **till** 12 p.m. on Saturdays.

這郵局星期六開到中午十二點為止。

24 waiter

[ˋwetɚ]

n. [C] 服務生

▲The **waiter**'s job is to serve food and drinks in the restaurant.

這服務生的工作是在這餐廳端食物和飲料。

waitress

[ˋwetrɪs]

n. [C] 女服務生 (pl. waitresses)

▲The guest asked the **waitress** for a refill.

這顧客向女服務生要求續杯。

25 wheel

[hwil]

n. [C] 輪子，車輪；方向盤 <at, behind>

▲The **front wheels** of the car were worn away.

這車子的前輪磨損了。

▲The driver dozed off **at the wheel**. 這駕駛在開車時打瞌睡。

Unit 29

1 bathe

[beð]

v. (給某人) 洗澡 [同] bath

▲Before going to bed, Crystal **bathed** and washed her hair.

上床睡覺前，Crystal 洗澡和洗頭。

2	**biscuit**	n. [C] 餅乾 [同] cookie
	[`bɪskɪt]	▲The old couple has tea and **biscuits** at four o'clock every afternoon. 這對老夫婦每天下午四點喝茶、吃餅乾。

3	**blame**	v. 責怪，歸咎於 <for>
	[blem]	▲The adults didn't **blame** the little boy **for** making the mistake. 大人們不怪小男孩犯錯。
	blame	n. [U] 責怪，歸咎
	[blem]	▲People can't **put the blame for** the accident **on** the driver. 這件意外人們不能怪駕駛。

4	**cheat**	v. 作弊；騙取 <out of>
	[tʃit]	▲The student **cheated** in the exam by bringing crib sheets. 這學生帶小抄在考試中作弊。
		▲The old man claimed that a scammer had **cheated** him **out of** his money. 這老人聲稱一個騙徒騙取他的錢。
	cheat	n. [C] 騙子，作弊者
	[tʃit]	▲Eden is such a **cheat** that no one wants to play cards with him. Eden 是騙子，所以沒有人要跟他玩牌。

5	**classmate**	n. [C] 同班同學
	[`klæs,met]	▲Leo often plays basketball with his **classmates** after school. Leo 常和他的同班同學在放學後打籃球。

6	**dentist**	n. [C] 牙醫
	[`dɛntɪst]	▲Fitch needs to **go to the dentist** to have his teeth checked. Fitch 得去看牙醫檢查牙齒。

7	**detail**	n. [C] 細節；[U] 詳細
	[`ditel]	▲Grace is a careful worker and pays close attention to every **detail**. Grace 是個仔細的員工，很注意每個細節。
		▲The actress refused to **go into detail** about her upcoming wedding. 這女演員拒絕詳細說明她即將舉辦的婚禮。
		💡 down to the smallest detail 非常詳細地

Level 2

detail

[`ditel]

v. 詳細描述

▲The news report **detailed** the events of the crime.

新聞報導詳細描述這犯罪事件。

8 **exist**

[ɪg`zɪst]

v. 存在

▲The scientist thinks that life **exists** on other planets.

這位科學家認為其他星球上有生命存在。

9 **fisherman**

[`fɪʃə·mən]

n. [C] 漁夫 (pl. fishermen)

▲The **fisherman** makes a living by catching fish.

這漁夫靠捕魚為生。

10 **hop**

[hɑp]

v. (人) 單腳跳；(蛙等) 齊足跳 (hopped｜hopped｜hopping)

▲The player sprained his ankle when he **hopped** during training.

這球員在訓練時單腳跳扭傷腳踝。

▲The frog **hopped** from stone to stone. 這隻青蛙在石頭上跳來跳去。

hop

[hɑp]

n. [C] 短距離跳躍

▲The girl cleared the puddle with a **hop**. 這女孩跳過水坑。

11 **internal**

[ɪn`tɝnḷ]

adj. 國內的 [同] domestic [反] external；(組織等) 內部的 [反] external

▲Other countries have no right to interfere in the nation's **internal affairs**. 其他國家無權干涉這國家的內政。

▲The company conducted an **internal** investigation into the theft.

公司對這竊案進行了內部調查。

12 **Internet**

[`ɪntə·ˌnɛt]

n. [sing.] 網際網路 (the ~) (also internet)

▲**The Internet** is one of the most important inventions in the 20th century. 網際網路是二十世紀最重要的發明之一。

13 **jam**

[dʒæm]

n. [C][U] 果醬；[C] 堵塞

▲The **jam** is made from boiled fruit and sugar.

這果醬是用煮熟的水果和糖做的。

▲The driver got stuck in a **traffic jam** for one hour.

這司機塞車塞了一小時。

jam

[dʒæm]

v. 把…塞入 <into>；擠滿 <with> (jammed｜jammed｜jamming)

▲The clerk **jammed** the documents **into** the drawer.

這職員把文件塞進抽屜裡。

▲The coffee shop **is always jammed with** young people on weekends. 這咖啡店在週末總是擠滿了年輕人。

---

14 **necklace**

[`nɛkləs]

n. [C] 項鍊

▲The woman wore a pearl **necklace** around her neck.

這女子在脖子上戴了一條珍珠項鍊。

---

15 **playground**

[`ple‚graʊnd]

n. [C] 操場，運動場

▲Some students ran and played in the **playground** during the morning break. 一些學生在上午休息時間在操場上又跑又玩。

---

16 **poet**

[`poɪt]

n. [C] 詩人

▲Shakespeare was an English **poet** and playwright.

莎士比亞是一位英國詩人及劇作家。

---

17 **policeman**

[pə`lismən]

n. [C] 男員警 [同] cop (pl. policemen)

▲The robber scuffled with a **policeman** and ran away.

這搶匪和一位男員警短暫扭打，然後跑了。

---

18 **seafood**

[`si‚fud]

n. [U] 海鮮

▲The restaurant offers various kinds of **seafood** such as crabs and shrimps. 這餐廳提供各式各樣的海鮮，例如螃蟹和蝦子。

---

19 **shy**

[ʃaɪ]

adj. 害羞的 (shyer | shyest)

▲Ann is too **shy** to speak English with foreigners.

Ann 太害羞而不敢跟外國人說英文。

---

20 **silence**

[`saɪləns]

n. [U] 寧靜 <of> [同] quiet；[C][U] 沉默

▲At midnight, a loud bang broke the **silence of** the night.

半夜，一聲巨響打破了夜晚的寧靜。

▲The suspect sat **in silence**, refusing to answer any questions.

這嫌犯沉默地坐著，拒絕回答任何問題。

silence

[`saɪləns]

v. 使安靜

▲The teacher raised his hand to **silence** the students.

這老師舉起手讓學生們安靜。

---

21 **soybean**

[`sɔɪ‚bin]

n. [C] 大豆 (also soya bean)

▲The tofu is made from **soybeans**. 這豆腐是大豆做的。

---

22 surf

[sɝf]

v. 衝浪

▲Young people go **surfing**, looking for adventure and excitement. 年輕人去衝浪，追求冒險和刺激。

💡surf the Internet 上網

23 tofu

[`tofu]

n. [U] 豆腐

▲Many vegetarians use **tofu** in cooking instead of meat.

許多素食者煮菜時用豆腐取代肉類。

24 wallet

[`wɑlɪt]

n. [C] 皮夾 [同] billfold

▲A pickpocket stole Jared's **wallet** from his trouser pocket.

一個扒手從 Jared 的褲子口袋裡偷走他的皮夾。

25 wolf

[wʊlf]

n. [C] 狼 (pl. wolves)

▲A pack of **wolves** chased the deer.

一群狼追逐著鹿。

Unit 30

1 beard

[bɪrd]

n. [C] 鬍鬚，山羊鬍

▲The man wearing a thick **beard** is Wade's father.

留著濃密鬍鬚的男子是 Wade 的父親。

2 board

[bord]

n. [C] 布告板 <on>；板，木板

▲The waiter chalked up the menu **on a board** in the restaurant.

這服務生在餐廳布告板上用粉筆寫菜單。

▲The chef chopped onions on a **cutting board**.

這主廚在砧板上切洋蔥。

board

[bord]

v. (使) 上 (船、火車或飛機)；寄宿

▲Flora **boarded** a plane to Taipei today.

Flora 今天搭上飛往臺北的飛機。

▲During Keith's stay in London, he **boarded** with a British family.

在 Keith 停留倫敦期間，他寄宿在一個英國家庭裡。

3	**calendar**	n.	[C] 日曆

3 **calendar**
[`kæləndɚ]

n. [C] 日曆

▲Gina marked important dates on the **calendar**.

Gina 在日曆上標記重要的日子。

---

4 **chess**
[tʃɛs]

n. [U] 西洋棋

▲Ted enjoys **playing chess** with his friends in his free time.

Ted 喜愛在空閒時和朋友下西洋棋。

---

5 **click**
[klɪk]

v. (使) 發出卡嗒聲；按一下 (滑鼠) <on>

▲Two Lego blocks **clicked** together.

兩個樂高積木卡嗒一聲合在一起。

▲Lance **clicked** twice **on** the icon to open the file.

Lance 在檔案圖示上按兩下以把檔案打開。

click
[klɪk]

n. [C] 喀啦聲

▲The door suddenly shut with a **click**. 這門突然喀啦一聲關上了。

---

6 **dial**
[`daɪəl]

n. [C] 儀表盤；旋鈕，調節器

▲The driver looked at the **dial** to check his speed.

這駕駛看一下儀表盤來查看他的速度。

▲Giselle felt cold, so she turned the **dial** of the heater to "On."

Giselle 覺得冷，所以她把暖氣的旋鈕轉到「開啟」。

dial
[`daɪəl]

v. 撥號 (dialed, dialled | dialed, dialled | dialing, dialling)

▲Customers may **dial** the phone number to contact the store.

顧客可以撥這電話號碼來聯絡店家。

---

7 **division**
[dɪ`vɪʒən]

n. [C][U] 分開，分割 <of>；分歧，不和 <within>

▲The partners made a fair **division of** the profits.

合夥人們公平地分利潤。

▲The **division within** the political party led to the election failure.

這政黨內的分歧導致選舉失利。

---

8 **expense**
[ɪk`spɛns]

n. [C][U] 支付，花費

▲Mike bought the car at an **expense** of $50,000.

Mike 花費五萬美元買了這部車。

💡at the expense of sth/sb 以…為代價，犧牲…

9 flag

[flæg]

n. [C] 旗幟

▲People in Taiwan hang out national **flags** on Double Tenth Day.
臺灣人民在雙十節懸掛國旗。

10 hunter

[`hʌntɚ]

n. [C] 獵人，捕獵者

▲The **hunters** are hunting deer and bears. 獵人們正在獵鹿和熊。

11 jog

[dʒɑg]

v. 慢跑 (jogged | jogged | jogging)

▲Helen **goes jogging** every day to keep fit.
Helen 每天慢跑以保持身材。

jog

[dʒɑg]

n. [sing.] 慢跑

▲Newman **went for a jog** along the riverbank.
Newman 沿著河岸慢跑。

12 judgment

[`dʒʌdʒmənt]

n. [C][U] 判斷；[U] 判斷力 (also judgement)

▲Robert taught his daughter not to **make** hasty **judgments**.
Robert 教他女兒不要倉促下判斷。

▲Oscar showed good **judgment** and made good decisions.
Oscar 表現出良好的判斷力並做出很好的決定。

13 meter

[`mitɚ]

n. [C] 公尺 (also metre) (abbr. m)；計量器，儀表

▲One **meter** is about 39.37 inches. 一公尺大約是三十九點三七英寸。

▲The worker from the power company came to **read** the **meter**.
電力公司的員工來讀取電表。

14 needle

[`nidl̩]

n. [C] 針

▲The old lady couldn't put the thread through the eye of the **needle**. 老婦人無法把線穿過針眼。

15 poison

[`pɔɪzn̩]

n. [C][U] 毒，毒藥

▲The man killed himself by taking some **poison**. 這男子服毒自殺。

poison

[`pɔɪzn̩]

v. 在…裡下毒；使受汙染

▲The agent killed the politician by **poisoning** his tea.
這特務在政客的茶裡下毒殺害他。

▲Waste from the factory **poisoned** the stream.
工廠排出的廢物汙染了小溪。

16 pork
[pork]

n. [U] 豬肉

▲Muslims don't eat **pork** because it's considered unclean.

穆斯林不吃豬肉，因為它被視為不淨。

17 postcard
[`post,kɑrd]

n. [C] 明信片

▲A **postcard** can be sent by post without an envelope.

明信片可以不用信封郵寄。

18 seesaw
[`si,sɔ]

n. [C] 翹翹板 [同] teeter-totter

▲Those children are playing on the **seesaw** happily.

那些孩子正在開心地玩翹翹板。

19 sidewalk
[`saɪd,wɔk]

n. [C] 人行道 [同] pavement

▲Riding motorcycles on the **sidewalk** is not allowed.

在人行道上騎機車是不被允許的。

20 skilled
[skɪld]

adj. 熟練的 <at> [反] unskilled

▲The tailor is very **skilled at** making men's clothes.

這裁縫師製作男士服飾非常熟練。

21 spoon
[spun]

n. [C] 湯匙

▲The patient is so weak that he can't even lift a **spoon**.

這病人虛弱到連一根湯匙都拿不動。

22 swallow
[`swɑlo]

v. 吞嚥，吞下

▲Julia chewed her food well before she **swallowed** it.

Julia 把食物細嚼後嚥下。

swallow
[`swɑlo]

n. [C] 燕子；吞嚥，吞下

▲One **swallow** does not make a summer.

【諺】一燕不成夏；一事成功並非萬事大吉。

▲The thirsty man took a **swallow** of beer.

這口渴的男子吞了一口啤酒。

23 trial
[`traɪəl]

n. [C][U] 審判；試驗

▲The lawyer believed that the case would never **go to trial**.

律師相信這案件絕不會交付審判。

▲The vaccine underwent the **clinic trials** and proved to be 90% effective. 這疫苗經過臨床試驗，結果 90% 有效。

---

24 **watermelon**
[ˈwɔtəˌmɛlən]

n. [C][U] 西瓜

▲**Watermelons** are Perry's favorite fruit in summer.
西瓜是 Perry 夏天最喜歡的水果。

---

25 **workbook**
[ˈwɝkˌbʊk]

n. [C] 習題簿，練習簿

▲The **workbook** contains questions and exercises.
這練習簿裡有問題和練習題。

Unit 31

1 **admit**
[ədˈmɪt]

v. 承認；招認 <to> [同] confess [反] deny (admitted | admitted | admitting)

▲Ruby **admitted** breaking her sister's toy out of jealousy.
Ruby 承認因嫉妒而弄壞妹妹的玩具。

▲The suspect **admitted to** the robbery and was put in jail.
這嫌犯招認搶劫並入獄。

---

2 **beer**
[bɪr]

n. [U] 啤酒

▲The **beer** is made at a local brewery.
這啤酒是當地一家啤酒廠製造的。

---

3 **bone**
[bon]

n. [C] 骨頭

▲Karen got a fish **bone** stuck in her throat.
Karen 被魚刺哽住喉嚨。

---

4 **character**
[ˈkærɪktə]

n. [C] 性格，個性 (usu. sing.)；[C] 人物，角色

▲Braxton has a quiet **character** and seldom expresses himself. Braxton 的個性很文靜，很少表達自己的想法。

▲Mickey Mouse is a Disney cartoon **character**.
米老鼠是迪士尼的卡通人物。

---

5 **childish**
[ˋtʃaɪldɪʃ]

adj. 幼稚的 [同] immature [反] mature

▲ Even though Laurel is an adult, she is still very **childish**.
雖然 Laurel 是成人，但她還是很幼稚。

---

6 **countryside**
[ˋkʌntrɪ͵saɪd]

n. [U] 鄉村 [同] the country

▲ Tony likes going to the **countryside** to get out of the noisy city. Tony 喜歡去鄉村，以離開吵鬧的城市。

---

7 **dialogue**
[ˋdaɪə͵lɔg]

n. [C][U] (戲劇等裡的) 對白 ；(團體或國家間的) 對話 <with> (also dialog)

▲ The **dialogue** in that film is very amusing.
那部影片的對白很有趣。

▲ The government is willing to have a constructive **dialogue with** the union leader. 政府樂意與工會領袖進行有建設性的對話。

---

8 **domestic**
[dəˋmɛstɪk]

adj. 家庭的 ；國內的

▲ The housewife is busy with **domestic chores**.
這家庭主婦正忙於家務。

▲ The newly elected president is poor at handling **domestic affairs**. 這新當選的總統不善於處理國內事務。

---

9 **fate**
[fet]

n. [C] 命運 (usu. sing.) ；[U] 天意

▲ Even though the man suffered many hardships, he accepted his **fate** calmly.
雖然這男子歷經了很多艱辛，但他平靜地接受他的命運。

▲ The couple believed that **fate** brought them together.
這對情侶相信天意讓他們在一起。

---

10 **flow**
[flo]

n. [C] (液體等) 流動 <of> (usu. sing.) ；[C][U] (車) 流 (usu. sing.)

▲ The surfer swam against the **flow of** the sea.
這衝浪者逆著海流游泳。

▲ The protesters sat on the road and blocked traffic **flow**.
抗議者坐在馬路上並堵住了車流。

flow
[flo]

v. (液體等) 流動 ；湧至 [同] pour, flood

▲ The river **flows** calmly into the sea. 這條河靜靜地流入海中。

▲Lots of refugees **flowed** into the border, trying to escape from their own country. 許多難民湧進邊境，試圖逃離自己的國家。

---

11 **ignore**
[ɪgˋnor]

v. 忽略，不理會

▲Lena **ignored** her parents' advice and insisted on going her own way. Lena 忽略她父母的勸告，堅持我行我素。

---

12 **joint**
[dʒɔɪnt]

adj. 共有的，共同的

▲The rescue was a **joint effort** among several countries.
這救援行動是數國共同的努力。

joint
[dʒɔɪnt]

n. [C] 關節；接合處

▲With winter approaching, the old man's **joints** get stiffer.
隨著冬天到來，老人的關節越發僵硬。

▲Water leaked from the **joint** of the two pipes.
水從兩根管子的接合處漏出來。

---

13 **lady**
[ˋledɪ]

n. [C] 女士 (pl. ladies)

▲There is a young **lady** waiting at the front desk.
有一位年輕的女士在服務臺等待。

---

14 **mile**
[maɪl]

n. [C] 英里

▲The train station is two **miles** away. 火車站在兩英里外。

---

15 **neighbor**
[ˋnebɚ]

n. [C] 鄰居

▲Roy's **neighbors** complained about the loud noise from his party. Roy 的鄰居抱怨他的派對很吵。

---

16 **pound**
[paʊnd]

n. [C] 磅 (abbr. lb)；英鎊 (also pound sterling)

▲The butter is sold by the **pound**. 這奶油是論磅來賣的。

▲The concert tickets cost twenty **pounds** each.
這音樂會的票每張二十英鎊。

---

17 **pray**
[pre]

v. 禱告，祈禱 <to, for>；祈求 <for>

▲The priest knelt down and **prayed to** God **for** the victims.
這牧師跪下為受害者們向上帝祈禱。

▲The kids **prayed for** good weather for this Saturday's outing.
孩子們祈求這週六遠足天氣晴朗。

---

18 prince
[prɪns]

n. [C] 王子

▲The **prince** became king after his father died.
這王子在父親去世後成為了國王。

princess
[`prɪnsɛs]

n. [C] 公主 (pl. princesses)

▲The king's favorite daughter was **Princess** Anna.
這國王最喜歡的女兒是 Anna 公主。

---

19 select
[sə`lɛkt]

v. 選擇，挑選 <from> [同] choose, pick

▲The baby panda's name was **selected from** over 1,000 suggestions. 這熊貓寶寶的名字是從超過一千個建議中選出來的。

select
[sə`lɛkt]

adj. 挑選出來的

▲Only a **select few** reporters are allowed to interview the president. 只有少數幾位挑選出來的記者被允許採訪總統。

---

20 silver
[`sɪlvɚ]

n. [U] 銀；銀器 [同] silverware

▲That spoon is made of **silver**. 那根湯匙是銀製的。

▲The church uses the **silver** for baptisms.
這教堂用銀器進行洗禮。

silver
[`sɪlvɚ]

adj. 銀製的；銀色的

▲Helena always wears a **silver ring** on her little finger.
Helena 的小拇指總是戴著銀製的戒指。

▲The old lady has short, **silver** hair. 這老婦人有一頭銀色短髮。

---

21 soft
[sɔft]

adj. 柔軟的 [反] hard；柔滑的 [反] rough

▲Lying on the bed, Sam sunk into the **soft** mattress.
Sam 躺在床上時陷入柔軟的床墊裡。

▲The baby's **soft** skin is pleasant to touch.
這寶寶柔滑的肌膚摸起來很舒服。

---

22 stomachache
[`stʌmək,ek]

n. [C][U] 胃痛

▲Scott ate too much spicy food and had a bad **stomachache**.
Scott 吃太多辛辣食物而胃痛得不得了。

---

23 sweater
[`swɛtɚ]

n. [C] 毛衣

▲Polly is knitting a pink **sweater** for her daughter.
Polly 正為她女兒織一件粉紅色的毛衣。

24 upload
[ʌp`lod]

v. 上傳 [反] download

▲ It takes some time to **upload** the files.

上傳這些檔案需要一些時間。

25 weekday
[`wik,de]

n. [C] 平日，工作日

▲ Most people have to work on **weekdays**.

大部分的人在平日要工作。

Unit 32

1 aloud
[ə`laud]

adv. 出聲地，大聲地 [同] out loud

▲ The teacher asked Mason to **read** the paragraph **aloud**.

老師叫 Mason 把這段唸出來。

2 beg
[bɛg]

v. 乞求 <for>；乞討 <from> (begged | begged | begging)

▲ The criminal admitted his guilt and **begged for** forgiveness.

這罪犯認罪並乞求原諒。

▲ The homeless man **begged** money **from** passers-by.

這遊民向行人乞討金錢。

3 broad
[brɔd]

adj. 寬的，寬廣的 [反] narrow；廣泛的

▲ This river is ten meters **broad**. 這條河十公尺寬。

▲ Lily's **broad** interests bring her different views on everything.

Lily 廣泛的興趣使她對一切事物都有不同的看法。

4 chopstick
[`tʃɑp,stɪk]

n. [C] 筷子 (usu. pl.)

▲ Most Chinese people use **chopsticks** to eat food.

大部分的中國人用筷子進食。

5 concern
[kən`sɝn]

n. [U] 擔心，憂慮；[C][U] 關心 (的事)

▲ Tom's reckless driving **is a cause for concern** to his father.

Tom 開車魯莽是讓他父親擔心的一個原因。

▲ The student's sole **concern** is to pass the exam.

這學生唯一關心的事是通過考試。

concern

[kən`sɝn]

| v. | 與…有關，涉及；使擔心 |

▲The first chapter **concerns** the poet's ancestry.

第一章與這詩人的家族史有關。

▲The patient's poor health does **concern** her family.

這病人身體不好的確讓她的家人擔心。

💡concern oneself with/about sth 關心；擔心

---

6 **curtain**

[`kɝtn̩]

| n. | [C] 簾，窗簾；(舞臺上的) 幕 |

▲The sunlight was too bright, so Lillian **closed the curtains**.

陽光太亮了，所以 Lillian 把窗簾拉上。

▲**The curtain went up**, and the show began. 布幕升起，表演開始了。

curtain

[`kɝtn̩]

| v. | (用簾子) 隔開 <off> |

▲The two brothers **curtained off** the bedroom to get some privacy. 這兩兄弟用簾子隔開臥室，以得到一點隱私。

---

7 **diary**

[`daɪərɪ]

| n. | [C] 日記 (pl. diaries) [同] journal |

▲Nelly **keeps** a **diary** to record what has happened every day.

Nelly 寫日記以紀錄每天發生的事。

---

8 **doubt**

[daʊt]

| n. | [C][U] 懷疑，疑慮 <about> |

▲The police had serious **doubts about** the suspect's innocence.

警方嚴重懷疑這嫌犯的清白。

💡no/without doubt 無疑地 | be in doubt 不確定

doubt

[daʊt]

| v. | 懷疑 |

▲Since Ted is sick, his friends **doubt** if he can come tonight.

由於 Ted 生病了，他的朋友懷疑他今晚是否能過來。

---

9 **fault**

[fɔlt]

| n. | [C] 過錯，過失 <for>；毛病，缺陷 |

▲It is the driver's **fault for** the car accident.

是這駕駛的過失而造成了車禍。

▲The app had many **faults**, which made it unusable.

這應用程式有很多缺失，無法使用。

💡at fault 有過錯，為…負責 | find fault with sb/sth 挑…的毛病

fault

[fɔlt]

v. 挑…的毛病

▲ The show is excellent and can't be **faulted**.

這表演絕佳，沒什麼好挑毛病的。

---

10 **foolish**

[`fulɪʃ]

adj. 傻的，愚蠢的 <of> [同] silly

▲ It is **foolish of** people to ignore the threat of climate change.

人們忽視氣候變遷的威脅是愚蠢的。

---

11 **impressive**

[ɪm`prɛsɪv]

adj. 令人印象深刻的

▲ The young actor's performance in the latest movie is really **impressive**. 這年輕演員在最新電影中的表現真的令人印象深刻。

---

12 **keeper**

[`kipɚ]

n. [C] 飼養員

▲ Adam is an elephant **keeper** at the zoo.

Adam 是這動物園裡的大象飼養員。

---

13 **lap**

[læp]

n. [C] (坐著時的) 大腿 <on>

▲ The baby was sitting **on** its mother's **lap**.

這寶寶坐在媽媽的腿上。

---

14 **minority**

[maɪ`nɔrətɪ]

n. [C] 少數 <of> [反] majority；[C] 少數群體 (usu. pl.) (pl. minorities)

▲ Only a **minority of** students passed the difficult test.

僅少數學生通過這困難的考試。

▲ The Thao people, one of the **ethnic minorities** in Taiwan, have unique traditions of their own.

邵族人是臺灣少數民族之一，有他們自己獨特的傳統。

---

15 **nephew**

[`nɛfju]

n. [C] 姪子，外甥

▲ Ben is Maria's **nephew**; he is the son of her sister.

Ben 是 Maria 的外甥，他是她姊姊的兒子。

---

16 **prayer**

[prɛr]

n. [C] 祈禱文；[U] 祈禱，禱告 <in>

▲ The Catholic **said** his **prayers** before going to bed.

這天主教徒在上床睡覺前唸祈禱文。

▲ A woman knelt **in prayer** in the church.

一名女子在這教堂裡跪著禱告。

17 priest

[prist]

n. [C] 牧師

▲Graham plans to become a **priest** and work in the church of his hometown. Graham 計劃要當牧師並在他家鄉的教堂裡工作。

18 print

[prɪnt]

n. [U] 印刷品，出版物；印刷字體

▲Most of the late poet's works have **got into print**.

這已故詩人大部分的作品都出版了。

▲The title of the article is in **large bold print**.

這文章的標題是大的粗體字。

💡be in/out of print (書) 仍可買到的／已絕版的

print

[prɪnt]

v. 印；印刷

▲The teacher made some changes to the handout before **printing** it. 老師在印出講義前做了一些修改。

▲The publishing house **printed** 10,000 copies of the novel.

這家出版公司把這本小說印刷了一萬本。

19 servant

[ˋsɝvənt]

n. [C] 僕人

▲The old **servant** served his master devotedly.

這老僕人盡忠地服侍他的主人。

20 skill

[skɪl]

n. [C][U] 技能，技巧

▲The carpenter's work requires a lot of **skills**.

這木匠的工作需要許多技巧。

21 soil

[sɔɪl]

n. [C][U] 泥土，土壤 [同] earth

▲Watermelons grow very well in sandy **soil**.

西瓜在沙質的土壤裡生長良好。

22 stream

[strim]

n. [C] 小河，溪流；流動 <of>

▲The hiker walked along a clear **stream** in the forest.

這健行者沿著森林裡清澈的溪流走著。

▲An **endless stream of** traffic came and went at the crossroads.

川流不息的交通在十字路口來來去去。

stream

[strim]

v. 流，流動 <out of> [同] pour

▲Water **streamed out of** the leaky faucet. 水從漏水的水龍頭流出來。

23 swimsuit

['swɪmsut]

n. [C] 泳裝

▲Before going swimming, Polly changed into her **swimsuit**.

去游泳前，Polly 先換上她的泳裝。

24 wedding

['wɛdɪŋ]

n. [C] 婚禮

▲Helen and Bob's **wedding** will take place next Sunday.

Helen 和 Bob 的婚禮將在下週日舉行。

25 whale

[hwel]

n. [C] 鯨

▲The **blue whale** is the largest animal on earth.

藍鯨是世上最大的動物。

Unit 33

1 angle

['æŋgl]

n. [C] 角，角度；觀點，立場

▲The two streets meet at **right angles**. 這兩條街直角交會。

▲People should look at the problem **from** another **angle**.

人們應該從另一個觀點來看這個問題。

2 beginner

[bɪ`gɪnɚ]

n. [C] 初學者

▲The book is difficult for **beginners** and too easy for advanced learners.

這本書對初學者是難的，對進階的學生又太簡單。

3 brush

[brʌʃ]

n. [C] 刷子

▲Bruce used a **brush** to clean his sneakers.

Bruce 用刷子來清理他的球鞋。

brush

[brʌʃ]

v. 刷

▲Before going to bed, the girl **brushed** her teeth.

上床睡覺前，這女孩先刷牙。

4 clap

[klæp]

v. 鼓 (掌)；拍 (手) (clapped | clapped | clapping)

▲The audience **clapped** the dancer's excellent performance.

觀眾為舞者絕佳的演出鼓掌。

▲George **clapped** his hands to ask his dog to come to him.
George 拍手，叫他的狗去他那裡。

clap
[klæp]

| n. | [sing.] 霹靂聲 <of>

▲The lightning flashed, and then a **clap of thunder** frightened the kids. 閃電一閃，然後雷聲把孩子們嚇了一跳。

5 **consideration**
[kənˌsɪdəˈreʃən]

| n. | [U] 考慮，斟酌；[C] 考慮的事或因素

▲After careful **consideration**, Ruth decided to buy a new car.
經過仔細考慮後，Ruth 決定買一輛新車。

▲Efficiency is a major **consideration** when making the plan.
在做這計畫時，效率是個主要的考慮因素。

💡take sth into consideration 將…列入考慮

6 **dancer**
[ˈdænsə]

| n. | [C] 舞者

▲Claire loves dancing and wants to be a **ballet dancer** in the future. Claire 喜愛跳舞，她將來想做一名芭蕾舞者。

7 **disagree**
[ˌdɪsəˈgri]

| v. | 不同意，反對 <with, on> [反] agree；不一致 <with> [反] agree

▲The couple had a quarrel because they **disagreed with** each other **on** the matter.
這對夫妻因為不同意彼此對這件事的看法而吵架。

▲Since the mayor's actions **disagree with** his words, people don't trust him. 因為這市長言行不一致，人們不信任他。

disagreement
[ˌdɪsəˈgrimənt]

| n. | [C][U] 分歧，意見不合 <among> [反] agreement

▲There are **disagreements among** the colleagues about the way to solve the problem.
同事之間對解決這問題的方式意見不合。

8 **dragon**
[ˈdrægən]

| n. | [C] 龍

▲The **dragon** is an imaginary creature that has wings and can breathe out fire. 龍是一種有翅膀並會噴火的虛構生物。

9 **fellow**
[ˈfɛlo]

| n. | [C] 人，傢伙

▲We all like Christopher because he is a nice **fellow**.
我們都喜歡 Christopher，因為他是一個好人。

10 forgive

[fɚˋgɪv]

v. 原諒 <for> (forgave | forgiven | forgiving)

▲Terry **forgave** his son **for** breaking his favorite vase.

Terry 原諒兒子打破了他最喜愛的花瓶。

11 indicate

[ˋɪndə͵ket]

v. 顯示；表明

▲The study **indicates** that over 30% of the jobs in the country rely on tourism. 研究顯示這國家超過 30% 的工作依靠觀光業。

▲Mary **indicated** her intention to run for governor.

Mary 表明她想競選州長的意圖。

12 ketchup

[ˋkɛtʃəp]

n. [U] 番茄醬 (also catsup)

▲**Ketchup** is made from tomatoes and spices.

番茄醬是用番茄和調味料做成的。

13 lay

[le]

v. 放置 [同] place；生 (蛋) (laid | laid | laying)

▲May **laid** her hand on her son's shoulder to comfort him.

May 把手放在兒子的肩上安慰他。

▲These hens **lay** lots of eggs every day.

這些母雞每天都生很多蛋。

14 mirror

[ˋmɪrɚ]

n. [C] 鏡子 <in>

▲Kate is looking at her reflection **in** the **mirror**.

Kate 正看著鏡中自己的影像。

mirror

[ˋmɪrɚ]

v. 反映 [同] reflect

▲The mass media should try to **mirror** the opinions of ordinary people. 大眾傳播媒體應該試著反映一般民意。

15 nerve

[nɝv]

n. [C] 神經；[U] 勇氣，膽量

▲The **nerve** damage caused the patient great pain.

神經損傷造成這病人劇烈疼痛。

▲The secretary doesn't **have the nerve** to stand up to her boss. 這祕書沒勇氣對抗她的老闆。

16 press

[prɛs]

n. [sing.] 新聞界，記者 (the ~)；[C] 出版社

▲The foreign minister will meet **the press** on Monday.

外交部長星期一將會見記者。

▲The local **press** prints and sometimes sells books as well.

這地方出版社印刷並有時也販賣書籍。

press

[prɛs]

| v. | 按，壓 [同] push；熨平，燙平 [同] iron

▲The manager **pressed** the button to summon his assistant.

這經理按鈕叫喚他的助理。

▲Ben needs to have his suit **pressed**.

Ben 必須把他的西裝熨平。

---

17 **principle**

[ˋprɪnsəp!]

| n. | [C][U] 原則；[C] 原理

▲The president sticks to her **principles** and continues the fight against racism. 這總統堅持她的原則並持續對抗種族歧視。

▲A fountain pen works **on** the **principle of** capillary action.

鋼筆是運用毛細作用的原理。

💡 in principle 原則上，基本上

---

18 **prisoner**

[ˋprɪznɚ]

| n. | [C] 犯人

▲The **prisoner** is serving time for smuggling drugs.

這囚犯因走私毒品正在服刑。

---

19 **shark**

[ʃɑrk]

| n. | [C] 鯊魚

▲The **shark** has sharp teeth and a pointed fin on its back.

鯊魚有鋒利的牙而且背上有尖尖的鰭。

---

20 **slide**

[slaɪd]

| n. | [C] 滑梯；下滑 <in> (usu. sing.) [反] rise

▲Tom sat on his mother's lap and went down the **slide** together. Tom 坐在母親的大腿上，一起溜下滑梯。

▲The costs of making plastic have dropped due to the **slide in** oil prices. 因為油價下滑，製作塑膠的費用已下降。

slide

[slaɪd]

| v. | (使) 滑動，(使) 滑行 <across>；悄悄地走 <out of> (slid｜slid｜sliding)

▲The skater **slid across** the frozen lake.

這溜冰者滑行過結冰的湖面。

▲When his father took a nap, Tim **slid out of** the living room.

當他父親打盹時，Tim 悄悄地溜出客廳。

21 stretch
[strɛtʃ]

n. [C] (土地或水域等的) 一片 <of>；(連續的) 一段時間 <of>

▲The tourists took a boat trip across the lake, which was the biggest **stretch of** water there.
觀光客們搭船遊湖，這是那裡最大的一片水域。

▲Ellis spent brief **stretches of** time as a plumber and a carpenter. Ellis 做過短期的水電工和木匠。

stretch
[strɛtʃ]

v. 拉長；伸展 (身體)

▲Henry **stretched** the elastic band too far and then it snapped. Henry 把橡皮筋拉得太長，然後它就斷了。

▲The runner **stretched** before running a marathon.
這跑者在跑馬拉松之前先伸展身體。

22 strict
[strɪkt]

adj. 嚴格的 <with, about> [反] lenient

▲The teacher is **strict with** students **about** being punctual for her class. 這老師嚴格要求學生上她的課要準時。

23 tale
[tel]

n. [C] 故事，傳說

▲The Taiwanese **folk tale** is about the indigenous people who fought against Japanese soldiers.
這臺灣民間故事是關於原住民對抗日本軍人的故事。

24 whisper
[ˋhwɪspɚ]

n. [C] 低語 <in>；傳聞，私下的議論 [同] rumor

▲Cathy told her close friend the secret **in a whisper**.
Cathy 小聲對她密友說出這祕密。

▲There is a **whisper** that Kate will marry a rich man.
有傳聞說 Kate 會嫁給一位富有的人。

whisper
[ˋhwɪspɚ]

v. 低語，小聲說話 <to>

▲Mike **whispered to** Molly so that no one else could hear what he said. Mike 對 Molly 小聲說話，好讓別人聽不到他說的話。

25 whoever
[huˋɛvɚ]

pron. 無論誰

▲**Whoever** finds my wallet will get NT$3,000 as a reward.
無論是誰找到我的皮夾，都可以得到新臺幣三千元的獎賞。

Unit 34

1	**anytime** [ˋɛnɪˏtaɪm]	adv. 在任何時候 ▲The guest will get here **anytime** between 7 p.m. and 8:30 p.m. 這客人會在晚上七點到八點半之間到達這裡。
2	**boil** [bɔɪl]	n. [sing.] 沸騰 (狀態) ▲The cook **brought** the soup **to the boil** and added some salt. 這廚師把湯煮沸，然後加一些鹽。
	boil [bɔɪl]	v. 煮沸，燒開 ▲The host is **boiling** water to make tea. 這男主人正在燒開水泡茶。
3	**businessman** [ˋbɪznɪsˏmæn]	n. [C] 商人 (pl. businessmen) ▲The shrewd **businessmen** were quick to find how to make big profits. 這些精明的商人很快發現如何賺取大筆利潤的方式。
4	**clever** [ˋklɛvɚ]	adj. 聰明的 [同] intelligent, smart；狡猾的 ▲The **clever** girl is able to learn things quickly. 這聰明的女孩能夠快速學東西。 ▲Weston pretended to be ill as a **clever** trick to skip school. Weston 假裝生病以狡猾的技巧逃學。
5	**contract** [ˋkɑntrækt]	n. [C] 合約，契約 <with> ▲Judy entered a two-year **contract with** this company. Judy 和這公司簽訂了兩年的合約。
	contract [kənˋtrækt]	v. (使) 收縮，(使) 縮小 [反] expand ▲When metal cools, it **contracts**. 金屬冷卻時會收縮。
6	**delay** [dɪˋle]	n. [C] 延遲，延誤 <in>；[U] 耽擱 <without> ▲The typhoon caused serious **delays in** flights. 這颱風造成班機嚴重延誤。 ▲Helen asked her son to do his homework **without delay**. Helen 要她兒子立刻做功課。

Level 2

delay

[dɪ`le]

v. 延誤；延後 <for>

▲The plane was **seriously delayed** by a storm.

這飛機因暴風雨而嚴重延誤。

▲The test is **delayed for** a few days, so the students will have more time to study.

這考試被延後幾天，所以學生們有更多的時間讀書。

---

7 **distant**

[`dɪstənt]

adj. 遙遠的，遠方的 <from>；冷漠的，不親近的

▲It took Jack eight hours to take a boat to the **distant** island.

Jack 花了八個小時搭船到那個遙遠的島嶼。

▲Mr. Grant became cold and **distant** after his wife died.

Grant 先生在他妻子死後變得很冷漠。

---

8 **drawing**

[`drɔɪŋ]

n. [C] 圖畫 <of>；[U] 繪畫

▲The artist is doing a **drawing of** the castle.

這藝術家正在為這城堡畫一張畫。

▲**Drawing** was Diane's hobby in her childhood.

繪畫是 Diane 小時候的興趣。

---

9 **fog**

[fɑg]

n. [C][U] 霧 [同] mist

▲The driver couldn't see the road because the **fog** was very thick. 因為霧很濃，這駕駛看不見路。

fog

[fɑg]

v. (因水氣等) 變得模糊 (also fog up) [同] mist up, steam up (fogged | fogged | fogging)

▲Since the steam **fogged** the mirror, Willy couldn't see his reflection in it clearly.

由於蒸氣讓鏡子變得模糊，Willy 看不清他在鏡中的樣子。

---

10 **garlic**

[`gɑrlɪk]

n. [U] 大蒜

▲Anna flavored the soup with some **cloves of garlic**.

Anna 用幾瓣大蒜給湯調味。

---

11 **journal**

[`dʒɝnl]

n. [C] 雜誌，期刊

▲The professor's research paper was published in the academic **journal** last month.

這教授的研究論文上個月被發表在這學術期刊上。

---

12 kilogram

[ˋkɪləˌgræm]

n. [C] 公斤 (abbr. kg)

▲Joe bought five **kilograms** of oranges in the supermarket.

Joe 在超市買了五公斤的柳橙。

---

13 lift

[lɪft]

v. 舉起 (also lift up)；抬起 (肢體等) [同] raise (also lift up)

▲The mover is strong enough to **lift** the heavy box.

這搬家工人夠強壯，可以舉起這沉重的箱子。

▲Dora **lifted** her hand and waved at her friends.

Dora 抬起她的手對她的朋友們揮手。

lift

[lɪft]

n. [C] 電梯 [同] elevator；搭便車 [同] ride

▲The hotel guest **took the lift** to the tenth floor.

這飯店住客搭電梯到十樓。

▲Eric's friend **gave** him **a lift** to the train station.

Eric 的朋友順便載他去火車站。

---

14 niece

[nis]

n. [C] 姪女，外甥女

▲Belle is Mr. Brown's **niece**; she is the daughter of his brother.

Belle 是 Brown 先生的姪女，她是他哥哥的女兒。

---

15 painful

[ˋpenfəl]

adj. 疼痛的；令人痛苦的 [反] painless

▲Evan broke his arm, and it was **painful to the touch**.

Evan 摔斷手臂，碰到時很痛。

▲When recalling the **painful memory**, the woman burst into tears. 當回想起令人痛苦的回憶時，這女子突然哭了起來。

---

16 printer

[ˋprɪntɚ]

n. [C] 印表機

▲The secretary used the **laser printer** to print documents.

這祕書用雷射印表機列印文件。

---

17 protective

[prəˋtɛktɪv]

adj. 防護性的，保護的

▲The workers have to wear **protective** clothing in the chemical factory. 工人們在這化學工廠裡必須穿防護衣。

---

18 pupil

[ˋpjupl̩]

n. [C] 學生

▲The child is a third-grade **pupil** in the elementary school.

這孩子是這間小學三年級的學生。

19 shell

[ʃɛl]

n. [C] 貝殼

▲The girls collected beautiful **shells** on the beach.

女孩們在沙灘上撿美麗的貝殼。

20 somewhat

[`sʌm,hwɑt]

adv. 有點，稍微

▲The dress is **somewhat** expensive for Lora.

這件洋裝對 Lora 來說有點貴。

21 struggle

[`strʌgl̩]

n. [C] 奮鬥，努力 <for>；掙扎

▲Dr. King led African Americans in their **struggle for** equal rights. 金恩博士領導非裔美國人為平權而奮鬥。

▲After a terrible **struggle**, Justin accepted his son's death.

在內心痛苦掙扎後，Justin 接受了兒子的死亡。

struggle

[`strʌgl̩]

v. 奮鬥，努力；打鬥 <with>

▲The single mother **struggled** to raise her three kids.

這單親媽媽努力撫養她的三個孩子。

▲Frank **struggled with** the robber and got hurt.

Frank 和搶匪打鬥並受了傷。

22 succeed

[sək`sid]

v. 成功 <in>

▲Sandy **succeeded in** passing the college entrance exam.

Sandy 成功通過大學入學考試。

23 teapot

[`ti,pɑt]

n. [C] 茶壺

▲The tea set consists of a **teapot** and six teacups.

這茶具組由一個茶壺和六個茶杯組成。

24 width

[wɪdθ]

n. [C][U] 寬度 <in>

▲The mountain road is five meters **in width**.

這條山路有五公尺寬。

25 wine

[waɪn]

n. [U] 葡萄酒

▲**Red wine** is an alcoholic drink made from grapes.

紅酒是葡萄做的含酒精飲料。

Unit 35

1 **absent**
[`æbsn̩t]

adj. 缺席的 <from> [反] present

▲The student has been **absent from** school for three weeks.
這學生已缺課三星期了。

absent
[æb`sɛnt]

v. 缺席 <from>

▲The employee **absented himself from** the meeting without a good excuse. 這員工沒有正當理由就缺席這場會議。

2 **anyway**
[`ɛnɪˌwe]

adv. 無論如何,不管怎樣 (also anyhow)

▲The plan might not work, but the team decided to try it **anyway**.
這計畫可能不可行,但不管怎樣這團隊決定試試。

3 **bookstore**
[`bʊkˌstor]

n. [C] 書店

▲The online **bookstore** sells all kinds of books.
這網路書店販賣各式各樣的書籍。

4 **cell**
[sɛl]

n. [C] 細胞

▲The doctor didn't find any cancer **cells** in the patient's liver.
醫生並未在這病人的肝臟裡找到任何癌細胞。

5 **cloth**
[klɔθ]

n. [U] 布 (料);[C] 抹布

▲This dress is made of the finest **cotton cloth**.
這洋裝是用最佳的棉布料製作的。

▲The cleaner cleaned the windows with a wet **cloth**.
這清潔工用溼抹布清潔窗戶。

6 **crime**
[kraɪm]

n. [U] 違法行為,犯罪活動;[C] 罪,罪行

▲The police were having a crackdown on street **crime**.
警方正在打擊街頭犯罪活動。

▲Murder is a **capital crime** in the country. 謀殺在這國家是死罪。

7 **divide**
[dɪ`vaɪd]

v. (使) 分開,(使) 分組 <into>;分隔 (also divide off)

▲The teacher **divided** the students **into** six groups.
老師將學生們分成六組。

▲In 1989, the Berlin Wall that **divided** East and West Germany was torn down. 分隔東西德的柏林圍牆在 1989 年被拆掉。

divide

[dɪ`vaɪd]

n. [C] 分歧，隔閡 <between> (usu. sing.)

▲The **divide between** the rich and the poor is growing.
貧富分歧日趨擴大。

8 **downstairs**

[daʊn`stɛrz]

adv. 在樓下 [反] upstairs

▲The bathroom of the two-story house is located **downstairs**.
這兩層樓房子的廁所位於樓下。

downstairs

[daʊn`stɛrz]

n. [sing.] 樓下 (the ～)

▲The **downstairs** was rented to a bookseller. 樓下被出租給書商。

downstairs

[daʊn`stɛrz]

adj. 樓下的 [反] upstairs

▲In summer, the **downstairs** rooms are hot and damp.
在夏天，樓下的房間又熱又潮溼。

9 **earn**

[ɝn]

v. 賺 (錢)；贏得

▲Paul **earned a living** by teaching English.
Paul 以教英文維持生計。

▲The player practiced hard to **earn a place** on the soccer team.
這球員努力練習，以在足球隊裡贏得一席之位。

10 **forth**

[forθ]

adv. (從某地) 外出，離開

▲Amber **set forth** on her travel during summer vacation.
Amber 暑假期間啟程去旅行。

11 **gentle**

[`dʒɛntl̩]

adj. 溫和的，和藹的 <with> [反] rough；徐緩的 (gentler | gentlest)

▲Gavin is **gentle with** people; he never hurts others' feelings.
Gavin 對人溫和，他從不傷害別人的感情。

▲The doctor suggested that Amy do some **gentle** exercise.
醫生建議 Amy 做一些徐緩的運動。

12 **justice**

[`dʒʌstɪs]

n. [U] 正義，公正 [反] injustice；司法，審判

▲Harriet has a strong **sense of justice**; she always treats people fairly. Harriet 是一個很有正義感的人，她總是公正待人。

▲People hope the police can **bring** the criminal **to justice** soon.
人們希望警方能盡快將這罪犯繩之以法。

13 ladybug

['ledɪˌbʌg]

n. [C] 瓢蟲

▲A **ladybug** is a small round beetle, usually with black spots.

瓢蟲是一種小小圓圓、通常有黑色斑點的甲蟲。

---

14 load

[lod]

n. [C] 負重，載重 <of>；工作量

▲The truck is carrying a heavy **load of** timber.

這卡車裝載著大量的木材。

▲Elsa's **work load** doubled because two of her colleagues had quit. Elsa 的工作量加倍了，因為她有兩個同事辭職了。

load

[lod]

v. 裝載 <into> (also load up) [反] unload

▲The movers **loaded** the furniture **into** the truck.

搬家工人們把家具裝載到卡車裡。

---

15 nod

[nɑd]

n. [C] 點頭

▲The gentleman greeted those ladies with a **nod** of the head.

這紳士向那些女士們點頭打招呼。

nod

[nɑd]

v. 點頭 (nodded | nodded | nodding)

▲The manager **nodded** to show that she agreed.

這經理點頭表示她同意了。

💡 nod off 打瞌睡

---

16 poem

['poɪm]

n. [C] 詩 <about>

▲Ryan wrote a **poem about** the beauty of nature.

Ryan 寫了一首關於大自然之美的詩。

---

17 pudding

['pʊdɪŋ]

n. [C][U] 布丁

▲Lucy made a **pudding** for the Christmas dinner.

Lucy 為耶誕節晚餐做了一個布丁。

---

18 punish

['pʌnɪʃ]

v. 處罰，懲罰 <for>

▲The student was **punished for** cheating on the test.

這學生因為考試作弊而被處罰。

punishment

['pʌnɪʃmənt]

n. [C][U] 處罰，懲罰 <as>

▲Jeffery's parents grounded him for a week **as a punishment**.

Jeffery 的父母將他禁足一個星期作為處罰。

19 puzzle
[ˋpʌzl̩]

| n. | [C] 猜謎，智力遊戲；謎，令人費解的事 (usu. sing.)

▲Freda spent many nights working on the **jigsaw puzzle**.

Freda 花了好多個夜晚拼這個拼圖。

▲The suspect's disappearance is still a **puzzle** to the police.

這嫌犯的失蹤對警方來說仍然是個謎。

puzzle
[ˋpʌzl̩]

| v. | (使) 感到迷惑

▲Kent was **puzzled** by the complicated math problem.

Kent 對這複雜的數學題感到迷惑。

---

20 shopkeeper
[ˋʃɑpˌkipɚ]

| n. | [C] 店主 [同] storekeeper

▲The **shopkeeper** tried to attract more shoppers by giving out coupons. 這店主藉由送出優惠券來試圖吸引更多購物者。

---

21 soul
[sol]

| n. | [C] 靈魂

▲Some people wonder whether the **soul** will leave the body at death. 有些人疑惑靈魂在死時是否會離開身體。

---

22 suit
[sut]

| n. | [C] 套裝，西裝

▲The lawyer likes to wear dark **suits**. 這律師喜歡穿深色西裝。

suit
[sut]

| v. | 對⋯方便；適合，與⋯相稱

▲If the time **suits** Harry, he will come to discuss the details with us. 如果這時間對 Harry 方便，他會來和我們討論細節。

▲The jeans **suit** Kyle, and he looks fabulous in them.

這條牛仔褲適合 Kyle，他穿著它看起來棒極了。

---

23 tear
[tɪr]

| n. | [C] 眼淚 (usu. pl.)

▲The sad story **moved** everybody **to tears**.

這悲傷的故事讓每個人感動流淚。

tear
[tɛr]

| v. | (被) 撕掉，(被) 撕裂 (tore | torn | tearing)

▲Feeling very angry, Ann **tore** the letters **to pieces**.

由於感到很生氣，Ann 把信都撕成碎片。

💡 tear sb/sth apart 使⋯分離；把⋯撕開

---

24 text
[tɛkst]

| n. | [U] 正文；[C] (手機的) 簡訊 (also text message)

▲This book contains too much **text** and too few pictures.

這本書正文太多且圖畫太少。

▲Lawrence often receives several **texts** every day.

Lawrence 每天通常收到好幾封手機簡訊。

---

25 **windy**　　　adj. 風大的，刮風的 (windier｜windiest)

[`wɪndɪ]　　　▲The fishermen usually don't sail out to sea in **windy** weather.

漁夫們通常不在風大的天氣駕船出海。

Unit 36

1 **affair**　　　n. [C] 事務；風流韻事 <with> [同] love affair

[ə`fɛr]　　　▲Every day, the manager has lots of **affairs** to look after.

這經理每天有很多事務要處理。

▲It was reported that the singer **had an affair with** her agent.

據報導，這歌手與她的經紀人有一段風流韻事。

---

2 **ape**　　　n. [C] 猿，類人猿

[ep]　　　▲**Apes**, such as gorillas and chimpanzees, are similar to humans. 猿類，像是大猩猩和黑猩猩，和人類相似。

---

3 **bun**　　　n. [C] 小圓麵包；圓髮髻 <in>

[bʌn]　　　▲The cook cut a **bun** in half to make a hamburger.

這廚師把小圓麵包切成兩半以做漢堡。

▲The ballerina likes to wear her hair **in** a **bun**.

這芭蕾舞伶喜歡把頭髮盤成圓髮髻。

---

4 **cereal**　　　n. [C][U] 穀物食物

[`sɪrɪəl]　　　▲Gina poured the **breakfast cereal** into her bowl and added some milk. Gina 把早餐麥片倒進她的碗裡並加一些牛奶。

---

5 **cloudy**　　　adj. 多雲的 [反] clear (cloudier｜cloudiest)

[`klaʊdɪ]　　　▲It is **cloudy** today; many thick clouds gather over the sky.

今天天氣多雲，厚厚的雲聚集在天上。

6 custom n. [C][U] 風俗，習俗
[`kʌstəm]
▲It is the custom for Taiwanese people to celebrate Lunar New Year. 慶祝農曆新年是臺灣人的習俗。

7 double adj. 雙的；雙人的
[`dʌbl̩]
▲Drivers need to understand it is illegal to cross solid **double** white lines to change lanes.
駕駛應了解跨越雙白實線變換車道是違法的。
▲The hotel guest booked a **double** bed instead of two singles.
這飯店住客預訂一張雙人床，而不是兩張單人床。

double v. 加倍
[`dʌbl̩]
▲Because Ida was very hard-working, her boss **doubled** her salary. 由於 Ida 工作很勤奮，她的老闆把她的薪水加了一倍。

double n. [C][U] 兩倍，雙份；[C] 雙人房
[`dʌbl̩]
▲This buyer offered Frank $10,000, but another one promised to give him **double**.
這買家向 Frank 出價一萬美元，但另一個買家承諾給他兩倍。
▲Although the single rooms are fully booked up, the hotel still has some **doubles** available.
雖然單人房預訂一空，但這飯店還有一些雙人房可以訂。

double adv. 雙層地，雙重地
[`dʌbl̩]
▲Larry wanted to see a doctor because he started **seeing double**. Larry 因為視力出現重影而想要去看醫生。

8 drawer n. [C] 抽屜
[`drɔɚ]
▲Lily keeps her diary in the **bottom drawer**.
Lily 把她的日記放在最底層的抽屜。

9 examination n. [C] 考試 [同] exam；[C][U] 檢查 <on>
[ɪɡ͵zæmə`neʃən]
▲The student is preparing for the college **entrance examination**. 這學生正在準備大學入學考試。
▲**On closer examination**, the police found the letter was a fake. 仔細檢查後，警方發現這封信是假造的。

10 **garbage**

[`gɑrbɪdʒ]

n. [U] 垃圾 [同] rubbish

▲The truck comes to collect **garbage** every day.

這卡車每天來收垃圾。

11 **goat**

[got]

n. [C] 山羊

▲These **goats** are kept on the farm to produce milk.

這些山羊被豢養在農場生產羊奶。

12 **lamb**

[læm]

n. [C] 小羊；[U] 羊羔肉

▲The **lamb** followed the mother sheep wherever she went.

母羊到哪裡，這小羊就跟到哪裡。

▲Morgan ordered **lamb chops** as his main course.

Morgan 點了羊排作為他的主菜。

lamb

[læm]

v. 生小羊

▲The ewe is going to **lamb** next month. 這母羊下個月要生小羊。

13 **leadership**

[`lidɚ͵ʃɪp]

n. [C][U] 領導；[U] 領導能力

▲Under the CEO's **leadership**, the company began to thrive.

在這執行長的領導下，這公司開始生意興隆。

▲A good leader should be a person with **leadership** and vision. 一個好的領袖應該是有領導能力和遠見的人。

14 **lone**

[lon]

adj. 單獨的，獨自的 [同] solitary

▲There was a **lone figure** standing on the deserted street.

有個人形單影隻地站在空蕩蕩的街道上。

15 **noodle**

[`nudl̩]

n. [C] 麵條 (usu. pl.)

▲Katherine often eats instant **noodles** for lunch.

Katherine 中午常吃速食麵當午餐。

16 **policy**

[`pɑləsɪ]

n. [C] 政策，方針 <on> (pl. policies)

▲The nation has adopted a strict **policy on** patents.

這國家採取嚴格的專利權政策。

17 **pumpkin**

[`pʌmpkɪn]

n. [C][U] 南瓜

▲On Halloween, people make lanterns out of **pumpkins**.

人們在萬聖夜用南瓜做燈籠。

Level 2

18 quantity

['kwɑntətɪ]

n. [C][U] 量 <of> (pl. quantities)

▲People should drink **a large quantity of** water when catching a cold. 感冒時，應該喝大量的水。

19 rat

[ræt]

n. [C] 老鼠

▲On seeing a **rat** in the kitchen, Emily screamed loudly.

Emily 一看到廚房裡的老鼠就大聲尖叫。

20 shore

[ʃor]

n. [C][U] 岸 <of>

▲The old couple walked along the **shore of** a lake.

這對老夫妻沿著湖邊散步。

21 sour

[saʊr]

adj. 酸的 [反] sweet；酸臭的，酸腐的

▲The plum is too **sour** and can't be eaten now.

這李子太酸，現在還不能吃。

▲The milk had **gone sour**, so Louis threw it away.

這牛奶已經酸臭，所以 Louis 把它丟了。

sour

[saʊr]

n. [U] 酸味雞尾酒，沙瓦

▲This **whiskey sour** is made from whiskey, lime juice, sugar, and ice. 這款威士忌沙瓦是用威士忌、萊姆汁、糖和冰做的。

sour

[saʊr]

v. (使) 令人不快，(使) 不友好；(使) 酸腐

▲Mutual accusations have **soured** the relations between the two countries. 相互指控已讓這兩個國家關係惡化。

▲Tofu **sours** easily in hot weather. 天氣炎熱時，豆腐容易酸腐。

22 terrorism

['tɛrə,rɪzəm]

n. [U] 恐怖主義

▲So far, the September 11 attacks have been the worst **acts of terrorism** the United States has experienced.

到目前為止，九一一攻擊是美國經歷過最糟糕的恐怖主義活動。

23 thief

[θif]

n. [C] 小偷 (pl. thieves)

▲Two **thieves** broke into the store last night and stole some cash. 兩名小偷昨晚闖入商店，偷了一些現金。

24 tissue

['tɪʃʊ]

n. [U] (細胞) 組織；[C] 面紙

▲Many athletes have very little **fat tissue**.

很多運動員的脂肪組織非常少。

▲Victor took a **tissue** and blew his nose.

Victor 拿了一張面紙擤鼻涕。

---

25 **wing**

[wɪŋ]

n. [C] 翅膀

▲The bird **flapped** its **wings** and flew away.

這隻鳥拍拍翅膀飛走了。

Unit 37

1 **album**

[ˈælbəm]

n. [C] (音樂) 專輯；集郵冊，相冊

▲The pop singer has just released her latest **album**.

這流行歌手剛推出她的最新專輯。

▲Tom looked through the **photograph album** with photos of last Christmas. Tom 瀏覽放有去年聖誕節照片的相冊。

---

2 **argue**

[ˈɑrgju]

v. 爭論，爭吵 <with, over>；主張，提出理由 <for>

▲Julie **argued with** her friend **over** which movie to see.

Julie 和她朋友爭論要看哪一部電影。

▲The workers **argued for** improving the working environment.

工人們主張改善工作環境。

argument

[ˈɑrgjumənt]

n. [C] 爭論，爭吵 <with, over>；理由，論點

▲Dave had an **argument with** his wife **over** money.

Dave 和妻子為錢而爭吵。

▲The patient was convinced by the doctor's strong **argument** and decided to quit smoking.

這病人被醫生強力的論點所說服，並決定戒菸。

---

3 **burden**

[ˈbɝdn̩]

n. [C] 負擔，重擔 <of>；負荷 [同] load

▲After his father died, Kent had to carry the heavy **burden of** supporting the whole family.

Kent 在父親死後必須負起養全家的重擔。

▲ The mover carried a heavy **burden** on his back.

這搬家工人背上有沉重的負荷。

burden

[`bɝdn̩]

v. 煩擾 <with>

▲ The actress was **burdened with** constant attention from her fans. 這女演員為影迷持續的關注所煩擾。

4 **chapter**

[`tʃæptɚ]

n. [C] 章，回；一段時期，階段 <in>

▲ This **chapter** deals with the Roman Empire.

這一章是講述羅馬帝國。

▲ The birth of the baby began a new **chapter in** Kay's life.

寶寶的誕生開始了 Kay 人生新的階段。

5 **cocoa**

[`koko]

n. [U] 可可粉 (also cocoa powder)

▲ The baker added some **cocoa** to the dough to give it a chocolate flavor. 這烘焙師在麵團裡加了一些可可粉以增添巧克力味。

6 **depend**

[dɪ`pɛnd]

v. 依…而定，取決於 <on>；依賴，依靠 <on> [同] rely

▲ The rice harvest largely **depends on** the weather.

稻米的收成主要取決於天氣。

▲ The local charity **depends on** people's donations.

這地方的慈善機構依賴人們的捐款。

💡 it depends 視情況而定

7 **dove**

[dʌv]

n. [C] 鴿子

▲ **Doves** are symbols of peace, purity, and hope.

鴿子是和平、純潔和希望的象徵。

8 **dryer**

[`draɪɚ]

n. [C] 烘乾機

▲ Iris took the wet clothes out of the washing machine and put them into the **dryer**.

Iris 把溼衣服從洗衣機拿出來，並把它們放進烘乾機。

9 **examine**

[ɪg`zæmɪn]

v. 調查，審查 <for>；檢查

▲ The experts **examined** the wreckage **for** some clues about the crash. 專家們調查殘骸要找一些墜機的線索。

▲ The doctor **examined** the patient but found nothing wrong.

醫生檢查這病人的身體，但找不出毛病。

10 **gentleman**	n. [C] 先生；紳士 (pl. gentlemen)
[ˋdʒɛntl̩mən]	▲The waiter served a glass of champagne to the **gentleman**.
	服務生為這位先生端上一杯香檳。
	▲The **gentleman** has good manners and treats people well.
	這紳士彬彬有禮、待人又好。

11 **gradual**	adj. 逐漸的 [反] sudden
[ˋgrædʒʊəl]	▲There has been a **gradual** decrease in the death rate with the advanced medical technology.
	有了先進的醫療技術，死亡率已逐漸降低。

12 **lane**	n. [C] 鄉間小路；巷
[len]	▲A narrow country **lane** leads up the hill.
	一條狹窄的鄉間小路通往山丘上。
	▲There is a kitchen waste bucket in the **back lane** of the restaurant. 這家餐廳的後巷有一個廚餘桶。

13 **lend**	v. 借出，借給 <to> (lent｜lent｜lending)
[lɛnd]	▲Mark didn't have any cash with him, so Tess **lent** NT$1,000 **to** him. Mark 身上沒有任何現金，所以 Tess 借了新臺幣一千元給他。
	💡 lend (sb) a hand 幫助 (…)｜lend an ear 傾聽

| 14 **mango** | n. [C] 芒果 (pl. mangoes) |
| [ˋmæŋgo] | ▲A **mango** is a tropical fruit with a thin skin and orange-yellow flesh. 芒果是一種皮薄、果肉橘黃的熱帶水果。 |

15 **nut**	n. [C] 堅果
[nʌt]	▲Owen likes to eat **nuts**, such as walnuts and hazelnuts.
	Owen 喜歡吃堅果，像是核桃和榛果。

16 **praise**	n. [U] 讚美，表揚 [反] criticism
[prez]	▲The strict teacher **gives** her students little **praise**.
	這嚴厲的老師很少讚美她的學生。
praise	v. 讚美，表揚 <for> [反] criticize
[prez]	▲The boy was **praised for** his honesty.
	這男孩因為誠實而受到讚美。

Level 2

17 purple

[ˋpɝpl̩]

adj. 紫色的 (purpler | purplest)

▲The farmer is picking **purple** eggplants on the farm.

這農夫正在農田摘紫色的茄子。

purple

[ˋpɝpl̩]

n. [C][U] 紫色

▲**Purple** is a mixture of red and blue. 紫色是紅色和藍色的混合。

---

18 railroad

[ˋrelˏrod]

n. [C] 鐵路，鐵道 [同] railway

▲The **railroad** was built to connect the two cities.

這條鐵路被建來連接兩個城市。

---

19 refrigerator

[rɪˋfrɪdʒəˏretɚ]

n. [C] 冰箱 [同] fridge

▲Lily put the vegetables and fruit in the **refrigerator** to keep them fresh. Lily 把蔬果放在冰箱以保鮮。

---

20 shut

[ʃʌt]

v. 關閉；停止營業 [同] close (shut | shut | shutting)

▲Bill **shut** the door behind him and left. Bill 關上身後的門並離開。

▲The post office **shuts** at 12 p.m. on Saturdays.

這間郵局在星期六是營業到中午十二點。

💡shut (sth) off 關掉 (機器等) | shut up 閉嘴

shut

[ʃʌt]

adj. 關閉的，關上的 [同] closed

▲Mina listened to the music with her eyes **shut**.

Mina 閉著眼聽音樂。

---

21 spot

[spɑt]

n. [C] 地點，場所 <on>；斑點 [同] patch

▲This garden is a perfect **spot** for a wedding banquet.

這個花園是婚禮宴會的絕佳地點。

▲The dog is white with brown **spots**. 這隻狗是白色帶有棕色斑點。

💡on the spot 在現場；當場

spot

[spɑt]

v. 看見，注意到 (spotted | spotted | spotting)

▲Jennifer **spotted** her boyfriend in the crowd.

Jennifer 在人群中看見她的男友。

---

22 thirsty

[ˋθɝstɪ]

adj. 口渴的 (thirstier | thirstiest)

▲John was so **thirsty** that he drank up a bottle of water in ten seconds. John 如此口渴以致於在十秒內喝完一瓶水。

23 tongue
[tʌŋ]

n. [C] 舌頭；語言

▲The little girl ran her **tongue** over her lips when seeing the cake. 這小女孩看到蛋糕時用舌頭舔了舔嘴脣。

▲English is Mr. Chen's **mother tongue**.
英語是陳先生的母語。

💡slip of the tongue 失言

24 track
[træk]

n. [C] 小道，小徑；足跡，車痕

▲The adventurer followed the **track** through the jungle.
這冒險家順著小徑穿過叢林。

▲There was a pair of clear **tracks** on the muddy road.
泥濘的道路上有兩道清楚的車痕。

💡keep track of sb/sth 了解⋯的動態／紀錄⋯

track
[træk]

v. 跟蹤，追蹤 <to>

▲The hunter **tracked** the bear **to** its den.
這獵人跟蹤那頭熊到牠的巢穴。

25 wool
[wʊl]

n. [U] 羊毛

▲These sheep are mainly kept for their **wool**.
這些綿羊主要是養來取羊毛的。

Unit 38

1 ankle
[`æŋkl̩]

n. [C] 腳踝

▲Oliver slipped and sprained his **ankle**. Oliver 滑了一跤並扭傷腳踝。

2 arrow
[`æro]

n. [C] 箭

▲The hunter shot an **arrow** at the deer. 這獵人朝鹿射了一箭。

3 burst
[bɝst]

n. [C] 爆裂，破裂；爆發 <of>

▲There was a **burst** in the pipe, and water splashed everywhere.
管子爆裂，水噴濺得到處都是。

▲The woman exploded in a **burst of anger** and yelled.
這女子暴怒並大喊大叫。

burst

[bɝst]

v. 爆炸，破裂；衝，闖 <into> (burst | burst | bursting)

▲The bubble **burst** in the air. 這泡泡在空中破掉。

▲Two gunmen **burst into** the bank and seized two hostages.
兩個持槍歹徒闖入銀行並劫持兩名人質。

💡burst out crying/laughing 突然大哭／大笑

---

4 **chart**

[tʃɑrt]

n. [C] 圖表 [同] diagram

▲The **bar chart** showed a decline in sales this year.
這長條圖顯示今年銷售額下降。

---

5 **cola**

[`kolə]

n. [C][U] 可樂，碳酸飲料

▲Nicky likes all types of **cola**, such as Coke and Pepsi.
Nicky 喜歡各式碳酸飲料，像是可口可樂和百事可樂。

Coke

[kok]

n. [C][U] 可口可樂

▲**Coke** is a registered trademark of the Coca-Cola Company.
可口可樂是可口可樂公司註冊的商標。

---

6 **description**

[dɪ`skrɪpʃən]

n. [C][U] 描述 <of>

▲The witness gave a detailed **description of** the robber.
這目擊者對搶匪做了詳細的描述。

💡be beyond description 無法形容，難以描述

---

7 **drama**

[`drɑmə]

n. [C][U] 戲劇；戲劇性 (事件)

▲*Friends* was once a famous **television drama**.
《六人行》曾是很有名的電視劇。

▲The Browns had a little **drama** when a water pipe burst last
night. 昨晚 Brown 一家人有個小插曲——水管爆裂。

---

8 **dull**

[dʌl]

adj. 枯燥的，乏味的；(色彩等) 不鮮明的，晦暗的

▲It was such a **dull** movie that some audience fell asleep.
這是如此枯燥的一部電影以致於一些觀眾睡著了。

▲The lead pipe is **dull** gray in color. 這鉛管是暗灰色的。

dull

[dʌl]

v. 緩解，減輕

▲The patient took some medicine to **dull** the pain.
這病人吃一些藥來緩解疼痛。

9 **exit**

['ɛgzɪt]

n. [C] 出口；離開，退場 <from> (usu. sing.)

▲There are three **emergency exits** in the building.

這棟建築物有三個緊急出口。

▲The dancer **made** a quick **exit from** the stage.

這舞者很快地從舞臺上退場。

exit

['ɛgzɪt]

v. 離開 <from>

▲People **exited** the movie theater **from** the side door.

人們從側門離開電影院。

10 **govern**

['gʌvɚn]

v. 治理，管理 [同] rule

▲The principal **governs** the high school wisely.

這位校長睿智地管理這所中學。

11 **gram**

[græm]

n. [C] 公克 (also gramme) (abbr. g, gm)

▲The bag of flour weighs 500 **grams**. 這袋麵粉重五百公克。

12 **lantern**

['læntɚn]

n. [C] 燈籠

▲The kids hollowed pumpkins to make **lanterns** on Halloween.

孩子們在萬聖夜挖空南瓜做燈籠。

13 **liver**

['lɪvɚ]

n. [C] 肝臟

▲Paul's **liver** is damaged because of alcohol abuse.

Paul 的肝臟因為酗酒而損壞。

14 **marry**

['mærɪ]

v. 娶，嫁，(和…) 結婚 (married | married | marrying)

▲Ralph asked his girlfriend to **marry** him.

Ralph 要他女友嫁給他。

15 **operator**

['ɑpə,retɚ]

n. [C] 接線生

▲The caller asked the **operator** to put him through to Room 918.

來電者要求接線生幫他接通到 918 號房。

16 **principal**

['prɪnsəpl]

adj. 最重要的，主要的 [同] main

▲Rice is the **principal** food of Chinese people. 米飯是中國人的主食。

principal

['prɪnsəpl]

n. [C] 校長

▲The **principal** gave a speech to all the teachers and students this morning. 這校長今天早上對所有老師和學生演講。

Level 2

17 quiz

[kwɪz]

n. [C] 問答遊戲，智力競賽；小考 (pl. quizzes)

▲ The history **quizzes** in the newspaper are difficult.

這報紙上的歷史問答遊戲很難。

▲ The students have a **quiz** in class every week.

學生們每個星期都有隨堂考試。

18 relation

[rɪˋleʃən]

n. [C][U] 關係，關聯 <between> [同] relationship

▲ The study shows the **relation between** sugar and cancer cells.

這研究顯示糖和癌症細胞的關係。

💡 in relation to sth 關於…，涉及…

19 rub

[rʌb]

v. 揉搓，摩擦 (rubbed | rubbed | rubbing)

▲ The sleepy boy **rubbed** his eyes and yawned.

這睏倦的男孩揉眼睛並打哈欠。

rub

[rʌb]

n. [C] 擦，揉搓 (usu. sing.)

▲ Mandy **gave** the desk **a** good **rub** with a wet cloth.

Mandy 用溼抹布把桌子好好擦一遍。

20 silly

[ˋsɪlɪ]

adj. 傻的，愚蠢的 [同] foolish (sillier | silliest)

▲ It was **silly** of Samuel to trust such a liar.

Samuel 傻到相信這樣一個騙子。

21 steak

[stek]

n. [C][U] 牛排

▲ The customer would like his **steak** medium-well.

這位顧客的牛排想要七分熟。

22 thunder

[ˋθʌndɚ]

n. [U] 雷，雷聲

▲ There was **thunder** and lightning all night. 整晚雷電交加。

thunder

[ˋθʌndɚ]

v. 轟隆隆地移動

▲ The train just **thundered** past the platform.

這火車剛轟隆隆地從月臺駛過。

23 treasure

[ˋtrɛʒɚ]

n. [U] 寶藏；[C] 珍寶，藝術珍品

▲ The pirates were digging for **buried treasure**.

海盜們正在挖掘埋藏的寶藏。

▲The National Palace Museum rarely sends its **treasures** overseas for exhibition. 國立故宮博物院很少將其珍寶送到國外展覽。

treasure

[ˋtrɛʒɚ]

v.	珍惜

▲Marcia **treasures** the pocket watch her father gave her.

Marcia 很珍惜父親給她的懷錶。

---

24 **upset**

[ʌpˋsɛt]

adj.	苦惱的，心煩的 <about, by>；生氣的 <with>

▲Tony is very **upset about** the argument he had with his girlfriend yesterday. Tony 因為昨天和他女朋友起爭執而非常苦惱。

▲Betty **was upset with** her son because he lied to her again.

Betty 對她兒子生氣，因為他又對她撒謊。

upset

[ʌpˋsɛt]

v.	使苦惱；打亂，攪亂 (upset | upset | upsetting)

▲The bad news **upset** Victor; he looked worried.

這壞消息使 Victor 苦惱，他看起來很擔心。

▲The typhoon **upset** the family's plan of going mountain climbing.

這颱風攪亂了這家人爬山的計畫。

upset

[ˋʌpsɛt]

n.	[C][U] 苦惱，心煩

▲The emotional **upset** has affected Nicole since her father died.

自從 Nicole 的父親過世後，她內心一直心煩著。

---

25 **worm**

[wɝm]

n.	[C] 蟲

▲Chickens eat insects and **worms** like crickets and earthworms.

雞吃昆蟲和蟲，例如蟋蟀和蚯蚓。

worm

[wɝm]

v.	擠過，鑽過 <through>

▲Polly **wormed her way through** the crowd to meet her friends.

Polly 擠過人群，和朋友們碰面。

Unit 39

1 **arrival**

[əˋraɪvl̩]

n.	[C][U] 抵達 <at, in> [反] departure；[U] 來臨 <of>

▲Owing to the traffic jam, Eli's **arrival at** the town was delayed for an hour. 因為塞車，Eli 抵達這城鎮的時間延誤了一個小時。

▲The **arrival of** autumn turned the maple leaves to deep red.

秋天的來臨將楓葉變成深紅色。

---

2 **backpack**

[ˋbæk͵pæk]

n. [C] 背包

▲Beth put her laptop in a **backpack** and took it to school.

Beth 把筆電放進背包帶去學校。

backpack

[ˋbæk͵pæk]

v. 背包旅行 <around>

▲Alex **backpacked around** Europe, camping or staying in youth hostels. Alex 在歐洲各地背包旅行，露營或住青年旅館。

---

3 **cabbage**

[ˋkæbɪdʒ]

n. [C][U] 甘藍，捲心菜

▲The cook made borscht soup with chopped **cabbage** and tomatoes. 廚師用切碎的捲心菜和番茄做羅宋湯。

---

4 **classic**

[ˋklæsɪk]

adj. 典型的，有代表性的；經典的

▲The patient had all the **classic symptoms** of flu.

這病人有所有流感的典型症狀。

▲*Happy Together* is a **classic** movie by Wong Kar-wai.

《春光乍現》是王家衛的一部經典電影。

classic

[ˋklæsɪk]

n. [C] 經典之作

▲*A Tale of Two Cities* by Charles Dickens is an **all-time classic**. 查爾斯狄更斯的《雙城記》是一部空前的經典之作。

---

5 **comb**

[kom]

n. [C] 梳子

▲Renee used a **comb** to tidy and arrange her hair.

Renee 用梳子整理她的頭髮。

comb

[kom]

v. 用梳子梳

▲Wayne is really untidy at home; he doesn't even **comb** his hair. Wayne 在家時很邋遢，他甚至不梳頭。

💡comb sth out 梳理 (頭髮)

---

6 **desert**

[ˋdɛzɚt]

n. [C][U] 沙漠，荒漠

▲The man rode a camel across the **desert**.

這男子騎著駱駝穿越這片沙漠。

desert

[dɪ`zɝt]

v. 拋棄，丟棄 [同] abandon

▲The poor dog was **deserted** by its master and became a stray animal. 這隻可憐的狗被主人拋棄，成了一隻流浪動物。

---

7 **duty**

[`djutɪ]

n. [C][U] 義務 [同] obligation；[C][U] 職務 (usu. pl.) (pl. duties)

▲It is every citizen's **duty** to vote in an election. 選舉投票是每一個公民的義務。

▲One of the assistant's **duties** is to take messages when the manager is out. 這助理的職務之一是經理不在時要紀錄留言。

💡 be on/off duty 上／下班

---

8 **eagle**

[`igl̩]

n. [C] 鷹

▲The **eagle** swooped down and snatched a rabbit. 這隻老鷹俯衝下來抓了一隻兔子。

---

9 **fever**

[`fivɚ]

n. [C][U] 發燒；[sing.][U] 狂熱

▲The patient **had a high fever** this morning, but he feels better now. 這病人今天早上發高燒，但他現在覺得好多了。

▲During the World Cup season, soccer **fever** swept the whole country. 在世界盃賽季期間，足球狂熱席捲了全國。

---

10 **grain**

[gren]

n. [U] 穀物；[C] 穀粒

▲After the harvest finished, the **grain** was stored in the barn. 收割結束後，穀物被儲存在穀倉裡。

▲The hard-working farmer doesn't allow anyone to waste even a **grain** of rice. 這辛勤的農夫不允許任何人浪費，即使是一粒米。

---

11 **grape**

[grep]

n. [C] 葡萄

▲These **grapes** will be used for making red wine. 這些葡萄會被用來製作紅酒。

---

12 **lens**

[lɛnz]

n. [C] (照相機等的) 鏡頭；鏡片，透鏡 (pl. lenses)

▲A **wide-angle lens** allows people to take photos with a wider view. 廣角鏡讓人們可以更寬廣的視野拍照。

▲The doctor carried out the surgery with the **lens** of the microscope. 這醫生利用顯微鏡片動手術。

13 luck

[lʌk]

n. [U] 運氣

▲Some people believe the number 13 means **bad luck**.

一些人相信數字十三表示惡運。

💡try sb's luck 碰運氣

14 membership

[ˈmɛmbɚˌʃɪp]

n. [U] 會員資格，會員身分 <in, of>

▲If people don't pay the annual fee, they will lose their **membership in** the club.

如果人們不付年費，就會喪失這俱樂部的會員資格。

15 pajamas

[pəˈdʒæməz]

n. [pl.] 睡衣褲

▲Mason changed into his **pajamas** before going to bed.

Mason 上床睡覺前先換上睡衣。

16 promise

[ˈprɑmɪs]

n. [C] 承諾，約定

▲Emma is a woman of her word and never **breaks** her **promise**. Emma 是個信守諾言的人，從不食言。

💡make/keep a promise 立下／信守承諾

promise

[ˈprɑmɪs]

v. 承諾，保證

▲Ted **promised** to return the money by Monday.

Ted 承諾星期一還錢。

17 raincoat

[ˈrenˌkot]

n. [C] 雨衣

▲Because it was raining, the motorcyclist put on his **raincoat**.

因為正在下雨，這摩托車騎士穿上他的雨衣。

18 repair

[rɪˈpɛr]

n. [C][U] 修理 <to>

▲The mechanic will **make** some **repairs to** the car.

這技工將修理這輛車。

💡under repair 正在修理中

repair

[rɪˈpɛr]

v. 修理 [同] mend

▲Alfred's coffee machine isn't working, so he has to **get** it **repaired**. Alfred 的咖啡機壞了，所以他得將它送修。

19 sail

[sel]

v. 航行，行駛；啟航，開船 <for>

▲The fishing boat **sailed** down the river. 這艘漁船往河下游航行。

▲The naval ship is **sailing for** Pearl Harbor next month.

這軍艦下個月將啟航去珍珠港。

sail　　　　　n.　[C] 帆

[sel]　　　　　▲A yacht with a white **sail** floated on the waters near the harbor.

一艘有白帆的遊艇浮在港口附近的海域上。

💡 set sail 啟航

---

20 **slipper**　　　n.　[C] 拖鞋

[`slɪpɚ]　　　　▲It was rude of Zack to go to the restaurant in **slippers**.

Zack 穿拖鞋到餐廳是很不禮貌的。

---

21 **storm**　　　　n.　[C] 暴風雨

[stɔrm]　　　　▲As the severe **storm** struck the country, many places were

flooded. 當這大暴風雨侵襲這國家時，很多地方被淹了。

storm　　　　v.　猛衝 <into>

[stɔrm]　　　　▲The angry workers **stormed into** the factory.

憤怒的工人們衝進了這間工廠。

---

22 **tire**　　　　　v.　(使) 感到疲勞

[taɪr]　　　　　▲The energetic young man walked around all day without **tiring**.

這精力充沛的年輕人整天到處走也不會感到疲勞。

💡 tire of sb/sth 對…感到厭煩

tire　　　　　n.　[C] 輪胎

[taɪr]　　　　　▲The **tire** burst while Sally was driving her children to school.

Sally 正開車載她的孩子去學校時，車子爆胎了。

---

23 **triangle**　　　n.　[C] 三角形

[`traɪˏæŋgl̩]　　▲The pyramid has four sides, and three of them are **triangles**.

這金字塔有四面，其中三個面是三角形。

---

24 **wherever**　　adv.　無論什麼地方，去任何地方

[hwɛrˋɛvɚ]　　▲The tourist wants to go on a tour in Cambridge, Oxford, or

wherever. 這遊客想去劍橋、牛津或任何地方旅遊。

wherever　　conj.　無論在哪裡，無論到哪裡

[hwɛrˋɛvɚ]　　▲**Wherever** the suspect is, the police will surely find him.

這嫌犯無論在哪裡，警方一定會找到他。

Level 2

25 wound

[wund]　　　n. [C] 傷，傷口

▲The victim died from a **knife wound** to his neck.

這受害者死於頸部刀傷。

wound

[wund]　　　v. 使受傷

▲The explosion killed two people and **wounded** five others.

這起爆炸造成兩人死亡、其他五人受傷。

Unit 40

1 bend

[bɛnd]　　　v. 彎 (腰)，曲 (膝) <down>；(使) 彎曲 (bent | bent | bending)

▲Jason **bent down** to pick up his pencil from the ground.

Jason 彎腰將鉛筆從地上撿起來。

▲The bamboo **bends** to the wind. 這竹子隨風彎曲。

bend

[bɛnd]　　　n. [C] 彎道，轉彎處 <in>

▲There is a sharp **bend in** the road up ahead.

前方道路有一個急轉彎。

2 café

[kə`fe]　　　n. [C] 咖啡廳 (also cafe)

▲Ruby bought a cup of coffee and a simple meal at the **café**.

Ruby 在這咖啡廳買了一杯咖啡和一個簡餐。

3 coal

[kol]　　　n. [U] 煤

▲Ian put more **coal** into the stove to help the fire burn.

Ian 放更多煤進爐子以幫助火燃燒。

4 congratulation

[kən͵grætʃə`leʃən]　　　n. [U] 祝賀 <on>；[pl.] 祝賀，恭喜 (~s)

▲Ruth sent Daniel a text of **congratulation on** his promotion.

Ruth 發了一封簡訊給 Daniel 祝賀他的升官。

▲Eden asked Sherry to give Ted his **congratulations**.

Eden 要 Sherry 幫他祝賀 Ted.

5 drug

[drʌg]　　　n. [C] 毒品；藥物

▲The **drug** addict took cocaine and marijuana.

這毒品成癮者吸食古柯鹼和大麻。

▲The doctor gave me painkilling **drugs** to ease the pain.

醫生給我止痛藥以緩解疼痛。

drug

[drʌg]

v. 用藥麻醉 (drugged | drugged | drugging)

▲The patient was **drugged** and soon lost consciousness.

這病人被打了麻醉劑就很快失去了意識。

---

6 **earring**

[`ɪr,rɪŋ]

n. [C] 耳環 (pl. earrings)

▲Stella bought a **pair of earrings** in the store.

Stella 在這間店買了一對耳環。

---

7 **earthquake**

[`ɝθ,kwek]

n. [C] 地震

▲Some buildings collapsed after the strong **earthquake**.

一些建築物在強震過後倒塌了。

---

8 **false**

[fɔls]

adj. 虛假的，偽造的；錯誤的 (falser | falsest)

▲A person giving **false** evidence in court is committing an offence. 在法庭上做偽證的人是在犯罪。

▲The competitor lost one point for a **false** answer.

這位競賽者給了個錯誤的答案而失去一分。

---

9 **fox**

[fɑks]

n. [C] 狐狸 (pl. foxes)

▲Some people think the businessman is as sly as a **fox**.

一些人認為這商人像狐狸一樣狡猾。

---

10 **guava**

[`gwɑvə]

n. [C] 番石榴

▲A **guava** is a round tropical fruit with white flesh and hard seeds. 番石榴是一種圓形熱帶水果，果肉白且有堅硬的種子。

---

11 **lid**

[lɪd]

n. [C] 蓋子

▲Felix helped his mother get the **lid** off the jar.

Felix 幫他母親把瓶蓋打開。

💡keep a lid on sth 防止…失控；保守祕密

---

12 **mention**

[`mɛnʃən]

v. 提及，談到 <to>

▲Martin **mentioned** the plan **to** the manager, but it was not accepted. Martin 跟經理提及這計畫，但它未被接受。

💡don't mention it 不客氣 | not to mention sth 更不必說…

mention

[ˋmɛnʃən]

n. [C][U] 提及，談到 <of> (usu. sing.)

▲There was little **mention of** the accident in the papers.

報紙上幾乎沒有提及這起意外。

---

13 mood

[mud]

n. [C] 心情，情緒

▲Listening to soft music usually puts Glenn in a good **mood**.

聽輕音樂通常讓 Glenn 心情好。

💡 be in the mood for sth 有意要⋯

---

14 pan

[pæn]

n. [C] 平底鍋 [同] saucepan

▲The cook used a **pan** to fry the eggs. 這廚師用平底鍋來煎蛋。

---

15 reject

[rɪˋdʒɛkt]

v. 拒絕，不接受 [反] accept；不錄用 [反] accept

▲Andy stubbornly **rejected** his friend's offer of help.

Andy 固執地拒絕他朋友要幫他的提議。

▲Carol was upset because she was **rejected** by several colleges. Carol 很沮喪，因為好幾間大學都沒錄取她。

---

16 relate

[rɪˋlet]

v. 有關聯 <to> [同] connect；找到聯繫 <to>

▲Eating habits highly **relate to** one's health.

飲食習慣和一個人的健康有高度關聯。

▲Crime has often been **related to** poverty.

犯罪常與貧窮聯繫在一起。

---

17 review

[rɪˋvju]

n. [C][U] 審查，審核 <under>；[C] 評論

▲The deal was **under review** by the government banking regulators. 這項交易正在政府銀行監管員的審查中。

▲The book **review** gives a different opinion about the writer's latest work. 這書評對這作家的新作品給了不同的看法。

review

[rɪˋvju]

v. 審查，審核；評論

▲Before making the decision, the committee had **reviewed** the current situation.

在做這決定之前，委員會已審查了當前的情勢。

▲Tiffany bought the novel that was favorably **reviewed**.

Tiffany 買了這本獲得好評的小說。

---

18 salty

[ˋsɔltɪ]

adj. 鹹的 (saltier | saltiest)

▲Eating too much **salty** food, such as bacon, isn't good for health. 吃太多像是培根這類鹹的食物對健康不好。

19 snowy

[ˋsnoɪ]

adj. 下雪的，多雪的 (snowier | snowiest)

▲It was **snowy** yesterday, and the road was buried under heavy snow this morning.

昨天下雪了，而今天早上這條路被埋在厚雪之下。

20 strike

[straɪk]

n. [C][U] 罷工 <on>；攻擊，突襲 <on>

▲The workers have been **on strike** for more than a month.

工人們已經罷工超過一個月了。

▲Two fighter planes launched an **air strike on** the military base. 兩架戰機對這軍事基地展開了空襲。

strike

[straɪk]

v. 撞，擊；擊打 (struck | struck | striking)

▲A ball **struck** the girl on the back of her head.

一顆球擊中這女孩的後腦。

▲The boxer **struck** his opponent hard across the face.

這拳擊手猛力擊打對手的臉。

💡strike a balance (between...) (在…中) 求得平衡

21 toast

[tost]

n. [U] 吐司；[C] 敬酒，乾杯

▲Vera is spreading butter on a **piece of toast**.

Vera 在一片吐司上塗奶油。

▲A guest **proposed a toast** to the host and hostess.

一位賓客提議向男女主人敬酒。

toast

[tost]

v. 舉杯為…敬酒 <with>；烤

▲The wedding guests **toasted** the bride and groom **with** wine. 婚禮賓客們以紅酒舉杯為新娘新郎敬酒。

▲Henry **toasted** the bread and put jam on it.

Henry 把麵包烤一烤並在上面塗果醬。

22 trick

[trɪk]

n. [C] 騙局，詭計；惡作劇

▲The woman's tears were just a **trick** to win people's sympathy. 這女人的眼淚只是博取人們同情的詭計。

▲ The naughty boy likes to **play tricks on** his friends.

這頑皮的男孩喜歡對朋友惡作劇。

trick

[trɪk]

v. 欺騙，誘騙 <into>

▲ The bad guy **tricked** the old lady **into** signing the paper.

這壞人誘騙老婦人在文件上簽名。

---

23 true

[tru]

adj. 正確的，真實的 [反] false；真正的 [同] real (truer | truest)

▲ Is it **true** that the rock band is making a concert tour?

這搖滾樂團要做巡迴演唱是真的嗎？

▲ Chris seldom reveals his **true** feelings to others.

Chris 很少向其他人表達他真正的想法。

💡 come true (夢想) 成真

true

[tru]

adv. 不偏離地，正中地

▲ The bullet flew fast and **true** to the target.

這子彈飛得很快且正中靶子。

true

[tru]

v. 裝準，擺正 <up>

▲ The worker **trued** the window frame **up** before he hung the windows. 這工人在掛上窗戶前，先把窗框裝準。

---

24 worst

[wɝst]

adj. 最差的，最糟的

▲ This is the **worst** bread Yvonne has ever eaten.

這是 Yvonne 吃過最糟的麵包。

worst

[wɝst]

adv. 最嚴重地，最糟地

▲ The global economy has been **worst** hit by the pandemic.

全球經濟受疫情打擊最為嚴重。

💡 worst of all 最糟的是

worst

[wɝst]

n. [sing.] 最壞的人或事，最糟的情況 (the ~)

▲ The flood last year is **the worst** that the country has suffered from. 去年的洪水是這國家遭受過最糟的一次。

---

25 yam

[jæm]

n. [C] 山藥

▲ A **yam** is a root vegetable which looks like a long potato.

山藥是一種看起來像長形馬鈴薯的根莖植物。

單字索引

單字索引

單字索引

單字索引

核心英文字彙力
2001～4500(三版)

丁雍嫻 邢雯桂 盧思嘉 應惠蕙　編著

◆ **最新字表！**

依據大學入學考試中心公布之「高中英文參考詞彙表(111 學年度起適用)」編寫，一起迎戰 108 新課綱。

單字比對歷屆試題，依字頻平均分散各回。

◆ **符合學測範圍！**

收錄 level 3~5 學測必備單字，規劃 100 回。聚焦關鍵核心字彙、備戰學測。

Level 3：40 回

Level 4：40 回

Level 5-1(精選 Level 5 高頻單字)：20 回

◆ **素養例句！**

精心撰寫各式情境例句，符合 108 新課綱素養精神。除了可以利用例句學習單字用法、加深單字記憶，更能熟悉學測常見情境、為大考做好準備。

◆ **補充詳盡！**

常用搭配詞、介系詞、同反義字及片語等各項補充豐富，一起舉一反三、輕鬆延伸學習範圍。

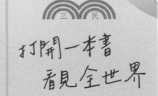

國家圖書館出版品預行編目資料

基礎英文字彙力2000／丁雍嫻,邢雯桂,盧思嘉,應惠蕙編著.－－三版一刷.－－臺北市: 三民，2024
面; 公分.－－(英語Make Me High系列)

ISBN 978–957–14–7761–9 （平裝）
1. 英語 2. 詞彙

805.12   113001203

基礎英文字彙力 2000

編 著 者	丁雍嫻　邢雯桂　盧思嘉　應惠蕙
創 辦 人	劉振強
發 行 人	劉仲傑
出 版 者	三民書局股份有限公司 (成立於 1953 年)

三民網路書店
https://www.sanmin.com.tw

地　　址	臺北市復興北路 386 號 　（復北門市） (02)2500–6600 臺北市重慶南路一段 61 號 (重南門市) 　(02)2361–7511
出版日期	初版一刷 2021 年 10 月 三版一刷 2024 年 3 月
書籍編號	S870910
I S B N	978-957-14-7761-9